中国特种兵之特别有种

CHINA SPECIAL FORCES

纷舞妖姬 / 著

2

中国友谊出版公司

图书在版编目（CIP）数据

中国特种兵之特别有种. 2 / 纷舞妖姬著. —北京：中国友谊出版公司，2017.2

ISBN 978-7-5057-3936-9

Ⅰ. ①中… Ⅱ. ①纷… Ⅲ. ①长篇小说—中国—当代 Ⅳ. ①I247.5

中国版本图书馆CIP数据核字（2016）第298278号

书名	中国特种兵之特别有种. 2
作者	纷舞妖姬
出版	中国友谊出版公司
发行	中国友谊出版公司
经销	新华书店
印刷	北京慧美印刷有限公司
规格	635×965毫米　16开
	19印张　285千字
版次	2017年4月第1版
印次	2017年4月第1次印刷
书号	ISBN 978-7-5057-3936-9
定价	38.00元
地址	北京市朝阳区西坝河南里17号楼
邮编	100028
电话	（010）64668676

如发现图书质量问题，可联系调换。质量投诉电话：010-82069336

目录
CONTENTS

第四卷 秦皇 ☆ 001–297

第一章 - **夜鹰突击队**

特种部队，他们的军营是什么样？

据说，这支特种大队，是营级建制团级编制，那么军营怎么也是按团来分配的吧？

还据说，这支特种大队，原型是以某个历史悠久、作战风格顽强的团为基础，只保留了原部队极少一部分精华，其他成员都是从两个军区辖下各级侦察部队中挑选出来的骨干。这样一支部队，自然是王母娘娘开蟠桃宴——聚精会神！

简单来说，全是不服管教的刺头，是兵油子中的兵油子！

就是带着对未来的畅想和对特种部队的憧憬，燕破岳和萧云杰登上了一辆康明斯卡车，在车厢里除了他们两兄弟之外，还有十几个老兵，其中有三四个人看着特别眼熟，都是临时应急小分队中一起包过饺子的兄弟，而那个正在对燕破岳眨着眼睛、脸上露出一个大大笑容的家伙，赫然就是和燕破岳臭味特别相投的四班长。

秦锋再一次用铁一般的事实，向燕破岳证明了“只要锄头舞得好，没有墙脚挖不了”“人往高处走，水往低处流”这两个真理。

大雪封路，康明斯卡车在山路上摇摇晃晃，走得活像是蜗牛在爬，一群未来的特种兵，为了抵御寒冷，有的在车厢里来回走动，有的甚至开始做起俯卧撑。十个小时后，康明斯依然在山路上慢慢爬行，特种大队的人竟然没有给他们准备食物，肚子里没了食，随着汽车晃动，寒风透过车厢那儿悬挂的布帘一波波地钻进来，在这个时候就算是体质再强健的人，也感到了刺骨的寒意。

萧云杰走到车厢边，拨开布帘看了看车外已经开始阴暗的天色，再看看依然无边无垠的山道，他返回来，低声道：“老燕，情况有些不对啊。”

燕破岳轻轻点头，豹子头林冲可是八十万禁军教头，但是发配充军后，如果没有人上下打点使了银子，也要先吃上一百记杀威棍，不用问也知道，特种部队的杀威棍，已经结结实实地抡了过来。

四班长也凑了过来，作为在边境线上服役了几年的老兵，他对这条山路更有发言权：“看样子，我们今天得在山上过夜了。”

燕破岳和萧云杰一起皱起了眉头，这可是海拔四千多米的高原，白天还好说，阳光充足，一旦到了夜晚，地表热量快速流失，他们又没有食物补充热量，该如何抵挡夜间那滴水成冰的刺骨严寒？！

燕破岳、萧云杰和四班长不约而同地站了起来，三个人仔细地检查了一遍车厢，特种部队那些家伙，连一片面包屑也没有给他们准备，车厢里干净得可以饿死老鼠。

“咦，你们看这是什么？”

萧云杰从车厢最隐秘的位置拽出一个小包，车厢里所有人都不由精神一振，不约而同地围了上去，萧云杰打开小包，从里面拎出一捆扎得整整齐齐、猛地看上去就像是一包炸药的管状物体，每一根上面还带着拉环状的发火装置。

大家都知道，这是军用发烟棒，侦察兵们在接受野外生存训练时，每个人身上都会带上一根，如果在训练过程中，自己受到重大伤害，或者遇到不可抵抗的困境，他们就会拉燃发烟棒，发出求救信号。

四班长猛地瞪大了眼睛，发出一声低低的诅咒："擦，用得着这么狠吗？"

他们车厢里有十四个人，而小包里的求救发烟棒同样有十四根。在他们选择加入特种部队前，人家是把特种部队夸得天花乱坠，又对他们的个人能力表现出极大的认可，让他们都以为，只要自己一点头，部队首长又肯放行，他们就算是完成了从侦察兵向特种部队的过渡，谁能想到，特种部队的大门还没有看到，人家就不宣而战地先安排了这样一场测试？

刚才还摇摇晃晃行驶的康明斯卡车突然停住了，司机一脸笑容地掀开布帘走了进来："扎营了，大家提早准备一下，今天我们要在山上过夜了。"

丢下这句话，司机跳下车厢走了，只剩下十四名准特种兵面面相觑，他们必须承认，这记杀威棍是真够狠的。

所有人的目光都集中到了四班长身上，四班长在侦察营里怎么说也是一个排长，这里数他的官职最大，在面临危机时，自然是他来担任十四个人的指挥官。

四班长还没有说话，司机又掀开布帘去而复返："对了，忘了告诉你们了，在山下的中转站，我们准备了一辆五座越野车，扣去我们两个司机的位置，最多还能载上三个人。"

司机的目光，慢慢从车厢中每一个人的身上掠过，他先从口袋里取出一块奶油饼干，狠狠咬了一口，嘴里嚼得"咯吱吱"直响，看着车厢内好几个人一齐倒咽口水，他脸上露出一丝诡异的笑容："至于你们谁能坐到那辆越野车上、用什么方法坐上去，我们都不会管。如果谁觉得无聊想要放弃，只要拉燃手中的发烟棒，在我们后面五公里的位置，就有接应队，那里可以为你们提供热汤、面包，还有巧克力。"

司机说到热汤、面包、巧克力时，不知道是谁的肚子里，发出"咕噜"一声长响，在一片安静中，显得相当响亮和好笑，但是一群人彼此对视，却没有一个人能笑得出来。

在这场特种部队入门考核中，他们既是同伴，也是竞争者。制定这个制度的人，既是个天才，又是个浑蛋，因为他轻而易举地就打破了这十四名军人身上那种彼此信任的默契，在每一个人的心中横了一根钉子。

有个笑话说得挺好，在老虎追过来的时候，你想要逃生，不需要比老虎跑得更快，只需要比身边的同伴快一点点，就足够了。

身为一个领导者，四班长可以清楚地感受到，车厢内的气氛变了，他什么也没有说，只是将发烟棒发到每一个人手里，他最后走到了燕破岳和萧云杰面前，将两根发烟棒递过来的时候，顺口问了一句："你们见过高原鼠兔吗？"

燕破岳和萧云杰一起点头，所谓的高原鼠兔，从外表看起来，更像是老鼠，耳朵圆圆的，一点也不尖，只是尾巴很短，所以不可能像正宗的老鼠那样用尾巴偷油吃。但是从分类上来说，鼠兔却是正经八百的兔子。这种小东西，由于体形像老鼠，所以一般也就三两重，剥皮去骨的，能剩下一两多肉就不错了。

在炊事班放羊的时候，燕破岳和萧云杰经常用绳套去逮鼠兔，然后串成一串用火烤来吃，别说，味道还真不错。

"我在侦察营接受生存训练时，教官清楚地告诉过我们，在内蒙古草原和北美洲的鼠兔，都有过冬前在窝里储备粮草的习惯，但是在青藏高原上，它们却并没有这种习性。"

车厢里的人都还在，四班长故意压低了声音，但是他说出来的话，却足以让每一个人都听得清清楚楚："我这个人比较好奇，曾经连挖了几十个高原鼠兔的洞，结果我发现，在海拔三千米左右时，高原鼠兔的确过冬时不储备食物。但是到了海拔四千米时，我却在鼠兔的洞里，挖出了大量干草、草种和松子。"

萧云杰猛地一拍手："我明白了，就算是特种兵，也绝不可能画饼充饥，他们把我们载到这里，进行生存考核，那就说明，这里肯定有足够的资源让我们支撑下去。而这场考核，首先要向我们传达的一个信息就是，无论我们在原来的部队有多牛、受过多么严格的训练，在他们眼里，我们都是一群菜鸟，甚至就连我们接受过的知识，都可能是错的！”

“我觉得这次的考核，是在故意给我们挖坑。”

燕破岳指着车厢里的人，道：“一说只能过关三个人，大家就按照自己的亲疏远近，自然而然地分成了几个小团体，这种表现，如果扣大帽子，就是部队最禁忌的‘小山头主义’。我不相信他们制定考核就是想看着我们分崩离析，他们要的是特种兵，不是政客，更不是演员！”

燕破岳的话，已经引起车厢内所有人深思，萧云杰立刻发动主攻：“还有一点，不知道大家注意了没有。刚才那个司机说，他们准备了一辆越野车，除了他和司机，还有三个空位，可是他们并没有说，只允许三个人通过考核。谁规定一辆越野吉普里就只能坐五个人的？我曾经见过一辆212吉普车里，硬生生塞了十一个人呢！”

萧云杰的话，让所有人的精神为之一振。燕破岳暗中向萧云杰竖起一根大拇指，又为萧云杰添砖加瓦：“我们为什么需要两个司机？一个就够了嘛，另外一个，让他自己走回军营。或者，索性我们把两个司机抓起来，分开进行审讯，挖出军营的具体位置，就可以空出两个位置。”

包括四班长在内，所有人心中一阵恶寒。打死他们也不相信，在前面开车的两位，就真的是两位司机，按照我军组建精英部队的一贯传统，他们九成九是特种部队里的两名基层军官，这一次来客串司机职务，就是想要就近观察，看看谁是人才。

还没有踏进特种部队的大门，就先把将来很可能是自己直属长官的两名“司机”给绑了，还要分开审讯……燕破岳和萧云杰还真不愧是进入军营第一天就敢自封为正、副连长的狂人！

就连四班长都在一边不停地揉着鼻子，他必须承认，别看人家是新兵蛋子，但是做这支临时小部队的领导，真比他这位四班长合适。

因为现在他们这批人，刚才中间涌起的那种貌合神离、彼此敌对的气息，已经消失得干干净净，每一个人的脸上都若有所思，因为有相同的目标，又面对巨大的压力，他们之间再次变成了一个团体，甚至就连他们现在每一个人心里想的问题，都完全相同：这两位司机，究竟是绑，还是不绑呢？！

两团浓浓的红色烟雾升腾而起，隔着几公里远都能看得清清楚楚，大约十分钟后，一辆经过改装的康明斯卡车出现在眼帘中。

这辆担任紧急救援任务的康明斯卡车还没有停稳，就有几名军人跳了出来，其中一个人身上还背着一只画着红十字标志的急救箱。这些专门负责接收败者的后援人员一起猛冲上来，接受考核的这十四名准特种兵，可是从一个师里挑选出来的精英，他们绝大多数都在侦察营或者警卫营接受过极地生存训练，考核才刚刚开始，就有两个人同时发出求救信号，一定是发生了什么不可预测的意外！

嗯？！

负责接应的几名军人，当他们终于看清楚眼前的一切时，他们一起愣住了。

参加考核的十四名准特种兵都好端端的，他们还围在一起，一个个伸直了脖子，瞪大了眼睛，看着燕破岳和萧云杰在组装着什么东西。

大家都知道，魔术师想要变好魔术，除了手法技术，更重要的是道具，作为“魔术师”的关门弟子，燕破岳当然不会丢掉自己那只魔术箱。

一把魔术师经常使用、可以折叠的雨伞，把它打开倒放在地上，摆出一个通信雷达般的造型。然后再往雨伞内部拼接出一层反光效果非常出众的亮银色金属箔，再插上一根铁管，上面架一个钢盔……这样，一台可以在海拔四千米高原上使用的太阳灶，就算是制作完成了。

钢盔里放了冰块，一群准特种兵轮流伸手去摸钢盔的底部，旋即在他们中间爆发出一阵孩子般的欢呼：“热了，热了，真的热了，还烫手呢。这太阳灶，在冬天还能用啊？”

身为太阳灶的组装者，燕破岳眼珠子一翻，以看待文盲的眼光，扫了一眼问出上述问题的兄弟：“太阳灶是否好使，看的并不是夏天还是冬天，而是要看阳光的辐射是否强烈，咱们这可是在海拔四千米的高原上，那是标准的空气稀薄，阳光辐射要远超内地。你说，这种情况下太阳灶都不能使，啥地方能使？”

被燕破岳一阵鄙视，那名年龄比燕破岳要大上五六岁的同伴，却兴奋地连连点头，竟是丝毫不以为意。

负责接应的竟然是一名挂着两杠二星肩牌的中校，他的目光四下一扫，无论是谁，只要被他的目光扫过，脸上竟然就会扬起一片火辣辣的感觉，这个男人的眼睛，看起来就像是鹰眼！

可就算是这样一位人物，望着眼前这一片欢乐的场景，都有了片刻的失神。

萧云杰站起来，舒了一个长长的懒腰，他对着那名中校努了努嘴，轻哼道："还特种部队呢，我们坐在车厢里吃西北风的还没事，有奶油饼干啃的两位，却先出现了重度高原反应。"

顺着萧云杰嘴角努动的方向看过去，中校在康明斯卡车的车头附近，看到了两双并排躺在地上的脚，他立刻向前方跑过去，就在他和燕破岳、萧云杰擦肩而过时，燕破岳猛地跳起来，对着中校猛扑过去，萧云杰的声音也随之响起："动手！"

燕破岳迎面猛扑上去，双手同时揪住中校的衣襟，就在他准备用肩膀顶住对方，使出一记过肩摔时，中校向前奔跑的身体，在瞬间停止前进猛地向后躺倒，燕破岳猝不及防之下根本无法收力，竟然跟着中校一起向前扑倒。

中校的背部在接触到地面的瞬间，右脚全力上踹，狠狠蹬在燕破岳的小腹上，燕破岳双手现在还死死抓着中校的衣襟，就是以这个连接点为轴心，燕破岳的身体在空中甩出一道一百八十度的优美弧线，就像是一个麻袋似的重重地甩到了后面的雪地上。

中校一个后翻滚，趁势压到燕破岳的身上，他扬起铁拳，对着燕破岳的面部直击下来，但就在拳头即将砸到燕破岳脸上的瞬间，燕破岳充满爆炸性力量的腰部猛然一弹，硬生生掀得坐在自己身上的中校身体向上一仰，就是借着这股力量，他的双腿左右交叉反绞，从后面锁住中校的脖子，猛然发力将中校飞甩出三四米远。

燕破岳对着中校再次猛扑过去，他一边猛扑一边突然扬手，将一只雪球对着中校的脸直甩过去。刚刚从地上爬起来的中校根本做不出反应，就被那只雪球直砸到脸上，燕破岳还没有来得及露出胜利的笑容，就看到中校一扬手，竟然也甩出了一只拳头大小的雪球。

两个人的距离连一米都没有，燕破岳又是在全力冲刺，他躲无可躲，眼睁睁看着那只雪球带着惊人的精准，同样砸到了自己的脸上。

“啪！”

眼前猛然炸出上百朵金星，凉飕飕的触感，带着一股火辣辣、酸麻麻的味道，顺着鼻孔直钻进来，呛得燕破岳的鼻涕在第一时间就横流而下，在第一时间，燕破岳的感觉是，他挨的根本不是一个雪球，而是一块长得很像雪球的石头！

相信中校脸蛋上挨了燕破岳一记雪球，也绝对不会好受。

疼，真疼。

“儿子，你记住，在战场上如果遇到强敌，又受伤失去力量，需要时间恢复，你要做的事，就是露出自己最锋利的獠牙，摆出最疯狂的姿态，让任何一个人明白，只要在这个时候向你发起进攻，就必须要面对不死不休的疯狂反击，只有这样，你才能为自己赢得最必要的喘息之机！”

父亲的话，犹在耳边回响，脸上挨了这么沉重的一击，燕破岳却瞪圆了眼珠，就算是雪粉渗进了眼眶，刺激得眼睛热泪长流，他的眼皮子都没有眨上一下，就那么恶狠狠地瞪着中校，脸上更露出了几欲择人而噬的疯狂杀气。

旋即燕破岳发现，对面的中校，竟然也露出了同样的狰狞，眼珠子瞪得滚瓜溜圆。

“如果你赢得了最重要的那几秒钟，让自己恢复了对身体的主控权，你就要立刻露出受了重创、无力持续作战的虚弱模样，用这一系列动作提醒刚刚被你用气势逼退的敌人犯了错误，引诱他恼羞成怒后猛扑过来。在这个时候，你就可以以逸待劳，用全部力量，对他发起最致命的反击！”

心中回忆着父亲用鲜血从战场上获得的最宝贵经验，燕破岳身体微微一晃，脸上露出一丝隐隐的痛楚，下意识地后退了半步，虽然他很快就挺直了身体，但是这样的破绽，却绝对逃不过一名职业特种兵的双眼。

燕破岳已经暗中握紧了右拳，他的左脚尖更悄无声息地铲入积雪两寸，只要中校猛扑过来，他就可以用脚尖挑起积雪，遮挡对方的视线，再用尽全力一拳击出。

可是当燕破岳满含希望地望向中校时，却惊愕地发现，中校竟然也同样退后了半步，脸上流露出来的隐隐痛楚，表演得比燕破岳更像真的，最让燕破岳差一点当场喷血的是，中校的左脚，也插进了雪地。

他们两个人的动作，标准得犹如同一个师父教出来的，连坏都坏得这么像！

发现面前这个家伙贼精贼精，对他使用阴招，命中率实在低得可怜，两个人脸上痛楚的表情同时消失了，他们慢慢地把左脚从积雪中抽出来，任由脸上的雪片被体温化开后，形成的水流在脸上淌过，形成了一条条蜿蜒的溪流。

燕破岳面对中校，他慢慢抬起了自己的双臂，当他左手在前，右手在后，摆出一个格斗起手势时，他整个人显得再无任何破绽。

中校打量着燕破岳，脸上再次露出一丝微微的惊讶，千万别小看燕破岳摆出的这个格斗起手势，无懈可击的沉稳中透着一股犹如水银泻地般的动感，没有七八年苦功，绝对达不到燕破岳这个程度，他由衷地赞道：“小子，身手不错啊。”

燕破岳沉声道：“我不是你的对手。”

中校嘴角轻轻一挑：“哦？”

燕破岳在第二次扑向中校时，之所以会挨了中校投掷出来的那枚雪球，这其中固然有双方太近、中校反击得太过迅速导致的猝不及防，但更重要的是，就在他猛扑上去的时候，他突然感受到了一股犹如针刺般的寒意迎面袭来。就在那一瞬间，他的动作竟然被这股寒意冻得微微一僵，就连他的心脏都跟着狠狠一颤。

虽然只有短短的一瞬间，但是燕破岳知道，一向胆大妄为仿佛天塌下来都敢直扑上去的自己，在那个时候竟然怕了。

如果真的是在战场上，手持格斗军刀和眼前这个中校生死相搏，也许在交手的瞬间他们就会立判生死，中校负伤，燕破岳死。更何况以中校的军事素质和必然具备的战斗经验，他在战场上，根本不会给燕破岳和他近距离格斗的机会！

跟着中校过来的其他几个人，已经被准特种兵们以众凌寡全部按倒在地，但是中校的态度依然平静如水，就凭这股临泰山崩而不变色的镇定从容，就没有人敢对他稍有小觑。没有任何理由，但是包括燕破岳和萧云杰在内，他们这十四名已经控制全局的准特种兵，心中却隐隐产生了一个明悟，如果真的是在战场上，他们十四对一说不定都胜负难料。

“你们不一定是最优秀的预备队员，”中校目视全场，淡然道，“但一定是最胆大包天的，我们布置考题，从你们中间挑选精英，可是你们竟然来了个掀桌行动，甚至连考官都敢抓！”

面对中校的责问，在场的人一片心虚，就连萧云杰这样利舌如箭的人物，一时间也瞠目结舌，不知道应该如何应付。

中校的目光在四班长身上打了一个转儿，又落回到燕破岳的脸上，他似乎已经认定，燕破岳才是这群人当中实际的领导者：“你们十四个人一拥而上，压也能把我压死，这一场算你们赢了。说说看，下一步你打算怎么办？”

燕破岳揉着鼻子，目光坦荡，语气真诚：“打劫。”

中校顺着燕破岳的目光望过去，看着他们乘坐的接应车，饶是他一向淡定从容，在这一刻也有些哭笑不得起来：“你们接受的考核，是极地生存训练。你们必须要在这片土地上，找到支撑自己活下去的食物，建造足够抵御夜间寒冷的生存空间，寻找能为你们提供足够热量的燃料。”

燕破岳看着不远处的接应车，眼睛眯成了月牙状：“我们必须要在这片土地上找到食物和燃料，难道你们的接应车，不是在这片土地上？你们存在的任务，就是要逼着我们退出考核滚蛋回家。从本质上来说，咱们就是敌人，这没有枪没有炮，敌人给我们造，没有吃没有穿，敌人给我们送上前，不一直是我军的光荣传统嘛！”

中校的眼角轻跳起来，还我军的光荣传统，面前这小子脸皮还真不是一点半点地厚！但是他也必须承认，让这小子钻了规则的空子。

诸如《三大纪律，八项注意》之类的军规，早已经刻在每一个军人的心头，在接受生存训练时，就算隔壁是老百姓的村子，他们也不能进去寻找食物，更不许强取豪夺。但是，好像还真没哪一章、哪一条，禁止他们在考核训练时去抢劫军车，尤其是抢劫接应他们的特种部队军车！

有了共同的敌人，又一起“犯错”，让这十四个来自不同单位的人，在短时间内硬是形成一个整体，再也无法轻易分化，拥有足够的食物和保暖毛毯，他们就再也不用为生存而发愁，当然也无须彼此钩心斗角。

中校开口了：“我有一个好消息和一个坏消息。你们想先听哪个？”

燕破岳不假思索地回答道：“坏消息。”

“先自我介绍一下，我们组建的特种大队，全名叫夜鹰突击队，我是夜鹰突击队第三中队队长，名字叫郭嵩然。”说到这里，郭嵩然一指两名被燕破岳他们用侦察兵抓舌头的方式绑得结结实实、连一根手指都动不了的两名司机，淡然道，“至于他们，一个是第三中队副队长许阳，一个是第三中队第一小队队长张明。你们如果通过考核，要加入的就是我的第三中队。”

虽然已经对两位司机的身份有所怀疑，但是听郭嵩然这么一说，所有人仍然有些麻爪，这还没踏入特种部队军营大门，就把两名直属上司给绑了，他们几乎已经看到在自己未来的军旅生涯中，那小鞋漫天飞舞的场景。

燕破岳将“夜鹰突击队”这个名字牢牢记在心底，追问道：“那好消息呢？”

“在你们下山登上那辆越野吉普车之前，还有一场终极考核。经过我们的计算，在常规状态下，至少需要六人才能顺利完成任务。”

郭嵩然的目光慢慢从在场每一个人的脸上掠过：“你们有整整十四个人，没有减员，体力没有损耗，对你们来说，那不再是终极考核，而是一场游戏。所以我决定，终极考核取消。”

郭嵩然的话，让在场的准特种兵们喜形于色，如果他们真的为了争夺那三个名额，彼此之间展开明争暗斗，就算他们最终人数还足够完成任务，在短时间内，也很难放弃前嫌精诚合作，以这种状态面对一批同样精锐，甚至比他们更优秀的特种兵，最终的结局可想而知。

作为他们提前通过终极考核的奖励，燕破岳一行人在中校的提示下，从接应车里找到了十四套夜鹰突击队使用的武器装备，这其中还包括对抗演习时，每一个人都需要安装在身上的红外接收装置以及发烟包。

可见，这场终极考核，就是要和已经进入夜鹰突击队的特种兵展开对抗，或者说，要在战斗力占据绝对优势的特种兵的围追堵截下，完成某一项任务，再顺利脱逃。

第二章 - 孤狼

三十四小时后……

正在行驶的汽车猛地刹住，猝不及防之下，坐在车厢里的所有人都猛地一晃，随着遮挡冷空气的布帘掀动，一股浓重的烟味直冲进鼻端，坐在车厢最边缘的一名士兵站起来，掀开布帘向外张望，看到在道路左侧浓重的黑烟冲天而起时，他猛地发出一声惊叫："山林着火了！"

没有任何犹豫，车厢里的十四名准特种兵一起跳出了车厢，不知道是谁喊了一声"快去救火"，十四个人一起扑向火场。他们一边奔跑，一边将手中的武器，还有身上背的弹药全部抛到地上。虽然他们身上背的弹药，全部都是演习弹，但是弹壳里填装的，依然是货真价实的火药。一旦他们冲进火场，演习弹和手雷被高温烤得殉爆，那必然会变成一场悲剧。

"从烟的浓度和高度来看，这场山火还不严重，只要我们能够及时冲上去扑救，也许就能把它直接扑灭。"

带着这样的念头，燕破岳冲在所有人前面，可是跑着跑着，一个念头却突然从他的心底涌起："就算是隔着几百公里，这里下的雪也没有高原上那么夸张，依然积了厚厚一层。如果不是有人刻意纵火，山林里根本无法燃烧起来的……"

"砰！"

在对面的密林深处，不知道哪里突然传来一声清脆的枪响，紧跟在燕破岳身后的四班长还没有弄清楚发生了什么事情，挂在腰间的发烟包，就突然冒出了红色的烟雾。

面对着这一幕，燕破岳的心脏在瞬间坠落至谷底，但是他的反应却绝对不慢，整个人猛地向地面扑倒，同时发出一声狂吼：“小心，敌袭！”

他们这十四个人，可是从一个师中挑选出来的精英，而且都是老兵，在对方射出第二颗子弹之前，他们就已经一起扑到了地上。其中有几个人，更在第一时间，找到了足够抵挡子弹射击的掩体。

只有四班长，愣愣地站在那里，看着自己身上那只正在不断冒出烟雾的发烟包。

就连进入侦察部队，都会经历重重淘汰。更高一个层次的夜鹰突击队，在招收特种兵时，更不会大开方便之门，任谁都能走进来。也许燕破岳还想讨巧，但是在部队里待了超过六年时间的四班长却清楚明白，最终他们真的只有三个人能走进夜鹰特种部队的大门。

但是他真的没有想到，第一个在“战场”上中弹，也必然是第一个被淘汰出局的人竟然是他。

四班长的目光，最终落到了迷彩服的衣领上，脸上露出了一丝明悟和惨然。他是一个连长，十四个人当中，属他的军职最高，而对方作为一名狙击手，最先要“消灭”的，当然就是身为指挥官的他！

四班长慢慢坐下，他只觉得大脑一片空白，索性又趴到了雪地上，将自己的脸藏到了积雪中，将身体大大张开，任由腰间的发烟包继续冒着红色的烟雾。在其他兄弟看不到的位置，四班长低语着：“让你嘚瑟，让你张扬，离开老部队时，牛皮吹得震天响。现在好了吧，第一个被淘汰的，就是你自己！”

郭嵩然在这个时候，就静静地坐在接应车的驾驶室里，他拿起手边的记录簿，在四班长的名字上面画了一个大大的叉号。以俘虏身份被赶到接应车里，就坐在郭嵩然身边的副队长许华，脸上却露出了满意的表情：“队长你别说，孤狼这小子，这一手玩得够漂亮！可惜就是学不会和其他人协同作战，否则的话，孤狼用狙击步枪压制，另外两个家伙用轻机枪逐一点射，就能将这批人全部击毙！”

郭嵩然轻轻点头。不需要去亲眼观察，他就知道，那片浓烟是孤狼挖出一个一米见方的发烟坑，在里面填满了树枝、树叶，又在上面压了一层薄薄的泥土，再将树枝、树叶点燃，形成的效果。

别看这只是任何一个侦察兵都会使用的小技巧，但是用在合适的时候、合适的地方，不但让燕破岳他们所有人冲出车厢，暴露在他的狙击视野下，甚至还让燕破岳他们主动丢掉了身上的所有武器弹药，变成了一群手无寸铁的待宰羔羊。

十三名准特种兵趴在雪地上，没有人敢轻举妄动，他们也都想明白了自己中伏的前因后果，能将陷阱玩得这么登峰造极的家伙，必然是一个不需要观察员就能独自在战场上游走生存，不断消灭敌方力量，打击敌军士气的王牌狙击手！

这种狙击手，从发现、锁定、瞄准目标到扣动扳机，只需要区区两秒钟。如果他使用的是我军的制式装备八五狙击步枪，那么他的有效射程，就高达八百米。想要在他的枪口下生存，只有两个办法：要么，丢出大量烟幕弹，影响对方的视线，然后趁机脱离战场；要么，以一点五秒为一个周期，不断做出不规则军事规避动作，只要对方在五百米之外，就不会轻易开枪，要知道这么远的距离，就算是瞄准了，子弹也需要在空中飞行半秒多钟！

“四班长，看兄弟给你报仇！”

一个在遇到狙击第一时间就及时扑倒，并躲进土沟的军人，整个人就像是一支离弦利箭般疾冲而出，能喊出“四班长”这个名号的人，当然就是被挑选进入临时应急小分队，一起在大年夜包过饺子的兄弟！

这名准特种兵的动作标准得近乎军事训练教材中的模板，他的动作更是快如闪电，他在疾冲而出猛蹿出两三米远后就猛地转向，蹬得地面积雪大片飞起，做出这样一个机动转折动作，他不停地变换着奔跑速度，不停地转变奔跑方向，做出一个又一个军事规避动作。眼看着这名同伴，在短短几秒钟时间内，就向回冲出超过一半距离，趴在雪地上一动不动的其他人，虽然没有开口叫好，但是脸上已经露出了兴奋的神色。

只要他们这个同伴能拾起丢在地上的武器，哪怕只是拾起一枚烟幕弹，就能将战局扭转回来！

眼看着这名同伴距离最近的武器只剩下不到十米时，他的右脚突然一沉，竟然踏进了一个从表面上看起来没有任何异常的雪坑，他不断高速移动、不断做出不规则运动的身体，不由得猛地一僵，就是在这个时候……

“砰！”

第二声枪响传来，红色烟雾从这名距离武器只剩下不到十米的军人腰部喷出，他也中弹了。

低下头，看着让自己在最后关头被敌人击毙的雪洞，那名军人沉默了半晌，也学着四班长的样子，坐到了地上。他没有抱怨自己运气太差，他脚下的那个雪坑，并不是天然形成，而是有人用单兵铲随手挖掘出来，又在里面填满了积雪。那名现在还没有露面的狙击手，一直没有开枪，就是在等自己踏进陷阱，再一枪毙命。他全程都落在对方的掌控之中，就算是真的在战场上，被对方一枪要了命，也只是技不如人，没什么好抱怨的。

这里是一片坡度大概有三十度的雪坡，因为地面不平，原本就对他们的行动造成一定困扰，再加上不知道对方挖了多少个雪坑，就算是对自己再自信的人，也不敢保证能在对方的子弹打中之前，冲回去拾起他们丢掉的武器装备。

燕破岳突然狠狠向身边吐了一口口水，如果这就是夜鹰突击队给他们这些新人精心准备的震撼教育，那么他们已经成功了。剩下的十二个人，趴在雪地上，就这样被一个狙击手压制得竟然不敢稍有轻举妄动。

趴在燕破岳身边的萧云杰，也狠狠吐了一口口水：“什么终极考核取消，敢情是看我们太团结没折损人手，就换了个更狠的，在这里拉着我们一起打雪仗！”

“打雪仗”几个字一出口，燕破岳和萧云杰两个人身体齐齐一震，他们霍然转头望着对方，同时低喝道：“有了！”

脱掉身上的军装，把水壶里的水浇上去，再将湿漉漉的军装扭在一起，弄成了圆球形状，然后两个人紧贴在雪坡上，小心翼翼地推动军装，很快军装外面就裹了一层雪粉，变成了两个比篮球还要大上几圈的雪球。

两个人用脑袋顶着雪球，一点点沿着雪坡向下挪动身体，而他们顶在头上的雪球，随之滚动，也一层层地扩大，转眼间就在他们面前，滚成了一个足足有两尺多直径的球状掩体。

六点钟时，距离燕破岳他们大约四百八十米位置的一个小山坡上，一名全身披着白色伪装衣，就连八五式狙击步枪上都缠着白色布条的狙击手，就静静地趴在那里。他看起来有点消瘦，最让人意外的是，在他的脸上甚至还戴着一张布料制成的白色面具。只将他的耳、眼、口、鼻暴露在空气当中。猛地看上去，透着一种难以言喻的狰狞。

他的眼睛透过狙击镜，可以清楚地看到在燕破岳和萧云杰面前那两个越滚越大直至把燕破岳和萧云杰全部遮挡住的雪球。

他没有再开枪，收起狙击步枪，拾起落在手边的两枚弹壳，慢慢地撤出狙击点。从附近已经枯黄、上面还蒙着一层雪粉的杂草丛中，提起一根钓鱼用的透明丝线，这根丝线上绑着两只小小的铃铛，无论谁试图从左右两翼或者后方接近他，都会触及丝线上的铃铛，发出轻微的鸣响。

在取回铃铛后，他做的第一件事情，就是在铃铛里的小小撞锤上面，套了一截气门芯，这样无论他做出什么样剧烈的动作，放在身上的铃铛都不会发出一丝声响。将丝线缠好，和铃铛一起放回口袋里，他清楚地知道，山坡下面的目标，就算是捡回武器，也绝不会在第一时间，冒失地冲进一个从来没有探索过的密林去追杀一个狙击手，时间很多，所以他的动作很从容。

燕破岳他们已经重新武装起来，并且躲到了康明斯卡车的后面。郭嵩然在一边，马后炮式地开始公布新的终极考核任务："别的小组，在最后要面对三十名夜鹰突击队正式队员的围剿，而你们就简单多了，只需要面对三个对手。"

郭嵩然竖起了三根手指，他的脸上也露出一丝只能用诡异来形容的笑容："三个放弃团队合作，要么靠单人力量横冲直撞，要么靠阴谋诡计卑鄙无耻，踏着同伴'尸体'冲杀出来，偏偏又能冲过终极考核任务，让我这个队长想要请他们滚蛋，都找不到理由的害群之马。考虑到你们都是刺头，都让我这个队长感到不开心，所以我稍稍更改了一下考核条件，你们和他们十七个人，最后'生存'下来的三个人，就能获得我郭嵩然的另眼相看，至于剩下的，就洗洗睡吧。”

听到这里，剩下的十二个人一起悚然动容。不管是靠单人力量横冲直撞，还是凭借阴谋诡计背后阴人，能在一组人当中脱颖而出，已经可以说是绝对精英，最终能在三十名夜鹰突击队正式队员的围追堵截下生存下来，并顺利完成任务脱离战场，这样的人无论是单兵技术还是心智手段，都绝不容小觑。

更何况这样的人物，竟然有三个！

在山坡上，已经做好撤退收尾工作的狙击手，动作突然微微一顿，他挺直了身体，沉声道：“出来。”

他的声音，就好像是电子合成出来的音节，平平淡淡，没有半点温度，而他的脸……没有摘掉那只面具，看上去就像是西方世界传说中的恶灵。

四周静悄悄的，只有寒风掠过树梢，带起积雪下落时发出的“沙沙”声响。还有几只麻雀，正在林子里蹦蹦跳跳，不知道是在寻找可以果腹的食物，还是静极思动，在那里嬉戏游乐。

狙击手没有再开口说话，只是从口袋里取出一个带有数字键盘的小型军用遥控器，并将自己的右手拇指扣在了其中一个数字上。

“不愧是单枪匹马，转手就将自己同组战友全部干掉，又单人毫发无伤，闯过最终考核的孤狼。”

在距离孤狼不足五十米的右翼位置，一个冷静中透着丝阴沉的声音传了过来：“我听说，你在选择好狙击点后，会对可能爆发的近距离战斗做出预判，针对性地在附近埋设九枚遥控炸弹。当时和你同组的战友，有超过一半就是被你用遥控炸弹消灭，甚至有人传言，狙击手怕近战，但是孤狼这个狙击手，近战比他手中的狙击步枪更可怕！说实话，我还真想看看，你的预判战术，是不是真的这么厉害。”

孤狼静静地站在原地，他的手指始终搭在数字按键上，听着对方的话，他仿佛在面对一团空气，竟然眼未动，手未动，心未动，冷静得就像是一块没有半点情绪波动，也没有半点生命迹象的石头。

燕破岳语录：无论是和一名狙击手还是和一块石头比赛耐心，都是非常愚蠢的，因为你很快就会发现，他们都是石头。

和石头比赛耐心，绝对不是明智的选择。一个披着一层白色布单的军人，主动从潜伏地点站了起来，他手中拎着一支带着七十五发弹鼓的八二式班用轻机枪。最让人惊讶的是，在这挺班用轻机枪上，竟然安装着一个狙击步枪才会使用的狙击镜。

由于八二式班用轻机枪上面带着一个手提把，所以这个狙击镜，就装在机枪的侧边，看上去有种说不出的怪异。估计除了这支班用轻机枪的主人，其他人根本无法玩转这款经过修改有着太浓重个人印记的武器。

“我一直觉得在班用轻机枪上加挂狙击镜，已经够另类了。可是遇到孤狼你，我才发现，自己还只是一个小儿科。”

这个潜伏在孤狼身畔的军人，似乎很喜欢笑，他对着孤狼扬起一个灿烂的笑脸，那种亲切而自然的感觉，就像是看到了自己最熟悉的好朋友，就连他的语气，也轻松而率意：“我还是头一次见到有人在狙击步枪下面挂榴弹发射器！不过想想也是，八五式狙击步枪使用的是五六式机枪弹，穿透力实在有限。如果在狙击步枪下面再加挂一个榴弹发射器，在四百米范围内，被你压制住，再辅以榴弹轰击，无论是谁都会完蛋！更何况，这样还会在战场上对敌人形成强大的心理震慑，让他们更容易犯错。”

说到这里，男人微笑着做了一个总结：“面对孤狼你这样一个狙击手，一旦犯错，就绝不会再有第二次机会。”

被人当面夸奖，而且夸得恰到好处，孤狼却依然沉静如水，仿佛对方说的事情和他没有半毛钱关系。他只是手指微微挪动，又搭到了那个遥控起爆器的另外一个数字键上。

男人脸上露出一丝无奈的苦笑，他将手中拎的班用轻机枪甩到肩膀上，提高了声音：“老三，别玩了，出来吧。”

在孤狼左侧，又有一个用白色布单做掩护的男人从雪地中爬了起来，和刚才的两个人相比，还数他正常一些。手里拎着一支最常见的八一式自动步枪，但是在他背上，却背着一把拥有一百五十磅以上发射力量的十字狙击弩，显然是一个擅长渗透接近，再悄无声息地暗杀目标的角色。

这两名潜伏者一左一右，将孤狼包抄在中间，无论形势怎么变幻，孤狼除了一开始说的“出来”那两个字，就一直闭紧了嘴巴一言不发。

站在右翼，无论什么时候都面带笑容的男人，显然是这个双人组合的决策者，还是他继续开口劝说：“孤狼你能消灭所有同伴，固然是因为你够强，但是更关键的是，谁也没有想到你在被他们投票排除后，竟然敢一个人反戈一击。郭嵩然把我们三人绑在一起，要我们对付整整十四名考生，摆明就是看我们不顺眼，想方设法要把我们踢出夜鹰，让我们滚蛋回家。”

孤狼依然沉默着，像他这样沉默寡言，连内心都自我封闭起来的人，注定不会有太多朋友。

“是他们告诉我们，全组十几个人，只有三个能够通过考核，加入夜鹰突击队。我们两兄弟全力应战，努力做得比任何人更好，我们用自己的实力战胜了同伴，在看似绝不可能的情况下，硬生生在最终考核中杀出一条血路，拿到了进入夜鹰突击队的门票。可是我们面对的是什么，一个个鼻子不是鼻子脸不是脸的，看他们那模样，就差直接指着我们的鼻子，骂我们是坏蛋，是军队的败类。”

说话的男人猛地提高了声音：“特种兵，不就是要用尽一切方法，完成上级交付的任务，成为国家手中最锋利的剑吗？我们拥有远超同伴的军事技术和头脑，我们坚定地执行上级命令，而且成功了。凭什么我们反而成了反面教材，成为郭嵩然欲除之而后快的渣子？！”

说到最后，男人脸上的笑容已经扭曲起来，他放声吼道：“我在进军营的第一天，就有人告诉我，军人以服从命令为天职，我做到了。可是现在却突然跳出一个中校告诉我，我错了，错得厉害，错得离谱。他当面扬言要用尽手段让我离开，我肖飞虎的命运只会掌握在自己手里，只要我能一直赢下去，我倒要看看，他凭什么让我滚蛋！”

孤狼抬起头，望着头顶树梢上的积雪，慢慢地吸了一口气。

他知道说话的人叫肖飞虎，站在他左翼的人叫华平。

在参加淘汰选拔时，肖飞虎以他的能言善道，还有脸上那亲切得让人一看就心生好感的微笑，得到了所有人的认可，被推选为小组组长。不需要知道肖飞虎这个被大家推选出来的组长当时都干了些什么，才能带着对他最信服的华平“脱颖而出”，只需要知道，事后所有人都称他为“笑面虎”，就已经足够了！

至于他们两个人先一左一右包抄，又由“笑面虎”出来说服，说白了就是三对十四，而且是正面对抗，再无法利用“同伴”关系暗中下黑手，让“笑面虎”感受到压力。所以找上来，想要让他们三个人编成一个小组协同作战。但就是在这个时候，“笑面虎”依然在用手段，想要先震慑再收服，让孤狼进入小组后可以乖乖听话。

但他还是小看了孤狼，小看了孤狼这个“近战最可怕”的狙击手。

孤狼终于开口了：“下次，再偷偷摸摸接近，我会把你们一起干掉。”

孤狼最终还是拒绝了自己。

肖飞虎沉下了脸：“我知道，你看不起我这种两面三刀的‘笑面虎’，但是在郭嵩然眼里，我们都是一路货色。我是为达目的不择手段，喜欢背后阴人的‘笑面虎’，华平是为虎作伥的帮凶；而你是不善交际，被人联手排斥，转手就能把全组人斩尽杀绝、一个不留的孤狼。”

“我们，不一样。”

丢下这句话，孤狼走了。他始终没有把埋在附近的九枚遥控地雷挖出来带走，所以肖飞虎始终站在那里没有动。

孤狼走得并不快，在大自然中独自生存的狼，在没有猎物，也没有危险的时候，它绝不会奔跑，更不会无聊得蹦蹦跳跳。大自然是残酷的，它用风霜雨雪、伤痛病死，无时无刻不在威胁着这些孤独的生命，提醒着它们自己的强大与威严；但在同时，大自然也是慷慨的，能在它最残酷的考验中生存下来的孤独生命，必然学会了坚忍不拔，学会了用最简单有效的方式进攻、掠夺、生存。

所以，“笑面虎”需要同伴，需要把同伴当成盾牌保护自己，而他孤狼不需要。

他从来就没有过同伴，就算是进了军营，和一群人在同一口锅里搅食，这一点也没有改变过。

第三章 - **军人逆鳞**

十二名准特种兵已经全副武装，所有人都瞪着郭嵩然，眼睛里都喷着火。

郭嵩然却依然一脸坦然："你们都是原先部队中的兵王，是从一万多人中千里挑一选出来的最优秀军人。你们想要救火这是好事，可是你们别忘了，军队用了无数时间、金钱磨炼你们，把你们打造成最精锐的军人，你们可以在冲向一个假火场时丢掉身上的武器弹药，甚至没有留下人专门负责警戒，所以有两个人淘汰，你们明天就可能在真正的战场上，被敌人伏击，留下两具尸体，到那个时候，你们还要去责怪敌人不宣而战吗？！"

说到最后，郭嵩然已经声色俱厉："你们必须在任何时候，都保持最警惕的作战状态，就算是睡着了，也要睁开一只眼睛。只有这样，在危险来临、敌人突然发起致命进攻的时候，你们才能比别的部队反应更迅速、更敏捷，最大化地在敌人首轮攻击中生存下来！

"然后，你们才能在最短的时间内组织起力量反击反击再反击，你们必须用尽一切手段，打破敌军的进攻节奏，其他被打得乱成一团的部队，才能得到喘息之机！永远都处于战备状态，永远都要面对最强的敌人，永远都要和死亡为伍，这就是特种兵，我们夜鹰突击队需要的特种兵！"

在郭嵩然的吼声中，一场以众凌寡却胜负难料的战斗开始了。

在丛林中追杀还有两名同伴的狙击手，这种行为无异于站在钢丝上跳舞，每一个人的紧张度都提到了极限。他们在推进过程中，分成了两支六人小组，形成一个"V"字形向前推进。这样的作战队形，推进速度不如单箭队形快，但是在面对袭击时，反应速度和火力延展速度，却要快出几倍！

两名在侦察营中服役时就担任尖兵的准特种兵，理所当然地冲到了队伍最前方，成为他们这支队伍的斥候。

在队伍左右两翼，各有一名手持八五式狙击步枪的“伪”狙击手，他们脱离队伍独自行动，可以自行决定移动速度和是否停下脚步潜伏。但是在忽快忽慢中，他们的平均速度却始终和小队相同，就这样在小队周围不断游走，形成了两个让人不得不关注、不得不小心翼翼的火力支援力量。

像孤狼那样的狙击手，在执行任务时，第一个要射杀的，永远是对自己威胁最大的敌方狙击手。就算这两名准特种兵只是“伪”狙击手，但是他们能从一个师上万人中脱颖而出，枪法绝对不容置疑。所以燕破岳他们明明只有十二人，也就是一个班的规模，却硬是拿出了双狙击豪华阵容，虽然火力搭配上会产生缺陷，但是对付一名资深狙击手，却有着独特效果……无论孤狼想要射杀他们其中的哪一个，都要考虑自己能不能避开第二名狙击手的反击！

在两名斥候身后不远处，是两名手持班用轻机枪的机枪狗。没错，你没看错，就是机枪狗而不是机枪手。

他们的任务，是在队伍一左一右两侧机动游移，一旦队伍遭到攻击或者看到目标，他们就要像看到猎物的猎犬般，用手中的武器对目标发起猛攻，务必要用火力压制住目标。

紧跟其后的两名队员，他们手中的八一自动步枪的枪管最前端各自加装了一枚90式40毫米口径杀伤性枪榴弹。这种枪榴弹是中国自主研发的新型武器，它可以直接打击三百米范围内的软目标，虽然从杀伤力上来说还略有不足，但是对侦察兵来说，却可以弥补没有迫击炮这种曲射武器的弱点。只要孤狼再向他们展开狙击，这两枚枪榴弹就会劈头盖脸地直砸下去，配合在队伍左右两翼行动的狙击手和机枪狗，形成点、线、面三位一体的组合进攻。

每一队最后两个人，则紧跟在榴弹手后面，三个人排成了一个中国侦察部队包括已经成立的特种部队最常使用的三角阵形。他们的任务，就是负责在警戒左右两翼的同时，小心提防可能从背后发起的敌袭。

虽然大家第一次进行团队配合，但毕竟都是最优秀的军人，都懂得如何收敛自己的棱角去适应群体。中国军队在新兵入营后，反复让每一个人进行队列练习，就是让大家都拥有相同的节奏与习惯，这样就算是和陌生人相配合，也能在最短的时间内形成团队默契。

在高速移动中，整支特战小队，每一个人各司其职，彼此掩护，又彼此交叉，他们用相同的速度快速穿行，聆听着自己和身边队员的脚步声渐渐混为一体，形成一个相同的节奏，团队默契就在他们中间慢慢滋生。

在演习现场最高位置，许阳手拿望远镜，他先是点头，又轻轻摇头。能在这么短的时间内，隐隐透出团队默契雏形，这批驻扎在边境线附近的准特种兵，无论是军事素养还是团队意识，都明显比其他部队要高出两分。只可惜，再优秀的军人，想形成一个真正的作战整体，还是需要用长时间的相处，培养出绝对的信任。

许阳脸上的表情微微一动，通过望远镜，他可以看到，在燕破岳他们前方几百米外的“笑面虎”两人，越过了一片山坡，在不远处就是一个山村。“队长，‘笑面虎’他们越过了演习边境，看样子特战小队也会被他们带着越境，要不要予以制止？”

“他这是嫌我们布置的战场舞台太小了。”郭嵩然轻轻眯起了双眼，淡然道，“既然他想跳出界限，如果我们现在制止，对‘笑面虎’这种人来说，岂不是太不公平了？”

“嗒嗒嗒……”

班用轻机枪的扫射声，突然在几百米外的山坡后方响起，特战小队立刻扑了过去。当他们冲到枪声响起的位置，看清楚眼前的一切时，所有人都被眼前的一幕给震惊了。

二十多只鸭子、十几只母鸡，还有一只有着漂亮红色羽毛的大公鸡全身是血地倒在地上，身体还在微微抽搐，显然是刚刚受到致命攻击。在燕破岳他们脚下，赫然还撒着一地弹壳，这一幕看上去，真的像极了燕破岳他们这群正在参加演习的军人闲得无聊，在拿这些家禽来练习枪法。

斥候在雪地上发现了一根暴露在雪地外面的红色丝带状棉织物，他小心翼翼地蹲下身，拔出刺刀以那根带子为圆点，在四周以四十五度角斜刺下去。确定没有埋设地雷之后，他扒开了地面的积雪，将对方埋在雪下、想要隐藏的东西用刺刀挑了出来，当他看清楚刺刀上挑的东西后，不由发出了一声低叹："嗯？！"

附近的人目光都落了上去，这赫然是一只纯棉质地，有着鲜艳的红色，似乎还散发着一股淡淡的幽香的妇女之友，嗯，简称……胸罩。

作为一名合格的准特种兵，斥候在确定胸罩里没有任何危险物品后，迅速将这个出现得突兀，很可能暗藏玄机的情报源交到了队长手里。

队长仔细地将胸罩里里外外捏了一遍，在一无所获后，队长索性用刺刀直接将胸罩挑开，想要看看里面有没有留下文字或者图案之类的东西。这是作为侦察兵必须具备的谨慎和细心。

就在队长把胸罩挑成一堆破布时，全队都处于高度警戒状态。手持自动步枪，处于队伍尾端的燕破岳，目光突然微微一凝，他看到在自己右侧二十几米外的雪地上，似乎露出一小截女人穿的衬衣衣角，正在风中微微摆动。

如果是一个正常人，一定会下意识地跑过去，甚至会在大脑中出现诸如一个年轻女性被杀，尸体就埋在积雪下面的画面。但是燕破岳没有，他还在凝神思索，身边的萧云杰突然低声说了一句："奇怪，那边的树梢上，怎么还绑了一条丝巾？"

被人用圆锥状物体刺死的一群鸡鸭，女人的胸罩，衬衣，丝巾，还有满地的子弹壳……

这么多的信息在大脑中翻滚，燕破岳试图从中寻找出一个共同点，他猛地面色一变，放声喝道："惨了！"

其他人还没有反应过来，就猛地听到远方铜锣响成一片。直到这个时候燕破岳他们才知道，在被视线遮挡的山坡另一面不远处，就是一个山村。山坡上，几个村民正在用力敲打铜锣，他们一边敲，一边指着燕破岳他们在吼着些什么。只要看看他们那愤怒的模样，还有敲打铜锣时那一波接着一波的猛烈声响，就知道这些村民已经被彻底激怒了。

眼看着山坡上突然出现了二十几条村民家里养的家犬，听着山坡对面那凌乱的脚步声，燕破岳猛地放声叫道：“还愣着干什么，真想挨揍啊，快跑！”

一群准特种兵这才如梦初醒，队长猛地一挥手，放声喝道：“保持警戒队形，立刻撤退！”

队长撤退命令刚刚下达，十二名准特种兵就看到在二十几条土狗后面，上百号手持扁担、锄头、铁锹的村民一窝蜂般地从山坡的另一端冲了过来，夹杂在这些愤怒的村民当中的，竟然还有几个手里拿着弹弓的半大小子。

到了这个时候，燕破岳他们才算明白了什么叫作“陷入人民战争的汪洋大海”，知道了什么叫作“多行不义必自毙”，虽然这个“不义”并不是他们行的。

一群准特种兵撒腿就跑，就算是他们被几十条狗加上百号村民追打，依然保持着战斗队形，一时间跑得风风火火。别说是那些只能用乌合之众形容的村民，就连那二十几条狗仗人势、兴奋得嗷嗷乱叫的土狗，竟然也被准特种兵们甩得越来越远。

看到这一幕，村民们很快就停止了追打，或者说，他们真没有自信追上一群跑得比狗都快的职业军人。村长指着燕破岳他们的背影，跳着脚叫道：“我知道你们部队首长是谁，我一定会去告你们这群违反‘三大纪律，八项注意’的害群之马！你们这是扰民，你们还敢连我闺女的衣服都偷，我陈老三不告得你们跪地求饶，我的那个陈字就倒过来写！”

说到这里，村长陈老三依然余怒未消，他劈手从身边一个半大小子手里抢过弹弓，将弹弓的猴皮筋被拉得几乎要生生折断，手指一松，一粒小石子狠狠飞出了几十米远。

“我陈老三当兵那会儿，部队讲究不拿群众一针一线，拉出去搞演习，我们还会帮村子里的村民劈柴挑水，感动得一个老大娘直往我怀里塞煮鸡蛋！”陈老三说到这里，真的跳脚了，“可是现在呢，这群王八羔子，就是拿枪的土匪，祸国殃民的流氓！都给我追上去狠狠咬，谁咬得够重够狠，今天晚上有大骨头管够！”

陈老三最后几句话，不是对村民们说的，而是对着那些嗷嗷乱叫继续追咬目标的土狗喊出来的。

可见这位曾经当过兵的村长，被气得有多狠。

天知道是不是听懂了村长的话，受到大骨头鼓励，一群土狗跑得更加欢实，一路上留下一连串此起彼伏的欢叫，大有不追上去咬得特战小队哭爹叫娘就绝不收兵的气势。

燕破岳和萧云杰猛地一起停下脚步，两个人不约而同地举起手中的八一式自动步枪，对着二十几条土狗一起扣动了扳机。

“嗒嗒嗒嗒嗒嗒……”

弹壳飞溅、火舌喷溅，那些跑得耀武扬威、兴高采烈的土狗，面对这突如其来的巨大声响和萧云杰手中那支自动步枪迸溅出来的火舌，全都吓得狠狠打了一个哆嗦，它们不约而同地拼命停下脚步，想要离萧云杰远一些。可是它们跑得正欢，哪可能立刻停下脚步，更何况在它们脚下还是厚而滑的雪层，一时间二十几条土狗撞成了一团，到处乱滚，中间夹杂着“嗷嗷”的惨叫和悲鸣声。

空包弹打完，枪声停歇，二十几条土狗夹着尾巴逃走了，在它们滚作一团的雪地上，还留着几摊屎尿。

看着一群来时气势汹汹，去时垂头丧气的土狗，一群准特种兵彼此对视，笑意刚刚从他们每一个人的脸上浮现，一团红色的烟雾就突然从他们中间扬起。所有人一起扭头，目光集中到了队伍左翼的狙击手身上。

队伍左翼的狙击手，腰间的发烟包竟然在冒着红烟。狙击手莫名其妙地扭头看着发烟包，还伸手在上面拍了拍：“咋回事，坏了吗？”

狙击手的话音刚落，他身边机枪狗腰间的发烟包竟然也开始冒出红烟。在这个过程中，没有枪声，没有战斗，一切都出现得那么莫名其妙，机枪狗也开始在拍身上的发烟包，要知道就算是出了质量问题，也代表他们在战场上已经“中弹牺牲”，只有在战后才能向演习主办方申诉。

这代表着就算是质量问题，他们现在也已经“阵亡”，被淘汰出局不能再和大家一起协同作战。

他们现在已经是“死人”了，这种遇到产品质量问题而被迫退出演习的情况，和走路走得好好的，晴空万里突然天上劈下一道闪电，直接把人活活劈死有什么区别？！

面对这种情况，机枪狗和狙击手当真是欲哭无泪、欲语还休。两个人彼此对视，都一脸无言，机枪手揉着鼻子无可奈何地道：“他奶奶个熊的……”

“嗒嗒嗒！嗒嗒嗒！”

熟悉的八二式班用轻机枪的长短点射声突然在队伍右翼响起，这就是在所有人刚刚被村民和土狗追得飞跑，欠缺足够时间磨合的队伍里不可避免会出现的漏洞，又是最郁闷、最惊讶，警戒心和团队战力都处于最低水准的时候，真正的突袭就这么意外地开始了！

对方的枪法相当惊人，两次三连发点射，右翼的狙击手和榴弹手身上的发烟包几乎同时冒出了红烟。

“嗒嗒嗒，嗒嗒，嗒，嗒嗒嗒，嗒嗒，嗒……”

班用轻机枪的点射声，连成了一连串单调而有韵味的节奏，只要一听这种机枪的点射声，所有人就知道，正在对他们发起突袭的，是一名经验丰富而且在战场上还能保持足够冷静的资深机枪手。所有人立刻放弃了默数对方射出的子弹数量，在对方打空弹匣的瞬间，一起跳出发起反击的念头。

这种机枪点射，以三发、两发、一发，总共七发为一个周期，如此周而复始。这样可以将班用轻机枪的火力持续性和步枪的精确性融为一体，一个射击周期就是三组进攻，就算是受过最严格训练的老兵，面对这样的高精度持续点射，也很难在战场上生存下来。

最麻烦的是，这种资深机枪手，以七发为一个周期射击，他会对自己弹匣内的子弹数量了如指掌，也许还剩十五发子弹，也许还剩八发，也许他只射出一半子弹，就会突然更换弹匣。除非他打完了身上背的所有子弹，否则你永远也不会等到他弹匣射空的那个机会。

那名机枪手躲在二百多米外的一片树林里，向他们不断射击，特战小队的成员，还“活”着的人，迅速展开反击，虽然没有实弹射击造成的着弹点，但是面对关系到自己未来的淘汰战，没有一个人敢稍稍大意，双方彼此对射，枪声响成一片。

燕破岳没有开枪，他把自己藏到了一个相对安全的位置，然后闭上了双眼。一直紧跟在燕破岳身边的萧云杰看到这一幕不由得瞪大了双眼，脱口叫道：“老燕，你在搞什么鬼？”

燕破岳把右手中指竖起放在唇边，做出了一个“噤声”的手势。

“嘣！”

在一片枪声混杂中，突然传来了一声钢丝之类特别坚韧的物体快速在空气中震颤形成的声响，这种声音有点像燕破岳小时候看到的身上背着巨弓，用一个手榴弹形状的木槌不断敲打弓弦弹棉花时发出的声响。

耳边传来了临时队长愤怒的低叫：“我靠，那家伙什么枪法，我躲在这儿也能中弹？！”

不用看也可以知道，临时队长腰间的发烟包也冒出了红烟。

燕破岳猛地睁开双眼，他终于想明白了其中的关键环节，他们连续有人“阵亡”，绝不是发烟包产品质量问题，而是在他们附近，躲着一名敌人的刺客，正在利用枪声为掩护，不断用十字狙击弩向他们展开暗杀！

这个时候燕破岳突然想骂娘。

如果是在真实战场上，对方使用狙击弩在近距离向他们发射，就算是第一个人中箭阵亡，其他人也会立刻反应过来，知道遇到了敌袭。可他们是在演习，当然不可能在演习中使用货真价实的弩箭，而是在弩箭上面安装了红外线发射器，用来模拟进攻。

这样做的结果，就是硬生生让一支十字弩射出的“弩箭”拥有了每秒钟三十万千米的飞行速度，再不用考虑地心引力和风力影响，更不用考虑弩箭在空中飞行时的轨迹与时间差，直接对目标扣动扳机就能百发百中。

最让人蛋疼到无语的是，身上挨了一记致命的“空包弩”，燕破岳他们小组的狙击手，竟然还以为是发烟包质量出了问题，充满喜感地被一支十字弩在近距离一连阴死了好几个队友，甚至连临时队长都被对方一“箭”放翻。如果不是燕破岳在“歪门邪道”两位师父的教导下，专门强化过对声音的辨别能力，也许在枪声此起彼伏、双方互相对射中，他们整队人都会被潜伏在附近的一名刺客用十字弩一个个点射掉，直到全军覆没，还在以为对方的机枪手枪法实在是太牛、太厉害！

“你们喜欢作弊是吧？你们觉得自己够聪明，可以把我们全部玩弄于股掌之间是吧？”

燕破岳瞪着一双微微充血的眼睛，从野战包里取出一把雨伞，把它猛地撑开，放声喝道：“别说哥欺负你们，哥才是作弊的祖宗，耍滑头的宗师。拿这套东西在哥面前嘚瑟，你们踢到‘恐龙特急克塞号牌’钢板上了！”

将雨伞内面向外，燕破岳把身体放在雨伞后面，突然大模大样地直接站了起来。

面对这一幕，就算是已经“中弹身亡”，临时队长仍然忍不住喝道：“燕破岳，快隐蔽，你小子不要抽风！”

抽风？

感受着这个相处才几天时间临时队长对自己的关怀，燕破岳深深吸了一口气，放声叫道：“我怕啥啊，我手里可是拿着一把就连炮弹都炸不动、打不穿的超牛防弹盾呢！”

燕破岳手中倒拿着的雨伞，就是前几天他为了烧水，临时拼制出来的“太阳灶”，说白了就是在雨伞里面衬上贴了一层薄薄的亮银色金属箔，这玩意儿形成的镜面效果能将太阳辐射集中到一点，可以达到烧水煮饭的高温。同样的道理，无论是步枪还是十字弩上安装的红外线发射器，都射不穿它，甚至可能会被它直接反射回去。

燕破岳猛地蹲下身体，放声狂叫：“老萧，干掉他！”

萧云杰没有接受过耳力特别训练，无法在一片枪声混杂中，分辨出几十米外一把狙击弩弓弦疾颤的声响，但是他和燕破岳相处了这么久，他哪里还不明白发生了什么？萧云杰冲到燕破岳竖起的“防弹盾”后面，反正有防弹盾护体，他直接用最豪迈的姿态，对着潜伏在几十米外的刺客就是一阵疯狂扫射。

一个弹匣打完，在几十米外一堆从表面上来看和周遭环境没有什么不同的积雪下面，突然涌出了红烟。

刺客被干掉了。

通过望远镜远远地看到这一幕，许阳连连咋舌，嘴里“啧啧”有声：“这究竟是特种兵和准特种兵之间无所不用其极的超限战，还是作弊大比拼啊？”

“我们常说，演习就是战争，能在战争中作弊，这同样是一种力量。”

郭嵩然脸色阴沉如水：“许阳你现在就去和村民们沟通一下，告诉村长，该赔偿的我们赔偿，代表部队向村民们道歉，并向他们保证，绝对不会再发生类似的事情。相关责任人，一定会严肃处理，绝不姑息！”

许阳原本还看得兴高采烈，闻言脸一下子塌了下来，赔钱道歉也没什么，反正他的脸皮一向比城墙还要厚，但是“笑面虎”那厮，为了引得祸水东流，除了宰了村民的几十只鸡鸭，还偷了人家村长闺女晾挂在院子里的内衣，现在村民们绝对是群情汹涌。他许阳虽然是夜鹰突击队第三中队副队长，既没有三头六臂也没有金钟罩铁布衫，一个弄不好他可是会被村民揍得很惨的。

在临走之前，觉得此去前途未卜，心有不甘的许阳追问了一句：“队长你的意思是，就算肖飞虎这次赢了，也会让他滚蛋？”

“肖飞虎在小组竞争时，他利用所有人对他的信任挑拨离间、煽动内部对抗，趁机拉拢亲信，再将其他人逐一剪除，我虽然不喜欢他的手段，但是我必须承认，他的方法非常有效。团结当然是力量，但是能把当面亲如兄弟，背后痛下杀手这一套用到登峰造极，同样是不容忽视的力量。把他用对地方，他会成为夜鹰突击队最锋利的武器！就是想把他看得更清楚些，我安排了这次对抗，如果肖飞虎能以寡敌众取得胜利，我甚至可以强迫自己容忍他的缺点。但是……”

郭嵩然凝望着战场方向，目光越来越冷：“我们是人民子弟兵，我们是在为人民而战，这一点永远不会改变！为了胜利，他今天可以去杀几十只村民的鸡鸭，明天在真正的战场上，就可以牺牲人民的生命，这种行为已经触及身为中国军人的最后底线，我不只要将他踢出夜鹰突击队，我还会联系肖飞虎原属部队领导，建议将这种害群之马逐出部队！”

许阳用力一点头，他深深吸了一口气，带着一脸悲壮，大踏步走向了村庄的方向。

第四章 - **尔虞我诈**

“笑面虎”通过狙击镜，看到了燕破岳手中那只在阳光下还散发着银光，不但能防弹还有伤害反弹的超级盾牌，他立刻就收起武器选择撤退。

在看到燕破岳撑起那面用雨伞拼成的“防弹盾”，他就直接选择了撤退，至于他的同伴，一名为了将十字弩暗杀效果发挥出来，潜伏地点距离特战小队不足百米位置发起突袭的刺客，在暴露行踪后又没人掩护撤退，无论是在演习场上，还是在真实战场上，最终的结局都已经注定。

他肖飞虎可不是那种头脑发热就会犯傻做出蠢事的愣头青。

枪声已经停止，看着依然趴在伏击点上的刺客，几名准特种兵走了过去，对方利用演习规则漏洞来偷袭，大家自然没有什么好声气，有人一开口就透出一口京腔，更透出浓浓的讽刺：“哟，您这位爷，还趴着哪，这天寒地冻的，小心着凉啊。”

看到对方依然趴在积雪堆成的伪装下面一动不动，任由红色烟雾一丝丝地从雪层下面渗透出来，那位来自北京的准特种兵眉毛一挑，走上去将对方一把从雪中拎出来：“您就别趴着了，也让我们哥几个看一看，究竟是哪路大神大仙……”

“砰！”

一声清脆的枪声响起，北京腔微微一愣，他看了看刺客手中那支还在冒着袅袅白烟的手枪，又下意识地扭头看了一眼自己腰间那个已经开始冒出红烟的发烟包，足足愣了三四秒钟，他才如梦初醒，嘶声叫道：“你小子耍赖！”

“砰！砰！”

北京腔发愣的时候，刺客可是没有愣着，他手中的自卫手枪连续响起，组成一个小角阵形，陪同北京腔一起行动的另外两名准特种兵，也被刺客在近距离打得腰间冒烟，成了两具演习场上的“死尸”。

面对这绝对意外，甚至可以说是荒诞到极点的一幕，所有人都惊呆了，这已经不是作弊，而是对演习规则，甚至可以说是对夜鹰突击队最赤裸裸的挑衅！

可以预见，刺客做出这种严重违反演习规则的行为，百分之百会被直接踢出夜鹰突击队。就算是这样，夜鹰突击队高层依然会余怒未消，继续穷打猛追，刺客因此而被扒掉军装滚蛋回家，都几乎是铁板钉钉的事儿。

但是刺客却依然脸色沉静，他迈开脚步，以一步一米的距离，直线走出去，一连走了十二步。

没有人知道刺客在抽什么疯，也许就是因为他的行为太诡异，所以一时间，那三名被刺客“诈尸”在近距离“击毙”的准特种兵，才没有一拥而上，将刺客揍得满地乱爬。刺客走完十二步回头望着他走到十一步时擦肩而过的另外一名准特种兵：“还有你。”

“砰！”

没等对方回过味来，刺客就再次抬枪射击，一枚黄晶晶的弹壳还在空中弹跳飞舞，第四名准特种兵腰间的发烟包就冒出了红色烟雾。

做完这一切，刺客像是没事人似的，把手中的枪一丢，往地上一坐，双手抱住脑袋，摆出了一副“你们想打我出气就来吧”的姿态。

四名被“尸体”击毙的准特种兵咬牙切齿地围了上去，不揍这家伙一顿，他们真的会被胸中的闷气活活憋死。可是燕破岳却分明看到，刺客脸上露出的那丝委屈和悲伤，虽然这些表情只是在他的脸上一闪而逝，但燕破岳还是看到了。

难道说……

燕破岳的心脏猛然狠狠一顿，他飞冲到刺客刚才潜伏狙击他们的隐蔽点，拔出刺刀以斜四十五度角向下探测，刀锋只刺入地面不到一寸，就碰到了什么坚硬的物体而顿住了。燕破岳深深吸着气，扒掉了硬物上面的泥土，一枚反步兵地雷出现在他的面前。

在刺客的身体下面，竟然压着一枚地雷，如果真的在战场上，北京腔忍耐不住对刺客的愤怒，伸手掀起他的尸体，地雷就会被引爆。而这枚地雷的有效杀伤半径是十二米，也就是说，北京腔和他的两名小组同伴，外加站在十一米外的那名队员，都一起阵亡了。

刺客突然“诈尸”，用手枪连续“击毙”四名准特种兵，就是在模拟地雷爆炸后带来的伤亡。

燕破岳拿起那枚地雷，再看看抱着头坐在地上一动不动的刺客，就算大家彼此敌对，他的脸上依然露出了一丝同情，就连他的声音都温和了很多：“这枚地雷，是你身边的队友布置的？”

刺客没有回答，在这个时候，沉默就是答案。

在场的人都瞪大了双眼，给自己的同伴布置地雷，这究竟要多心狠手辣，才能做到这一点？就算这只是一场演习，也关系到他们是否能真正进入夜鹰突击队，在某种程度上，同样是生与死的战争。

“就算你们，不，应该说就算你的同伴是在利用演习规则漏洞，让你在近距离进行暗杀，也必须做好不成功则成仁的决心，所以他在你不知道的情况下，悄悄布置了这枚地雷，把你逼近必须死战的绝境。”

萧云杰走了过来，作为一个心思比燕破岳更细腻也更了解人性阴暗面的智者，他对事情的判断也更加精确：“你们两个联手，一明一暗，他用枪声掩护，你在近距离实施刺杀，如果运气够好，把我们全部歼灭，他就会回来帮你解除地雷；如果在中途被我们发现，他就会立刻撤退，而你当然会被乱枪击毙，纵然这样，你的尸体依然可以引诱我们上当，让我们再次付出代价，我说得对吗？”

刺客依然沉默着，没有说话。

这一次就连被他用手枪当场“击毙”，失去了进入夜鹰突击队资格的四名准特种兵，脸上的愤怒表情也消失了，他们看向刺客的目光中，透出了一丝同情。

很明显，刺客是跟着“笑面虎”一起杀进夜鹰突击队的，而且唯“笑面虎”马首是瞻，可就是这样，在必要的时候，他依然被“笑面虎”当成了弃子，而且是利用最大化的弃子。只要看看刺客现在的模样，就可以知道，他的内心已经是一片绝望的死灰。

不要说是进夜鹰突击队成为一名特种兵，即便是回到原属部队后，在相当长时间内，他的心态都无法恢复，甚至可能因此再也无法振作，只能以失败者的身份退出军营。被自己尊敬信任的人利用到这种程度，这将会成为他终生无法忘记的噩梦。就算这是一场演习，也不会有区别。

刺客抱着头坐在雪地上，他什么也不想看，什么也不想听，他只想一个人静静地坐在这里，和周围的一切，再也没有半点关系。

在这种下意识的抗拒中，似乎就连周围的声音，都渐渐变得模糊缥缈起来。在这一片朦胧中，一个声音带着几可粉金碎石的坚硬与火热，就那么突然地硬钻进他的耳朵，在他的心里，猛地掀起了一片波澜：“他死定了！”

不需要理由，不需要解释，刺客就知道，这个声音中说的“他”，就是“笑面虎”。

那个声音，继续穿过阻碍，硬生生钻进了刺客的耳朵里。

“为求胜利，把同伴当成武器，这是对三百五十万中国军人的背叛，更是对三百五十万中国军人的污辱！赌上一个军人的尊严和骄傲，我向你保证，绝不会让他进入夜鹰突击队，我绝不会让他以胜利者的身份笑着离开这里，我一定要看到他……输得一无所有！”

刺客霍然抬头，他正好迎上了燕破岳的双眼。

那是一双什么样的眼睛啊，因为愤怒已经开始燃烧，但是因为知道对手太过诡诈毒辣，在愤怒的火焰中，却又隐藏着冰一样的极度严寒，只是和他的目光稍一对视，一股火焰的炽热与寒冰的冷冽与锋利，犹如大漠风起、长河落日，带着几欲席卷天地的横行霸道扑面而来，霸道得就连身为“刺客”的他，都感到刺眼起来。

“可是……”刺客终于开口了，他打量着面前的队伍，“你们只剩下三个人了。”

刺客说得没有错。

在一个半小时前，燕破岳他们还有十四个人，自以为已经通过了考核，意气风发地在畅想进入夜鹰突击队，成为一名令人胆寒的特种兵后的光荣。

他们遭遇狙击，包括四班长在内，两名同伴阵亡；他们已经做好战斗准备，落入“笑面虎”的陷阱，在交战时被“击毙”了五人；旋即，他们又踏中了“笑面虎”用同伴制成的人体诡雷，再次阵亡四人！

短短的一个半小时，他们这支准特种作战小队，就被区区三名敌人打得只剩下了三个人，从军事角度来看，几乎是成建制被歼灭。

虽然在这个过程中，双方都曾经利用演习规则漏洞作战，但是看着身边那些腰间冒着红烟的队友，燕破岳依然感受到了特种兵之间爆发对抗，那种无所不用其极的残酷。

短短的一个小时，原本占据绝对上风的特战小队就只剩下三个人，和孤狼还有“笑面虎”相比，他们的实力反而处于最弱势一方。别忘了燕破岳和萧云杰再优秀，也不过是进入军营不到半年时间的新兵，就算他们在新兵营时都是军事标兵，和“笑面虎”、孤狼这种兵王相比，仍然相形见绌。

第五章 - **就骂你了**

燕破岳走到了演习场最高的一个山坡上，他单手举起自动步枪，对着空中就是一阵疯狂扫射，清脆的枪声随之在演习现场的空中反复回荡。

一个弹匣打空，燕破岳踏着满地的弹壳，放声喝道：“‘笑面虎’，我知道你能看到我、能听到我的声音，你给我滚出来！”

燕破岳的声音远远地传送出去，但是四周依然一片安静。

燕破岳面对眼前的群山与丛林，竖起了一根中指，他深深吸了一口气，用尽全身力气，放声喝道：“‘笑面虎’，你就算是听不到，也睁大眼睛，看清楚我的口型……我，燕破岳，发克，你！”

只要看过好莱坞电影或者美剧的人，就应该知道，燕破岳这句中不中、洋不洋的话所代表的含义。

“嗒嗒嗒！”

对面的丛林中，突然传来了班用轻机枪点射的声音，燕破岳摊开双手，望着枪声传来的方向，放声叫道：“没打中啊，‘笑面虎’，你除了会阴人，会拿自己身边的战友当靶子之外，你还有什么本事，都拿出来瞧瞧啊！”

“嗒嗒嗒！”

回应燕破岳的，是第二次点射。

燕破岳脸上讽刺的表情更加浓重：“没打中，没打中，没打中，没打中。‘笑面虎’，是谁教的你枪法，怎么就这么烂，这么臭，这么恶心！我听人说，你还在班用轻机枪上加装了狙击镜，我还以为你是多牛的机枪手，原来就是这么一个臭粑粑手啊？！”

“嗒嗒嗒！”

“嗒嗒嗒！”

“嗒嗒嗒！”

轻机枪点射击一波接着一波地响起，燕破岳就那么大大地张开双臂，任由对方向自己射击，当第七组枪声响起的时候，燕破岳的腰间扬起了一片红烟。

透过班用轻机枪上的狙击镜看到这一幕，“笑面虎”的脸上露出一丝讥讽的笑容，低声道：“傻子！”

在“笑面虎”看来，燕破岳的行为，就是二百五的集合体，是傻逼的最直观、最具体表现。

一个在演习场上都无法控制自己情绪，跑在山坡上任由敌人不断向他射击，不躲不闪不避也不还击，最终被“击毙”的傻子，他再热血激昂，再愤青，再气势汹汹，也绝不可能进入夜鹰突击队。要知道，夜鹰突击队正在组建的可是特种部队，而不是炮灰部队。

“笑面虎”已经准备收起武器撤退了，就在他下意识地通过狙击镜，最后观察了燕破岳一次时，他却突然顿住了。

燕破岳大踏步走到一片干净得犹如白纸的雪地上，以自动步枪的枪托为笔，在雪地上狠狠写了几个力透雪背的大字：笑面虎，我，发克，你，嘛惹！

“没错，‘笑面虎’，老子骂你了，老子就站在这儿，指着你的鼻子骂你了！你妈生头猪都比生你好，我要是你爸，就在你出生前，就把你甩到墙上，不对，是就把你冲进下水道，免得看到你这么一个玩意儿就生气，更免得你给全中国军队丢脸！”

燕破岳继续放声狂喝：“你这个瘪三中的瘪三，杂种中的杂种，我敢用自己的脑袋打赌，你要是生在几十年前，日本鬼子打进中国的时候，你一定是汉奸卖国贼。你连自己身边并肩作战的战友都能出卖，都能当靶子，那你还有什么不能出卖、不能背叛的？你是一个垃圾，一个大大大大的垃圾！‘笑面虎’你听到了没有，我，发克，你！”

说到这里，燕破岳换了一个弹匣，对着自己写在雪堆上的“笑面虎”三个字，在近距离直接扣动了扳机。

“嗒嗒嗒……”

自动步枪连续扫射，弹壳在不断飞跳，虽然他们在演习场上使用的都是空包弹，但是在这么近的距离，空包弹打出来的气流依然一波波冲出，撞在雪面上溅起一片片的雪花，看起来真像是燕破岳在对着“笑面虎”进行“鞭尸”。

“‘笑面虎’，你除了两面三刀卑鄙无耻之外，有什么资格称自己为‘虎’？”燕破岳将打空的自动步枪甩到肩膀上，继续放声狂喝，“就凭你这份唾面自干的本事，就凭你这份任人都不能忍的隐忍和趴在那里万年不动的龟壳样儿，以后我就叫你‘忍者神龟’好不好，好不好啊？”

说到最后，燕破岳放声大笑，仿佛他被自己讲的笑话给感染了似的，他笑得张扬而放肆，笑得上气不接下气，最后更笑得直不起腰来，只能在那里一边继续笑着喘着一边用力拍着自己的大腿。

笑了好半晌，燕破岳摆出了一个动画片中忍者神龟最经典的造型，然后迈着鸭子步，开始在山坡上走来走去，他一边走一边现编现演现唱：“忍者，忍者，那个神，那个神，那个神龟！神龟，神龟，神龟，忍者神龟！瞧一瞧，看一看，想入夜鹰突击队的忍者神龟，瞧一瞧，看一看，新时代的汉奸卖国贼，他的名字叫忍者神龟，他就喜欢背后阴人，他就喜欢高兴的时候……嘎嘎嘎嘎地叫……”

没有在现场亲眼看到燕破岳的即兴表演，没有听到他那能把小孩吓哭的鬼哭狼嚎，你就绝不会明白，这一刻燕破岳的样子有多猥琐欠揍，有多么撩人心弦。

“嗒嗒嗒，嗒嗒，嗒，嗒嗒嗒，嗒嗒，嗒……”

在树林里突然传来了有节奏的班用轻机枪射击声，没过多久，树林里扬起了两片红色烟雾，有人中弹了。

燕破岳的身体僵在了现场，在他沉沉的凝视中，“笑面虎”拎着他那支加装了狙击镜的八二班用轻机枪，慢慢自丛林中走了出来。

“笑面虎”就那样一路走到了燕破岳面前，在他的脸上，满是讥讽的笑容。走到距离燕破岳面前十几米的位置时，“笑面虎”停下了脚步，他望了一眼雪坡上那串“我，发克，你”大字，眼角就微不可察地轻轻一跳，但是旋即脸上又露出了一个灿烂的笑容。

“笑面虎”的笑容，是什么样的呢?

燕破岳在仔细观察。

“笑面虎”的笑容，当然不会让你看出他是一头随时可能择人而噬的虎，否则他就绝不是一头合格的“笑面虎”。

站在燕破岳面前的，是一个二十七八岁，看起来其貌不扬，甚至还会让人感觉忠厚老实的男人。最重要的是，当他对着燕破岳微笑起来的时候，竟然连燕破岳心中都微微一动，他的笑容，带着几分憨厚的纯真，还带着几分让人一看就心生亲切的坦率，最后还隐藏着一分阳光般的灿烂。

这个男人的笑容，就像是春河解冻，那种随之绽放的感染力，就那么扑面而来，如果不是知道他曾经做了些什么，就连燕破岳都会对这样一个男人心生好感，只要相处时间稍长，就会和他成为无话不说的好朋友。

“你好，我叫肖飞虎。”

就连他的声音，都透着一股磁性和浑厚，听上去就像是广播电台的主持人，“笑面虎”微笑着问道：“你呢？”

“燕破岳。”

“笑面虎”一脸灿烂的微笑：“你放弃一切胜利希望当面挑衅，掩护剩下的战友暗中袭击，这种舍己为人的精神，让我感到敬佩。这只是一场演习，到了真实战场上，你未必能做到这一点，但是我依然要对你表达由衷的敬佩。我想，我会记住你的，燕破岳。”

说到这里，“笑面虎”的脸上露出了一丝淡淡的惋惜：“只可惜，你的战友失败了，他们刚刚被我击毙，你们十四人，已经全军覆没了。我专程过来，就是想要告诉你，我们不能以成败论英雄，你虽然失败了，但是你，燕破岳，依然获得了我的尊重。”

眼前这个男人，明明被他挑衅得气冲斗牛，恨不得一梭子弹把他打得稀巴烂，却依然能带着一脸惋惜的笑容，温柔地告诉燕破岳，他很尊敬燕破岳，仿佛他专程走过来，真的是英雄惜英雄似的。

直到这个时候，燕破岳才算真正明白了什么叫作有职业道德的“笑面虎”。

这个人已经把“笑面虎”的特质融入到了他的每一个动作、每一个表情、每一句话当中，而且情真意切得让人动容，他已经习惯了戴着伪善的面具，随着时间的推移，他的伪装更是日渐炉火纯青，这样的一个人对着你笑了几年，在最重要的利益来临时才突然在背后捅上几刀，又怎么可能不成功？！

如果说，这头“笑面虎”唯一的弱点，那就是他太敬业了，敬业到了连身边最后一个“朋友”都要抛弃的程度，其实这也不难理解。当一个人习惯了用当面微笑背后捅刀这种伎俩取得胜利，并且屡试不爽的时候，他就会本能地将“笑面虎”技能当成自己的“撒手锏”，而且他们会理所当然地认为，自己的朋友没有了，很快就能结识新的朋友，手中的棋子使尽了，很快就能找到新的。

“我也会记得你的，‘笑面虎’，是你让我在演习中，体验到了真实战场上的残酷，我想除了你，其他人都不会给我如此深刻的印象，如此强烈的冲击。”

燕破岳在这个时候，竟然对着“笑面虎”弯下了腰，认认真真地鞠躬行礼：“是你让我明白，想成为一名优秀的特种兵，除了军事技能之外，我最需要具备也最需要防备的东西。我已经隐隐明白，特种兵之间展开无限制对抗，那最残酷的场景，这些知识原本是需要在战场上用自己和兄弟们的血来换取的，谢谢了。”

“笑面虎”脸上的笑容，消失了。

当燕破岳向他弯腰致谢时，一种难以言喻的心悸，竟然就那么莫名其妙，又如此鲜明而激烈地在他身体里涌动，如果不是他意志足够坚定，说不定刚才已经下意识地退后了一步。

“笑面虎”深深吸了一口气，勉强将身体里的悸动压制下去，当他怀着一种全新的心理重新打量燕破岳，并开始努力收集各种信息重新分析这个人时，他眼角的余光扫到了燕破岳写在雪坡上的字，突然间“笑面虎”明白了那股心悸的来源。

这个男人，因为他对战友的背叛而愤怒，可是当两个人彼此面对时，这个男人却又能因为从他身上学习到一些东西，可以避免让身边的兄弟在战场上付出血的代价而向他鞠躬致谢。在这个男人的身上，有着他“笑面虎”欠缺的坦坦荡荡，更有着一股他“笑面虎”终其一生都无法学习模仿的磅礴大气。

“笑面虎”今天是能压制眼前这个年轻的士兵，那是因为他选择了踏着同伴的肩膀往上爬，他将卑鄙无耻的力量，发挥到了极限；可是和自己相比，这个叫燕破岳的士兵，却有着更加无限的可能。可以预见，在三年，甚至是两年之后，他必将拥有远超“笑面虎”的实力，而且“笑面虎”永远也不可能再追上他的脚步。

就在心头电转间，“笑面虎”做出一个决定……毁了面前这个士兵，从意志上彻底摧毁他，让他永远也没有机会变得更强！

“你输了。”

“笑面虎”微微抬起了下巴，他的目光中，清楚地透出了“不屑、鄙视”等情绪，他要在这个士兵的心里种下失败的阴影，一旦燕破岳对自己的性格和选择产生怀疑，认为是他的莽撞导致其他队友失去进入夜鹰突击队的机会，并因歉疚，失去了锐气与自信的燕破岳，就会比平常人更平常，比普通人更普通！

“说实话，你也算是一个聪明人。”“笑面虎”的声音，在这个时候依然温和，他的脸上依然挂着笑容，但是他说的每一个字，却锋利如刀直刺人心，“我想你在进入部队前，一定是一个人人夸赞的聪明孩子，你总是能比身边的同学成绩更好，反应更快，你总是能得到老师更多的赞扬和认可。只可惜，你的聪明还不够，并不是所有人都会按照你准备的剧本去行动，就比如说这场演习，你站在这里挑衅我，掩护另外两名队友偷偷靠近，就在你做出这种不合常理行为的第一时间，我就做好了预防偷袭的准备。”

燕破岳的脸色有点发僵，他没有应声。

“笑面虎”的声音，继续在燕破岳的耳边回响：“你必须要明白，外面的世界很大很大，你也许在自己生长的地方，是一个相当优秀的人，可是当你走出自己的家园时，你就会发现，原来比你聪明的人，实在太多太多了。你应该做的，是收起自己那不堪一击的骄傲与自信，抱着谦逊的心态去学习成长，当你积累到足够的知识与经验时，你自然就拥有了重新挺直腰杆，去骄傲与自信的资格。”

从表面听起来，“笑面虎”的话，当真是苦口婆心，像极了学校中那些老师的谆谆教导。在中国人的处世哲学中，忍一时风平浪静，退一步海阔天空，更占据着绝对主流。

但是，这样的处世哲学，绝不适合战场，更不适合特种兵！

打一个简单的比方，中国刚刚成立特种部队，肯定实力还不足以和世界老牌劲旅相比，但是战争爆发，某支世界顶级特种部队进入中国，转战四方对中国各个战略目标展开破坏，难道中国特种部队就要因为自己不如对方，就抱着谦逊的心态去学习成长，直到自己积累到足够的知识与经验时，才跳出来和强敌对决吗？！

如果没有老子天下第一的自信，没有就算是神成为敌人站在自己面前，不管三七二十一，先干一梭子再说的疯狂锐气，那这支部队纵然是经过十年百年的磨炼，纵然拿上了全世界最好的武器，接受了最严格的训练，他们充其量也不过就是一支三流部队。

相同的道理，一旦燕破岳因为失败，将“笑面虎”的建议记在了心里，哪怕只接受了一部分，在最残酷的特种兵舞台上，他还没有登场，就已经注定会以失败者的身份谢幕了。

“真不愧是‘笑面虎’，这份笑里藏刀的本事，佩服，佩服。”

燕破岳微笑着道：“你在怕我。”

燕破岳用的语气不是疑问，而是不容置疑的肯定。

“笑面虎”眼角微不可察地轻轻一跳，旋即他又恢复了正常，“笑面虎”哂然一笑：“我怕你？我为什么怕你，这场比赛是我赢了。而你不但输了，还连累了身边的战友，让他们因为你这破绽百出却偏偏自以为是的计划，被我一举全歼，我肖飞虎为什么要怕一个纸上谈兵的赵括？”

燕破岳轻轻摇头，面前这头会笑的老虎，现在依然在不遗余力地努力打击他的自信，试图让他因为失败而留下心理阴影。

“笑面虎”脸上的笑容，突然消失了。因为他看到燕破岳取出了一节和一号电池差不多大小的纸筒，在这个纸筒上面还有一个自制的拉环，燕破岳随手一拉，一股红色的烟雾就从里面冒了出来。

“这是我用白糖，从粪坑边找的硝土，外加一点点化学药剂自制的红色烟幕弹，怎么样，和咱们腰间背的发烟包产生的效果挺像的吧？”

燕破岳笑吟吟地望着“笑面虎”在瞬间就变得一片铁青的脸：“你能让自己的同伴变成固定炮台，而且发射的还是无声无形弹，我自然也能自制‘血包’，装死把你诱骗出来。虽然我们的战术在实际战场上一钱不值，但是在演习中，貌似还挺好使的，对吧？”

“笑面虎” 猛地擎起他刚才为了耍帅扛在肩膀上的班用轻机枪，可是枪口还没有对准燕破岳，在他的身后就传来自动步枪的射击声，但是，“笑面虎”腰间的发烟包没有冒出红烟，对方在近距离射击，只是在开枪警告。

燕破岳中弹是假的，他的两个队友中弹自然也是假的。燕破岳看着“笑面虎”身后不到百米位置的萧云杰和另外一名队友，伸手比画出一个大大的“V”字形。

他们已经成功地将“笑面虎”引诱进陷阱，但是让燕破岳有些疑惑的是，萧云杰的脸色却阴沉得厉害，丝毫找不到胜利的笑容。

“笑面虎”把手中的班用轻机枪，连带自卫手枪和匕首一起丢到了雪地上，双臂抱头慢慢跪倒在雪地上，在失去反击可能，只要一动手就必死无疑的情况下，根本不需要燕破岳发令，他就抛掉所有武器，摆出了最温驯的配合姿态。

萧云杰两人慢慢走了过来，萧云杰看着双手抱头跪在地上的“笑面虎”，突然飞起一脚踢在“笑面虎”的背部，将“笑面虎”踢得整个人直扑进积雪里。“笑面虎”挨了这一脚，一声不吭地重新爬起来，继续用手抱头跪在地上。

站在萧云杰身边的那名老兵却一脸坦然，燕破岳还记得，这名老兵的名字叫郭英，是师警卫营一连三排的中尉排长。郭英从“笑面虎”身边走过，什么也没有说，什么也没有做，但是当“笑面虎”的目光落到郭英的背部时，他的身体却狠狠一颤，脸上露出了有如见鬼般的不敢置信。

看到“笑面虎”的反应，再看看萧云杰阴沉着的脸，燕破岳终于明白了，郭英并没有使用那枚自制烟幕弹，而是直接冲了上去，从他身上腾起的红色烟雾，是货真价实的发烟包，郭英已经在这场演习中被淘汰了。

燕破岳在几百米外，腰部冒出红烟，距离实在太远，“笑面虎”无法辨别真假，但是近距离展开交锋，暴露的可能性就会十倍不止地增加，就因为这样，郭英选择了第一个冲出去，当着“笑面虎”的面被“击毙”，甚至是故意让“笑面虎”看清楚了自己腰间那只正在冒烟的发烟包，紧随其后的萧云杰，则是躲在雪坑中和“笑面虎”对射，被“笑面虎”火力压制“击毙”，自然就不会再引起“笑面虎”的怀疑。

郭英用自己为诱饵，让“笑面虎”打消了最后的疑虑，自以为将十四名对手全部歼灭，全场只剩下他和同一战线的孤狼，演习已经结束，他才会以胜利者的身份走出丛林，走到燕破岳的面前，同时也走到了燕破岳为他精心布置的陷阱里。

“笑面虎”之所以老老实实抛掉身上的所有武器跪在地上，他就是在等着郭英，想要证明郭英他们不但在利用演习规则漏洞，更是直接在作弊。对他这种自私自利的人来说，永远也不会明白，为什么在部队里，真的有人会为了赢得一场演习的胜利而牺牲自己，心甘情愿地把自己淘汰掉！

迎着燕破岳隐隐透出一丝歉意的脸，郭英那张略显憨厚的脸上露出了一丝涩然：“在我进入警卫营的第一天，营长就告诉过我，作为守护者，我们可以死，但是绝不能输！营长还告诉我，身为守护者，我们的禁忌中的禁忌，就是背叛！”

说到这里，郭英略略一顿，又继续道：“我在今天之前，一直认为自己能成为一个优秀的特种兵，我能吃苦，到军队需要的时候，也不怕牺牲。可是看到你和‘笑面虎’之间的对决，我突然明白了，我能做一个合格的警卫营军人，但是在双方无所不用其极的特种兵战场上，我可能会拖累自己的战友。”

一个质朴而憨厚的笑容混合着中国军人特有的无悔在郭英的脸上绽放，他用力一拍身后的发烟包：“我还是回去继续在警卫营当我的排长，至于这特种兵，就由燕破岳、萧云杰你们这些更适合的人去当吧！”

一直双手抱头跪在地上的“笑面虎”，突然身体紧贴着地面一个后滚翻，因为郭英的话而情绪激动连精神都略略恍惚的萧云杰，猝不及防之下，竟然没有在第一时间扣动扳机，任由“笑面虎”翻滚到了自己脚下。

“笑面虎”双手撑地猛一用力，他原本抱成一个球状翻滚的身体，猛地倒弹而起，两条腿一起夹到了萧云杰的脖子上，然后借着身体翻滚的力量，硬生生以萧云杰的脖子为轴心，做出一个二百七十度旋转，将萧云杰带着一头栽倒。

两个人一起滚到了雪地上，“笑面虎”在身体接触到地面的同时，右膝迅速抬起，在萧云杰的胸口狠狠一撞，萧云杰清楚地听到自己的胸膛里传来木棒折断般的可怕声响，天知道在“笑面虎”的这一记近距离膝撞之下，他断了几根肋骨，但是在这个要命的时候，萧云杰做的第一件事情，就是拼尽全力握紧了手中的枪。

"笑面虎"脸上闪过一丝狰狞的阴狠，他突然松开右手，一拳砸到萧云杰胸部肋骨断裂的位置，旋即又用力狠狠一扭。已经受到重创的胸部再次遇到叠加进攻，萧云杰的脸色猛然间变得惨白，近乎窒息的感觉让他不由自主地张开嘴想要呼吸，大脑更是在瞬间变得一片空白。

身体感受到迫在眉睫的死亡威胁，在萧云杰大脑一片空白、无法做出指令的时候，本能地松手避让。"笑面虎"夺过自动步枪，他劈手抓起萧云杰，用萧云杰的身体为挡箭牌，右手则是单手擎起自动步枪，指向了燕破岳。

从翻滚，夺枪，制伏萧云杰，到举枪射击，这一系列动作，"笑面虎"做得快如电光石火，在枪口，准点，双眼，还没有形成三点一线时，"笑面虎"就毫不犹豫地扣动了扳机。

燕破岳虽然反应迅速，但是别忘了，他在挑衅"笑面虎"时，曾经把自动步枪弹匣里的子弹倾泻一空，在"笑面虎"手中的步枪对准他时，燕破岳才刚刚把身上的自卫手枪拔了出来。

"笑面虎"手指用力，自动步枪扳机直扣到底，同时在他的脸上也扬起了胜券在握的笑容，但是旋即他的笑容就凝滞了。

"嗒！"

枪膛里传来了顶针撞到空处的声响，肋骨不知道被一膝盖撞断几根，疼得一吸气就会全身轻颤的萧云杰，脸上露出了一个比哭还难看十倍的笑容，他的右手慢慢抬起，在他的手中赫然捏着一个填满空包弹的弹匣。

手枪冰冷的枪管，顶到了"笑面虎"的额头上。

"笑面虎"丢掉了手中的自动步枪，在手枪的指挥下，慢慢站了起来。他不知道燕破岳为什么没有开枪将他当场"击毙"，但是只要他没有死，他就有翻盘的机会，哪怕这个机会，只有万分之一的可能性。

燕破岳双眼紧紧盯着"笑面虎"，他用双手握枪，对于一名侦察兵来说，一定接受过不知道多少次空手夺枪的训练，萧云杰的例子就在眼前，他又怎么敢稍有大意？

“老萧，怎么样？”

萧云杰在郭英的帮助下，挣扎着站了起来，他根本不敢伸手去碰自己的胸膛，他每一次吸气或者呼气，胸部就会传来一阵火辣辣的疼痛，在这个时候张口说话，更是一种最直接的酷刑。“死不了。”

燕破岳突然抬起双手，对着空中连续扣动扳机，七声清脆的枪响，随之在这片小山坡的上空扬起。

“笑面虎”的脸上露出一丝惊诧，更多的是绝境逢生的惊喜，他看向燕破岳的目光，就像是在看一个傻子。

燕破岳丢掉了打空所有子弹的手枪，丢掉了身上那柄货真价实、捅谁谁死的格斗军刀，也丢掉了那套被他们钻各种漏洞，已经钻得体无完肤的演习专用红外线接收设备和与之相连的发烟包。

“笑面虎”不知道燕破岳突然抽了什么疯，所以他静静地站在原地，选择了以不变应万变。

“我越看你越不顺眼，相信你也是相同的感觉。”

燕破岳沉声道：“你，我，萧云杰，孤狼，整个演习现场还有四个活的，只要再挂一个，剩下的人就能过关。我在引诱你过来之前，我就说过，我要看到你哭，所以，我不想用枪了。”

“笑面虎”眉角一挑，他上下打量了燕破岳一眼：“你想和我单挑？”

“不，”燕破岳认真地否认道，“我只是想揍你，我想把你揍得连你老娘都认不出来你是谁。”

一个讥讽的笑容从“笑面虎”的脸上扬起，在摘除所有伪装后，“笑面虎”脸上的笑容，竟然透着蛇一样的阴冷与森然：“今年全军大比武，我是徒手格斗比赛第二名，我已经很久很久没有听到，有人要把我揍趴下的挑战了。”

全军大比武，徒手格斗比赛第二名！

听到这里，郭英和萧云杰一起悚然动容，“笑面虎”是个浑蛋不假，但是他绝不会在这个时候吹牛。

一个军有几万人，能在几万人中脱颖而出，占据第二名位置，“笑面虎”在格斗领域的强大可想而知，更何况刚才他在攻击萧云杰时，早已展现出一名超级格斗高手的敏捷、迅速与狠辣！

萧云杰就算是对燕破岳再有信心，在这个时候，也担忧起来，低声道：“老燕……”

燕破岳却没有再说什么，而是点了点头，退后几步，开始活动全身的关节。“笑面虎”哂然一笑，虽然脸上满是不以为然的骄傲，却也开始做起热身运动。

谁也没有想到，特种兵之间的演习对抗，到了最后竟然演变成了徒手格斗对抗。

有些话燕破岳没有说出来，但是聪明才智绝不弱于他的“笑面虎”，却也明白得清清楚楚。对他们这种聪明人来说，演习可以利用的规则漏洞实在太多太多，多得已经失去了比拼强弱的基础。

所以，他们还不如放弃填装了空包弹的枪械，来一场货真价实的对拼，谁被揍得爬都爬不起来，自然就是“阵亡”，就失去了进入夜鹰突击队的资格。

第六章 - 强者对决

（上）

弓步，左臂抬起，右拳一拳击出。

燕破岳一拳击出，这一记马步冲拳打得中规中矩，它唯一的特点就是快，快得迅雷不及掩耳，快得似乎拳风发出的声音都比他的挥拳速度要慢。在这一拳中，更充满了破釜沉舟式的无坚不摧。

站在燕破岳对面不足十米位置，在活动身体的“笑面虎”双眼微微一凝，他的右腿猛地抬起到人类身体能够承受的极限位置，又向下劈落，这是空手道和跆拳道腿法中最常使用，也是杀伤力最强的高劈斩。和常规高劈斩不同的是，“笑面虎”的这一腿在劈落的时候，竟然经过了四个不同的速度波段，先是加速，然后减速，再加速，再减速。

燕破岳脸上的表情也凝重起来，没有把腿练得比正常人双手更灵活，就绝对不可能做到“笑面虎”这种程度。“笑面虎”的这一记高劈腿，能够在全速下劈的同时，强行改变速度，那么他就能在任何时候将正面高劈转化为侧踢甚至是弹踢，只要在交手时稍有不慎，就会遭到他犹如毒蛇吐信般诡异多变的腿法连环攻击。

他们两个人今天是第一次相遇，就打心眼里看对方不顺眼到了极点，可以说是五行相克，现在他们发现，就连对方练的格斗技术、风格都这么讨厌！

一般热身，静止肌肉拉伸；格斗技术专项热身，动态肌肉拉伸。

三分钟后，燕破岳和“笑面虎”一起停止了活动，他们望向对方，两个人的目光在空中对撞在一起，几乎溅起无形的火花。这个时候，他们的眼中，只剩下了对方。

他们在仔细打量着对方身体的细节，聆听着对方的呼吸节奏，甚至通过一个格斗家千锤百炼获得的敏锐直觉在捕捉对方的心率，也就是心脏跳动的速度。

在彼此分析中，两个人慢慢靠近，当他们之间的距离仅剩下区区一米，伸手就能接触到对方时，他们弯曲双腿，摆出了一个攻守兼备的格斗起手势，然后两个人一齐向对方伸出了右手，右手腕在空中对格在一起，形成了中国老一代武术家在切磋时最常使用的“交手势”。

就在两个人手腕接触到一起的瞬间，两个人就一齐在手腕上施加压力，试图破坏对方的身体平衡，但是他们很快就发现，无论自己是一直用暴力碾压还是突然收力引导，对方都站立得稳如泰山、落地生根，就凭这一点，他们就可以确定，对方和自己一样，在扎马步这种基本功上，至少下了七八年苦功。

一股最野蛮的力量从燕破岳的手臂上爆发出来，将“笑面虎”的右手格开，燕破岳的左拳随之向“笑面虎”的额头部位猛击过去。像他这样的年轻格斗家，遵循的攻击原则，当然就是先发制人！

眼看着一拳就要打在“笑面虎”的脑袋上，“笑面虎”的身体竟然往后仰躺，同时他的右脚就像是一把隐藏在黑暗当中的匕首，悄无声息地抬起，用弹踢的方式斜挑而上，包着钢板的陆战靴直接蹬到燕破岳的小腹部位。

这种用足尖弹踢产生的伤害，远远要比正面蹬踢或者侧踢更可怕，燕破岳腹部传来一阵近乎抽搐的疼痛，他全力挥出的一拳，所有力量在瞬间都被这一脚踢散，失去杀伤力的右臂再不具威胁，被“笑面虎”轻而易举叼住手腕。

“笑面虎”抓着燕破岳的手腕用力一带，身体继续向后躺倒，燕破岳刚刚受到重创，痛得倒吸了一口凉气，就在这旧力刚去新力未生的时刻，竟然被“笑面虎”带得不由自主地向前扑倒，看着已经失去平衡的燕破岳，“笑面虎”的眼睛里闪过一丝决然的狠辣，他右膝猛地一弹，穿着陆战靴的右脚就像是安装了弹簧的折叠水果刀般向上弹起，直挑向燕破岳的下颌。

近距离看到这一幕，萧云杰和郭英齐声惊呼，只要这一脚踢实了，燕破岳不但会输，更有可能下巴被生生踢碎留下终身残疾，甚至会当场死亡！

在这个要命的时候，燕破岳深深吸了一口气猛地放声狂喝，一股只能用野蛮来形容的爆发力，猛地从他身上扬起。他右手猛地向回一提，就像是拔萝卜般，硬生生将“笑面虎”躺向地面的身体拔了回来，燕破岳左手撮指成刀，一记内回斩，狠狠劈到“笑面虎”斜挑向自己下巴的右腿上。

“笑面虎”脸上露出一丝痛楚的神色，但是他的右腿却没有停顿，在被燕破岳一掌封砍后，竟然脚不落地，在空中略一转动，随着膝盖弹动，又对着燕破岳的肋部踢出一记内摆莲。

燕破岳抬起左腿，用人体最坚硬的膝盖部位挡住了“笑面虎”的侧踢，可是在同时，“笑面虎”的双拳就一起落到他的胸膛上，将他打得连退三步。

“笑面虎”的最后一记侧踢，是和双拳一起击出，形成了三个打击点，这就是中国国术中所提倡的手脚并用，手到脚到！也只有身经百战，对自身技术自信到极点的格斗高手，才敢在实战中使用这种一旦不能命中目标，就会遭到对方最凌厉反击的格斗技巧。

两个人第一次交锋，只是短短的一秒钟时间，燕破岳就在死亡线上打了一个转，但是占尽上风的“笑面虎”也绝不好过，别看燕破岳那一掌只是为了格挡而被迫砍出，但就是那一掌，已砍得“笑面虎”半身麻痹。他不需要拉开裤腿去看，也知道自己被燕破岳手掌劈中的右腿位置，一定是瘀青了一片。

“笑面虎”盯着燕破岳的手掌，在心中做出了判断：“日本空手道，神道自然流修罗刀。”

燕破岳也在打量“笑面虎”的双腿，他的脑海中，浮现出了斜门师父教导他国术时，曾经说过的一段口诀：头路出马一条鞭，二路十字鬼扯钻，三路劈砸车轮势，四路斜踢撑抹拦，五路狮子双戏水，六路勾劈扭单鞭，七路凤凰双展翅，八路转金凳朝天，九路擒龙夺玉带，十路喜鹊登梅尖，十一路风摆荷叶腿，十二路鸳鸯巧连环。

“笑面虎”使用的，是山东龙潭寺十二路谭腿，作为一名山东人，燕破岳以山东的功夫让“笑面虎”这样的人练习为耻！

两个人再次靠近，这一次他们彼此更加小心翼翼，但就在他们的右手即将相触却还没有相触的瞬间，“笑面虎”突然闪电般地踏前一步，直接挤进了燕破岳怀里，在封住了燕破岳所有攻击的同时，他的双肘猛然抬起，对着燕破岳的双肋猛撞。

空手道，可以说是世界上攻击力极强的格斗术之一，它最大的特点，就是将有限的招式，通过千万次的反复锤炼，将速度力量精确地发挥到极限，并随之爆发出最可怕的杀伤力。尤其是燕破岳练习的神道自然流派修罗刀，更是将“简单、直接、有效”这几个字发挥到极限。

但是在同时，简单、直接、有效，也代表着这种武术需要足够的距离产生加速度，一旦和对方扭缠在一起，形成近身缠战，它的攻击轨迹被封杀，就无法再发挥原有的作用。

燕破岳这一辈子当真还是头一次被人钻进怀里，用近乎拥抱的方式缠斗，他只是微微一愣，双肋部位就遭到了“笑面虎”的连环肘击，一波接着一波就连骨头都开始哀鸣的疼痛直冲进大脑，面对这样的连环进攻，燕破岳下意识地想要退后拉开距离，可是他还没有挪动脚步，左脚上就传来一阵钻心的疼痛，让他差一点一蹦三尺高，赫然是“笑面虎”狠狠一脚踏在了他的左脚掌上，如果不是陆战靴前面包着钢板大大缓冲了下踏的冲击力，也许“笑面虎”这一脚就会生生踏碎燕破岳几根脚趾。

“啪！”

“笑面虎”一掌向上撑起，直撑在燕破岳的下巴上，这一记攻击，无异于拳击中的勾拳，撑得燕破岳脑袋猛地向上一扬，一股格斗高手在攻击时特有的贯穿力，以下巴为原点，斜四十五度角直透进燕破岳大脑，燕破岳甚至可以感受到，这一掌形成的震荡波在自己的大脑中穿过形成的波纹。

这一掌打得燕破岳大脑中意识一片空白，他的头向后倒仰，双眼的瞳孔已经失去了焦点。

耳边兄弟萧云杰的呼叫，在这个时候，仿佛都已经缥缈得再无法分辨清楚，大脑中一半是空白一半是黑暗，睡神就在他的耳边喃喃低语，在劝他放弃一切坚持，陷入最甜美的沉睡。大脑更是对着自己发出不胜负荷的呜咽。鼻孔里传来一阵火热的感觉，就连他的耳朵里都有着一丝温润。

难道这就是我和真正格斗高手之间的差距？

难道是我坐井观天了？

难道我就这么输了？

我真是……太……自以……为是了……

“燕破岳，你不能输，你不能输，你输给任何一个人都可以，但你就是不能输给他！”

是谁，在我的耳边不停地喊着什么，我也不想输，但是，这个人真的好强。

“燕破岳，你忘了自己为什么要进部队吗？你想要成为你父亲那样的军人，你尊敬他，崇拜他，你尊敬崇拜的不是他的力量，而是他和他身边的每一个兄弟，用生死与共培养出来的信任与友谊！”

萧云杰放声嘶吼：“你父亲为了救手下的兄弟，失去了最心爱的女人，可是我敢用脑袋打赌就算让他再选一千次一万次，他也一样会去！因为他们是在同一口锅里搅食吃的手足，是在战场上用命换来的兄弟，他身为这些兄弟的大哥，绝不能眼睁睁地看着他们去死！”

“啪啪啪啪啪……”

在萧云杰的嘶吼声中，占据绝对上风的“笑面虎”，对着燕破岳打出了一套组合攻击，他的拳头和双脚就像是机关枪般，将他的攻击狂风骤雨般地倾泻到燕破岳身上，已经失去意识的燕破岳根本无法招架，他就像是一个麻袋、一个拳靶般，用身体生生承受了“笑面虎”所有攻击。

他全身每一根骨头，每一块肌肉，甚至是每一个细胞都在哀号，鲜血从燕破岳的鼻孔、嘴里，甚至是耳朵中流淌出来，就在这狂风骤雨般的攻击中，萧云杰的声音，继续传进燕破岳的耳朵。

“可是‘笑面虎’呢，他卑鄙无耻，踏着身边同伴战友的肩膀一步步往上爬，他可以在演习现场往战友身体下面塞地雷，他在战场上也一样能做，他污辱了军人这个职业，他甚至还想进入夜鹰，成为一名特种兵，燕破岳，你必须要把他打倒，绝不能让他成功，否则的话，一旦他的成功成为别人效仿的目标，那我们中国军人薪火流传下来的军魂，就真的完了！”

萧云杰瞪着被打得全身都是血，似乎已经失去神志的燕破岳，嘶声号道：“燕破岳，你给我还手还手还手还手还手啊，如果你今天敢输了，老子会鄙视你一万年！”

听着萧云杰的狂号，“笑面虎”脸上露出猫戏老鼠式的残酷，他不断地对燕破岳展开攻击，但是他却故意放轻了力道，他紧紧贴着燕破岳，巧妙地用打击力量，让失去意识的燕破岳无法摔倒。他就是要当着萧云杰的面，将燕破岳的身体和意志彻底击溃，直至燕破岳在未来的人生中，一听到“笑面虎”这三个字，就会从心底扬起无可抑制、无可对抗的恐惧！

就在“笑面虎”又一拳砸到燕破岳身上时，早已经被他打得体无完肤，只要他一离开就立刻会像一只麻袋般摔倒在地上的燕破岳，在绝不可能的情况下，双手突然一伸，死死抓住了“笑面虎”的肩膀，面对这绝对意外的一幕，“笑面虎”还没有反应过来，就看到燕破岳的脑袋在他面前迅速放大。

“砰！”

两个人的脑袋重重地对磕在一起，面对这绝对沉重的一击，“笑面虎”的眼前炸起无数点星星，他挥起一拳重重打在燕破岳的额头上，但是这一拳并没有阻止住燕破岳，所以他只能眼睁睁地看着燕破岳的脑袋高高昂起，又对着自己的脑袋狠磕下来。

这小子拼命了！

急红了眼试图拼命的人，“笑面虎”见得多了，但是这个叫燕破岳的男人，疯狂起来对他发起攻击时，他分明就看到了一头雄狮，一头生活在非洲大草原上，屹立于大自然食物链最顶端，骄傲得不容忽视，骄傲得宁死不屈，骄傲得更加危险的雄狮，就那样对着他发起了最疯、最狂、最猛、最烈、最野的正面进攻！

“砰！”

“砰！”

“砰！”

“砰！”

“砰！”

这个时候，萧云杰看呆了，郭英看呆了，其他已经被淘汰出局却被这一场战斗吸引不由自主地走过来的战友看呆了，就连站在远方的山坡上，用望远镜看到这一幕的许阳和郭嵩然也看呆了。

在所有人呆呆的注视下，燕破岳死死抓着“笑面虎”，用自己的脑袋一次次对着“笑面虎”发起了猛击，鲜血从两个人头部对撞的位置迸溅而出，他们两个人明明在一起受伤，而且燕破岳受的伤更惨更重，但是在所有人眼里看到的，分明就是一头最强悍而且已经彻底愤怒疯狂起来的猛兽，正在虐杀敢于挑衅自己威严的弱小生灵！

第七章 - 强者对决

（下）

“滚开！”

脑袋连续被燕破岳撞击了六次，“笑面虎”终于反应过来，他双掌一起重重推到燕破岳胸前，把燕破岳硬生生推出四五步远。“笑面虎”脚步摇晃了一下，才勉强站立住，他下意识地伸手摸了一下自己的额头，额头上传来的疼痛，让他忍不住倒吸了一口凉气。可是在他心底涌起的，竟然是庆幸，他真的担心，如果自己不能挣脱，燕破岳真的会这样一直对磕下去。

失去“笑面虎”的身体为支撑点，被推得连退出几步，燕破岳摇摇晃晃，眼看就要摔在地上。依稀中，他仿佛看到了小妈那张温柔而悲伤的脸，仿佛看到了父亲回来后脸上的歉疚，仿佛看到了小妈带着悲伤不舍与决然，离开了他们生活的那片大山……

一张张或温和，或邪气，或洒脱，或严肃的脸，就在四周凝视着他，那是在他十年人生中，轮流出现在他面前，教会了他太多太多知识与做人道理的师父，他们都是老爸最要好的兄弟，他们彼此之间可以用自己的身体成为其他人最可信赖的坚盾，他们用自己的言传身教，让燕破岳知道了什么叫作军人之间，那没有血缘关系，却比有血缘更亲密的牵绊。

他的身上背负着如此多的期望与遗憾，他抱着继承父亲的无悔军魂，甚至要超越父亲的梦想走进军营，他怎么能在这个时候输，他怎么能在这个时候倒下？！

燕破岳的双手，突然结出一个奇怪的手印，他嘶声喝道：“临！”

原本想要追上去给燕破岳最后一击的“笑面虎”，被燕破岳的喝声吓得微微一滞，竟然停住了脚步。

燕破岳手中的手印在继续变换：“兵！”

“斗！”

“者！”

“皆！”

“阵！”

“列！”

“在！”

“前！”

临兵斗者，皆阵列在前！

燕破岳这个时候，连续结出的九个手印，赫然就是据说可以刺激人类身体机能，让一名战士在瞬间爆发出超越自身极限力量的“忍法九诀”。

燕破岳一向对这所谓的“忍法九诀”不屑一顾，认为这玩意儿和两百年前喊着“神功护体刀枪不入”冲向八国联军机枪的义和团行为如出一辙，可是就在他几乎要失去意识时，竟然做了。

“中国道家原创，又流传到日本，成为日本忍术门派的功法总诀，它不可能一点用都没有，不可能完全是假的吧？中国的国术、印度的瑜伽、日本的忍术，如果没有真材实料的支撑，它们又怎么可能跨越几百年历史，一直流传至今？

“如果，人的精神超越极限，真的能创造出奇迹，那么求求你，我的身体，陪伴了我二十年的朋友，请你给我更多更多更多更多的力量，让我战胜眼前的强敌吧。”

在心中一遍又一遍地重复着上面的话，燕破岳慢慢地从军装口袋里摸出一条黑色布巾，把它绑到了自己的脸上。

“笑面虎”的脸色微微一动，旋即哂然一笑：“我说‘临兵斗者，皆阵列在前’这几个字怎么听起来这么熟悉，敢情是电影中小日本最喜欢的玩意儿。你以为你在脸上蒙块布就是忍者，就能上天入地无所不能了？”

燕破岳什么也没有说，他的双手突然同时往地面一甩。

“嘣！嘣！”

两声沉闷的爆响声响起，一团红色烟雾，一团白色烟雾，猛地从燕破岳脚下溅起，瞬间就把他和“笑面虎”一起覆盖进去了。

“哇，队长，队长，你快看啊。”

不要说其他旁观者，这个时候就连许阳都像个发现新大陆的孩子似的，又蹦又跳又笑又叫：“那小子会丢烟幕弹，他真的是忍者啊，有没有搞错，他竟然接受过忍者训练，他竟然是个忍者！他会不会在烟雾中突然掏出一把武士刀，一刀就把‘笑面虎’给剁了？！”

“嘣！”

“嘣！”

许阳的话音刚落，他就通过望远镜看到，在燕破岳和“笑面虎”的交手现场，又腾起两团烟雾，这次一团是绿色的，一团是蓝色的。红、白、蓝、绿几股浓烟彼此交杂，形成了一种绝对诡异的颜色，让他们休想看到里面正在发生的事情。

站在一边观战的郭英和其他几个士兵突然打起了喷嚏，随风飘过来的红色烟雾中，分明掺杂了大量辣椒面，连打了几个喷嚏，他们下意识地张开了嘴用力吸气，几个人的脸一下子涨得通红……那股蓝色的烟雾看起来挺漂亮，如诗如梦亦如幻的，结果一股气吸进来，他们才发现，这玩意儿竟然比黄鼠狼放的屁还要难闻一百倍，难闻也就算了，他们甚至无法用自己知道的词汇将这种难闻的味道完整地表述出来。

至于那绿色的烟雾飘过来，倒是有着一股淡淡的香甜，看萧云杰猛然退后几步的样子，其他人立刻醒悟过来，燕破岳这小子为了对付“笑面虎”丢出来的玩意儿，难道还能是什么促进社会繁荣昌盛、减少水土流失、防止沙漠化恶化的灵丹妙药?

大家越退越远，却一个个努力地瞪大了双眼、竖直了耳朵，想要知道烟雾里面究竟发生了什么。

“嘣！”

“嘣！”

一团紫色和一团黄色的烟雾又猛地炸起，很快它们就融入四周的烟团当中，彼此交融、彼此融会，再不分彼此。

“燕破岳你这个浑蛋……”烟雾中传来“笑面虎”的咆哮，“你以为弄这些烟雾躲藏起来，我就没办法了，只能被动挨打吗……阿嚏！”

吼到最后，估计是辣椒面红色的气体灌进喉咙，让“笑面虎”打了一个响亮至极的喷嚏。

臭的，香的，酸的，辣的，各种气体在四周飘荡，相信“笑面虎”在这个时候，当真是品尽了人生百味，更看尽了五颜六色、姹紫嫣红。

如此诡异而瑰丽的景观，吸引得孤狼都从潜伏处走出来，在几十米外静静地抱枪而坐，神色沉静地看着好戏。

站在山峰上的郭嵩然微笑着收起了望远镜，在他看来，这场淘汰赛最终的胜利者已经选出，再不会有任何意外。

“笑面虎”是军区大比武空手格斗亚军，他当然够厉害，可是他更擅长的是技巧，而燕破岳擅长的却是攻击力量最大化。在公平条件下决斗，“笑面虎”可以用他的技巧营造出一次次胜机，可是当他们两个人都陷在烟雾中，拼的就是谁的攻击力更强、谁的抗打击能力更高，“笑面虎”的优点几乎被彻底忽略，只能以己之短迎敌之长。

还有相当重要的一点，如果燕破岳真的接受过忍术训练，是一个忍者，哪怕只是入门级的，也必然擅长在烟雾中对目标展开偷袭暗杀，那团五颜六色怎么看怎么诡异，待在里面更会让人心中发毛、全身不舒服的烟雾，更是他一手建立的主场，到了那里，燕破岳的格斗技术会得到强化，“笑面虎”却会被大幅度削弱，这一上一下，除非能再发生什么奇迹，否则两人之间的胜负已经可以盖棺论定了。

站在一边观战的队员，显然也想到了这一点，不知道是谁猛地对着烟雾中吼了一嗓子：“燕破岳，揍扁那个王八蛋！”

这一声叫喊让萧云杰猛地眼前一亮，他比画着手势，示意所有人跟着他一起喊：“揍扁他！揍扁他！揍扁他！揍扁他……”

一开始这样的喊声还显得参差不齐，可是喊着喊着，越来越多的人加入到这个阵营中，他们越喊声音越整齐，到了最后就连和“笑面虎”编入同一个组的刺客，也加入到他们当中，跟着一起喊了起来。

站在烟雾中，“笑面虎”咬紧了嘴唇，他知道自己的行为并不招人待见，他也并不在乎。但是在这一刻，每一次外面的人齐声高呼，他的眼角就会不受控制地轻跳一下，虽然在外面仅仅有十几个人，却让他生平第一次感受到了众叛亲离的压力。

就是因为这样，他更加痛恨起和他同样站在烟雾中，却不知道隐藏在哪里，始终没有向他发起进攻的燕破岳来。

没有燕破岳，旁边的那些路人甲乙丙丁怎么会叫得那么欢快，他们已经被淘汰，就是残次品，一群注定再也无法踏进特种部队的失败者，竟然还好意思觍着一张脸，在旁边叽叽喳喳？这种自己没有几分真本事，只会躲在别人身后摇旗呐喊的垃圾，竟然也敢在他肖飞虎的面前耀武扬威了？！

只要能够打倒不知道躲在哪个旮旯角里不敢露面的燕破岳，把他像条死狗似的拖出去，就能让外面那些人闭上嘴巴，他的耳边就会恢复安静，只要……他能在烟雾中打赢燕破岳！

还有一点“笑面虎”真的不明白，他的视线受阻，听力也受到影响，正处于一名格斗家最脆弱的时候，为什么燕破岳一直隐藏在暗处没有发动进攻，是这小子的伤势太重，已经失去了行动的力量，还是说他认为只要再等下去，就能获得更好的机会？

“笑面虎”站在烟雾中，小心地调匀呼吸努力思索，站在外面喊得正欢的一群人，声音中却透出了一丝诡异，因为他们惊诧到极点地发现，自己明明义愤填膺，可是喊着喊着，身体某一个特殊部位，却在最不适宜的时间、最不适宜的场合，有了蠢蠢欲动的架势。

在场十几个人心中，一边喊，一边想着一个相同的问题：这个……我的啥啥取向很是正常，我不是变态啊！

“这个……”萧云杰在一边开口了，他的声音有点怪，就好像是鼻子不通气似的，“大家都知道，我们两兄弟在炊事班曾经放过几个月的羊，我们必须努力让羊吃得饱睡得暖，这样才能努力那个啥啥，争取多生出些小羊羔来。”

大家听得莫名其妙，你们两兄弟在炊事班的事，大家也大都听过，你们养羊的经历和现在的情况有啥必然联系？

萧云杰难得地窘迫了一回，但还是继续讲解下去："为了让公羊母羊加深了解，一起探讨生命的奥秘，有时候养羊的人，也会适当地用一点点催化剂，我们接手炊事班那一百多头羊时，就发现了半斤这种玩意儿，我记得它的名字叫'羊羊888'，它还有几句广告词，挺响亮的……'羊羊888，一用羊顶羊，用了发发发'。"

四班长一行人面面相觑，大家都是成年人了，没必要去装什么纯洁，他们看着面前那一大团红的、蓝的、紫的、绿的、白的、黄的混杂在一起，形成一片大杂烩的烟雾，四班长姿势怪异地夹紧了腿，倒咽一口唾沫，不敢置信地问道："你的意思是说，燕破岳在其中一个烟幕弹里，放了你说的那个'羊羊888'？！"

"是啊，"萧云杰说到这里，忍不住以手抚额，低声道，"燕破岳当时还和我讨论过，这玩意儿放进烟幕弹里炸出去，在高温作用下有没有作用，他还有几分疑虑，担心对羊好使的东西，对人没啥用。过了几天我就发现那半斤多'羊羊888'全不见了，我问了一下，燕破岳的回答是，要发挥小马过河的精神才对，管他有用没用，先武装起来再说。"

四班长打量着站在那里坦坦荡荡，当真是玉树临风的萧云杰，有些切齿了："我们都站在这里，为啥就你没事？有解药的话，快点拿出来！"

"您武侠小说看多了吧，还解药呢。"

萧云杰伸手按住左边的鼻孔再用力一喷，一个小棉团就从他的右边鼻腔中喷了出来，这个动作看得所有人眼珠子都差一点当场蹦了出来，萧云杰却一脸淡然，将棉团又塞回原位。直到这个时候大家才明白，怪不得这小子没中"羊羊888"的毒，敢情是自带迷你防毒小工具啊？！

四班长强忍着要去揍萧云杰的冲动，他眼珠子一转，脸上突然露出一个诡异的笑容："我们站在外面只是吸了几口散出来的余波，就变成了这个样子，那烟雾正中央的'笑面虎'，现在岂不是已经那个啥啥了，我倒想知道，一个男人'挺好'

的时候，和燕破岳那小子拼死格斗，会是什么滋味。”

郭英在一边用力点头，毫不客气地将现场环境做了最大恶意化猜测：“别忘了‘笑面虎’还是一个格斗高手，人家练过气功呢。这练过气功的人，本来就血气旺盛，再这么888发发发一下，只怕已经是那个啥啥啥了。”

在这个时候，“笑面虎”已经发现了自己身体情况不对，外面又停止了吼叫，几个人的对话，清楚地传进了他的耳朵里，知道自己吸的烟雾中竟然掺杂了给公羊用的那个啥啥啥，“笑面虎”又惊又怒，喝道：“燕破岳，你……”

话音未落，一道身影就从“笑面虎”背后猛扑过去。燕破岳的脚步声很轻，但是这并不能逃过“笑面虎”的双耳，只可惜因为身体“抱恙”，他转身的速度却比平时至少慢了三倍！

一只拳头撕破迷雾，在“笑面虎”的眼前迅速放大。站在外面的军人们，听到了燕破岳的放声厉喝：“这一拳是为被你践踏的军人荣誉而打！”

拳头打到人体上的声音：“砰！”

有人发出痛苦呻吟声：“呃！”

燕破岳猛地抬脚，想要对着“笑面虎”的小腹部位狠踹，这里原本就是男人绝对要害，更何况“笑面虎”吸了大量“羊羊888”？“笑面虎”大脑还没有做出指令，身体就已经本能地对小腹部位做出防护动作，而燕破岳那一脚只踢出一半就猛地收起，然后又是一记直拳。

“这一拳是为被你在演习战场上出卖的战友而打！”

“砰！”

“呃！”

这一拳打得“笑面虎”脸上鼻血长流，眼前就像是炸开了一朵新年礼花般，无数金色的星星到处飞溅，一股酸到极点的速度，更是以鼻子为原点直刺大脑，酸得“笑面虎”只想捂着鼻子蹲到地上放声惨叫。

但“笑面虎”毕竟是一名格斗高手，到了这个时候，他竟然反其道而行之拼命瞪大了双眼，将双手张开摆出了一个防御姿势，然后他就看到燕破岳再次故伎重施，一脚对着他的小腹狠狠踢来。然后……“笑面虎”大脑还没有做出指令，身体就第二次本能反应，双腿一夹，身体一躬，保护住了男人最重要的部位。

“这一拳是代你老爹老娘而打！”

“笑面虎”这一刻的动作，简直就是把脸凑到燕破岳的面前请他笑纳，燕破岳当然不会客气，又是一记漂亮的小直拳，重重揍到了“笑面虎”的脸上。

“砰！”

“呃……”

燕破岳再次抬腿，对着“笑面虎”的小腹猛踹，“笑面虎”在心中发了疯似的对自己身体下达指令，他甚至咬紧了牙关，做好了宁可挨这一脚，也要拼死反击的准备，只可惜……身体在本能驱使下，第三次双腿一夹，腰肢一躬，脸往前方一凑……

这个，真不愧是“笑面虎”，挨揍都挨得这么帅！

“这一拳是为了我们小组被淘汰的兄弟而打！”

“砰！”

“唔……”

“这一拳是为了主动冲到你枪口的郭英而打！”

“砰！”

“唔唔……”

“这一拳是为了我自己而打！”

“砰！”

“唔唔唔……”

“这一拳……老子想打就打，还需要理由吗？！”

“砰！砰！砰！”

“外面的兄弟要我揍扁你、我自己要打哭你，我今天完不成这两个任务，我就绝不罢休，你哭啊，哭啊，哪怕是流出鳄鱼的眼泪也行啊！”

砰砰砰砰砰……

“笑面虎”的脸蛋挨了燕破岳一套堪称华丽的组合拳，就在燕破岳最后一记右勾拳打到他的下巴上时，“笑面虎”嘴里飞溅出三四颗牙齿，但是在这个时候，他却眼睛发亮，猛地一伸手将燕破岳脸上蒙的黑色布巾给扯了下来。

就在“笑面虎”把布巾往自己脸上蒙时，他透过被打成一条缝隙的眼皮子望向燕破岳，他整个人不由得呆住了。

燕破岳脸上的布被摘掉，按理来说他也会吸入大量含有“羊羊888”的烟雾，可是燕破岳却并不慌张，在他的脸上，赫然戴着一只……口罩？！

燕破岳逼上去，对着“笑面虎”的脸又是一阵狂揍，一边揍，一边叫道：“你个傻子，真以为脸上蒙块破布，就能百毒不侵了？是不是抢得很过瘾，自以为很聪明啊？傻子！”

一阵山风席卷而来，吹散了浓浓的烟雾，当所有人终于看清楚里面发生了什么时，就看到“笑面虎”已经倒在了地上，就算已经昏迷过去，依然紧紧地夹住双腿，身体弯曲，看起来就像是一只油炸的大虾。

脸上的蒙面布被人摘掉，却还留着一个口罩的燕破岳，扭过头对着他们比画出一个大大的“V”字形手势，旋即脚下一软，也一头栽倒在地上。

就算是晕了过去，燕破岳的脸上都带着大大的笑容，他的手指，依然比画着那个只有胜利者才有资格扬起的“V”字。

第八章 - **我是狙击手**

一架米17型直升机，静静屹立在停机坪上，那足足二十多米长、近五米高的机身，看起来就像是一辆空中巴士。

这种直升机绰号“河马”，是俄罗斯“喀山”军工厂出产，在1991年签订采购合同，首批二十四架进入中国，经过试用发现适合在中国平原地区使用，后来经过中国军工厂的技术改进，适应了高原气候，因其一次性能运输二十四名士兵，还能运载包括装甲车在内的重型武器，经过改装后还拥有一定火力支援能力，成为中国军队运输快速反应部队的最佳装备之一。

可以预见，这种左右两翼加挂了火箭发射器的空中客车，在他们加入夜鹰突击队后，会成为最常见的交通工具之一。

一群被淘汰的准特种兵一字排开站在直升机前方，在他们的前方，是淘汰赛中活到最后的萧云杰、孤狼及脑袋上裹满绷带，据说肋骨就断了三根，却依然能挺立在那里的燕破岳。

至于“笑面虎”，他已经被送进医院接受治疗，就算是没有受伤，在这里也没有了他的立足之地。

站在第二排的淘汰者们，虽然一个个脸色平静，昂然屹立，处处透出军人的不动如山，但是看着站在他们前方的胜利者，羡慕和失落这两种情绪，正不可抑制地在每一个人的心里不断滋生盘绕。

古龙在小说中曾经写过一段话，江湖浪子，就要骑最快的马，喝最烈的酒，拿最锋利的剑，认识最漂亮的女人。相同的道理，既然当了兵，就要当最强的兵，用最强的武器，打最强的敌人，这才不枉自己进入军营走了一遭！

他们原本有机会登上职业军人的世界屋脊，看到一片更广阔的天空，只可惜他们失败了，而站在他们面前的那三个人，成功了。

郭嵩然背着双手，在排成两列的军人面前慢慢踱着步子，打量着每一个人脸上的表情，来来回回踱了两圈后，他突然停下脚步，目光跳过燕破岳他们这些胜利者，直接落到了淘汰者们的脸上：“一个坏消息，一个好消息，你们要先听哪一个？”

四班长是淘汰者当中官职最高的一个，他理所当然代表所有人作出了回答：“坏消息！”

“你们在这场对抗赛中失败了。十四人对三人，还是对付三个不能齐心协力的对手，你们占据着4：1的绝对优势，可是你们这些从一个师中挑选出来的精英，千里挑一的兵王，拿出了一份什么样的答卷？”

郭嵩然放声喝道："在短短一个半小时的时间里，你们被干掉了十二个，你们这支肩负着某项特殊使命的特种小分队，已经从建制上被敌人歼灭，就算是燕破岳和萧云杰活了下来，他们两个人，能完成十四个人才能完成的任务吗？你们输了！你们不但输掉了自己的命，更输掉了你们的任务！"

全场一片寂静，所有人都闭紧了嘴巴，这样的战绩他们也真的无话可说，一时间他们附近，只剩下各种战车从远方驶过时发出的隆隆声响。

郭嵩然摊开手掌，在他手掌心里，静静地躺着三枚铜制的鹰形勋章，郭嵩然向前一步，将第一枚勋章戴到了燕破岳的衣领："你小子胆儿够肥的，那几个烟幕弹一丢，看起来五颜六色的，也挺养眼。"

燕破岳猛然立正，放声喝道："是！"

郭嵩然上下打量着燕破岳："真的会忍术？"

燕破岳："是！"

郭嵩然又扫了一眼燕破岳放在脚边的那只木箱，脸上露出一丝笑意，又走到萧云杰的面前："我听说，在原来的老部队，你和燕破岳有一个共同的绰号叫'狼狈为奸'？"

燕破岳放声回应："是！"

"作为两个入伍刚刚半年的新兵，就能闻名全师，这本身就代表了一种实力。"郭嵩然凝视着萧云杰，"我已经见识到了燕破岳身为狼的凶狠，却还没有见到你身为狈的狡猾。"

"报告队长，"萧云杰放声回应，"燕破岳在演习中设置陷阱，引诱'笑面虎'出来决斗，这个计划所有部分，包括怎么挑衅、怎么一步步激怒'笑面虎'、如何打消他的顾虑，都是由我一手策划制订。'笑面虎'只是喜欢偷奸耍滑钻空子，而我平时不喜欢这么做，但是到了必要的时候，我就是偷奸耍滑钻空子的祖宗！"

"偷奸耍滑钻空子的祖宗"这样一个形容词放在谁身上都称不上是褒奖，但是郭嵩然却满意地点点头，将手中第二枚铜制夜鹰勋章别到了萧云杰的衣领上："继续保持！”

萧云杰放声回应：“是！”

郭嵩然又走到孤狼面前，迎着孤狼静静投射过来的目光，占据绝对主导地位，一言就可以定他们这些准特种兵生死的郭嵩然，却似乎有了片刻的犹疑，他突然命令道：“孤狼，摘掉面具！”

孤狼毫不犹豫地立刻执行，当他把头上的面具摘掉的时候，站在后面的其他人受到视线限制，还能保持平静，和孤狼并肩而立的燕破岳和萧云杰，却是一齐瞪圆了眼睛。如果不是他们在军营里待了半年，已经渐渐养成了职业军人临泰山倒而不变色的特质，也许他们两个人已经忍不住失声惊呼，甚至会打上那么一声口哨。

孤狼如果不把面罩摘下来，打破燕破岳和萧云杰的脑袋，他们也不会猜到，孤狼竟然是一个女兵！

她看起来似乎拥有一点俄罗斯血统，脸上带着东方人所欠缺的轮廓分明，削得短短的头发，显得干练而简洁；翘挺如剑的鼻子，说明她有着比男人更加坚毅不屈的性格；紧紧抿起的嘴唇，透出几分严肃认真；在深深的眼眶下，一双原本应该灵动的眼睛上面，却蒙着一层淡淡的薄膜，让人无法通过心灵的窗户，看到哪怕是一丝情绪波动。

一百七十四公分的身高，因为长期接受训练，而略显宽阔的肩膀，让她就算是站在一群男性特种兵之间，都不显得瘦小，但这绝对没有影响她身上那股英姿飒爽的中性之美。

她扛着一支八五式狙击步枪，在狙击步枪下面加挂榴弹发射器，这种绝对矛盾的组合原本已经够夺人眼球，在她身上还背着一支自卫手枪和一支微型冲锋枪，在目光可以触及的位置，还有两枚国产仿“阔刀”反步兵钢珠地雷和整整九枚整整齐齐插在背包两侧，经过特殊改造，既可以用榴弹发射器发射，也可以用遥控器引爆的枪榴弹。

这还不算，在她的身上，竟然还有一把足足六十厘米长的开山刀！

在和她交过手后，绝对没有人敢认为，她身上背这么多武器只是摆设。而她能在战场上将这些武器都应用完美，那就说明她是一个几乎再无缺点的狙击手。或者说，她是那种拿起自动步枪就是突击手，拿起火箭筒就是重火手，操起班用轻机枪就是机枪狗，拎起冲锋枪就能兼任特警，在每一个领域都出类拔萃，放在任何一个位置都能胜任的超级王牌！

只可惜她太冷了，在她身上有着一层无形气场，把她和周围的人分隔开来，让她看起来就像是一个遗世独立的独行者，哪怕身边车水马龙、人来人往，也和她没有半点关系，更休想侵入到她的内心世界中，漾起哪怕是半缕涟漪。

一个太过强大又不会放下“架子”和周围的人打成一片的军人，她注定是孤独甚至是受人排斥的，要知道，天才总会引来更多的关注和敏感，更何况她还是一个女人，一个看上去很有中性美感的女人！

“孤狼，向后转！”

随着郭嵩然一声令下，孤狼迅速转身，终于看清楚她的长相，站在第二排的十二名淘汰者，一个个脸上的表情都精彩得犹若见鬼。

这就是那个无论是战术谋略还是枪法潜伏都完美得无懈可击，在“开战”第一时间，就将四班长一枪爆掉，单枪匹马就将他们整队人压制得不敢稍有轻举妄动的孤狼？！

但是在同时，在场的所有人也终于明白，为什么孤狼拥有如此出类拔萃的狙击技术，却依然在“小组淘汰赛”第一轮，就被所有人投票表决淘汰出局。

这不仅仅是大男子主义情结下的面子问题，更有着不容忽视的实质问题。

一个女兵可以夹杂在一群男兵中间一起训练，男兵们大不了注意一点，少说些少儿不宜的笑话，在训练结束后继续保持军容军纪，不露着膀子到处乱窜也就差不多了。

但是到了执行任务的时候呢？一群特种兵执行任务，他们没有后勤补给基地，就算是泥地里都能打盹，冷了几个人抱在一起互相取暖都是司空见惯，一个女兵能这样做吗？再往细里说，在休息的时候，有人想要方便，如果全是男兵，也许大大咧咧随便找个地方就解决了，就是因为队里有女兵，他们很可能要多走几步，找一个相对隐蔽的地点。先不说这样做积累下来会对身体增加负担，更重要的是，他们在执行任务，一旦和团队脱离，哪怕只有几步，都可能遇到威胁全队生存的危机！

很多人也许会认为，上面的话过于较真儿，有些牵强，但是对特种兵来说，他们执行任务，本来就是在火山上面架的钢丝绳上跳舞，精彩而绝对危险，身为他们的指挥官，必须要想尽一切办法，规避可能存在的风险，这其中，自然就包括了女兵！

“好消息就是，我们并没有做好招收女兵的准备，但是她的军事技术，又让我们无法拒绝，所以我决定把选择权交给你们。”

郭嵩然将手中最后一枚夜鹰勋章高高举起，现在每一个人都明白，这枚勋彰就代表着进入夜鹰突击队的最后一个机会。“不记名投票，一旦反对票超过半数，孤狼就会被拒绝，而你们可以获得第二次参加对抗赛的机会，换句话来说，你们可以补考一次！”

郭嵩然略略提高了声音，再次曝出一记超乎所有人预料的猛料：“补考条件不变，依然是从你们中间挑选出三名优胜者。”

所有人的眼睛都落到了孤狼脸上，只要他们能投票将这个女人淘汰，他们就能获得第二次机会，第二次走上职业军人世界屋脊的机会！这一次机会，简直就是天上掉馅饼。他们和这个女兵不熟，一点都不熟，甚至彼此之间还有着几分敌对气息，而不记名投票，更是为他们开了方便之门。

在这一刻，似乎就连空气中都腾起一股淡淡的敌意，孤狼继续静静地站在那里，她紧紧抿起的嘴唇，似乎抿得更紧了。她看起来是那样的孤独，孤独得只有她身上的枪，才是她唯一可以亲密合作的伙伴。

许阳走了过来，在他手中拿着一些已经裁好的纸条，看起来他打算把这些纸条分发给每一个人，让他们进行不记名投票。

燕破岳突然放声道：“报告队长，我有话想要问孤狼，请批准！”

郭嵩然有些诧异，却点点头：“去吧。”

在所有人的注视中，燕破岳向前三步，右转身，走两步，再右转身，他的军姿完美得无懈可击，这几步走下来，他就站到了孤狼正对面：“我虽然没有加入过特种部队，但是我也知道，特种部队很可能会进入敌境转战千里，每一个成员都必须和团队拥有最佳默契，而你身为一个女人，很难融入到一个团队。”

燕破岳说的话，代表了在场绝大多数人的心声。

孤狼终于开口了：“我是狙击手。”

孤狼的回答简单得近乎没有实质内容，但是在场的人却都听明白了她的意思。

狙击手是一个特殊作战人员，这绝不仅仅是因为他们能够在近千米距离狙杀敌人那么简单。如果只能做到这一点，他们充其量也只是一名特级射手罢了。一名优秀的狙击手，一旦进入战区，就会脱离队伍独自行动，他们会和队伍用大致相同的速度前进，但是却会游离不定，不断收集情报资料，并将这些情报通过无线电报告给队长，让队长可以对战场形势更加了解，做出最正确的判断。一旦特种部队和敌人交手并陷入苦战，狙击手在这个时候的任务，除了躲在安全位置狙杀目标，更要利用视野良好的特点，迅速寻找退路，并用自己的高精度打击能力，掩护团队撤退。

毫不夸张地说，一名优秀的狙击手，就是特种部队的第二生命保障，狙击手能和团队完美融合在一起，这固然是上上大吉，但是如果不能和团队完美融合，却拥有太过出类拔萃的技术和头脑，也足够弥补这方面的缺陷。

至于孤狼，谁敢说她的技术无法弥补缺陷？！

“女人每个月……总有那么几天不方便，据说连冷水都不能沾。而特种部队在执行任务时，很可能会遇到各种极端环境，在必要的时候，在零摄氏度的冰水中潜伏几个小时，也不是不可能。”

说着一些可能会让年轻男孩面红耳赤的内容，燕破岳却很坦然，也很严肃，这的确是一个严肃的问题：“难道你所在的团队，每个月还有几天要配合你不能执行任务？”

孤狼的声音，依然很平静：“我是狙击手。”

这次就连燕破岳都听不懂了，成为狙击手就能避开女人每个月那几天了？这是什么道理！

萧云杰轻咳了一声，他望着孤狼，脸上露出了尊敬和淡淡的同情，低声道："我曾经翻过一本军事杂志，上面提到过，美国的女特种兵，在退伍后很多人都无法再正常生育，原因是她们受过太过严格的训练，把身体多余的脂肪都练成了肌肉，这种状况违背了女性自然规律，所以她们中有些人往往几个月都不会遇到一次不方便。"

后面的话，已经不需要再说，作为一个几乎没有缺点，身上负重比普通同行至少要高出十五公斤的王牌狙击手，她想拥有比男人更强的体能，唯一的办法就是练，不停地练，死命地练。她每天的训练体力支出估计已经超出国家专业运动员，可是身为一名军人，她不可能拥有专业运动员的医疗和体能监护，如果说接受采访的那些美国女特种兵，有可能几个月都不会来一次不方便，她也许一年到头，都不会来上一次。

上天是公平的，在让她获得了超越常规力量的同时，也让她失去了身为年轻女人最普通却也是最重要的东西。

孤狼的目光微微闪动了一下，她从身上取出一只小塑料盒打开，将它送到燕破岳面前，那里面是几粒看起来其貌不扬的药片。

燕破岳再次疑惑了，他将求教的目光投向萧云杰，这位狼狈为奸的狈，的确没有让燕破岳失望，萧云杰深深地吸了一口长气："这是含有激素的避孕药。"

"啊？"

燕破岳瞪圆了眼珠子，一个女兵想要加入全是男兵的特种部队，随身还携带着避孕药，这算是什么？这算是啥意思？

燕破岳大脑思考，已经开始向某种无耻的方向发展，就连他的眼神都随之产生变化……然后，"啪"的一声，肋部被萧云杰不动声色地暗暗狠撞了一下，原本就被“笑面虎”揍成了沙包，又挨了这么一记狠撞，燕破岳差一点疼得当场惨叫。

萧云杰却像没事人似的，在这一刻他的声音却温柔得仿佛换了一个人：“何必呢。”

燕破岳不懂，他真的不懂，孤狼拿出这几片避孕药，萧云杰为什么就变成了现在这个样子，难道说一名女性狙击手随身携带着避孕药，就包含着什么更深层次的意义？

由于背对着郭嵩然，所以燕破岳没有看到，当孤狼拿出那只装着避孕药的小药盒时，就连郭嵩然和许阳也微微动容。这种含有激素成分的避孕药，会破坏一个女人的内分泌，强行更改她的月经周期，甚至会导致停经。孤狼随身携带着这些药片，这说明她早已经明白自己身为一个女人，想要挤进强者为尊，更对女性有着天然排斥的特种部队军营，必须要克服的一层障碍。

这无关乎什么性别歧视，“战争让女人走开”这句话，喊了几百年，自然有它的道理。

孤狼没有再说话，她只是抱紧了怀里的枪。

从萧云杰的表情和声音中，还没有交过女朋友的燕破岳，终于似懂非懂地反应过来，燕破岳目视全场，指着孤狼嘶声喝道：“我不管她是公的还是母的，她是一个好兵，一个牛到能把我们所有人都揍趴下，为了能够随时保持战斗状态，还随身带着那个啥啥啥药的好兵，谁敢投否决票，老子揍死他！”

包括四班长和萧云杰在内，所有人都忍不住倒翻白眼，燕破岳却迅速发现自己做得不对，他用力一拍额头：“不对，我已经是保送人员了，哪有资格要求你们。”

不等其他人反应过来，燕破岳突然摘下自己领章上那枚刚刚别上去不久的铜制夜鹰勋章，再踏前一步，不由分说就将它强行戴到了孤狼的衣领上。

燕破岳在众目睽睽之下，大手一伸搂住了孤狼的肩膀，不理会孤狼下意识地挣扎，就那么死死搂住，这个动作看得所有人都眼珠子乱弹。

燕破岳搂着孤狼的肩膀和她并肩而立，放声喝道：“给我说说看，你们在战场上，是想要个还没蹦跶两下，就被敌人一枪爆头的路人甲队友，还是想要孤狼这种枪枪爆敌人脑袋瓜子的队友？到了战场上子弹还管你是男的女的、公的母的、雄的雌的？能和我们一起并肩作战，打到最后，赢到最后的，就是最好的！只要收起小狗屎、小心思，把她看成一个帅得掉渣的爷们儿，她一样能成为生死与共的兄弟！”

燕破岳一席话吼得声震全场，他旋即松开孤狼，大踏步走到许阳面前，用抢的方式接过许阳手中那些纸条和一支笔：“大家都是来自同一支部队，我看孤狼顺眼，也不能踩着兄弟们的肩膀卖人情，这些不记名投票，我代大家投了。”

燕破岳拿起笔，在第一张纸条上，打了一个大大的叉：“第一票，燕破岳，否决！”

“第二票，燕破岳，否决！”

“第三票，燕破岳，否决！”

四周一片沉寂，许阳想要说什么，却被郭嵩然给制止了，所有人就那么静静地看着燕破岳在一张张地“报票”，最终得出了一个没有半点意外的结论：“燕破岳，十二票，全票否决，不得进入夜鹰突击队。”

萧云杰突然也将衣领上那枚铜制夜鹰勋章摘下来，却把它交到了许阳手中，从燕破岳手中拿过已经报过票的纸条和笔，又在每一张纸条的反面画了一个大大的叉，然后用和燕破岳一样的声调，读了起来：“第一票，萧云杰，否决！第二票，萧云杰，否决！第三票……萧云杰，十二票，全票否决，不得进入夜鹰突击队。”

怒气终于无法自抑地从郭嵩然脸上涌现，他走到燕破岳和萧云杰面前，森然道：“你们觉得自己很强，强到了夜鹰突击队哭着喊着非要求你们进入不可能的程度？”

燕破岳和萧云杰齐声回应：“报告队长，不是！”

郭嵩然望着萧云杰依然捏在手中的纸条：“告诉我，你们把夜鹰突击队当成了什么，可以任由你们在这里表演那一钱不值的个性？”

这一次的问题，直指燕破岳，当然是燕破岳作出回答：“我认为，孤狼比我们这里任何一个人都强，她的意志和坚持值得尊敬。如果非要淘汰一个人，才能给其他人第二次补考的机会，我走，她留下！”

“燕破岳，你是军委主席吗？”

“报告队长，不是！”

“你是军区司令员吗？”

“报告队长，不是！”

“你是夜鹰突击队队长吗？”

“报告队长，不是！”

“那你的职务是什么！”

“报告队长，列兵燕破岳，在炊事班负责放羊！”

“作为一个刚刚入伍半年的列兵，你凭什么认为自己能够决定谁能进入夜鹰突击队，谁需要离开？”

“报告队长，我不能决定！”

燕破岳狠狠一咬牙，放声喝道：“我只是认为，像孤狼这样优秀的狙击手，是夜鹰突击队最需要的成员，如果仅仅因为她是一个女人，就否认她的实力和努力，这不公平！我只是个入伍半年的列兵，我明年还有机会再参加夜鹰突击队淘选，可是孤狼这次因为她是个女人被淘汰，那她就再也不可能进入夜鹰突击队，甚至会因此而退伍了！”

郭嵩然虽然脸上带着笑意，但是在他的眼睛里，涌现的却是一片森然的冰冷，“我还真没看出来，你竟然还是一个礼让三谦的孔融啊，可是夜鹰突击队不是能在手里推来让去的梨，你又凭什么保证，做出这样的事后，明年夜鹰突击队的大门还会再向你敞开？”

郭嵩然咄咄逼人的语气，也激起了燕破岳血液中的刺头因子，他梗起了脖子，放声回答：“夜鹰突击队，可是中国第一支山地特种部队。我认为既然专门成立了特种部队，肯定就是为了弥补一些以前我军所欠缺的东西，这就代表着夜鹰突击队必须勇于尝试，必须拥有‘海纳百川有容乃大’的胸怀。如果夜鹰依然是墨守成规，哪怕脑袋上顶了个‘特种部队’的名头，也不过如此，大不了滚回炊事班，一直放羊放到退伍！”

看着燕破岳和未来的中队长已经出现针锋相对的架势，旁观者无不倒抽了一口冷气，这个浑小子真是什么都敢说！

“我看过你的资料，你父亲是一名老侦察兵，在你入伍前，没少在他面前吃过小灶吧。”

郭嵩然冷笑起来：“那他有没有向你讲过在无限制特种战中，一个女兵会给队伍带来什么样的危险？”

不等燕破岳回答，郭嵩然就继续道：“先别说训练时一个女兵会带来多少麻烦，当兵三年，老母猪赛貂蝉，更何况她长得还不错。如果我真让她进入夜鹰，和队员朝夕相处，你能不能告诉我，会有多少人对她产生好感？一旦在战场上她失手被俘，敌人利用她是女人这个身份设置死亡陷阱，你告诉我，会有多少队员，因为对她的喜欢和男人保护女人的天性，不顾我这个队长的命令，冲出去一个个死在敌人的陷阱中，死在她的面前？！”

“我承认，她是很优秀，比我见过的任何一个狙击手都更优秀，而且她竟然还是野路子出身，如果她能接受更加严格、更加系统的狙击训练，她甚至有资格冲击世界狙击排名榜！”

郭嵩然瞪着燕破岳，厉声喝道：“但是这依然不能打消我对她的顾虑。她是一个女兵，她不但很难融入团队，在最残酷的战场上，她甚至可能变成整支队伍的致命要害。燕破岳，你告诉我，如果在战场上，她真的失手被俘了，我这个队长怎么办？是眼睁睁地看着她遭到一个女人最悲惨的事情，还是带着身边的兄弟，放弃我们正在执行的任务，去展开必败必亡的营救行动？！”

“如果她受伤了，我会背着她，一直把她背出战场，如果我连背她的力气都没有了……”

面对郭嵩然一波接着一波的提问，燕破岳几乎是不假思索地吼道：“我会亲手打死她，绝不会把她留给敌人！”

……

燕破岳的话当真是一石激起千层浪，没有人注意到，孤狼听到这里，稳如岩石更冷如岩石的身体，竟然微不可察地轻轻一颤。她望向燕破岳的目光中，似乎多了点什么，但是这种情绪的波动，就像是盛夏阳光下的雪花，很快就消失不见了。

“你不是已经将自己的勋章交给孤狼了吗？”

郭嵩然冷道：“你连夜鹰突击队都进不了，在孤狼受伤的时候，你凭什么去救她？在她再也无法离开战场时，你又怎么去完成自己的承诺？！”

燕破岳不由哑然，这的确是一个无解的死结。

就在这个时候，孤狼却将衣领上那枚原本属于燕破岳的勋章摘下来，将它交到了许阳手中：“我明年再来。”

作为一个惜字如金的狙击手，孤狼破天荒地又加了一句：“他们来，我来。”

随着孤狼的这个动作，空气中的紧张气氛更加凝重，郭嵩然脸上的愤怒气息也更加明显，隐隐已经到了爆发的边缘。能站在这里的人，没有一个是傻瓜，大家当然能听明白孤狼后面没有说出口的半句话……他们不来，我不来。

孤狼退后一步，和燕破岳、萧云杰并肩站在一起，三个人之间自然而然形成了一个共进共退的整体。如果在平时，孤狼能放下身段这样融入团队，一定会让郭嵩然为之开怀，但是在这一刻，她的行为却无异于火上添油。

就在低气压越来越重，随时可能天雷勾地火时，四班长突然开口了：“报告队长，马显宁请求发言！”

郭嵩然的脸色阴沉如水，眼睛里闪烁着危险的光芒，从嘴里挤出一个字：“说。”

四班长说：“纸条已经用过了，现在我们举手表决。想要让孤狼让位，重新获得淘汰赛战机会的，举手。”

十二名被淘汰的准特种兵，静静地排成一排，没有一个人举手。

“认可孤狼，放弃第二次淘汰赛的，举手。”

四班长话音刚落，包括四班长在内，十四只手臂齐刷刷地一齐举起。

四班长用眼角的余光扫了一遍身边的战友，他的目光最终落到了燕破岳的身上：“我承认你是个爷们，但是也请你不要门缝里看人，把人给瞧扁了！孤狼比我们强，强得多，这点我们认。被一个女兵打成这样，我们要做的，是回去继续训练，往死里练，直到有一天认为可以和她一较高低了，我们还会再回来，而不是靠什么不记名投票，把一个明明比我们强得多的战士淘汰掉。”

四班长的目光，又挪到了孤狼的身上。在这个时候，四班长微微昂起了他的头，他是骄傲的，他当然是骄傲的，他纵然输给了一个女兵，他依然有着中国军人的骄傲和男人的尊严：“今天我输了，但是我不会输你一辈子。你进了夜鹰突击队，千万不要让我在外面追上了，那样的话不只是你丢人，就连夜鹰突击队，都会跟着你一起丢人丢到喜马拉雅山！”

郭嵩然的目光在十二名中国军人的脸上掠过：“这是你们所有人的选择？”

十二名中国军人齐声回答：“是！”

郭嵩然：“不后悔？”

十二名中国军人再次齐声回答：“不后悔！”

郭嵩然走到孤狼面前：“你绰号孤狼，在填写调查问卷时，你写的内容是……我没有队友，也不需要队友。现在请你再回答一遍，你需要队友吗？或者说，你想要队友吗？”

孤狼微微一顿，她望向站在身边的燕破岳和萧云杰，她看到了两双充满鼓励意味的眼睛，她更看到了这两个人脸上那毫无掩饰更无虚假的笑容，在这样的目光注视下，孤狼终于不再犹豫：“想。”

郭嵩然深深吸了一口长气，一个大大的笑容，突然从他的脸上绽放。他真的很看好孤狼，但是孤狼想要在夜鹰突击队找到自己的位置，就必须拥有能够包容她、欣赏她，甚至是喜欢她的同伴，否则的话谁也不敢保证，到了真正的战场上，会不会再发生孤狼性子一扭，一个人单挑乙方一队人的“经典”战例。如果孤狼一直找不到同伴，那郭嵩然宁可放弃她。

将铜制夜鹰勋章珍而重之地重新佩戴到燕破岳的衣领上，看着燕破岳强忍着笑意，但是嘴角已经高高挑起的模样，郭嵩然当真是气不打一处来。他一挥手对着燕破岳的脸抽了下去，燕破岳挺立如山，脸上的肌肉却夸张地绷了起来，可是郭嵩然的手，最终只是轻轻地在他的脸蛋上亲昵地拍了两下："小子，我真是又想踹你，又想夸你，成为你的队长，至少要少活三年。"

燕破岳对着郭嵩然飞快地吐了一下舌头，在旁边的人看到前，又恢复了沉稳如山的军人气概。但是这一幕，并没有逃过孤狼身为一名狙击手的鹰隼，她脸色平静，心中却若有所思。

郭嵩然走到孤狼面前，将铜制勋章给她佩戴上，只说了一句话："恭喜。"

孤狼脸上表情犹如面瘫，她也一向如此，郭嵩然也并不在意。旋即，郭嵩然就看到孤狼张开平时总是紧紧抿起的嘴唇，露出两排可以去拍牙膏广告的洁白牙齿，慢慢地，慢慢地吐出粉红色的小舌头，在空中停滞了大概一秒钟后，又"嗖"的一下缩了回去。

郭嵩然彻底风中凌乱了。

这位孤狼大小姐，大概，可能，也许，是在向他吐舌头，难道说是在向他卖萌?！您想要卖萌，咱家不反对，但是拜托，您脸上的表情不要那么面瘫好不，站得这么近，您突然面色不改地那么一伸舌头，我还以为是吊死鬼诈尸了呢!

看着面前这位不动如山、冰冷似石的狙击手，郭嵩然突然有了一种预感，和燕破岳、萧云杰这两个浑小子组成搭档，孤狼也绝对是一个让人头疼欲裂的刺头角色。

许阳捧着一个记录簿走到四班长一行人面前："举手表决，全票通过，你们行啊。"

许阳打开记录簿，用笔在上面随手一划拉："这样也好，我省事，你们也省事，上飞机吧。"

……

盯着那架米17直升机，四班长他们都愣住了。傻子也知道，飞行员已经登机，正在做飞行前最后检查的米17，绝不是用来把他们送回原部队，而是要把合格队员送到夜鹰突击队训练基地。

那他们这些淘汰者，登机干什么？

难道说……

一个念头就像是春天后的杂草，无可抑制地从四班长他们的心底涌起，就连他们的脸上，都露出了不敢置信却又带着希冀的神色。

“别猜了，你们的补考，刚刚全数通过，你们可以进夜鹰了。”

许阳将记录簿抱在怀里，目视全场：“趁着我心情正好，有什么问题，问吧。”

四班长代表所有人问出了他们的心声：“我们不是已经被淘汰了吗？”

“你们不会真的以为，从一个拥有光荣历史的王牌戍边师，我们只打算挑三个人吧？只从你们师里挖出十四个人，都是因为你们师长太铁公鸡，天天防火防盗防夜鹰的结果。”

许阳脸上的表情，在这一刻怎么看都显得那么欠揍，他指了指自己的心脏：“你们都是千里挑一的精英，而且驻守在边境线上，战备意识要远远高出其他部队，所有的淘汰赛，考验的并不是你们的军事技术，而是你们的……这里！”

直到这个时候，四班长他们才知道，他们在演习中被“淘汰”后，真正决定他们去留的，是那十二张不记名投票用的纸条！

无论是谁，只要在纸条上“不记名”地投了否决票，最终百分之百会打包滚蛋回家。无论他们的初衷，是“体贴上意”，揣摸了郭嵩然的意思做出决定，还是想要第二次补考机会，结果都不会有任何区别。

在特种作战这个最残酷的舞台上，靠揣摸上意、溜须拍马往上爬的人，走不到顶点；损人利己，面对无法战胜之强敌，不去自我反思发愤图强，反而抱着一种“你完蛋了我就有机会”的想法去投否决票的人，更无法走到顶点。因为在他们投了否决票，重新拿到补考机会的同时，他们已经失去了一名军人在战场上遇强则强、百折不挠的勇气与坚持！

“淘汰赛是假的，但那三枚铜制夜鹰勋章却是真的。”

许阳脸上的表情中流露出来的羡慕绝对不是作伪：“这些获得夜鹰勋章的人，会被集中到一起，组成夜鹰突击队精锐中的精锐，王牌中的王牌！只要时机成熟，他们会代表中国特种兵，走到世界舞台上去参加各种特种兵大赛，也可能会代表中国特种兵，去参加军事演习，甚至是参加针对恐怖分子的联合军事行动。由于他们肩负特殊使命，代表了夜鹰突击队当中最锋利的刀刃，我们想了很久很久，才终于给他们找到了一个合适的名字，叫作……‘始皇’！”

四班长一行人，还没有从惊天逆转的快乐中清醒，一个个就已经听得眼珠发蓝。这种感觉就好像是一个人，买了几百块的彩票没有中，结果在地上捡起一张被人踩了七八脚，看起来脏不拉几、不知道谁丢的彩票，定睛一看，咦，竟然中了两千块，还在手舞足蹈乐不可支，就突然听到更加兴奋的吼叫，再那么定睛一看，原来是和自己在同一个车间上班的工人兄弟，竟然中了两千万！

别看大家都在夜鹰突击队，这支撑死就几十号人的始皇特战小队，必定是他们中最疯最狂最强最骁勇善战，一旦战争来临，更必将英雄辈出的铁血劲旅！

因为单单是“始皇”这两个字，就已经赋予了这支部队“首战用我，用我必胜”的凛然傲气，随着时间的推移，这股从一开始就确定的傲骨，会被一代接着一代薪火相传，绝不会被动摇，更不会被更改，直至形成深深镌刻进每一个成员骨子最深处，甚至成为每一个成员内心信仰的不败军魂！

进入这样一支部队，还是首批成员，燕破岳他们甚至会推动中国特种作战的发展，成为里程碑式的人物。

念及于此，四班长他们这些人，又怎么可能不羡慕嫉妒恨得眼珠子发蓝？！

“大家也不用太郁闷。”

许阳的脸上，那种欠揍的笑容再次浮现：“我可以悄悄告诉你们一个好消息，为了保证始皇特战小队的精锐程度和上进心，每隔三个月，就会刷下成绩最差的五名队员，从各个中队挑选最精锐人员补充进去。只要你们肯下功夫玩命狠练，说不定三个月后，你们就是始皇特战小队的一员了。”

听到这里，四班长他们的眼珠子已经不是在发蓝，而是在发红了，他们每一个人脸上的表情，就像是一群快要饿死的狼，盯着面前的一块肥肉，那种垂涎欲滴，那种势在必得，那种杀气腾腾，就算燕破岳和萧云杰没有回头，依然感到脖子上腾起了一股凉意。

那是一种被人用刀子架到脖子上，然后用刀刃轻轻来回拖动的感觉。

郭嵩然用力一挥手，下令道："登机！"

合计十六名夜鹰突击队的特种兵，登上了那架可以同时容载二十四名突击队士兵的米17直升机，他们坐到了机舱两侧那些可以折叠的椅子上。在发动机的隆隆声响中，米17直升机那直径高达二十一米的螺旋桨越转越快，直至腾上了头顶的蓝色天空。

坐在舱壁两侧的军人们，脸上都露出了大大的笑容，一个声音在他们的内心深处翻涌着："夜鹰突击队，我们来了！"

第十章 - 125基地

（上）

没有人知道直升机在向哪个方向飞，耳边全是发动机的轰鸣声，就算是用"吼"的方式交谈，也听得不是十分清楚。在这样的空间中待得时间长了，耳膜都开始抗议起来，所以就算是机舱里没有了上级领导监督，大家也没有什么谈话的兴致，只是扭着头，望着窗外的蓝天，但是他们坐的座位都是紧贴着机舱壁，扭头去看很累不说，外面的景致也是千篇一律，很快就连这种兴致也没有了。

加挂了副油箱的直升机，就这样一直飞行着，机舱中只剩下发动机沉闷而枯燥的轰鸣声。不知道什么时候，夜幕悄悄来临，外面已经是一片漆黑，但是有时候，不经意透过窗舷向外张望，可以远远地看到，在他们脚下的黑暗中，会出现一个个灯火通明的城市。那犹如羊肠般狭长蜿蜒的"灯条"，应该就是城市中街灯效果最明显的主干道，那一个个缓慢移动的小亮点，也许就是正在行驶的汽车。一些硕大的灯箱广告牌上面忽明忽暗，燕破岳仔细辨认了好半晌，都没有看清楚上面写的是什么字，就在他内心腾起一股二杆子式的较劲，瞪圆眼珠子非要看清楚上面写的是什么时，他们乘坐的这架直升机，却绕开了城市，飞得越来越远。

看着燕破岳郁闷的样子，萧云杰不由得轻笑起来，燕破岳在手心画着圈圈自我反思，难道这也算是一种轻微强迫症？

就在这个时候，一直抱着狙击步枪静静坐在那里，不知道在想着什么的孤狼，突然递过来一张纸条，燕破岳打开一看，上面写了六个大字：紫莎贸易大楼。

燕破岳看着这六个字，只觉得眼前、心中都豁然开朗，那种感觉就像是夏天吃到冰激凌，舒服得燕破岳整个人毛孔都舒张开来，他用力一拍孤狼的肩膀："没错，就是'紫莎贸易大楼'，奶奶的，我看了半天，愣是没认出来，好眼力，够兄弟！"

燕破岳可是练武练了十年，他过度兴奋之下，这一巴掌拍得孤狼身体一个趔趄，差点一头栽倒在地上，迎着孤狼望过来的目光，燕破岳尴尬地摸着后脑勺："嘿嘿，一时手误，一时手误。"

孤狼右手回缩，用一种机器人拿着刷子擦皮鞋般的动作，有节奏、有规律地刷着后脑勺，看起来就像是迈克尔·杰克逊在跳霹雳舞："嗯。"

发现燕破岳和萧云杰都瞪大眼珠子望着自己，孤狼有些莫名其妙，所以她保持面瘫的表情，对着燕破岳张开紧紧抿在一起的嘴唇，露出两排漂亮的牙齿，将粉红色的舌头探出来，在空中停滞了一秒钟后，"嗖"的一下又收了回去。

燕破岳和萧云杰心中齐齐涌起一阵恶寒，这是啥意思？

当直升机终于开始下降时，燕破岳看了一眼手表，他们已经在这架直升机上整整待了三个小时，预计已经达到了米17直升机加挂副油箱后的飞行极限。

机舱的大门被打开了，三名获得夜鹰勋章的优胜者、十二名险死还生的普通队员，鱼贯走下直升机，望着四周的环境，所有人一阵默然。

就算是在黑夜，视线受到影响，他们还是可以朦朦胧胧地看到，四周都是高低起伏的群山。至于他们身边这个机场，与其说是机场，不如说就是一片先是用铲土机铲开，再用压路机碾平的土坡。

不，燕破岳旋即推翻了这个想法，因为他在土坡不显眼的位置，看到了几个巨大的石碾子，这个临时直升机停机坪，就是用最纯粹的人力挖掘出来，再用人力拉动石碾子，一点点碾压成形。

考虑到这个机场的特殊性质，根本不可能花钱雇用当地老百姓来携助工程，燕破岳的脑门上几乎渗出了汗水，这不会是夜鹰突击队的前辈们用汗水凝聚出来的结晶吧？！

在许阳的指挥下，燕破岳他们迅速排好队列，除了他们之外，还有五架米17直升机，已经停在了停机坪上，五支大概也会进入夜鹰突击队的士兵，就静静地站在黑暗当中，一动不动。

在黑暗中，有人扯开嗓子喊了起来："获得勋章的，过来。"

整整十八名衣领上佩戴着铜制夜鹰勋章的优胜者，迅速向声音传来的方向集结。作为一群兵王中的兵王，他们绝大多数人都是第一次见面，也没有人出面指挥，但是他们只用了不到半分钟，就整齐地排成了两排，展现出远超常规部队的团队适应性。

把他们这群优胜者集结到一起的，是一个少校，而郭嵩然和许阳就站在他的身边。

"欢迎你们正式加入夜鹰突击队，作为夜鹰突击队的刀锋'始皇'特战小队预备成员，从这一刻开始，你们没有名字，只有代号。你们之间不得互相询问对方的原属部队，不得打听对方的姓名籍贯，这些资料，已经是机密情报，绝不允许泄露！听明白了没有？"

十八名始皇特种作战小队预备队员，齐声狂喝："是，明白！"

少校继续道："我没有给你们准备汽车，你们所有人都必须跑回军营。最后三个人，淘汰进入普通中队，空出来的位置，由跑步成绩最好的三个人顶替！"

许阳一开始还在说，始皇特战小队在训练三个月后，才开始淘汰成员，谁也没有想到，在他们下直升机的这一刻，淘汰就已经开始了。少校仿佛只在向始皇特战小队的成员说话，但是他的声音，却清楚地传进了在场每一个人的耳朵里。有些话不必多说，始皇特战小队成员，最后三个人会被淘汰进普通中队，那么他们这些普通队员呢，最后几名会怎么样，这根本不言而喻。

也就是在这一刻，始皇特战小队的预备队员们，算是真正明白了他们存在的意义。他们不但是夜鹰突击队的刀锋，更是夜鹰突击队中的鲇鱼，他们会逼得所有夜鹰突击队成员发狠训练，前进一步，就能站到世界屋脊上；退后一步，则被彻底淘汰。

少校登上了一辆军用越野汽车，当汽车驶动的那一刻，燕破岳劈手夺过了孤狼身上背的战术背包，孤狼刚想要反对，萧云杰手一伸，又将她身上背的冲锋枪和几个弹匣一起拿走。

“你的体力肯定要比一般男兵强得多，但你依然是个女人，和受过最严格训练的男兵相比，体力就是你的弱点，这点你必须承认！”

燕破岳将孤狼的战术背包甩到自己身上：“不要和别人挤，也不要去想现在跑在第几名的位置，你现在要做的就是跟在我身后，一起跑进军营。”

孤狼的目光微微一闪，她用力点点头。

“部队里的军官最喜欢干的，就是在新兵入营时，给新兵上一堂漂亮的震撼教育课。不管他们是普通陆军，还是特种部队，这种骨子里的东西，一时间根本不可能改变。”

燕破岳低声道：“这里是临时开辟出来的停机坪，跑这里降落摆明就是整我们这群新兵，所以我们必须要做好跑马拉松的准备，要是碰到个变态货色，拉着我们跑上个一百公里，都不是不可能。”

孤狼再次用力点头。

近百号特种兵在越野吉普车的带领下，跑出临时停机坪，在钻过一片小山谷时，山谷上方突然响起一声响亮的口哨，一群特种部队的新兵蛋子还没有搞清楚发生了什么，几条用高压水枪喷出来的水柱，就居高临下扫射过来，让他们在大冬天痛痛快快地洗了一个冷水澡。

看着下面的特种兵们在猝不及防之下被浇成了落汤鸡，山谷两侧传来了一片笑声。

新年刚过不久，还是寒冬腊月，虽然不知道直升机把他们带到了哪里，但肯定还是中国的北方。这西北风一吹，就算是体质再好的人，也忍不住打起了哆嗦，这还不算，特种兵们刚刚加速冲过水龙覆盖范围，又有大片大片的尘土从山谷两侧被人撒了下来。原本就被浇湿的军装上，又被撒了一层尘土，贴在身上说不出的难受。

燕破岳当机立断："回去。"

孤狼还在迟疑，萧云杰就已经跟在燕破岳身后往回奔跑，跑到刚才被水浇过的地方，燕破岳扯开了嗓子："喂，哥哥我还没洗够呢，你们不会这么快就尿了吧？"

话音刚落，水龙就再次发威，燕破岳不躲不闪任由水龙喷到自己的身上，他双手在身上又揉又搓，看到这一幕，紧追上来的萧云杰立刻投身到洗澡队伍当中，孤狼当然也不是笨蛋，旋即也冲了进来。

跑在前面的特种兵们现在才反应过来，反正也被淋了个通透，再淋上几下子也不会有任何区别，却能把粘在身上的这些泥土洗掉。就在所有人掉头往回跑时，燕破岳又语出惊人："上面的哥们，谁带洗发水了，给丢下一瓶行不？光冲水，这洗得不够干净啊。"

话音刚落，上面的几条水龙就一起消失了，一个声音传了下来："我呸，你真当这里是澡堂子了？"

"哗啦啦"冲回来打算再洗个冷水澡的特种兵们都怒了，你自己洗干净了，转手就来了一个釜底抽薪，有这么无耻的不？！

燕破岳带着萧云杰和孤狼，三个人洗得干干净净，大模大样地转身而出，水嘛，可以从附近打的井里现抽，他就不相信山谷两侧的人，能准备多少土，果然，再次冲过的时候，上面哑了火。

坐在越野吉普车驾驶席上的少校，看着转身冲回来的燕破岳一行三人，脸上露出一丝微笑，对坐在身边的郭嵩然道："这两个小子，的确是刺头，刚刚经历过笑面虎的事，转身就敢干出这种损人利己的事。"

郭嵩然也微笑起来："可是我们却偏偏拿他没有办法，总不能说人家要求上面丢瓶洗发水，也犯了纪律错误吧。"

千万别小看燕破岳玩的这记小花招，就凭这一点，他就为自己这个三人小组赢得了一丝优势。

冲出山谷，看到越野吉普车停在面前，燕破岳就猛地停下脚步，开始脱身上的衣服，看到孤狼还怔在一边，燕破岳眉毛一挑："快脱，再不脱你就要冻病了，我可没有背你跑一百公里的自信！"

看到燕破岳和萧云杰三下五除二就把上身脱得光溜溜的，又开始去脱裤子，孤狼这下可真的有点傻眼了，身为狼狈为奸组合那只"狈"的萧云杰，在这个时候，轻轻点了孤狼一下："你可以躲到吉普车后面去脱衣服嘛。"

眼看着孤狼真的跑过来，站到了吉普车侧面飞快地脱军装，少校和郭嵩然都傻了眼，郭嵩然："喂喂喂，你不会是玩真的吧？"

一句话刚出口，孤狼的上衣就已经脱掉，眼看着就要暴露出里面的实质性内容，郭嵩然翻着白眼跳起来，将一张毛毯甩给了孤狼："我真的后悔了，怎么会让你和燕破岳、萧云杰那两个浑小子编成一组。一天时间不到，这孤狼都快变成狐狸了。"

孤狼从敌人手中"缴获"毛毯一张，凯旋了，而燕破岳和萧云杰在这个时候，已经开始用力拧脱下来的军装，拧得再也挤不出水滴后，又把它们穿回了身上，这样的衣服在零下十几摄氏度严寒中，很快就会被冻得变硬，再随着体温一点点地干掉，虽然保暖性能大大降低，却不会再把人冻病。

孤狼裹着毛毯暖和和地坐在一边，燕破岳一边抓起孤狼的军装用力拧，一边向孤狼面传心得："正所谓'塞翁失马焉知非福'，又所谓福之祸所那个啥，祸之福所那个啥。你是一个女兵，在很多人眼里看来，是你的弱点，但是只要战术得当，再加一点点卑鄙无耻的厚脸皮，一样可以化弱点为优点。"

别人都被淋成了落汤鸡，全身都在打摆子不说，而且一个个灰头土脸狼狈不堪，他们却洗得干干净净，自己身上还裹着一张毛毯，这样的现状，让孤狼连连点头，显然是受益匪浅。

听着燕破岳的话，少校当真是哭笑不得，他低声问道：“这小子一向如此？”

郭嵩然点点头，脸上满是无可奈何，但是声音中的欣赏却怎么也瞒不过人：“现在这一出还算是好的，你是真没见他在演习时，用一把上面贴了金属箔的雨伞当防弹盾，愣是让拿着一挺八二式班用轻机枪的‘笑面虎’傻了眼。我原本还以为那只是他的灵机一动，现在看来，这小子摆明了就是钻规则漏洞、不按常理出牌的专家，而且玩的还是阳谋。就拿这次来说，不给孤狼毛毯，是我敢，还是你敢？”

少校收起了笑容，他打量着燕破岳，低声道：“这样的兵，练好了，是最优秀特种部队战地指挥官，而且还是能创造奇迹的那种；练不好，就是一颗能搅坏整个夜鹰突击队的老鼠屎！”

郭嵩然眼角一挑：“你说，我会允许他变成老鼠屎吗？”

第十一章 - 125基地

（中）

燕破岳一行三人，现在已经整装完毕，燕破岳双手捧着毛毯，把它送回到郭嵩然手中。郭嵩然脸上表情似笑非笑，对着少校略一点头，少校一踩油门，越野车又冲了出去。在越野车的后面，几十号特种兵撒开丫子猛跑，紧追不舍。

跟在汽车后面至少跑了二十公里，一群特种兵又累又冷又饿，奔跑的速度渐渐慢了下来，眼看着再按喇叭也无法让后面的人提起精神，郭嵩然双手撑住车身，一个纵身从敞篷越野车中跳下来：“看看你们的样子，就算是我外婆，都能跑得比你们更快，跑得比你们更有精神。难道说你们这些特种兵，就是一群特别没种的兵？！”

被队长指着鼻子挑衅，一群特种兵依然有气无力。已经超过十小时没吃饭，背着几十公斤负重，在大冬天穿着被淋湿的衣服，在连路都没有的大山里追着一辆越野车跑了二十公里，这几乎消耗掉了他们所有的体能，同时也让他们的士气几乎跌到了谷底。

“噢，饿了是吧。”

郭嵩然突然善解人意起来：“也对啊，人是铁，饭是钢，一顿不吃饿得慌。大家不必太感谢我，我其实已经给你们准备了一顿丰盛的消夜。”

在郭嵩然的指挥下，两名特种兵走上前，从越野车里搬下两只漆成绿色的大型军用保温桶，少校也跳下汽车，不知道从哪里拿出一只勺子，在保温桶上敲了两下：“开饭啦，一人一勺，不要抢，人人有份。”

特种兵们自觉地排成了一条长队，把水壶外面包裹的饭盒取了出来。当保温桶被打开时，有幸排在第一位的燕破岳探头看了过去，只看了一眼就愣住了。保温桶里放了满满一桶油炸的虫子，里面有蚂蚱、 蚕蛹、知了，甚至还有蟑螂和一些叫不出名字的东西。这些玩意儿密密麻麻地堆了一桶，让人看了就汗毛倒竖。

少校一挥手中的勺子，挖了一半勺昆虫倒进了燕破岳手中的饭盒里，然后像赶苍蝇似的挥了挥手：“还愣着干什么，还不快走，难道你还指望我多给你一勺不成？”

捧着饭盒的燕破岳和萧云杰脸色怪异，坦率地说，这些昆虫被油炸后还散发着一股肉香味。但就是这股香味，却让燕破岳和萧云杰的胃在不断地抽搐，随时有造反的可能。

身边传来了嚼东西的声音，而且一听就是特别有嚼头，燕破岳和萧云杰一齐回头，看到孤狼坐在一边，就像是吃五香蚕豆般，将昆虫拈起来，一只只地丢进嘴里，而且是越吃越快。

看到孤狼手中又拈起一只油炸蟑螂，将它信手丢进嘴里，咬得“吱吱”声响，燕破岳和萧云杰一齐倒咽了一口唾沫。

“你们不用看她，孤狼可是一个不需要观察员就能独立作战的王牌狙击手。她曾经只带了一包压缩饼干、三钱盐，在丛林中生存了三个星期。”

郭嵩然的声音，在燕破岳和萧云杰的身后响起：“你们可以问问她，在那段时间里，对什么食物印象最深刻。”

燕破岳和萧云杰真的去问了，孤狼第一回答是：“蚂蚁卵。”

燕破岳和萧云杰都忍不住搔后脑勺，蚂蚁卵这玩意儿能吃吗？好吧，就当这玩意儿是孤狼的个人爱好，燕破岳又问出一个关键问题：“那你怎么补充盐分？”

“吃土，舔石头，啃骨头。”

听着孤狼言简意赅的介绍，两兄弟都麻爪了，这还是人干的事吗？萧云杰看向孤狼的目光，犹如在打量上帝：“你吃这么多乱七八糟的玩意儿，就不会拉肚子，或者吃出什么寄生虫来？”

“喝煤油。”

这下别说是萧云杰了，就连燕破岳都是高山仰止，怎么听下来，能在野外独立生存三周时间的孤狼，已经超出了人类范畴，化身成机械战士，只需要喝煤油、吃电池，就能维持日常消耗。

郭嵩然走过来，坐到了燕破岳和萧云杰身边，他一伸手从燕破岳的饭盒里拈起几只油炸昆虫，把它们丢进了自己嘴里：“身为一个合格的侦察兵，除了要能手起枪落命中目标，更需要具备近乎残忍的生存技能。就比如说喝煤油，每隔十二小时喝一小勺，能杀死体内的寄生虫，也能有限度缓解痢疾。虽然那玩意儿味道不怎么好喝，但是在没有药品，也没有支援的环境中，能在废弃的煤油桶中找到一点煤油，对侦察兵来说，已经是喜出望外了。”

燕破岳和萧云杰都在静静地听着。也许是有意，也许是无意，燕实祥和他身边的那群兄弟，在教导燕破岳和萧云杰时，都没有人教他们这些东西。或者是因为这些东西实在太残酷，所以他们宁愿让燕破岳进入军营，去真正接触它们。

“你们两个都是好苗子，尤其是你，燕破岳。你出生于一个军人家庭，从小就接受了准侦察兵训练，你拥有比常人高得多的起点，所以你进入部队，可以我行我素，甚至是玩世不恭。但是进入夜鹰突击队，你很快就会发现，那是一个强者如云的世界，你的优点不再是优点，而你缺乏身为一名特种兵最基础的军事技能这个缺点，却会被无限放大。”

燕破岳欲言又止，脸上露出若有所思的表情。郭嵩然的目光，落到了燕破岳的衣领上，看着那枚铜制夜鹰勋章，他沉声道：“你们两个拥有让我羡慕的潜力，但是如果可以选择，我真的不希望把勋章戴到你们的衣领上。”

伸手拍了拍燕破岳的肩膀，郭嵩然走开了。

燕破岳和萧云杰面面相觑，萧云杰揉着鼻子苦笑道：“从炊事班放羊的，一举跳到夜鹰突击队成为特种兵，而且还是戴着勋章的尖子兵，这种六级跳看着是挺爽，但是你我两兄弟，和那些从侦察部队中挑选出来的老兵相比，的确是缺了不少东西，而我们缺的这些东西，靠小聪明是无法弥补的。”

燕破岳抓起一把油炸昆虫，把它们塞进了嘴里用力大嚼。在萧云杰的注视下，他狠嚼了几口，然后瞪着眼珠子，把嘴里的食物硬咽了下去，不等萧云杰询问，燕破岳就吐出一口长气，放声叫道：“香！”

萧云杰一脸不信地望着燕破岳，他还没有来得及提出质疑，就看到燕破岳猛地跳起来，连吐了几口口水，总算是把几根不知道什么昆虫身上的爪子给吐了出来。别看这些虫子个头都不大，但这爪子却是又硬又锋利，刺得燕破岳吐出来的口水中都混合着几根血丝。

前车之辙，后车之鉴，萧云杰立刻学着孤狼的样子，伸出两根手指拈起一粒油炸昆虫，也不看它究竟长的是啥样，更不会犯二地分析平时在哪里能看到它，就像是吃五香花生米般往嘴里一丢，然后颇有范儿地一咬，再“呸”的一声，把嘴里够硬的一部分吐了出来。

怪不得身边那些受过野外生存训练的特种兵吃油炸昆虫的方法都是一粒一粒，只有燕破岳才会无知无畏地大把往嘴里丢。

萧云杰嘴里把油炸昆虫咬得“吱吱”作响，他发现这也是一个窍门。刚开始把虫子丢进嘴里时，舌头要尽量少参与到其中，而是要用牙齿去对付它，把它比较坚硬的壳咬开时，嘴里自然会发出“吱吱”声响，到这个时候，舌头再卷上来，用舌尖部位把昆虫身上比较坚硬又没有任何营养的爪子卷出，再轻轻“呸”的一声吐出来，这样嘴里剩下的，自然就满是富含蛋白质，咬一口还满口是油的虫肉了。

饭盒里的油炸虫子全部被硬塞进肚子里，燕破岳和萧云杰彼此对视，他们都在对方的脸上看到了忍耐的神色。一个正常人突然吃这么多玩意儿，想不反胃那几乎不可能，但是他们都明白，如果还想留在夜鹰突击队，他们就绝对不能吐！

他们今天吃的虫子，至少用油炸过，上面还撒了一点盐，而孤狼身为一个女兵，一个人在丛林中生存了三周，她吃到的可全都是生的，他们两兄弟再咋样，也绝不会在一个女人面前认㞞。

汽车喇叭声响起，吃过这么一顿别开生面的宵夜后，他们这群特种兵，又要去当男子王军霞，开始马拉松训练了。

跟在越野吉普车后面又跑了大约一个半小时，所有人都愣住了，因为他们赫然又跑回到了一开始那个临时停机坪上。

少校从越野车里走下来，微笑着向大家做了一个解释："刚才吃消夜的时候，其实我们距离军营已经不远了。但是我突然想起来，有一批物资即将通过直升机运过来，反正大家刚吃饱了闲得没事，就帮着搬搬物资吧。"

看着新降落在停机坪上的两架米17，所有人都闭紧了嘴，一声不吭地跑向运输机。

他们从运输机上搬下来七十四个塑料箱，正好一人一只箱子，谁也不知道这种大约五十公分长、二十公分宽的塑料箱装了什么东西，但是压在身上却非常沉，初步预估至少有十五公斤重。

"还要麻烦各位，把这些物资扛回军营，大家都是特种兵，这点小重量，肯定没问题吧。"

少校微笑着提醒："回到刚才吃消夜的位置，翻过对面的山坡，你们就能看到军营。我和赵队会在大门前等着大家，记住，最后三名直接淘汰。"

丢下这些话，少校和各个小组的带队军官，都坐着汽车离开了。

没有人说话，一群特种兵沉默不语地扛起了脚边那只沉重的塑料箱，唯一值得安慰的是，这一次他们通过那道小山谷时，再也没有人向他们喷水或者撒土。

来回跑了四十公里，体力已经处于严重透支边缘，塑料箱没有背带，甚至连个提把都没有，他们只能把塑料箱扛在肩膀上，或者是直接抱在怀里，体力已经不足以支撑他们带着这只塑料箱奔跑，一群人就那么默默地走着。没有走多久，强烈的疲劳感就一波接着一波冲上心头，扛在肩膀上的塑料箱越来越重，压得他们几乎连腰都无法再挺直。所有人都明白，这场会淘汰他们其中至少三个人的越野拉练，到这个时候才算是真正开始。

对特种兵而言，负重越野跑个十五公里，就跟玩似的，别说是特种兵，就算是侦察营的老兵，他们每天的最基础训练，都是两次十公里负重越野。但是像今天这样的负重越野训练，却超出了任何一个人的极限。

累，真累。

渐渐地，七十多名特种兵在大山中拉开了一条长达两三公里的长龙。

燕破岳、萧云杰和孤狼，这三个人的组合就走在队伍的中间，他们各自扛着一个塑料箱，但是孤狼身上的其他负重，却分到了燕破岳和萧云杰的身上。这二十公里负重越野还没有开始，燕破岳就已经累得只想躺在地上呼呼大睡，他纵然在军营里被人称为“禽兽”，可他毕竟还是肉体凡胎，而且在和“笑面虎”的交手中，还受了重伤，他当然累了。但是在长达四个小时的时间里，燕破岳却始终没有停下脚步，就连他的腰，都一直死死挺着，没有半点弯曲，就那么一步步机械性地向前挪动着。

他是三人小组的组长，也就是头鸟，他必须带着小组向前走。

跟在燕破岳身后的萧云杰和孤狼，早已经眼神发直，他们盯着燕破岳的背影，在习惯的支撑下，机械性地向前走着。如果不是燕破岳在前方带路，他们两个人也许早就已经体力不支，停下了脚步。

因为身后有两名队员跟着，所以燕破岳不停地向前走；因为燕破岳在前面不停地走着，所以萧云杰和孤狼不停地跟着……这就像是一个笑话中讲的那样，你跑我就追，你追我就跑。三个人形成了一个彼此鼓励，又彼此支撑影响的三角形，就那么一点点地向前挪着。

体力极度透支，已经影响到他们的智力，或者说，就因为大脑中一片空白，他们才能这样一直坚持着。

“啪！”

也许是脚下踏空，也许是被石头绊到，燕破岳脚下一软，整个人用最狼狈的动作扑倒在地上，就连他扛在肩膀上的塑料箱也甩出去七八米远。

紧跟在燕破岳身后的萧云杰和孤狼，下意识地停住了脚步，但是因为大脑一片空白，他们面对这种突发状况，一时间竟然无法做出反应，只是像僵尸似的那么直愣愣地站在那里。足足过了二十多秒钟，萧云杰的大脑才终于像内存溢出的电脑般，做出了延迟反应：“老燕，怎么了？”

燕破岳用手肘撑住地面，一点点撑起了身体，在这样一个看似简单的过程中，他至少有七次，想要直接扑倒在地面上好好休息一下，就是因为内心在不断拉锯，他撑起身体的动作，就像是折起了一把折尺。

先是撑起上半身，再用膝盖顶住地面，最终一点点、慢慢地，重新站了起来。燕破岳又用了半分钟，才发现一个新的问题，以他的体力，已经不可能自己一个人再将那只超过十五公斤重的塑料箱扛到肩上。

用了三十秒钟和萧云杰他们沟通，又用了一分零十秒钟互相合作，塑料箱终于重新压到了燕破岳的肩膀上。

“老燕，你鼻子破了。”

听到萧云杰的提醒，燕破岳伸手在鼻子上抹了一下，他没有任何感觉，可是手背上那片血迹，却让他明白，他刚才扑倒时把鼻子撞破了。

没有理会仍在淌血的鼻子，燕破岳再次迈动了脚步，随着燕破岳的前进，萧云杰和孤狼，也在惯性的驱动下，继续紧跟在他的身后。

三个人就这样缓慢而执着地走着，一直走到了第一缕初晨的阳光跳过山脊，投到了他们的脸上。

天亮了。

从时间上来推算，这最后二十公里，他们已经走了近四个小时。当阳光倾洒下来，驱散了四周的黑暗时，他们也终于看清楚了周围的一切。

四周是一片光秃秃的大山，不对，应该说，四周是一片原始形态保护良好的大山。放眼望去，到处都是郁郁葱葱的树林，几乎看不到半点人类文明的痕迹。没有公路，没有铁路，没有城镇，没有到处可见的电线杆，甚至连庄稼地都没有。但是在他们脚下，却有越野汽车、装甲车，甚至是坦克碾压出来的多条车辙。

在他们右翼三百米外的山坡上，还贴挂着一块巨大的白布，上面画着像枪靶一样的圆环，在这么远的距离，都能看得清清楚楚，它的实际尺寸可想而知。

耳边传来了大功率柴油发动机的轰鸣，一辆85式装甲车突然从山坡下飞跃而出，过度疲劳已经进入半昏迷状态的燕破岳，连惊讶的情绪都消失了，他就像是看一场戏般，静静地望着这辆突然出现的装甲车。

装甲车猛然刹车，就在车身停顿的瞬间，装甲车上那挺重机枪响了。在三秒钟时间内，机枪手就用十二点七毫米口径车载重机枪，对着三百米外那个枪靶连续射出八发子弹。这些子弹里面加装了拽光弹，肉眼可以清楚地看到，这些子弹带着惊人的精准度打中了三百米外的枪靶。虽然没有正中靶心，但是以十二点七毫米口径重机枪那打哪儿碎哪儿的可怕杀伤力，只要被它沾上一点边，步兵就必死无疑。

就在重机枪响起的同时，几枚手榴弹从装甲车两侧的射击孔里丢出来，旋即六名全副武装的士兵，带着猎豹般的敏捷，从装甲车里疾冲而出。如果这是在真正的战场上，手榴弹爆炸形成的硝烟才刚刚扬起，他们就已经在车外组成了战斗队形，并和装甲车上的重机枪形成了一个作战整体。

这种用装甲车发起进攻，遇到敌人后车载步兵迅速展开，依托车身和车载重机枪组建火力延伸的战术，常规野战部队也会进行训练，但是从反应速度、团队配合、时机把握、重机枪火力压制效能等诸多因素上来看，夜鹰突击队这些特种兵，做得要比野战军机步或者摩步尖兵更优秀得多。

几辆摩托车斜冲而上，驾车的夜鹰突击队队员左手握把，右手拎着一支85式微声冲锋枪，冲锋枪用枪带挎在身上。在他们举枪射击时，同时利用背带固定住枪身，在这种没有道路的山坡间一边以最少六十迈以上的速度飞驰，一边扣动扳机。

当兵玩过85式微声冲锋枪的人都知道，这种枪射击精度差了点，超过一百米距离，基本上子弹就会打飘，威力也不够大，但是枪身够小巧，便于携带，射击速度也相当不错。所以使用这种枪的，一般都是武警部队。

但是这批夜鹰特种部队的士兵们，却硬是将这款并不适合野战军使用的微声冲锋枪玩活了，枪声并不响亮，但是当摩托车飞驶而过，几个隐藏在草丛中，就算是从旁边走过，都很容易被忽略的人形枪靶上面，却都多了几个弹孔。

如果让这些特种兵驾驶着摩托车，在城市街头展开枪战，绝对不会出现电影中子弹打了几百发，前面开车的人依然毫发无伤，只是汽车玻璃碎了满地的诡异画面。

燕破岳带着萧云杰和孤狼，和这些夜鹰突击队士兵们擦肩而过，当他走到山坡顶端时，他看到了一条柏油马路，顺着这条马路望过去，他终于找到了军营的大门。反射过来的阳光，在瞬间就差点晃瞎了燕破岳的双眼。

一群士兵正在迅速将带着金属箔的帆布在战略级建筑物上展开，据说这种方法，能够干扰导弹巡航系统，让敌方发射的导弹最终因为失去目标而变成无头苍蝇。与此同时，几辆加载着大功率信号干扰装置的雷达车冲出军营大门，它们同样能干扰导弹，更重要的是，一旦有敌军渗透进入，向总部汇报他们的坐标等重要参数，这些信号干扰车就能将方圆几十公里内的所有无线和卫星信号完全屏蔽。

又有一群穿着生化防护服的士兵跑了出来，他们穿着沉重的装备开始跑步。这群士兵不需要有多么精湛的作战技术，他们的任务就是在“敌人”对基地展开核武或者生化武器进攻后，立刻行动起来，对基地人员展开援救。所以他们最精通的是穿着防护服，进行土木作业和医疗援助，同时他们也会迅速收集第一手情报，用来分析敌方使用的武器类别及破坏能力。

这样一个军营，并没有像燕破岳一开始想象的那样，四处架设探照灯。在军营外围，到处都是红外线探测装备，这些红外线探测装备，有些是藏于地面，就像是地雷的绊索，有些是装在树桩上，再加上随处可见的摄像头，组成了一个几乎无观察死角的监控网络。

在一些不方便布置红外线探测设备的位置，夜鹰突击队直接拉上了一层铁丝网，上面还挂着大大的警示牌，在黑色的骷髅下面，标有一行大字：小心地雷！

相信就算是职业特工，也绝不想进入这片雷区，用自己的生命去探测一下，铁丝网后面究竟是真的布置了地雷，还是仅仅为了吓唬人而挂了那么一个牌子。

在军营的大门前，也看不到什么重机枪或者机枪碉堡。其实想想看也是，以夜鹰突击队成员的训练有素、反应敏捷，如果有敌人敢于攻击夜鹰突击队大本营，也许就是一两分钟时间，骑着摩托车都可以弹无虚发的摩托兵就会疾冲而出，再过上两分钟，载满特种兵的装甲车，就会从军营中直杀而出。

包括少校和郭嵩然、许阳在内，十几名军官就站在军营大门前，少校的手中，还拿着一个记录簿，将每一个特种兵的“跑步”排名记录在案。

就算是再累，跑到终点的特种兵们也不敢松懈下来，而是整齐地排成了队列。随着时间的推移，跑到终点的人越来越多。燕破岳冲在最前面，孤狼死死咬着牙紧追其后，萧云杰则是担任后卫，督促着孤狼一直奔跑，两个人就是用这种一前一后夹带的方式，带着孤狼一路冲过终点，在十八名始皇特战小队预备队员当中，他们的成绩是第九、第十和第十一。

越来越多的特种兵集结到军营大门前，当少校手中的记录簿登记了七十一个人时，他合上了记录簿。所有人顺着少校的目光转身望过去，在他们的身后，有三个身影，正在跌跌撞撞地坚持走着，三个人显然也看到了军营大门，不约而同都加快了脚步。

但是再看看少校手中那合在一起的记录簿，所有人都知道，那三名士兵，已经被淘汰了。

“赵亚山，王勃，景傅，出列。”

随着少校一声令下，有三名特种兵走出队列。在他们的衣领上，都佩戴着一枚铜制夜鹰勋章，这原本是他们最值得骄傲的见证，可是现在，他们的脸色却相当难看。

“摘掉你们衣领上的勋章。”

在七十多名队员当中，他们三个的成绩还算中等偏上，但是他们在十八名始皇特战小队成员当中，成绩却是最后三名。按照一开始少校公布的规则，他们还没有正式踏进夜鹰突击队大门，就已经失去了这份荣誉，这比他们一开始没有得到勋章更要难受。可以预见，在未来的时间里，他们一定会背负着这样的耻辱，比其他人更拼命，用返回始皇特战小队，来找回自己失去的尊严。

“肖平，孟起，韩义壮，出列！”

在少校的命令声中，又有三名特种兵走出队列，其中包括曾经和“笑面虎”组队，把燕破岳他们打得人仰马翻的刺客肖平。在七十多名特种兵当中，肖平一马当先冲过军营大门，能被“笑面虎”看中，成为搭档的人，实力当然绝不容小觑。

郭嵩然当着所有人的面，将三枚铜制夜鹰勋章，戴到了它们新主人的衣领上。

身后传来重物坠地的声音，那三名淘汰者，终于逐一坚持着走到了军营大门前，他们身上的劲儿一松懈下来，就一头栽倒在了地上。

没有人回头，所有人的目光，都投向了前方。在他们的目光注视下，秦锋大踏步走了出来，不需要看他肩膀上那两杠四星的肩章，长期手握重权培养出来的自信，让他自然而然拥有了一种睥睨众生，知道自己每一个决策都会产生巨大影响，所以他在不断克制、不断磨砺自身修养，到了今时今日，举手投足之间，更洋溢着沉稳大气。但是他那锋利的眼睛、紧紧抿起的嘴唇，还有面部那犹如刀凿斧刻般的坚硬棱角，都在无声地告诉着每一个人，他一旦出手，就必然如狮子扑兔般竭尽全力。

现在的秦锋，和在医院里探望燕破岳的时候，几乎判若两人，也只有这样的秦锋，才拥有指挥一支特种大队的资格。

“知道他们为什么输吗？”

秦锋的声音并不大，却清楚地传进了每一个人的耳朵里：“他们三个人，有一个，在中途休息了五分钟；有一个，休息了三分钟；还有一个，休息了两次，合计七分钟。而其他人，在四个小时内，无论有多疲惫，都没有停下脚步。所以他们始终没有机会追上大部队，最终自己把自己淘汰了出去。”

躺在地上喘着粗气，一时间根本没有力量重新支撑起身体的三名淘汰者，听着秦锋的话，眼泪已经忍不住夺眶而出。没错，他们的确是觉得休息一下也没有什么，才会在体力极度透支的情况下，停下了脚步，他们认为自己就算是休息上几分钟也没有关系，他们一定能追上前面的人。

可是他们错了，体力极度透支后，几分钟休息，唯一能缓解的，是他们对“休息”的渴望，而身体根本不可能在如此短的时间内恢复过来。由于身上穿着的衣服被水淋湿，又是在寒冬腊月，体温快速流失之下，休息了几分钟后，他们重新迈开脚步，反而更加的疲劳。

一个七分钟，一个三分钟，一个五分钟，他们无论如何追赶，最终都没有把这个距离缩短下来，就这样一直持续到军营大门前。

“大家都应该听过龟兔赛跑的故事，兔子在赛跑时，占据绝对优势，它如果少睡一会儿，依然有机会赢。但是在特种兵的战场上，你们遇到的每一个敌人，都是百里挑一甚至是千里挑一的精英，都在军营中经过千锤百炼，和这样的敌人交手，只要稍有疏忽，就会死亡！”

秦锋目视全场：“想要在这个最残酷的舞台上生存下去，你们必须做一只像乌龟那样，不停跑向前的兔子。你们要把身体里每一分力量都彻底压榨出来，绝不许松懈，更不许掉队。否则，就算我没有淘汰你们，战场也会把你们淘汰！听明白了没有？！”

全场所有特种兵一齐放声回应：“是，明白！”

就在他们踏入夜鹰突击队训练基地大门的这一刻，他们每一个人都正式成为山地特种兵。按照军队惯例，他们的服役期，会随之延长三十六个月，一些拥有特长的军官，他们的服役期限延长得更多，在这期间他们有足足十四个月时间，会在125基地这个荒凉得鸟不拉屎、完全与世隔绝而且鲜为人知的地方，默默接受最严格的军事训练，直到国家人民需要，才会露出他们锋利的獠牙。

第十二章 - 125基地

（下）

一走进125基地，燕破岳就找到了一种似曾相识的感觉。他和萧云杰对视了一眼，两个人都从对方的眼神中，看到了相同的答案……这座125基地的原身，应该是一座始建于六十年代的军工厂。

确切地说，这是一座始建于六十年代末的军工厂。在那个“深挖洞，广积粮”的年代，为了防止在可能爆发的战争初期，遭遇毁灭性打击，全国各大军工厂被迫化整为零，迁入人迹罕至的深山老林。这样做虽然因为交通不便，造成产能下降，但是却能在可能爆发的战争中，最大化生存下来，为前线源源不断地提供各种军事物资。

放眼望去，他们这些初到125基地的“新兵”，心中都涌起了一种近乎震撼的感动。

建造这座兵工厂的施工团队，硬是用最原始的工具，在崇山峻岭与丛林之间，硬生生挖掘出一片如此广阔的空间。用石块垒成的围墙，将超过八十万平方米的厂区和家属院包围起来，划地为界形成了一个在战争状态下，可以直接作为城墙使用的屏障。在它们围拢起来的内部，用黄色土砖砌成的平房，一幢幢就像火车车厢般连在一起，它们的门窗已经被更换过，但是在那质朴得近乎简陋的墙壁上，依稀还能找到几十年前的历史印痕。

在军营的右侧，有一座高达六米、长近二十米的巨大宣传墙。也许是想要用它来纪念曾经在这座军工厂挥汗如雨，为国防事业奉献出青春的前辈，也许是有其他原因，秦锋并没有下令将宣传墙上的水粉画涂掉，只是让人清理了一番，任由原本的画面继续留在上面。

在这幅水粉画中，蓝天白云显得天高地阔，一轮朝阳正在东方冉冉升起，工人头戴护目镜，手中是用来炼钢的工具；农民手抓镰刀；而军人则是紧握钢枪。这三个代表了工、农、兵三个群体的人，亲密并肩而立昂然望向那轮朝阳，他们每一个人脸部的线条都坚硬如刀雕斧刻，每一个人的眼神都敏锐如电，他们的双手更有力，仿佛天塌下来都能一起撑住。

虽然这幅画已经经历了几十年的风吹雨打，有些地方已经模糊不清，但是依然默默地向每一个看到它的人传递着作者在那个火热年代倾注在上面的心血与信仰。在这幅宣传画的下方，还有一串用红色颜料工工整整地写在上面的标语：多少事，从来急，天地转，光阴迫，一万年太久，只争朝夕！

宣传画中没有硝烟弥漫，没有血流成河、尸横遍野，也没有什么飞机、坦克、大炮，但是读着上面那行从毛主席语录中摘取出来的宣传语，一股箭在弦上、刀兵在手的铿锵之气却扑面而来。让人自然而然读懂了那个特殊年代，中国人渴望独立自强，再不必向诸国列强屈膝投降，那最质朴而又最纯粹的坚持。

营地中因为被废弃多年而生长起来的杂草已经被铲除得干干净净，地面上几乎找不到一丝纸屑、垃圾，一排排砖瓦结构的平房像火车车厢一样拉成了长龙。其中有一部分平房已经被改建成兵营宿舍，重新加装了门窗，但是更多的平房门窗却依然被砖头封死，显然是因为时间问题，现在还没有人去探索里面的内容。

在一些混凝土结构的厂房外面，还能看到被废弃的机器。这些机器可能是因为过于笨重，而且失去了继续使用的价值，被人抛弃到了那里，几十年的风吹雨打，让它们的外表变得锈迹斑斑，但是从小在军工厂长大的燕破岳，仍然认得出来，它们是锻造枪械零件生产线的一部分。

这座军工厂没有高大的厂房，这说明它并不生产火炮、战车或者重机枪之类的重型武器，再看它足够容纳几万名技术工人和工程师以及他们家属的庞大居民区，就可以预测，它是一个以生产步枪为主体的军工厂。在六十年代末，中国部队已经开始列装的，就是只能用昙花一现来形容的六三式自动步枪。

六三式自动步枪一九六九年投入生产，原本是指望它能取代五六式半自动步枪，成为中国军队枪械的中流砥柱。这款步枪身上也的确有很多闪光点，但是它在设计时，设计者的思想依然停留在第二次世界大战阶段，过分强调武器的中、远程射击精度，使步枪枪身过长，不适合短距离突击战和遭遇战。面对其他国家不断改良制造出来的突击步枪和自动步枪，这种枪注定是先天不足，再加上当时全国军工厂都提出“以产品设计为中心，大搞技术革命”这样的思想，对已经设计定型的步枪进行大肆改造，试图提高生产效率，使步枪质量大幅度下降，更大大缩短了这款步枪的生命周期，到了一九七八年就被迫停止生产了。

这座军工厂随着六三式自动步枪的停产以及国际形势的变化，已经失去了继续存在的意义，里面数以万计的技术工人和工程师以及他们的家属都被撤出，曾经繁极一时的军工厂也随之荒废。直至夜鹰突击队指挥官为了寻找一个远离城镇，又要有足够空间的训练基地，面对地图来回审视，最终将目光投注到它的身上。这座已经荒废了近二十年，只能在丛林与杂草中默默等待的军工厂，才被发掘出来重新焕发出新的光彩。

燕破岳一行人四处张望着走进军营，在同一条道路上，有几个军人和他们擦肩而过。和燕破岳他们这些初来乍到，脸上透着几分惊奇和兴奋，更加意气风发的新兵相比，这些在基地中已经待了一阵子的老兵，就显得沉默了很多。他们看着燕破岳一行人，脸上露出不加掩饰的敌意，但是更多的，却是浓浓的失落。

萧云杰突然暗中用手肘顶了燕破岳一下，燕破岳轻轻点头，他们两个人都已经注意到，这几个老兵手臂上并没有佩戴夜鹰突击队标志，他们曾经是夜鹰突击队成员，就在今天刚刚被淘汰出局了。至于他们被夜鹰突击队淘汰后，是直接复员转业，还是会被调派到其他部队，燕破岳不知道，他也不想知道。但是他清楚地知道，在未来十四个月的时间里，淘汰会随时降临到任何一个人头上，想真正成为一名在战场上令人胆寒的特种兵，他和萧云杰两兄弟，要走的路才刚刚开始。

看着那几个老兵有些萧索的背影，从小就爹死娘嫁人，孤身在各个亲戚家里不断游走，尝尽了人情冷暖，看多了白眼，却硬是混出一个高中毕业的萧云杰，似乎有点触景生情：“现在我们是长江后浪推前浪，会不会有一天，我们自己也成了死在沙滩上的前浪，像他们那样，以失败者的身份离开军营？”

燕破岳抬起了下巴，昂然道：“我倒想看看，将来有谁能，有谁敢，淘汰掉我燕破岳！”

燕破岳过于张扬而自信的声音在军营中远远传开，让那几个老兵身形微微一顿，他们一齐转身望向燕破岳。

在这一刻，还不到二十岁，就已经戴着夜鹰勋章走进特种部队大门的燕破岳，昂首而立，初升的阳光倾洒在他的身上，仿佛在他那经过千锤百炼，充盈着力量与敏捷美感的身躯上镀了一层玫瑰色的黄金。这个时候的他，看起来真的是像极了草原上初生的一头黑豹，骄傲、自信、生机勃勃，举手投足间，透出一股侵略如火的雄性张力。

看着整个人都沐浴在阳光中，明亮得有些刺眼的燕破岳，几个老兵当中，有人发出一声轻哼："铁打的营盘流水的兵，迟早有一天，你也会和我们一样。"

老兵的声音并不大，但是燕破岳却听到了，他的脸上露出一丝只能用骄傲来形容的微笑："将来我就算要走，也会以胜利者的身份离开。所以到了那个时候，我的头一定是高高昂起的。"

开口的老兵眯起了双眼，低声道："走着瞧吧。"

一群被淘汰的老兵离开了，看着他们的背影，再看看身边的自家兄弟，萧云杰欲言又止，就在这个时候，他们前方突然有人放声高喊："始皇小队的人，跟我从左边走，其他人，走右边。"

他们现在已经沿着训练营通往大门的主干道，走到一个分岔路口，随着军官的命令，七十一名特种兵分成了两队，在军官的带领下走向他们各自的方向。在分开时，燕破岳回头望着四班长，捏紧拳头放在胸前轻捶了两下，又将两只手掌交叉成"十"字形，把它们高举过顶，远远地看过来，燕破岳的手形，就像是一只鹰在飞。

四班长眉毛一挑，同样握紧拳头在胸口一捶，再将手掌交叉高举过顶。这是临时应急小分队所有队员们闲着无聊时，随意编出来的手语。虽然只是闲极无聊的产物，但是他们驻守在海拔四千多米的高原上，极目远望天与地成一色，千万年来亘古不化的巍峨雪山直耸入云，如此广阔浩然的世界，让每一个人的心胸都为之开拓宽广，他们集思广益出来的手语，自然而然带出了一份磅礴大气。

这个犹如鹰之飞翔，在冥冥中就和夜鹰突击队有着千丝万缕关系的手语，它的意思就是……努力，让我们的梦一起飞翔！

两个人再次相视一笑，在军官的带领下，走向了各自的方向。今天他们分开了，但是他们坚信，只要他们心怀梦想、坚持不懈，迟早有一天，他们还会在夜鹰突击队最巅峰的位置重新走到一起。

带领燕破岳他们走向始皇特战小队营地的军官，就是今天那个把所有人都折腾得鸡飞狗跳、疲劳欲死的少校。十八名士兵自然而然排成两排，紧跟在他的身后。

每一个和他们这群人错身而过的士兵，无不对这支小小的队伍侧目而视。他们都沉默不语、目不斜视，在他们的脸上，找不到半点张扬放肆，但是他们衣领上那十八枚铜制夜鹰勋章，却让他们自然而然成为整个军营的焦点。

和他们擦肩而过的士兵，目光绝大多数又都落到了燕破岳、萧云杰和孤狼这三人小组身上。

按照中国军队的军衔制度，新兵入伍三个月后，训练合格就会授予列兵军衔，服役满一年后，就可以晋升为上等兵。两个列兵，他们入伍时间还不到一年，是标准的新兵蛋子，这样的人能杀出重围进入夜鹰突击队就已经是奇迹，他们竟然还获得了夜鹰勋章，即将加入始皇特战小队，那他们更是创造出奇迹中的奇迹！

至于孤狼，在作战部队，女兵已经是凤毛麟角，到了集结最强兵王的特种部队，女兵更是万中无一，而这个女兵不但杀入了夜鹰突击队，成为一名女性特种兵，更获得了夜鹰铜制勋章，这一切都在向每一个人默默诉说着在她平静的身躯里，隐藏着何等可怕的力量。而她扛在肩膀上那支加装了榴弹发射器，不但拥有了软目标杀伤能力，就算是面对轻型装甲车，都有一拼之力的八五狙，更是拉风得让任何人一看到都眼珠子乱蹦。

在赵志刚的带领下，十八名始皇特战小队士兵走进了一个有三四千平方米面积，一旦关闭两扇铁门，就会和外界隔绝，形成独立空间的院落。

在二十年前，这个院子里驻扎着军代表办公室和军工厂附属科研所。

一幢三层高的钢筋混凝土结构办公楼迎风而立，以今天的眼光来看算不上什么，但是在那个特殊年代，钢筋混凝土都是战略物资，在交通极度不便的情况下，把它们运进大山，又建造出这样一幢从坚固程度上来说，已经接近机枪碉堡程度的办公楼，可见在这里建军工厂的重要性。

这样一幢足够坚固，在地下应该还有防空工事，而且拥有足够空间的办公楼，自然就是始皇特战小队的大本营。

郭嵩然就站在院子里，在他面前静静站立着三十多名衣领上同样佩戴着夜鹰勋章的士兵。随着少校一声“归队”命令，燕破岳他们加入到三十多名士兵的队伍中，就算是这样，他们这支始皇特战小队的成员数量，也不过就是区区五十人，充其量也就是一个排。

但是没有人会小看他们这一个排，他们可是郭嵩然在秦锋的大力支持下，四处奔走，用了一年多时间，才从两个军中挑选出来的绝对精英。万中挑一略显夸张，千里挑一，那是实至名归。

“你们每一个人，都是我亲自挑选考核出来的精锐，相信你们每一个人都记得我的名字，我就不再自我介绍了。”

郭嵩然将目光投向了那名出手不凡，让所有人一辈子都不敢忘记的少校身上：“老赵，你和大家认识一下。”

少校走到队伍正前方，他目视全场：“我叫赵志刚，赵匡胤的赵，要圆滑点不要太刚强的刚。大家可以叫我赵指导员，私下没人的时候，喊我老赵、小赵都行。我一直认为，在部队带兵，不能太严肃，与其把大家的关系弄成对立状态，我更喜欢亲如兄弟的氛围。”

赵志刚说得轻松，一开始就摆出了“亲民”姿态，但是没有一个人敢当真。拜托，这位爷请他们吃的“食物”，现在还没有全消化掉呢，他老人家开着汽车，啃着火腿肠和压缩干粮，还自备热茶，带着他们在大山里直转圈儿此类事迹更是深入人心。面对这样一个面慈手狠，身为“督导员”，也就是指导员，对他们手握生杀大权的人物，谁敢稍有松懈？

“别装了，行不行？看你们现在一个个严肃认真的模样，你们可是兵王啊，哪个没有点小脾气，在部队待了这么多年，到处参加军事比武，大场面见多了，那眼界自然就拓宽了，我这个两毛一又算得上老几？”

赵志刚一脸坦然：“郭队长负责你们的日常军事训练，我实话告诉你们，郭队长可是个狠人啊，每天不压榨出你们身上最后一丝体力，让你们站着都能睡着，他是绝不会罢休的。训练强度这么大、这么累，大家就省点力气，别再把精神浪费在装模作样上了好不好？别的地方我不敢多说，在始皇特战小队，你们完全可以本色演出，这样自己活着舒坦，也利于彼此了解，促进沟通交流嘛。”

如果赵志刚一上来就声色俱厉，又是公布始皇特战小队军规，又是煽动鼓舞的，甚至还会想办法从他们中间挑只“鸡”用雷霆手段“杀”了，来震慑群猴，那么他在这五十一名特种兵心中，不过就是一个跳梁小丑罢了。用对待新兵的方式来管理一群骄兵悍将，注定会自己碰得头破血流。

但是现在……

一群特种兵排成四排，稳稳地站在院子里一动不动。每一个人脸上都毫无表情，昂首挺胸目光直视前方，虽然表面上一动不动，仿佛稳如泰山，但是在他们的心里，却在转动着一个相同的念头：这位督导员兼指导员，还真不是一盏省油的灯。

没有任何理由，大家心里都明白，如果有什么事落到这位爷手里，他们百分之百会吃不了兜着走。

第十三章 - 十米距离

办公楼里的会议室刚刚被清理出来不久，还没来得及重置桌椅，五十名特种兵，一人一个小马扎，他们就像是一群参加授衔的新兵一样，每个人都坐得端端正正，军容军姿完美得无懈可击。

今天始皇特战队正式成立，作为他们的队长，郭嵩然不但要发表就职宣言，还应该主持特战队成立仪式。

“坐下。”

随着郭嵩然一声令下，所有人都双腿盘膝坐在地上。许阳和赵志刚联手将一块用木架支撑的黑板抬了过来。

郭嵩然抓起粉笔，在黑板上画出了一幅草图。

这幅草图画的是一级作战单位在行动时展开的阵形。图中一共有十一个人，其中九个人，分别编成了三个三角形作战小组，这三个作战小组，又组成了一个大的三角形。而队长和通讯员就被包裹在三个三角形作战小组当中。

“这就是中国陆军最擅长使用的三三制掩护阵形，我想在场的所有人都接受过这种阵形作战训练。”

郭嵩然目视全场，沉声道：“三三制掩护，是由作战经验丰富的老兵担任组长，带领两名士兵编成一支作战小组，三个作战小组组成一个班。组长一般都是由军事技术过硬、拥有实战经验的老兵担任，在作战时组长就是突击尖兵，而两名组员则负责掩护组长左右两翼安全，并为组长实施火力支援。在战场上，作战小组中一旦出现伤亡，他们就会在老兵的带领下，由两个甚至是三个作战小组剩下的成员集结成一个新的作战小组，使部队纵然在战场上遭受重大伤亡，也可以保持最基本战斗组织和战斗力。”

三三制阵形掩护，是中国军队在抗日战争期间，从日本军队身上学习并加以改良形成的战术，可以让士兵在战场上受到重创不断消耗的时候，还能继续保持战斗力。这种战术的初衷，就是把士兵变成弹匣里子弹一样的消耗品，打掉一颗，下一颗就会在弹簧推动下自动填进枪膛，只要弹匣里还有子弹，枪声就会一直不停歇地响下去！简单来说，这就是中国陆军在缺乏训练、缺少足够武器的情况下，一次次在战场上取得胜利的“人海战术”基础。

“我曾经问过一些人，在进入始皇特战小队后，怎么才能成为一名合格的特种兵，有人给我的回答是，如果让他去炸碉堡，他就去学董存瑞；如果让他去赌枪眼，他就会去学黄继光。我二话不说，直接就把这些人的名字从始皇特战小队名单中划除。”

提起这一段经历，郭嵩然猛地提高了声音："我知道，他是想向我表决心，但是第二次世界大战已经结束五十多年，如果到了今天，我们还要靠士兵扛着炸药包去炸碉堡，还要用士兵的身体去堵枪眼，那我们这些军官全部举枪自尽算了，还成立什么特种部队？！你们都给我记住，特种兵是需要勇敢，该拼命时，更要能孤注一掷。但是当你们走上战场时，给自己的第一个信念，不是去舍身炸碉堡，而是完成任务活着回来！

"训练了三五年，训练得再狠，看起来再牛，依然是新兵蛋子！你们必须在一场场战斗中活下来，一点点积累实战经验，直至身经百战。把你们身上的勇猛如虎，变成狡猾如狐外加凶狠似狼！分则独战千里，合则天下无敌，最终可以带着你们的光荣与军功章回家，这才是真正的特种兵，这才是我郭嵩然想要的兵，听明白了没有？！"

所有人眼睛都亮了，他们齐声狂喝："是，明白！"

"想要身经百战衣锦还乡，说起来容易，但是做起来，就是一个字：难！你们是特种兵，比普通士兵更精通作战和生存技术，但是相对应的，你们在战场上要面对的敌人，也比普通士兵要强得多。你们想要生存下来，就必须像信任手中的武器那样信任身边生死与共的兄弟！而这种信任，想要比血缘的牵绊更亲密，需要大量的时间去相处去培养。所以，去寻找自己最可以信任的朋友，让你和他，变成彼此间生死与共的剑与盾！"

郭嵩然抓起板擦，将黑板上的"三三制掩护阵形"擦掉，在黑板上画了两个圆圈，并在旁边标注了一个数字：10。

"从今天开始，放弃你们擅长的三三制掩护作战模式，改由二人小组作战模式。我允许你们自由选择同伴，结成二人作战小组，一旦选定同伴，就必须同进共退，绝不许更换。平时无论是训练，吃饭、睡觉、洗澡，还是偷奸耍滑上厕所，两个人距离不得超过十米，一经违背，无论原因一起受罚。一旦有人被逐出始皇特战小队，那就两人一组，一起淘汰！"

听到如此苛刻的条件，所有人一起望向孤狼。别人怎么都好说，但她可是始皇特战小队唯一的女兵，要是吃饭、睡觉、上厕所都和同伴相距十米之内，这代表着她要选择一个男兵，会亲密得几乎没有秘密。

“有心理学家说，热恋中的情人，只要看对方一个最细微的表情或动作，就能猜出对方的心思，有时候甚至只是听到对方的呼吸变化，就知道对方的情绪变化，为什么？不就是因为他们天天腻在一起，彼此之间太熟悉了吗？用一个大白话的比喻来说，情人之间就是腻到了其中一方小尾巴一甩，另外一个就知道他想拉什么屎的地步！”

人群中传来一阵压抑的轻笑。这个比喻，的确是够粗够俗够浅白的。

郭嵩然沉声道：“你们对搭档，就要比腻在一起的情人更熟悉！你们要通过日复一日的彼此相处，熟悉对方任何一个细微动作和表情的含意，到了最后，你们要习惯对方的体温、气味和脚步，哪怕他一丝声音都没有发出来，单凭‘感觉’，也知道他走到了自己身后，甚至能判断出他距离自己究竟有多远。”

人类的感觉，听起来是一种玄之又玄的东西，其实就是一种日常积累后，对细微环境的敏锐触觉。打个比方，有人在背后注视着你，你明明视线不可能触及，对方看得时间长了，你却自然而然有一种感应；你半夜走到路上，有人无声无息地跟在你身后，哪怕你根本没有听到脚步声，当对方跟得够近时，你也会产生一种近乎“汗毛倒竖”的感觉，并迅速警觉。

除了我们日常中最常使用的视觉、听觉和嗅觉，其实，人类皮肤对外界温度的变化和磁场的变化，也同样拥有足够的敏感度，只是我们平时将它忽略罢了。

“无论是日常生活、训练，还是未来可能参加的实战，你们必须和搭档处于十米范围之内，绝不能脱离，并彻底习惯对方存在的感觉。我不管是什么原因，一旦你们和搭档距离超过十米，两人一起受罚！”

士兵中有人举手，请求发言。在获得郭嵩然批准后，他放声问道：“要是搭档负伤，失去战斗力怎么办？”

郭嵩然望着那名士兵，沉声道：“你认为，那种情况下，应该怎么办？”

开口的士兵欲言又止，他能在会议中第一个开口提问，百分之百是个刺头级

“问题儿童”，但是他也知道自己心里的答案，并不符合这个时代，中国军队的主流思想，在主管性格还没有摸透的情况下，贸然说出心里话，说不定就会落人口实，成为新官上任三把火中的第一把火。

“你可是一个特种兵，将来要在战场上面对最危险的敌人。怎么，连真话都不敢说吗？”

那名士兵被郭嵩然一激，忍不住放声回答：“如果搭档受伤，我希望能够留下，帮他处理完伤口，再继续作战。”

郭嵩然摇头：“你错了。”

那名士兵不再说话，闭紧了嘴巴，嘴角向上一挑，露出一丝讥刺的冷笑。

“无论任何情况，你和搭档的距离不得超过十米，这是始皇特战队的铁律！搭档身负重伤，失去战斗力，你要做的就是立刻停下脚步，为他进行紧急包扎处理，再想办法带着搭档活着离开战场！”

那名开口说话的老兵，身体微微一颤，脸上露出了浓浓的惊讶。要知道，用中国陆军最擅长的三三制掩护，就算是阵亡百分之六十以上，剩下的人不断重新组合，依然可以持续作战，但是如果按照郭嵩然的二人小组模式，始皇特战小队，一旦伤亡超过百分之三十，他们就会基本失去战斗力。

“不要说是搭档身负重伤你们要停下脚步，就算是你的搭档死了，在情势允许的情况下，你们连尸体都不许抛弃，要给我想办法把战友的尸体背回来，绝不能丢给敌人！”

在这一刻，郭嵩然的声音当真是声震全场：“我们的先辈常说，‘青山有幸埋忠骨，何须马革裹尸还’。在几十年前，就是带着这样的牺牲精神，无数抗日勇士前赴后继地走向了战场，创造出一个用农业国家战胜工业国家侵略的奇迹！但是到了今天，我们已经追上世界发展的脚步，我们的国家、我们的军队，已经足够强大。身为指挥官，我们也必须拥有觉悟，去保护每一个士兵！纵然我们无法再把士兵活着送回父母身边，但是至少，我们可以抢回士兵的尸骨，让他们的亲人，得到最后一丝安慰！彼此守护，绝不放弃，活着完成任务，带着属于你们的光荣回家，这就是始皇特战队的宗旨，这就是我郭嵩然对你们每一个人的要求与承诺，都听明白了吗？！”

就在这一刻，所有人的眼睛都亮了，他们一起霍然起立，放声齐喝：“是，明白！彼此守护，绝不放弃，活着完成任务，带着属于我们的光荣回家！”

在放声狂喝中，看看那块画着最简单的两个圆圈的黑板，再看看站在黑板旁的郭嵩然，一股难以言喻的悸动，突然就那么炽热地涌遍了燕破岳的全身，让他全身都在微微颤抖。他真的庆幸，自己能加入军队，能一路过关斩将闯进了这支名为“始皇”的特种部队。

不是因为特种部队够拉风，也不是因为在特种部队他有了能够超越自己父亲的可能，而是因为……也许，他正在见证一段历史，一段属于中国山地特种部队从无到有，渐渐成熟，渐渐强大的历史！他更在见证，中国陆军从昔日“人海战术”向精英化、职业化转变的历程！

胜利固然重要，士兵的生命也同样重要，甚至更重要。能走到这一步，绝不是一支军队或者一个民族丧失了勇气血性，只有一个真正强大起来的国家，拥有足够傲立于世界之巅的强大军事实力，才有资格做出这种选择。

第十四章 - TZ闪电利剑

郭嵩然举起了一只臂章。

这只臂章，底衬是由蓝、红、黑三色组成，它的主图案看起来就像是一把带着闪电的利剑，剑柄是由“八一”两个字组成，字母“T”组成了剑身，而斜挂在剑身上的英文字母“Z”，当然就像是闪电。

“TZ，是特种两个字的首个拼音缩写，它的意思是‘特种侦察’，夜鹰突击队，只是为了出于建制规模保密方面的考量而采用的名字。实际上我们应该叫‘夜鹰特种侦察大队’，或者‘125特种侦察大队’。”

燕破岳他们已经正式成为夜鹰突击队的一员，他们已经有权知道自己的部队情况。郭嵩然做了一个简短的介绍："夜鹰突击队为团级建制，下辖四个中队，每个中队相当于一个营，中队又下辖三个连级编制小队，实际作战部队成员编制为一千二百人，再加上后勤、医疗、信息自动化等非一线作战单位，夜鹰突击队总人数在两千人以上。

"至于始皇特战小队，实际全称应该叫'始皇'教导小队。我相信大家都会明白'教导'这两个字的含意。十四个月后，你们训练完成，在成为一名真正特种兵的同时，你们也会肩负起'教导、表率'的作用。"

郭嵩然沉声道："特种部队，是用高成本、高投入，换来小股精锐部队的高战斗力，从某种程度上来说，这种作战思想和中国的人海战术是背道而驰的。就因为这样，中国的特种部队起步要远远落后于西方国家。我不怕自曝其短，直到一九七九年，我们的部队还没有国产狙击步枪，直到今天，我们依然没有一套完整而系统的狙击手训练教材。我们必须通过现有的资料，再结合部队多年流传下来的土办法，一边摸索着训练，一边对训练教材进行完善补充。这样的环境，使得同批训练出来的狙击手，能力参差不齐，根本无法达到预期效果。"

所有人都在静静地倾听，必须要承认，"教导、表率"这四个字，给了他们莫大的压力。

"不仅仅是狙击手，我们同样在思索，什么样的部队，才有资格被称为特种部队。像电影《第一滴血》中描写的兰波那样，单枪匹马就能对抗数以百计的军人和警察，就是特种兵？还是说像第二次世界大战期间，被称为'欧洲最危险男人'的党卫军特种部队指挥官斯科尔兹内那样，以全世界为舞台，实施营救、斩首、绑架行动，改变世界战争格局，就是特种部队？"

说到这里，郭嵩然转头看了燕破岳一眼，显然他清楚地知道，燕破岳在边境线上和那位印军特种部队少校之间的对话，也明白燕破岳为什么最终选择了进入夜鹰突击队。

郭嵩然背着手，在几十名特种兵面前，慢慢地踱着步子。他现在说的话，是他受命组建始皇特战小队以来，一年多时间里，一直缠绕在心头，但是现在依然没有找到答案的问题：“斯科尔兹内，是第二次世界大战期间的特种作战专家，他的经典战例，当然值得学习。但是我们必须要考虑，五十年过去了，人类战争形态正在随着科技发展，尤其是核武器的出现，发生了天翻地覆的变化，如果我们现在组建特种部队，依然要效仿五十年前，那么我们的起点，注定就会落后于世界。落后，就要挨打。这个用无数鲜血验证过的道理，在特种部队中，同样有效！

“我们必须要像小马过河一样去不断尝试，我们也许会走很多弯路，才能找到正确方向，追上世界特种部队发展的脚步。在这个过程中，我会倾尽全力压榨你们每一分力量，让你们每一天都比昨天的自己更强，这个过程注定是痛苦的，承受不了这份痛苦的人，可以随时离开！”

全场一片肃然，没有人选择离开。

郭嵩然淡淡一点头：“你们有一天的时间休息和整理个人内务，从明天开始，你们的地狱式生活就开始了。领上自己的臂章，跟着班长进入宿舍。”

始皇特战小队有四个班，班长都是清一色正连级军官。在班长的带领下，五十二名特种兵领到了属于自己的“闪电利剑特种臂章”，排着队走进那座三层办公楼。

这幢始建于六十年代末的办公楼，外表看起来其貌不扬，但是始皇特战小队选择它成为大本营后，根据自身需要，对它内部进行了特殊改造。

一踏进办公楼的大厅，燕破岳首先看到的，就是几根从三楼直通到底的钢柱，在遇到特殊情况时，受过严格训练的特种兵，只需要几秒钟，就能从最顶层直冲到楼下。除此之外，在楼道走廊内侧，还安置了一道半米多宽，就像是游乐场中常见的铁滑梯，随着楼道盘旋而下，直接通往了大厅下方的地下室，人坐在上面，同样只需要几秒钟就能直滑而下。在紧急处理伤员，或者转运物资时，这条滑梯通道，也依然会高速而有效。

“在这座大楼下面的地下室，具有‘三防’功能，安装了发电机和氧气再生系统。地下室里储备的食物和清水，足够五十个人支撑三个月，就算是遭到核武器攻击，只要能在警报响起时及时冲进地下室，就可能生存下来。”

班长在向燕破岳他们介绍地下室时，语气神态都很随意。到了今时今日，超级大国之间爆发核战争的可能性，已经无限接近于零，这套始建于六十年末的三防生存系统，也随之失去了原本的战略意义。郭嵩然在接手这座办公室后，又将下面的地下室重新启动起来，与其说是保护特种兵的生命安全，更不如说是通过这种行为，表达对那个特殊时代的一种缅怀。

跟着班长走进宿舍，燕破岳不由得微微一呆。

除了孤狼被分配到单人房间，享受到校级军官待遇，其他人的宿舍……也许是为了尽快培养始皇特战小队成员之间的熟悉和默契，始皇特战小队成员居住的宿舍，原本明明都是被分隔开的房间，现在墙壁却被直接打穿，形成了一排犹如火车车厢般的贯穿空间。

二十多张高低铁架床，紧贴着墙壁一左一右放置，整齐地排成了两列，形成了一个能够同时容纳五十人居住的大型宿舍。

就连四名拥有上尉军衔的班长，铺位也在这间大宿舍里。大家这样同吃同住，相信用不了多久，就会彼此熟悉，达到亲密无间的程度。

燕破岳、萧云杰还有孤狼都被分到了三班，他们的班长，是一个三十岁出头的上尉军官。他是在部队中从基层干起，得到部队推荐后进入军校深造三年，完成从士兵到军官的转型后，又重新返回部队。另外三个班长，也是相同的情况，他们和那些通过高考考入军校，一毕业就已经是中尉甚至是上尉的军官相比，更加务实，也更懂得如何和燕破岳他们这样的刺头兵打成一片。

每个班加上班长，一共有十四人，也就是七张床铺。宿舍里早就划定了每一个班占据的“地盘”位置，几个班长带着他们的部下，各自走到自己的领地。除了班长的床铺，在每一个人的床上，都放着一个硕大的迷彩背包。

这只背包里，放的是燕破岳他们身为始皇特战小队成员所配发的物资。

脸盆，饭盒，饭勺，牙刷，牙缸，肥皂……这些最基本的生活物资也不必多说，让燕破岳瞪大眼睛的是，他竟然在背包里翻出了四套迷彩服。

这四套迷彩服，除了有现在军队大面积普及的八七式迷彩之外，剩下的都是使用了新型“数码迷彩”技术的新型制服。

所谓的数码迷彩，就好像是把一张数字图片在电脑屏幕上局部放大百倍，一个个不同颜色的小方块随机无序组合，形成了一片让人看得稍久就会眼睛发花的平面图案。和八七式迷彩服相比，这种在七十年代末，被美国陆军率先应用到装甲车伪装领域的数码迷彩，用了数码像素组合，过渡更柔和，更容易融入山地、丛林和沙漠地形，对人类的双眼欺骗力也更强。

由灰色、绿色、棕色和黑色组成的四色数字迷彩，属于通用迷彩，它最大的特色就是在什么地形中使用，都有一定的伪装效果，但是由于缺乏针对性，样样能行，也是样样稀松，可谓“凑合凑合”闯天下。将来如果中国军队制服再次大规模改良，这种通用迷彩，也许就会成为主流。

第三套迷彩服是用土黄色、棕色、黑色外加少量的绿色组成的数码迷彩，它应该是一套丛林迷彩，适合在春、夏、秋植被茂盛的三个季节，在山地丛林中使用。由于这种丛林迷彩服针对性过强，将来就算可以批量生产，受到成本制约，大概也只会在特种部队中流通，而不会大面积普及。

第四套迷彩服以浅黄色、褐色、淡绿色、棕色为主，又加入了少量的红色和黑色，这是燕破岳他们领到的唯一一套用六色数码迷彩制成的迷彩服。如此复杂的颜色随机排列，形成了一个个具有抽象主义美感的几何图形。之所以运用这么多的颜色，就是为了打破人类双眼的执着，让特种兵可以在沙漠或者冬季丛林这些缺乏足够隐蔽物的环境中成功潜伏。

“班长，咱们始皇特战小队都配发了这种最新型数码迷彩服了，干吗还发这种土不拉几、动不动就身上捂痱子，迟早会被淘汰的八七式？”

萧云杰的话，道出了所有人的心声。俗话说得好，由俭入奢易，由奢入俭难，有了更好的，谁还愿意用大路货色啊。

三班长笑了：“一旦大规模战争爆发，我们很可能会和大部队协同作战，或者在军营中临时驻扎。如果我们身穿数码迷彩，那就是暗夜中的明灯，摆明了告诉敌人侦察单位，我们很牛，快调集轰炸机或者重型火炮群，来向我们开炮吧。”

三班长的解释，让在场所有人茅塞顿开。另外三套数码迷彩，是在沙漠、山地、丛林等环境中隐蔽用的，而这套八七式迷彩，却是让他们隐蔽在普通部队士兵当中的。这也算是小隐隐于野，大隐隐于市了。

除了四套迷彩服，燕破岳还从背包中取出一双底部加有凯夫拉防弹材料的防刺高腰军靴，四条展开就能把身体罩住的伪装披风。

这些披风用透气性良好的纱布制成，分别染成了白色、土黄色、绿色和黑色，如果折叠起来，也就是口罩大小，便于携带。它们的作用，是在一些极端环境中，辅助数码迷彩服进行伪装。比如说白色的披风，适合在雪地中使用，黑色的披风，适合在夜间使用。

萧云杰突然吹了一声口哨，他从眼镜盒里取出一只造型拉风的眼镜，这是一款美国制造，价格相当昂贵，质量早已经超过军工等级的运动眼镜，它并不是美国军队固定采购的制式装备，但是在很多描写美国特种部队的电影中，却都能看到它的身影。

这只迟早会被美国军方列入特种部队装备采购清单的民用运动眼镜，之所以会受到美国大兵青睐，宁可自掏腰包也要买一个，自然不是单纯为了装逼拉风那么简单。

运动眼镜对眼睛有一定的防护作用，在射击时迎面吹来的风中，可能夹杂着细小的沙粒。如果吹进眼睛里，尤其是吹进瞄准用的那只眼睛，就算是受过最严格训练的特种兵，在短时间内也会失去战斗力。训练时遇到这种情况休息一下就好，但是在敌我之间激烈交锋的战场上，这一粒沙子带来的往往就是死亡。

到了夜间，瞄准射击时，枪口迸溅出来的火焰，会严重影响一名士兵的视力，只要多开上几枪，眼前就会出现淡红色的叠影，而一款好的运动眼镜，通过防炫目功能，可以有效减少枪口火焰对视力造成的影响。

戴上这样一只运动眼镜，还可以增加眼睛对光线变化的适应性，让特种兵可以在任何环境中保持最基本的战斗力。听起来功能是很不错，但是这种眼镜的采购价，就高达一千元人民币，就连美国大兵都不能人手一只，当然不可能在中国陆军当中全部普及，如果燕破岳没有猜错的话，这样的眼镜，甚至在夜鹰突击队都是稀罕物件，只有始皇特战小队独家装备。

防割背包，防割手套，嵌在衣领部位，可以有效保护自己喉咽要害的防割喉软钢片，便携式急救包，可以直接切割铁栅栏的金属绳锯，就算是在水中浸泡几百个小时，都能正常使用的取火工具镁棒，可以测量气压和海拔的多功能指北针……各种零零碎碎，在战场上都有各自用途的装备，林林总总加起来足有二三十样。这里的每一件装备，都可以看出他们的队长郭嵩然，为保护始皇特战小队士兵而做出的准备与努力。

这些装备，也让这批刚刚加入始皇特战队的士兵，真切地感受到了特种部队和他们老部队的不同。或者说，发到手里的每一件装备，都在无声地提醒着，他们刚刚进入一个比老部队更高级、更牛的作战单位，如果不收拾好心态努力训练，也许很快就会被淘汰出去。

将背包中的军装和一应物件收整完毕，经过整整一晚上折腾，所有人本来应该脑袋一沾枕头就陷入呼呼沉睡才对，但是在这个时候，他们的眼睛却瞪得贼大，目光在班长和几个铁皮柜子上来回游移。

那几个两米多高的铁皮柜子，可是枪柜。按道理来说，枪械不应该放在宿舍里，但是看看他们这打成一个超长版大通铺的房间，似乎把枪柜直接放在身边，也就不算太过突兀了。最重要的是，他们连迷彩服一领都是四套，看这架势，枪柜里也应该藏了点让人眼前一亮的好东西吧？

就算是几个从基层走出来的班长，几十号男兵目光炯炯地盯过来看过去，心中也大感有些吃不消，他们对视了一眼，由他们中间年龄最大的一班长开口了："怎么，想看看你们以后使用的家伙？"

一群特种兵脑袋点得犹如小鸡啄米，这一刻脸上的表情，看起来要多萌有多萌。

每一个班都有两只枪柜，那个两米多高通体漆成绿色，看起来就像是一只大型保险柜的枪柜，里面放置的应该是自动步枪和手枪，而另外一只一米多高，明显要低矮很多的是弹药柜，里面放置着子弹。

一班长在枪柜的旋转式物理密码盘上输入密码，插入钥匙，在他转动枪柜上的把手时，警报声突然在宿舍中响起，燕破岳他们一开始真被吓了一跳，可是旋即就哑然失笑起来。

警报声是很凄厉，但是声音却并不响亮，只要稍一留心就会发现，警报声的来源，赫然就是他们面前这只枪柜。

一班长松开枪柜上的把手，警报声就戛然而止，他又示范性地转动把手，警报声就再次响起，原来这个枪柜上的警报机关，不分对象也无法解除，只要转动把手里面的警报装置电源就会被接通。你问心无愧、坦坦荡荡，自然是把这当成蚊子哼哼，可是如果谁内心有鬼，对这里又并不熟悉，趁着没人的时候摸进来，这突然响起的警报声，就足以把任何人吓得魂飞魄散落荒而逃。

枪柜的厚度目测下来超过三十毫米，在近距离就算是用自动步枪扫射，也未必能把它打穿。枪械分为两层，上面整整齐齐摆放着十四支燕破岳从来没有见过的新型小口径突击步枪。在每一支自动步枪的旁边，还有一个小小的支架，上面摆放着大家都非常熟悉的五四式手枪，以及一把看起来像匕首，实则是枪械的九一式匕首枪，这玩意儿能填装四发子弹，有效杀伤距离五十米，在大家都拔出刀子拼命时，绝对是出其不意暗下黑手的必备良器。

五四式手枪，大家已经玩得不想再玩。九一式匕首枪，虽然在中国军队中只有少量精锐部队才能装备，但是大家都属于可以装备那个范畴，所以也没什么吸引力。所有人的目光，都落到了那两排静静斜躺在枪架上的小口径自动步枪上。

这款小口径突击步枪通体为黑色，采用了无托式设计，而且大量使用了工程塑料，看上去塑料感极强，从外形上看，它彻底摆脱了中国武器一直模仿苏联装备的历史，整个枪身透着浓厚现代气息。

“这是一九八九年开始研制一九九五年定型的小口径自动步枪，使用五点八毫米步枪弹，有射效程四百米，全枪只有3.25公斤重，还没有在公众场合正式露相，如果不是成立特种部队，我们也拿不到这款新枪。”

一班长猴子献宝似的从枪柜中取出一支九五突击步枪：“我们已经在靶场做过测试，它在射击精度方面的表现值得称赞。枪身重量减轻，又使用了小口径子弹，让你们在脱离后方、执行非常规作战任务时，可以携带更多弹药。还有，你们没觉得，这支枪拿在身上，比拎着支八一杠要帅吗？”

“让我看看。”

也许是天生对枪械敏感，孤狼明明在隔壁“女兵宿舍”，在一班长卖弄新枪时，她就闻声赶来，分开人群走进来，用近乎抢的方式，从一班长手中接过了九五突击步枪。

“八一式自动步枪，火力凶猛，设计初衷就是为了要在战场上将敌人一枪毙命；而这款小口径突击步枪，是以有效杀伤为主。在现代战争理论中，打死一个敌人，不如打伤一个敌人，因为打死一个敌人，敌对国家只需要把尸体带回去，再给阵亡者家人提供一笔抚恤赔偿就行；而打伤一个敌人，敌军就需要在战场上动用三个人力，对伤员实施运输和救治，持续治疗费用远远超过抚恤金额，如果子弹对士兵身体造成伤残式重创，更会形成长期消耗。从这一点上来说，这款步枪在设计之初，就走在了时代最前沿。”

平时孤狼一言不发，总是喜欢静静地坐在房间最阴暗的角落，只要时间稍长就会忽略她的存在。可是当她拿到这款由中国设计制造，现在只少量装备特种部队的九五式步枪时，她整个人都变了。那种因为全神贯注而形成的旁若无人，那种业精于专的卓越，让她身上绽放出一股足以让任何人看得目不转睛的灿烂。

“瞄准系统设计得不错，概率射击时，目光一接触准星就能直接射击，适合在运动突击战中快速使用。中、短距离命中率，应该超过了八一式自动步枪。枪身上有轨道，可以安装光学瞄准镜和夜间微光瞄准镜，而且可以单手射击，非常适合特种部队。”

孤狼一开始对这款步枪的评价非常高，但是当她握住步枪，摆出射击姿势时，她却微微皱起了眉头：“瞄准基线过高，在战场上容易暴露；保险在机匣右下方，操作不便；由于采用了无托式设计，枪身前方的小握把，就显得有些多余，对我来说，宁可握着步枪前面的护木，这样在实战中抬枪速度更快。”

孤狼从口袋里取出一双白手套戴上，又将一块白布铺到桌子上，一群人还没有明白她想要干什么，孤狼就开始摸索着拆解步枪。看到这一幕，刚才还猴子献宝、满脸嘚瑟的一班长真的有些急眼了，他刚想开口制止，一只有力的大手，突然从背后落到他的肩膀上。

郭嵩然对着一班长竖起左手食指，放在唇边做了一个“噤声”手势，在郭嵩然身边，许阳拿着笔，正在飞快地在笔记本上记录着孤狼刚才说过的每一句话。

虽然这支步枪孤狼是今天才初次上手，但是凭借她过于扎实的枪械基础形成的触类旁通，转眼间她就将九五式突击步枪全部拆解开来，并将各个零件整齐地摆放到白布上。

“没有空仓挂机系统，如果是经验丰富的老兵，可以在战场上一边射击，一边在心中计算弹匣内剩余子弹数量。可是换成新兵，他们因为紧张，在战场上头脑肯定是一片空白，拿起枪就打，虽然我相信这款九五步枪的卡壳率很低，但是在战场上对一个新兵来说，一旦步枪卡壳，他会直接判定是弹匣打空子弹，而去更换弹匣。”

孤狼拿起弹匣看了一眼：“弹匣采用塑料结构，为了保证机械硬度，被迫增加弹匣舱壁厚度，使得步枪瞄准基线过高。但是弹匣上这三个观察孔，却应用得相当不错，不需要接受专业训练，略略扫上一眼弹匣上这三个观察孔，就能大概估算出弹匣内剩余子弹数量，在某种程度上，弥补了没有空仓挂机这个缺点。我认为九五式突击步枪没有空仓挂机功能是为了迁就弹匣工程塑料硬度不够而做出的让步。”

孤狼又从口袋里取出一只小小的钢笔式电筒，将一个修表匠最常使用的单眼放大镜戴到头上，枪管、导气装置、护盖、击发机构、机匣、瞄准装置、复进簧……每一个零件，她都看得一丝不苟，当所有的零件都被仔仔细细从头到脚地梳理过一遍后，她又抓起了已经拆成空壳的机匣，把手电筒的光打进去，用放大镜仔细观看里面的工艺，看了半晌，她再次把手伸进口袋，从口袋里取出一只多功能工具钳，用刀子在枪膛里划动了几下，似乎想要看看它的内部材质是否过关。

看到这一幕，在场的男兵们面面相觑，不知道是谁发出一声低叹："真专业啊。"

一群男兵心有同感地连连点头。

第十五章 - **九五式突击步枪**

孤狼拿起步枪零件中的导气装置时，她脸上的表情微微一怔。

自动步枪中的导气装置，是由气体调节器、活塞、活塞簧组成。在射击后，子弹飞出枪膛，由部分火药燃气形成的反作用力推动活塞和上面的轻型活塞杆向后移动，当达到了抛弹窗……咳，又复杂了，简单地说，这玩意儿就是让自动步枪"自动"起来，扣住扳机就射个不停的最重要部件，如果没有了它，士兵们就得回归打一发子弹拉一次枪栓的老式步枪年代。

一款自动步枪中，如果有好的导气装置，可以让步枪射击速度更快、更稳，隐蔽性更好。

只有真正把枪吃透玩烂的专家，才有资格，或者说是才知道关注这些内部细节。

"AK步枪的枪机活塞一体式结构，延续了苏联军工'简单就是美'的理论，在简化零件、减少造价、提高稳定度的同时，降低了射击精确度；我军现役八一式自动步枪，采用了分离式枪机和活塞，虽然带来了枪机后座距离过长、零件数量增多的弊端，却也让八一式自动步枪的射击精度大幅提高。两款步枪各有取舍，并不能说谁优谁劣，但是让我不解的是，这款九五突击步枪，为什么既采用了八一式自动步枪的分离式结构，又采用了AK自动步枪的一体式结构外观？"

一群男兵围上去仔细观察，听着孤狼的话，他们也在点头，脸上露出思索的表情。

孤狼突然转头，目光直落到一班长脸上：“给我子弹！”

按照枪械安全管理条例，在部队中，枪支和子弹都是分开放置的，只有在高度战备状态下，才会允许士兵枪弹结合。就算是特种部队，这一点也不会有例外。

一班长刚想拒绝，就听到郭嵩然沉声道：“给她！”

直到这个时候，一群围在一起观看孤狼拆卸步枪的士兵才发现队长大人驾到。一群人立正敬礼，只有孤狼所有专注力都集中到枪械上，对外界变化根本毫无所觉。

专门放置弹药的枪柜被打开，一班长从里面取出两只填满子弹的弹匣，将它们递给了孤狼，孤狼接过弹匣，先从弹匣里取出一枚子弹，拔掉弹头将里面的火药倒了出来。

孤狼突然喊了一声：“燕破岳。”

燕破岳分开人群挤了进去：“在。”

“把你的天平给我。”

在所有人诡异的注视下，燕破岳打开自己那只变魔术专用手提箱，从里面拿出一部超级迷你型天平，连带一盒更加迷你的砝码，把它们一起递给了孤狼。

“计算器。”

燕破岳又从手提箱中，取出一个同样超级迷你的液晶计算器递给了孤狼。

“燃烧匙。”

又有一只迷你版的燃烧匙从箱子里取出来，送到了孤狼手中。

“游标卡尺。”

听着这一个个化学课上才能听到的物品名词，所有人眼珠子越瞪越大，终于有人忍不住开口了：“如果他连这玩意儿也有，哥哥我就出去绕着咱们这座楼裸奔三圈。”

“游标卡尺真没有。”

燕破岳搔着脑袋，对着那位豪言要裸奔三圈的战友兄弟露出一个大大的笑脸，然后又从箱子里取出一个比游标卡尺要短上不少，前面带着个马蹄铁般的“U”形卡槽，后面带着可以旋转把手的小型金属器械：“螺旋测微器，成不成？”

所有人现在看向燕破岳的目光，已经透出一丝高山仰止。这究竟是特种兵，还是物理化学试验品专卖店老板啊，怎么这些日常生活中根本用不到的东西，他是一件接着一件地往外拿？！

把子弹壳里倒出的发射药放进燃烧匙，点燃后火药迅速燃烧，腾起的烟雾几乎可以忽略不计，孤狼深深地嗅了一口空气中的硝烟气味，就对子弹中使用的发射药做出判断："是混合硝酸酯。"

"如果采用导气式武器运动的经验法，可以选择'布拉文经验公式'。气室内火药燃气变化规律与膛内火药燃气压力的变化规律有关，也与导气装置的结构参数有关，其中涉及的参数包含了导气孔在身管上的位置，导气孔的横断面积，导气管的长度，气室初始容积，气室壁与活塞之间的间隙……"

孤狼在自言自语中，信手拿出笔和纸，在上面写出一串在其他人看来犹如天书的复杂数学公式，这大概就是她刚才提过的"布拉文经验公式"。

"设置时间系数B和结构系数A为常数，由以上公式可知，当T和P为零时，膛内火药燃气尚未流入气室内，实际上此时气室压力相当于大气压力P，由于PA比PS的最大值小得多，因此可以认为，PS—T曲线起点为原点……"

孤狼丢掉手中的笔，她迅速将拆成一堆零件的九五式突击步枪重新组合起来，轻抚着枪身："这款步枪射击精度相当不错，但是在射击时，由于设计上的先天缺陷，再加上制造子弹时为了降低成本，放弃单基火药，使用了廉价燃烧不够充分的混合硝酸酯，会产生大量烟雾，很可能会对射手的视线造成影响。"

有个老兵突然轻笑起来："我记得有段顺口溜，是用来形容德制G36步枪的，现在把它套在九五突击步枪上，其实也蛮合适的……高基线，易打脸，塑料弹匣一捏扁，枪声一响油烟起，熏得士兵泪两行。"

有人提出异议："不管怎么说，这也是中国军工厂自己设计制造，已经符合时代主潮流的新式自动步枪。就凭是国产加自主研发，我们就得对它另眼相看。"

上面的一席话，说得大部分人都在点头。自己研发、自己生产出来的武器，就算是有缺陷，掌握着全套研发生产技术，随时可以进行技术改良，实在不行在原有设计图纸基础上来个更新换代，也不是不可能。就凭这一点，九五式突击步枪在中国军队内大面积普及的实际使用效果就要比那些世界名枪高得多。

不信的话，看看号称“万国武器库”的印度就知道了。

又有人伸手在九五式突击步枪上摸了一下：“看起来是不错，有点现代化大国的范儿，就是不知道实际使用效果如何。”

孤狼拎着已经重新组装起来的步枪，一语不发地走到窗前，她突然抓起一只不知道是谁的搪瓷水杯，把它狠狠抛出窗外。

“哒哒哒！”

“哒哒哒！”

“哒哒哒！”

……

自动步枪三连发点射声连环响起，这一刻孤狼面色沉静如水，随着她不断掉转枪口一次次扣动扳机，漆成绿色的钢制子弹壳不断在空中飞弹，那只被她抛到空中的水杯，更是被子弹打得“啪啪”直响，就那么一路飞弹，当孤狼打出第三组点射时，那只水杯终于不堪负荷被打得凌空炸裂，大大小小的碎铁片，就像是天女散花般，洋洋洒洒地飞溅向四方。

在这个时候，孤狼手中的自动步枪射击声更加紧密急切起来，四五块稍大的水杯碎片，还在空中翻滚飞舞，就被子弹凌空击中，炸成更多更细的铁片。

一个弹匣打完，孤狼把微微发烫的步枪抱进怀里，她深深吸着空气中那股特有的硝烟气息，如饮醇酒般脸色微微发红，而她的那双眼睛，更亮得让人不敢直视。

枪声在不是训练场的位置响起，整个夜鹰突击队都被惊动起来，但是在房间里，几十名特种兵却集体陷入沉默。这些一个个心高气傲，天是老大自己就是老二，有机会连老大位置都想抢过来坐坐的兵王，在这一刻他们思考着同一个问题，如果我在战场上，遇到这样一个敌方狙击手，有多少概率能逃出她的狙杀？！

许阳已经在笔记本上记了足足两页半的内容，他的脸上扬起一丝兴奋，低声道：“队长，咱们这次可真是捡到宝了。”

郭嵩然脸上也露出笑容，轻轻一点头。

门外传来急促的脚步声，赵志刚匆匆飞奔而至，他四下一扫，就看清楚了宿舍内的形势，将目光锁定在孤狼身上。

“好玩吗？”

赵志刚的声音并不高，但是熟悉他的人都能从中间听出分量。但是这一刻，正在大脑中不断重新播放刚才射击的每一个细节，对外界刺激，只剩下最本能反应的孤狼，却下意识地点了点头。

赵志刚脸上的表情愈发地温和：“那，还玩不？”

换成任何一个正常人，这个时候都会立刻认㞞，以免彻底激怒指导员，成为指导员新官上任三把火当中烧得最猛的第一把。

“咔啦……”

回答赵志刚的，是自动步枪更换弹匣后，拉动枪栓的声响。

面对这一幕，赵志刚的眼角不受控制地轻跳了一下，周围原本还抱着看好戏心态的一群特种兵，更是瞪大了双眼，这下事情可大条了，难道他们始皇特战小队，乃至整个夜鹰突击队，第一名女性特种兵，在进入军营的第一天，就要因为违反枪支安全管理条例，外加无视上级被扫地出门？

孤狼拎着自动步枪，走到窗户对面的床铺前，趴下身体，竟然钻到了床底。用身体右侧贴着地面躺下来，右腿曲起把左腿架到了自己的右腿膝盖上，形成一个相当稳定的支撑点，然后把瞄准基线过高的九五式突击步枪架在了自己的左腿上。

她的左手压在突击步枪上方，用压制的方法来保持枪身稳定，右手食指扣住扳机，头部微侧，这样她在使用九五式突击步枪时，就可以将瞄准基线压低，可是旋即孤狼就摇了摇头，显然她也明白，在战场上和敌人交火时，能用这种特殊躺姿射击，而且能保证弹无虚发的人，绝对是屈指可数。在战场上使用了这种躺姿射击，更是放弃了机动性，一旦遭遇敌军迫击炮轰击，很难及时做出军事规避动作。

孤狼又用正常卧姿趴在床下，架起了手中的九五式突击步枪，但是她手中的自动步枪却逆时针旋转四十五度横举而起，弹匣和地面形成了平行关系，这样举枪她想要瞄准，就必须把脑袋侧过来，而且要侧到一个令人难受的程度。

这种射击方法，精度当然会受到影响，枪法稍差一点的士兵，根本无法控制步枪的后坐力，会把子弹打得满天乱飞，但是对受过特殊训练的老兵来说，这种射击姿势却是别开生面，而且在特定场合，能够发挥出预料之外的作用。

举个例子，一般的家用汽车底盘都不算高，就算是勉强钻到底下躲藏，枪口稍稍一抬，就会被底盘压制住，不要说是精确射击，就算是胡乱扫射，都要考虑子弹打到底盘上四处反弹，会不会自摆乌龙。如果必须躲在汽车下面发起进攻，他们绝大多数人都会选择使用手枪。

但是孤狼的这个动作，却是长度与高度互换，在将火力仰角压缩的同时，也将火力扇面无限增加。简单来说，她是拥有了足够的高度进行精确射击，但是由于火力射角太小，射击目标会在她的视线中一闪而逝，抓不住这个机会，她就再也没有开枪的可能。

如果这么形容，你还无法理解这种射击的难度，你可以自己钻到床下，再往窗外看，你会发现，无论自己怎么努力，只要不把脑袋探到外面，受到床板和窗台的双重阻障，你的视野范围，就是那么窄窄的一条。所谓白驹过隙，瞬间而逝，莫过如此。

燕破岳看着钻在床底下，举起步枪对着窗外，在等待着什么的孤狼，他拿起自己刚刚领到的搪瓷缸，大踏步走到窗户前，一挥手将搪瓷缸扬手抛出窗外。

搪瓷缸在所有人的注视下，被抛到十几米的高空，在动能与势能达到平衡点时，搪瓷缸在空中停滞了零点一秒钟，又一路翻滚着向下坠落。

“砰！”

一发子弹以斜四十度角飞出，紧贴着窗台飞过，那只搪瓷缸在空中猛然炸裂，看到这一幕，就算是已经对孤狼的狙击技术有了足够高评价的老兵们，仍然再次被震撼了，就连他们的副队长许阳都忍不住发出一声狂喝：“漂亮！”

第十六章 - **包办婚姻**

有一部描写苏联狙击手与德国狙击手生死对决的影片，在那部影片中，德国狙击手训练学校的校长亲自参战，他潜伏在废墟中，瞄准了大楼走廊中间一条被炮弹炸开的缝隙，就是在苏联狙击手飞身跃过这道缝隙时，校长一枪打中其头部将之当场击毙。

那个画面残酷而精彩得让人记忆深刻，但是孤狼这一枪，与之相比也毫不逊色。

沉默了片刻，热烈的掌声突然从宿舍中响起，看着从床底下慢慢爬出来的孤狼，每一个人都对她露出了灿烂的笑脸，一只只有力的手掌，重重地拍到了孤狼的肩膀上，把她并不算太瘦弱的身躯拍得东倒西歪。

就凭这最后一枪，她就赢得了所有人的认可。不要再去说什么战争让女人走开的话，有孤狼这样的狙击手做队友，对任何人来说，都是一种幸运。

面对眼前这一张张充满善意的笑脸，还有那一阵阵为她而响起的热烈掌声，孤狼也想要努力回应大家，她伸手摸了摸后脑勺，那动作怎么看，都像是她刚才在床底下，不小心把脑袋碰了个大包，然后她对着所有人，有点迟疑又有点缓慢地伸出了舌头，在空中抽巴了两下，又“嗖”的一下缩了回去。

这位姑奶奶的动作，有点怪啊。

发现有点冷场，孤狼的脸上露出一丝迷茫，她又对着集中到她面前的特种兵们，眨了一下右眼皮，大约过了三秒钟，她眨了第二下。发现所有人看向她的表情更加诡异，就算是一向淡定从容，临泰山倒都不变色的孤狼，都忍不住真的眨巴了一下眼睛。

这下沉默终于被打破了，许阳迟疑地问道：“九五突击步枪射击时硝烟是比较重，孤狼，你的眼睛被烟熏到了？”

孤狼脸上的表情，有那么一点点忧郁，但是迎着许阳关切的眼神，她迟疑了一下，还是认真地点了点头。

同时在她心中，认真地思索着一个百思不得其解的问题：为什么燕破岳眨眼睛，看起来显得很随意亲切，很容易让人心生好感，而她眨眼睛，就让人联想到眼睛被硝烟熏到？难道说，是因为她老把那只放大镜挂在右眼上，所以不够圆滑顺畅的缘故？

想到这里，孤狼将求解的目光投向了燕破岳。燕破岳就算是再聪明，再善解人意，又不是孤狼姑奶奶肚子里的蛔虫，又哪可能知道刚刚技惊全场的孤狼，在这一刻不是志得意满，不是在担忧随之而来的惩罚，而是在纠结什么眨眼睛、吐舌头的卖萌问题？

发现孤狼的视线落到自己身上，燕破岳在赵志刚看不到的位置，嘴角对着赵志刚站立的方向一努，又暗中伸出右手，比画出一个“V”字形手势。再用唇语，无声地对着孤狼送去一句夸讲奖：“噢耶！下次一定再继续努力噢。”

孤狼用力点头，至于她有没有真的读懂燕破岳的表情手势和唇语，那就只有她自己才知道了。

“孤狼！”

一声厉喝突然在耳边炸响，已经过了枪瘾，终于恢复正常的孤狼迅速立正，放声应道：“到！”

赵志刚走上前来，他上上下下打量着孤狼：“你干得不赖啊。”

就算是孤狼，也知道得到上级夸奖，应该表现出谦虚上进的一面，她立刻现学现卖，嘴角轻轻一努，由于她心里能接受的人现在暂时只有燕破岳，这嘴角一努，自然而然就努向了燕破岳站立的方向，看到这个充满暧昧色彩的小动作，就算是赵志刚都不由得一愣。

还没有搞清楚这个玩枪玩得登峰造极，但是平时为人处世就有那么点脑筋不够数的女兵究竟想对他表达什么，他看到孤狼又对着自己伸出右手，比画出了一个嚣张无比的“V”字形手势。

面对如此直接，如此放肆，如此嚣张，如此不知道马王爷有几只眼的当面挑衅，就算是赵志刚的大脑都有了瞬间的死机，然后，然后，然后他就看到孤狼，用无声的唇语，向他讲出了一句话：“噢耶！下次一定再继续努力噢。”

在一旁看得清清楚楚的萧云杰，伸手捂住眼睛，在心里发出一声轻叹：“我的妈啊，这下可玩大条了。”

赵志刚怒极反笑，他顺着孤狼刚才努嘴角的方向望过去，突然开口：“燕破岳！”

燕破岳迅速立正，放声回应：“到！”

“你们两个刚才一个丢缸子，一个开枪射击的，配合得天衣无缝啊。”

赵志刚一脸的微笑，但是那笑容怎么看，都有种笑里藏刀式的诡诈：“我和郭队一开始还在发愁，孤狼是个女兵，和谁编成二人小组才合适，结果一转眼就发现，根本就是我们杞人忧天了嘛。恭喜，从现在开始，你们两个就是始皇特战小队第一支找到最佳搭档的作战小组了。大家一起鼓掌啊。”

足足冷场了三秒钟，更加热烈的掌声，轰然在宿舍内响起。

听听赵志刚督导员说到“最佳搭档”几个字时，那简直就是一个字一个字从嘴里往外挤的，坚硬。再看看赵志刚大爷那堪称笑里藏刀典范的表情，如果在这个时候，不全力配合，摆足忠心耿耿的架势，百分之百会城门失火，殃及池鱼！

燕破岳这下是傻眼到爆了，他是不介意和孤狼并肩作战，但是拜托，他可是清楚地记得郭嵩然对二人作战小组的训练要求。一旦结成作战小组确定搭档关系，他们在日常生活、训练当中就不能脱离十米范畴，否则两个人一起受罚。

这睡觉问题还好解决，大不了他厚着脸皮请老兵和自己调一下床位，睡到和孤狼那间单身宿舍最近的位置，虽然中间隔着一堵墙，总算是在十米之内，但是，请问……如果，假设，必然他有一天半夜尿急上厕所，怎么办?

难道每次都要半夜去敲孤狼的房门，然后一脸坦然地告诉对方，他今天喝水有点多，想要她陪着自己一起去嘘嘘?

洗澡也是个大问题，难道孤狼在洗澡时，他一个大男人还要像个偷窥狂似的站在门外，时不时地还得叮嘱一句：“喂，孤狼妹子，你别站得太远了，不能超过十米噢。”

一想到这些，燕破岳就像是连吃了二十个苦胆又塞了两公斤黄连般，这苦水儿一直流进了心底。在他的记忆中，似乎也只有港台片中，以X查理先生为最出色代表的超级变态狂，才会干这么没品德、没素质、没修养的事情来。

“报告督导员，我有话说！”

燕破岳鼓足勇气试图挽救，刚刚开口，就看到赵志刚对着自己一努嘴，顺着赵志刚努嘴的方向看过去，燕破岳看到了抱着步枪，静静站在那里的孤狼。

就算是到处都是欢迎她的掌声，四周站满了对她喝彩的战友，可是纵然如此，她的身上依然透着股遗世独立的孤独。她就那么站在那里，静静地望着燕破岳，似乎在等着他的回答，又似乎在隐隐期待着什么。

这一刻的她，看起来就像是一个离家出走的孩子，想要吃最喜欢的糖葫芦，可是口袋里却一毛钱都没有，所以只能静静地躲在街角，看着那红彤彤的糖葫芦，既舍不得离开，在骄傲的支撑下，也不会去开口乞讨。

冲到嘴边的话，怎么也无法再说出口。看着赵志刚似笑非笑地望着自己，燕破岳只觉得一股郁闷之气从脚底板涌起一直冲上脑门儿，这位教导员还真是一个人物，见面总共不到二十四小时，就把他看穿、钻研研透，甫一出手就直点中他的死穴。

燕破岳又忍不住回头望了萧云杰一眼，萧云杰回以他一个灿烂的微笑。他们两兄弟，一路结伴走进军营，时间虽然不长，却已经是闯祸的专家、惹事的根苗，经历了这么多年的风风雨雨，就算他们没有在一起组成二人作战小组，又有什么了不起的，在自己的兄弟身陷险境需要支援时，他们会有任何犹豫吗？！

“想我燕破岳当年也是拳打南山敬老院，脚踢北海幼儿园，一米以下全放倒，太平间里一跺脚，那愣是没有一个敢喘气的。”

燕破岳对着赵志刚竖起一根大拇指，诚心诚意地道：“可是现在我必须要说，指导员你牛，俺认屄了。但是我还得说一句，您这种行为，比那封建时代在家里一手遮天，动不动就给家人包办婚姻的地主老财更地主老财！”

眼看着燕破岳认屄，四周响起一片喝倒彩的声音。

“噢，原来我还是专替别人包办婚姻的地主老财啊。其实我不止是替你们‘包办婚姻’，连新房都给你们准备好了，禁闭室豪华标间三日游，自己去报到吧。”

孤狼在宿舍里开枪，早就有了进禁闭室的准备，她向赵志刚敬了一个军礼转身就走。看到燕破岳还站在原地，赵志刚温言提醒道：“还愣着干什么，七十二小时，快去吧。”

燕破岳当场就傻了眼：“我也要去？”

赵志刚一脸的笑容可掬：“你和孤狼可是结成了二人作战小组，按照郭队长的训练计划，你们两个人必须始终在十米范围内，否则一起挨罚。孤狼要关七十二小时禁闭，你当然要守在她身边。她睡在禁闭室，你抱条被子睡在外面的走廊里，也是可以的嘛。对了，许阳，昨天晚上，咱们这里的最低气温是多少来着？”

许阳翻看了一下昨天的日记，迅速报告：“零下十九摄氏度。”

“天寒地冻的，燕破岳你要多注意身体，千万不要仗着年轻火力壮就肆无忌惮，小心就此落下病根，到了四十来岁的时候，那可就要吃苦头喽。”

……

回到办公室，赵志刚脸上那让人恨得牙痒痒的笑容消失了，他伸手轻轻弹着桌面，郭嵩然立刻自觉地拎起水壶，给赵志刚办公桌上的茶杯里续满了开水。

“说吧，为什么故意给孤狼犯错的机会，又让我出面，把她和燕破岳编成一组？”

赵志刚端起茶杯：“每次都是你唱红脸，我唱白脸，难道我就是当曹孟德的命？”

“燕破岳精通一堆千奇百怪的东西，我一开始还是抱着看杂耍的心态，看着他上蹿下跳，可是看到他和‘笑面虎’的一战后，我突然醒悟过来。这些技巧绝不是杂耍，而是一群老兵在战场上用鲜血和死亡磨砺出来的战争智慧。我当时就在想了，他们教给燕破岳这么多东西，为什么偏偏没有教他用枪？”

说到这里，郭嵩然打开一只档案柜，从里面翻找到燕破岳的资料，翻到其中一页递给了赵志刚：“你自己看看吧。”

只看了一眼，赵志刚就瞪大了眼睛，这一页上记录着燕破岳在军营中的射击成绩，也是燕破岳在军营中唯一被记录的成绩：“新兵营实弹射击考核，百米卧姿步枪射击，五发子弹，四十三环。成绩，良？！”

用最稳定、射击状态最好的卧姿射击，而且还是打一百米距离的枪靶，就算这样，才打出四十三环，甚至连新兵营优秀标准都没有达到，这样一个几乎不会用枪的新兵蛋子，竟然进了始皇特战小队？

想到这里，就连赵志刚都觉得牙疼起来。

“资料显示，燕破岳的父亲燕实祥，是军工厂总军代表，只要燕实祥愿意，燕破岳可以天天泡在步枪和子弹堆里打滚，可是燕实祥就算是确定要将儿子送进军营后，都没有这么做，所以我可以确定，这是燕实祥故意给燕破岳留下的弱点！”

赵志刚神情一动：“将儿子训练得在体能、意志、格斗等领域，已经接近甚至达到特种兵水准，却偏偏不让他接触枪械，在新兵营时还好说，但是到了特种部队，他的优点已经不算是优点，弱点却会变成不可原谅的缺点。到了这个时候，燕破岳不想被淘汰出局，他就必须收起身上那股傲气，老老实实服从命令接受训练，否则的话，三个月后他必定会被淘汰出局。”

“要是他够聪明，现在就应该抓紧时间向孤狼请教如何用枪。”

郭嵩然淡然道：“机会我给他了，如果三天时间，他都没有一点动静，非要我们这些当教官的在后面踢着屁股去督促，不需要三个月，孤狼出禁闭室之日，就是他滚蛋之时。”

第十七章 - **论枪**

其实根本不用等三天，就在郭嵩然和赵志刚谈起燕破岳时，燕破岳就已经觍着脸，开始向孤狼提出拜师学艺的问题。

“你想向我学枪？”

“是的。”燕破岳搔着头皮，他有点不好意思，但是必须让师父了解自己这个徒弟的最真实况状，对他量身定做训练计划，才可能有一线生机，因此燕破岳还是选择了实话实说，“我这辈子总共就打过十发子弹，都是在新兵营时打的，前五发，不计入成绩，就是让我们试试手感，后五发作为新兵营实弹考核成绩，被记录在册。”

只打过十发子弹的特种兵……

孤狼嘴唇动了动，却没有发出声音，这一刻不是她不想说话，而是她真的无话可说。

“我进军营时心比天高，觉得自己从小跟着一大群身经百战的老兵师父学了一堆绝活儿，出人头地自然是不在话下。我在新兵营和萧云杰在一起，也的确崭露头角，着实风光了几回。新兵营训练结束，我们都以为自己肯定能进侦察营，结果却一起被发配到炊事班放羊。从那个时候开始，我就对自己说，什么侦察营、警卫营的，哥哥我看不上眼，哥哥我要进，就要进最牛的部队，成为最好的兵，将来再成为最优秀的军官，带最强的队伍！”

隔着一道房门，燕破岳像个话痨似的絮絮叨叨地说着，而孤狼，则在静静地聆听。就连燕破岳自己都不知道，他为什么会对一个其实还只能算是陌生人的女兵，说起这些就算是面对萧云杰，都没有宣诸于口的事情。

“后来，我们新兵营教官的亲人遇到雪崩，就在大家赶着挖雪救人时，第二次雪崩爆发，别人都跑了，就我留在了原地，我要说不怕，那肯定是扯淡。几十百万吨的雪铺天盖地地直砸下来，我当时小腿肚子都在哆嗦，我当时心里唯一的想法，就是把人救出来，那些给我穿小鞋的家伙看一看，我燕破岳才是英雄！结果，我赢了，我得到师长另眼相看，师侦察营、师警卫营，这些最精锐部队可以任我挑选，师长甚至向我承诺，再过上一年，就会把我送进军校深造，我终于证明了自己，成了所有人眼中的宠儿，我甚至在师长的一力扶持下，进入了将全师最精锐军人集中到一起，组成的临时应急小分队里。”

提起在临时应急小分队的那段时光，燕破岳的嘴角，不由得露出了一丝微笑：

"我得到了太多的关怀与荣誉，在特种部队向我伸出橄榄枝时，我理所当然地认为，我就是最好的士兵，可是在和'笑面虎'交手时，我就已经发现，夜鹰突击队人才济济，可是我依然坚持认为，我是优秀而且不可替代的。但是在今天，看到你拆枪和射击时，我突然全身直冒冷汗，因为我终于想到了一个问题，一个只打过十发子弹的新兵蛋子，就算魔术变得再好，空手格斗能力再强，连枪都用不好，又有什么用？"

看着自己的双手，燕破岳轻声道："我还没有学会走，就心比天高地想要去飞，你们都是先进入侦察营之类的部队，再被挑选进夜鹰突击队，而我却是一个从炊事班走出来的放羊倌。和你们相比，我缺了一段太重要太重要的课程。可是我现在，已经不能回头去弥补这段缺失了。"

燕破岳已经踏进夜鹰突击队的大门，尤其是进入了始皇特战小队，一旦他被淘汰退出，就算他回到老部队后，还能进入侦察营或者警卫营，苦练出一手好枪法，他也不可能获得第二次进入夜鹰突击队的机会了。

孤狼终于开口了："你找我拜师，是想在最短的时间内练出一手好枪法？"

"对！"燕破岳点头，"队长说过，每隔三个月，始皇特战小队会淘汰一批人，再补充一批优秀者。如果我和萧云杰不能在三个月内，弥补用枪上的缺点，我们的名字肯定会出现在淘汰名单上。"

孤狼没有再说话，过了很久很久，久到燕破岳都开始以为她已经拒绝了自己的时候，并没有上锁的禁闭室大门，突然"吱呀"一声，被推开一条能够探进去整条手臂的门缝。

"把你的手伸进来。"

虽然不知道孤狼究竟想干什么，燕破岳还是迅速照做，把自己整条右臂都顺着门缝塞了进去。

他的手被孤狼带着，探进了她的衣襟，面对这绝对意外的一幕，燕破岳下意识地想要抽回手臂，孤狼沉声道："不要动。"

就在微微一怔的工夫，燕破岳的手已经被孤狼带着完全没入她的衣襟，侵入到一个女人绝不会让男人轻易触及的领域。

她的身体真的好凉，但是她的皮肤，却很细很滑，指尖在上面轻轻划过，就好像是在抚摸一块光滑的绸缎，在这个过程中，又微微透出一丝柔腻，这种难以言喻的触感，让燕破岳的心底不由自主地扬起了一种销魂噬骨的感觉，但是当他的手指掠过这片皮肤，终于落到孤狼想要让他接触的位置时，燕破岳整个人都怔住了。

她的皮肤原本像丝绸一样光滑，但是在肩胛部位，却像牛皮一样硬实。一层厚厚的老茧占据了整个肩窝，这层茧硬得就算是针扎上去，估计都不会再有痛感。她的皮肤从细腻光滑到硬如牛皮，这其间没有一点过渡，生硬得让人无法接受。

这层老茧几乎布满了整个肩窝，而它似乎还有着一个特定的形状。燕破岳不顾自己这个时候的行为如果被人逮个现形，会给自己和孤狼带来多大麻烦，他把所有专注力都集中到手指上，小心翼翼地仔细摸索。

因为他终于得出了一个不敢置信的结论，孤狼右肩部位的肩窝，并不是天然形成，而是她每次用肩膀顶住枪托，再扣动扳机，随着子弹发射形成的后坐力，枪托一次又一次反复撞击在肩膀同一个位置最终形成的印痕。

这样一个印痕，就是身体对枪械形成的物理记忆。孤狼射击时，她只需要将枪托卡在这个肩窝里，再加上她的两只手，就会稳定得无懈可击。

“懂了吗？”

“嗯！”

燕破岳是真的懂了，孤狼就是想要告诉他，想成为一个优秀射手，根本没有捷径。他必须在训练场上，用上万甚至是几万发子弹喂出枪感，直至在他的肩膀部位出现一个和孤狼一样的硬茧窝儿。

燕破岳的手被孤狼带出了衣襟，手指感受到空气的凉气，燕破岳心中竟然生出了一种若有所失的感觉，但是他只是略一凝神，就将这种绝不应该出现的感觉抛诸脑后，低声道：“谢谢。”

燕破岳不再向孤狼询问，既然想成为一名优秀射手并无捷径，他和萧云杰三个月后，必然会面对被始皇特战小队淘汰的命运，他现在要考虑和提前准备的，是被始皇特战小队淘汰后，应该怎么努力，让他们不至于连夜鹰突击队都待不下去。

就在燕破岳已经想放弃的时候，孤狼的声音意外地再次传来："想成为优秀射手，首先要练稳。手稳，眼稳，心稳。"

燕破岳精神微微一震，孤狼肯开口说话，这说明事情还有一定转机。在枪械方面，他也不需要练到孤狼这种水平，只要在三个月的考核中，能够混个六十分万岁就足矣了。

"我从七岁开始扎马步，十岁时开始双臂上加砖，现在我可双臂上各放三块青砖连续扎三小时马步，我这手应该够稳了吧？"

孤狼不置可否，突然问道："你能在水中闭气多久？"

"四分钟。"

正常人撑死也就能闭气一分多时间，燕破岳的四分钟，已经接近职业潜水员标准，怎么看这个成绩都相当不错了。

"四分钟不够，你最少要达到六分钟以上。"孤狼略一犹豫，又加上了一句，"我能在水中闭气七分四十五秒。"

燕破岳一下子瞪圆了眼睛，七分四十五秒，孤狼的闭气时间，已经是他的两倍。这需要有多么惊人的肺活量才能达到这一步？！

就在这天晚上，郭嵩然走到禁闭室外，想要看看燕破岳有没有抓住机会向孤狼学习时，他就看到了令人啼笑皆非的一幕：燕破岳把脑袋扎进水盆里已经不知道多长时间，直到他一连灌了好几口水，才猛地扬起脑袋，趴在地上连连咳嗽，喘息了半晌，拎起身边放的一只铁皮水桶，又往脸盆里补了一部分清水，然后又一脑袋扎进了水盆里。看他这样子，天知道这一天下来，他已经喝了多少盆水了。

郭嵩然摇摇头走过去，一抬脚在燕破岳的屁股上踢了一下，燕破岳愤怒地抬起头，当发现是队长站在自己面前时，他立刻跳了起来，对着郭嵩然敬了一个军礼。

看着燕破岳嘴唇发紫，不知道是肚子里灌水太多，还是被冻得厉害，或者两者兼而有之的样子，再看看因为燕破岳立正敬礼动作幅度太大溅到自己身上的水珠，郭嵩然微微一皱眉头："你在干什么？"

“报告队长，我在练枪！”

如果换成普通人一定会感到莫名其妙，但是郭嵩然却并不在其列，他只是略一思索，就明白了这盆水和练枪之间的关联：“你平时憋气时间是多久？”

“四分钟。”

“你把脑袋扎在水盆中，能闭气多久？”

“成绩最好的一次，四分二十五秒！”

“正常情况下，我现在的憋气时间大概为三分三十秒。”

郭嵩然趴在地上，快速地连续进行了几次深呼吸，然后一头扎进水盆里。

一开始燕破岳还满脸不以为然，可是表上的秒针，跳过四圈时，郭嵩然依然静静地趴在地上，身体稳如泰山，显然是犹有余力，在燕破岳瞪大眼睛的注视下，肺活量还不如燕破岳的郭嵩然，轻而易举地突破了燕破岳今天创造的最好纪录。直到秒针在表盘上整整跳过六圈半时，郭嵩然才从水盆中抬起了头，他只能在正常情况下憋三分多钟，可是他在水盆里，竟然坚持了近一倍时间！

“我没有练过内家气功，肺活量也没有你好，可是我依然闭气时间比你长。如果我愿意，我至少还能再多坚持一分钟，你知道这是为什么吗？”

如果郭嵩然说的是真的，那么他的最好水中闭气成绩，已经和孤狼等同。

“你是一个聪明人，你一次次尝试，却始终无法达到孤狼给你指定的闭气时间，甚至是差距很远，根本无法凭拼命去补充时，你做的就应该是自我反思，而不是一次次没有任何意义的野蛮冲撞。”

郭嵩然双腿一盘坐在地上，指着对面的地板：“坐。”

两个男人席地而坐，郭嵩然沉声道：“把脑袋扎进水盆里闭气，这种行为看起来简单，却有一个相当术语化的称呼，叫作‘静态呼吸暂停’。现在世界上‘静态呼吸暂停’最强的人，能够在水中坚持超过十一分钟。”

燕破岳的眼睛一下子瞪大了，他尝试了一整天，比任何人都更清楚，这十一分钟所蕴含的巨大压力。

“我在闭气前，连续做了几次快速深呼吸，这样做的意义，是因为我们的大脑，会随时监测血液中的二氧化碳含量，并因此做出身体内部调节。我迅速深呼吸，会起到将二氧化碳排出体外，血液中氧气含量增高的作用。和每次闭气前，只是做一次深呼吸的你相比，我从一开始就占了便宜。”

也许孤狼在闭气前，也用了相同的连续深呼吸，但这只是她自己摸索出来的一种本能习惯，她根本不可能像郭嵩然一样，成系统地讲解出来。

说到当老师传授知识，郭嵩然绝对是顶级的：“把脸浸入盆中的冷水里时，脸上的皮肤受到刺激开始收缩，这样会迫使血液从身体末端回流到心脏和大脑，如果这个时候，你能放稳心态，把自己当成一块没有情绪、没有思想，甚至是没有体温的石头，静静地浸泡在水里，你的心跳频率就会自动减缓，减少把氧气流向全身的速度，同时会大大降低身体对氧气的消耗。像我冷静下来，借助冷水刺激，能把心率降到百分之七十，而像孤狼，她也许能将心率降到一半，甚至更低。”

燕破岳瞪大了眼睛，脱口道：“内家拳法龟息功？！”

“我不懂什么内家拳法，也不知道龟息功有什么作用。”

郭嵩然沉声道：“从科学角度来讲，这叫作哺乳动物潜水反射本能。长期用这种方法训练，就算是在正常环境中，也可以通过自我催眠达到类似效果。”

说到这里，郭嵩然忍不住转头，看了一眼禁闭室大门，低叹道：“无师自通，将哺乳动物反射本能，应用到狙击技术当中，我一向认为，所谓的天才，根本没有意义，只有绝对的努力，才能登上巅峰。可是现在我必须承认，这个世界上，原来真的有一出生就在某个领域远超同类的超天才，她是一个天生的狙击手。”

对狙击手而言，拥有出类拔萃的枪法，能够将目标一枪击毙，这只是基础中的基础，如果这样就能称为狙击手的话，那狙击手未免就太不值钱了。

考量一个狙击手是否优秀的标杆，是他们的潜伏能力。初级狙击手会利用身上的伪装和脸部伪装迷彩，将自己和周围的环境融为一体，就算是有人从他们身边走过，都很难发现他们；而有资格被称为“狩猎者”，可以独立在战场上活动，用少量物资就能生存很久，可以不间断打击敌人各种目标的王牌狙击手，他们的潜伏技术，要高端得多。

“目光，也是一种能量，对身经百战的老兵来说，有人躲藏在一边窥探，哪怕是在几百米外，都可能因为目光投到自己身上而突然警觉起来。”

听着郭嵩然的讲解，燕破岳连连点头。其实不用身经百战的老兵，就算是普通人，有人站在他们身后一直紧盯着他们，明明背后没有眼睛看不到对方，也会感到不适，这就是因为，目光同样是一种能量，人类能够“感觉”到它的存在，只不过我们平时，把太多专注力放到了听觉、嗅觉、视觉与触觉上，忽略了“感觉”的存在罢了。

也就是因为这样，野战部队在埋伏点上，等待敌军进入埋伏圈时，指挥官一般都会下令士兵低下头，不许私自偷看。

“而像孤狼这样的狙击手，她在一个狙击点上长期潜伏，等着狙击重要目标时，一旦进入这种潜水反射本能状态，心率变慢，身体对氧气的消耗降低，她的身体循环也会降低，她对食物和清水的消耗会降到平时的一半甚至更多，而她的目光，在这种情况下，等于是经过了伪装，就算是直接投到敌人的身上，也很难再引起他们的警觉。”

说到这里，郭嵩然再次轻叹了一声，他把燕破岳和孤狼安排到一组，不但是打算让燕破岳向孤狼学习射击技术，他自己都抱着从孤狼那里挖到点什么，用来弥补中国狙击手训练教材还不足以支撑起一个系统学科的弱点。

可是孤狼无师自通地进入最高段数，这就好像是正在努力组建一个学校，小学、初中、高中还没有组建完备，却得到了大学的教程一样。看着不错，也真心觉得有用，但是想用它来批量培训狙击手，那根本没戏！

郭嵩然摇摇头，将心中的遗憾抛开，继续向燕破岳讲解：“孤狼教你的这个方法，可以让你学会心稳。我知道你性格冲动，但是在战场上，死得最快的人，就是性格冲动，一旦抽起疯来，就以为自己身上的肉，能挡住得枪子儿的傻帽！”

“孤狼告诉我，身为一名优秀的枪手，需要手稳，心稳，眼稳，这个心稳我已经懂了，那我应该怎么练习，才能做到手稳和眼稳？”

“小心贪多嚼不烂。”郭嵩然站起来，拍了拍燕破岳的肩膀，“孤狼是一个好老师，她在枪械方面的天分和成就你也看到了，好好跟着她学，我明天晚上再来看你。如果你有什么不懂的，我们明天可以一起探讨。”

在燕破岳感激的目光中，郭嵩然走了。他当然不会告诉燕破岳，他知道很多训练士兵“手稳”和“眼稳”的方法，但是他更期待孤狼的绝活。一个没有受过正规狙击训练，硬是凭枪感和后天努力，杂七杂八凑合成顶级狙击手的人，她的方法未必能够大面积普及，成为制式训练科目，但一定是卓有成效，能够让人眼前一亮，甚至是可以举一反三，开阔视野的。

而燕破岳，就是负责“挖”出这些技巧的中间人。一想到原来哺乳动物独有的潜水反射也能成为训练狙击手的方式，郭嵩然心头就忍不住涌起一片火热。就是因为内心深处这份火热，郭嵩然写了一夜的心得体会。每次写累了，他就会站起来出去吹吹冷风顺便活动活动，所以在这一天晚上，已经被他训练得筋疲力尽，脑袋一沾枕头就陷入沉睡的始皇特战小队的战士们，愣是被郭嵩然折腾了三次紧急集合。

每一次紧急集合后，立刻进行五公里负重越野跑，三次，合计十五公里。

第十八章 - **手稳，心稳，眼稳**

燕破岳终于知道，为什么孤狼会随身携带一个修表匠专用的放大镜了。

做两百个俯卧撑，这叫热身，再做一百个仰卧起坐，这叫调节心率，再做三十分钟原地踏步跑，这是为了和禁闭室中的孤狼保持十米距离之内，再做二十个为一组的原地起跳三组，然后，再做两百个俯卧撑……

总之，就在燕破岳的心率已经达到运动最高强度、汗水不停地流淌而下时，隔着一道房门的孤狼会突然下令燕破岳立刻停止活动，用最有难度的蹲姿，戴上她那只修表匠专用放大镜，用最细小的精工刻刀，在大米上刻喇叭花。

在进入部队之前，燕破岳就听师父说过，为了训练侦察兵的应急反应能力，经常有教官在士兵们最疲劳，或者心跳最快的时候，命令士兵们没有任何缓冲地立刻停止运动，然后将一把大米撒在地上，让他们一粒一粒地拾大米。

这样会对士兵的心脏形成极为严重的负荷，但是也能让士兵适应这种从极动到极静所形成的心脏与身体负荷。

燕破岳听到这种训练方法后，已经觉得够变态，没想到落到自己身上，竟然就变成了大米上刻花。

右眼上戴起钟表匠专用放大镜，将一粒专门精挑细选、比同伴大出两圈的大米放在玻璃盘子上，这粒原本其貌不扬的大米，在燕破岳的眼前，立刻变成了花生米大小。左手用镊子把大米固定住，右手抓着一根钢针，轻轻刺向“花生米”。

刚刚经历过激烈体能运动，心脏在胸膛里“怦怦怦怦”地剧烈跳动不休，汗水就像是打开水龙头的自来水般，从皮肤的毛孔上不断渗出，在这样的情况下，燕破岳拿针的手在不停地轻颤，经过他右眼上戴的那只放大镜放大，那幅度简直就是一位音乐家正在指挥整支乐团在奏响贝多芬《第九命运交响曲》时手中不断挥舞的指挥棒！

无论燕破岳如何努力，放大镜中的钢针，都在不停颤动，根本不可能平稳下来，当然更不用说在大米上刻什么喇叭花。

几次三番地尝试下来，心脏承受的负荷越来越重，燕破岳只觉得自己的脑袋里就像是钻进几个小鬼，正在不断拉锯般，疼得要命不说，就连耳朵里都出现了“嗡嗡嗡嗡”的声响，一股压制不住的邪火，在他心里腾腾直冒。

第二天晚上，郭嵩然和赵志刚再次联袂来访时，正好看到燕破岳跳起来，将手中的钢针还有装大米的玻璃碟子一起狠狠砸到地上，玻璃碟子重重摔在地上，发出“啪”的一声碎响，燕破岳郁闷到极点的嘶吼，更是在走廊里狠狠回荡：“我在美术课上画的东西，都从来没及格过，还要在大米上刻喇叭花，喇叭花刻不出来，刻个狗尾巴草行不行？！”

禁闭室里的孤狼，声音依然平静如水：“原来你喜欢刻狗尾巴草啊，那你就别刻喇叭花了，改刻自己喜欢的吧。”

“你……”

燕破岳心里憋闷了一天的邪火，遇到孤狼这样的人，就像一拳全力挥出却打到了软棉花上，怎么也撒不出来。

看着燕破岳几乎憋出内伤的样子，郭嵩然和赵志刚再次对视一笑。坦率说，让燕破岳这样一个大男人，在大米上刻喇叭花，是有点为难他了。

看到地上有一小堆似乎是已经被“加工”过的大米，赵志刚走上前，拈起了其中一粒，借着走廊里的灯光仔细观察，只看了一眼，赵志刚就“噗”的一声笑了。

“指导员你别看啊！”

看到自己不成功的作品被人拿去欣赏，燕破岳真的急眼了，赵志刚认真地点着头，顺手就将那粒刻着喇叭花的大米交给了同样一脸好奇的郭嵩然，郭嵩然只看了一眼，就算他已经做好了心理准备，也是“噗”的一声，当场就笑喷了。

燕破岳刻在大米上的，哪是什么喇叭花，这摆明了就是甲骨文嘛！

丢人已经丢到姥姥家，燕破岳索性破罐子破摔：“一开始孤狼还要我绣花来着，多亏我据理力争，才改成了在大米上刻喇叭花。反正我也没有什么美术细胞，你们爱笑就笑吧。”

郭嵩然和赵志刚对视了一眼，都看到了对方眼睛里的惊喜，在高强度体能训练后，突然静止，顶着身体形成的巨大负荷，立刻进行高精度训练，无论是戴着放大镜在大米上刻花，还是学女工绣花，这其中的连贯性，还有对士兵思维清晰的苛刻程度，都远超捡大米，这个方法不错，而且便于实行。

“你可别小看了这米上刻字、刻画的技巧。”

看出燕破岳在这一刻已经是心浮气躁，开口的是更擅长心理调节的赵志刚：“米上刻字，起源于清朝乾隆年间，当时要参加科考的文人，直接将诗词、文章刻到了米粒上，把它变成了作弊工具。你想啊，人家能把一首诗，甚至是整段话刻在米粒上，你接到的任务不过就是在上面刻一朵喇叭花，你要愿意，甚至刻一株狗尾巴草也行，还有什么好挑剔的？”

说到这里，赵志刚摇头晃脑地又吟出了当时人们对米粒雕刻而写出的两句诗词：“‘一颗米内藏世界，半边锅里煮乾坤’。你千万别小看了它们，这可是中国传统文化艺术的结晶啊……”

话还没说完，就看到燕破岳一把抓起地上刻过喇叭花的米粒，将它们全部丢进嘴里用力猛嚼，一边嚼嘴里还一边嘟囔着：“我让它们世界，我让它们乾坤，我让它们艺术结晶。”

一小把没有煮过的生米，吃得燕破岳直翻白眼，但是他却依然脖子一伸，把它们全咽进了胃里，可见这些小东西，给燕破岳造成的困扰有多大，他内心深处积累的怨气有多深。

吃掉了让自己丢人现眼的大米，燕破岳总算安静了下来。

这次轮到郭嵩然开口了：“我知道，你就算再强壮，一次次承受身体从高强度运动骤然转为静止的逆转训练，也会吃不消。但是你想想，你是一个特种兵，你在执行任务时，被十倍甚至百倍的敌军追杀，你必须和队友们一边高速撤退，一边应付随时可能爆发的伏击战和遭遇战，到了那个时候，你还要心浮气躁地摔盘子，还要跳起来指着敌人的鼻子大骂，抱怨他们让你感到难受吗？！”

说到最后，郭嵩然已经是声色俱厉：“你不想在战场上成为战友的拖累，你就必须学会在高速运动骤然转为静止后，保持冷静心态，用你可以在大米上刻花的双手，将子弹精确地射向敌人，只有这样，你才可能和队友一起用最短的时间结束战斗，摆脱敌人的纠缠继续撤退。否则的话，就算你拥有比其他人更充沛的体力，可以跑得更快、扛得更多，又有什么意义？！”

燕破岳沉默了很久，本来就练习得心浮气躁，现在又被队长这样直接指着鼻子痛斥，说他心里没有一点怨气，那肯定是骗人的。

但是理智也在提醒着燕破岳，郭嵩然说得没有错，射击是他最大的弱点，也是萧云杰最大的弱点，他必须用最快的速度弥补这项弱点，然后把自己的心得体会告诉萧云杰，否则的话，郭嵩然根本不会给他们两兄弟上战场的机会。而不给机会，最直接也是最有效的方法，就是将他们一起淘汰。

“队长，请你教教我，我应该怎么做，才能控制自己的身体和情绪，让我的手可以在最短的时间内恢复稳定。”

郭嵩然指了指地板，他们三个人，一起盘膝坐到了地上，形成了一个促膝长谈式的三角形。

郭嵩然开口道："老赵，你是心理学科班出身，你曾经给我讲过什么人体自我保护机能、什么人体极限潜能的，我虽然勉强听明白了，但是想要给别人当老师，却连三成都讲不出来，这些东西，还是得由你来负责讲解了。"

赵志刚点点头："我们人类身体的任何一种特征，都是自然进化的产物，都拥有特定的意义。打个比方，我们害怕黑暗，因为黑暗影响我们的视线，让我们无法及时发现潜藏的危险；我们跑步跑累了，继续坚持下去就会难受，这是身体在提醒我们，再坚持下去，就可能对自己造成伤害；我们无论是在极度悲伤或者开心时，都会哭，这就是因为身体判定我们的情绪过度激烈，已经到了可能伤害身体的程度，所以要通过哭来转移我们的注意力，让我们过度激烈的情绪得到缓解。"

燕破岳有些懂了："我连续做高强度体能训练，然后突然静止，拿着大米雕喇叭花。每折腾一次，我就觉得脑袋快要爆炸似的难受，这就是身体在提醒我，这种行为有害，要我立刻放弃？"

"我们是特种兵，想要得到远超常人的力量，在战场上手起枪落枪枪致命，就必须先付出常人难以想象的代价。想要克服身体自我保护机能的束缚，你就必须给自己一个足够强烈的信念。"

为了让燕破岳能够听懂，赵志刚举了一个非常简单的例子："一个人用手臂抓住石壁吊住身体，用不了多久就会酸麻不堪被迫松手，可是如果他脚下是万丈悬崖，在死亡的威胁下，他也许用一只手臂就能支撑一个小时，甚至是一天。相同的道理，只要你能用强烈的意志欺骗自己的身体，让身体认为，如果你在骤然停顿的瞬间，不能迅速恢复稳定就会死亡，身体就会被迫开放极限。这样做虽然会对心脏造成极大的负担，甚至会给将来的心脏猝死埋下隐患，但总好过当场被敌人一枪击毙！"

这应该是自家老爹燕实祥都不曾接触也不懂的学科，燕破岳自然是头一次接触，但是听起来，貌似很牛的样子。

心理学讲座已经结束，轮到郭嵩然开口了："当然了，你平时还必须接受一些针对性训练，用来适应战场上瞬息万变的状况。尽量避免会给心脏带来极大负担的骤跑骤停。"

难怪这一次是郭队长和赵指导员双双陪坐，原来想要在大米上刻好狗尾巴草，还是生理学、心理学和军事技术的双重组合。

"简单地说，就是你在快速移动时，要给自己留有余力，除非是全速冲锋状态，否则的话，你应该让自己处于三分跑一分停的状态。而不是别人说跑，你就低头猛冲，别人说停，你就像急刹车似的猛然止步。"

郭嵩然站了起来："老赵，你打下拍子，让燕破岳更容易理解什么叫三跑一停。"

赵志刚伸出左右两根食指，他用左手食指在脸盆边缘轻敲了一下："这是咚，代表跑。"

赵志刚又用右手食指在水桶上轻响了一下："这是哒，代表停。咚咚咚哒，就代表跑跑跑停，咚哒咚咚，就代表跑停跑跑，懂了吗？"

这个节奏，听起来很像是敲非洲鼓，燕破岳点头表示明白。

郭嵩然双手虚抬，做出一个手持自动步枪警戒的动作，他突然加快脚步，开始在走廊里奔跑。赵志刚随之用两根手指在脸盆和水桶上敲击，"咚咚哒咚，哒咚咚咚，咚咚咚哒，咚哒咚咚……"

就在有节奏却无规律的轻轻叩击声中，郭嵩然在快速移动，他每跑出四步，其中必然有一个停顿，但是由于这个停顿的"哒"，在每四个为一组的音节中随意调换，让他的步伐变得忽快忽慢，根本无法捉摸。

赵志刚突然两根手指一齐停止敲击，同时郭嵩然也猛然停止前进，一个翻滚躲进了走廊墙角的阴暗角落，整串动作流畅得犹如行云流水，不带半点滞涩。当郭嵩然躲进阴暗角落，以半跪的姿态举起手中的"枪"时，他的双手稳定得无懈可击，不见一丝颤抖。

郭嵩然拍掉身上沾的尘土走回来，问道："告诉我，你看到了什么。"

“队长你在前进时，采用三进一停，使你的速度始终处于不规则状态，就算远方躲藏着狙击手，也很难保证将你一枪击毙。这就好像在战场上开车时，为了躲避敌人可能展开的炮击，司机会将汽车开得忽快忽慢，时不时还会走个‘S’形路线是同一个道理。”

燕破岳越说眼睛越亮，他猛地一拍巴掌：“这种方法，是将一路猛冲又骤然停步形成的负荷，分担到了每一次四步一组当中，给了身体足够缓冲的空间，非常适合在普通环境中连续使用；而指导员教我的东西，则是在必须撒腿就跑，或者全速冲锋时，和敌人猝然遭遇，为了活命而擎出的‘撒手锏’，能少用就少用，能不用就不用，但是必须要会用。”

燕破岳突然跳起来，开始连续做俯卧撑，但是和原来不同的是，他每做出三个俯卧撑，动作就会明显一顿，嘴里还在念念有词：“咚咚哒咚，咚咚咚哒，咚哒咚咚……”

俯卧撑、仰卧起座、原地踏步跑、原地起跳……燕破岳全部照做一遍，完成时间比原来至少慢了五分之一，你千万不要小看这多出来的五分之一时间，就是这样走三步停一停的“磨洋工”，让燕破岳的运动心率一直没有达到最高峰值，当他猛然停顿，戴上放大镜拿起钢针时，虽然心脏在胸膛里还是“怦怦怦”地猛跳，汗水更像是喷出来一样倾淌不休，但是困扰了他一天时间的两眼发花兼头痛欲裂这些症状却得到大幅度缓解，连带他的双手也终于稳定起来。

燕破岳在这一刻当真是针走龙蛇，转眼间工夫，就在米粒上雕刻出一株狗尾巴草，并欣喜若狂地将这粒大米送给了郭嵩然：“队长您看，这是我第一粒雕刻成功的大米，我把它送给您了。”

就着走廊的灯光，看了一眼燕破岳的最新作品，郭嵩然的嘴角微不可察地抽动了一下，当着燕破岳的面，珍而重之地将这粒大米收进口袋，同时在心里对燕破岳的艺术细胞，直接判了一个零点零零分。

郭嵩然和赵志刚返身离开时，两个人脸上一起露出了大大的笑容。

“我们训练士兵射击时，也是训练手稳，眼稳，心稳。心稳是让士兵在实弹射击训练场，熟悉子弹从头顶飞过的感觉；手稳是在步枪枪管下面吊砖头，让士兵举着步枪保持射击姿势半小时，不能稍有晃动；眼稳是弄一盆水，往里加上墨汁，让士兵通过墨汁水的倒影，看天上的太阳。”

赵志刚虽然只是一个指导员，对训练特种兵的方法却如数家珍：“我现在真的很好奇，孤狼是用什么方法训练自己的眼力。我常听人说，狙击手的天敌就是狙击手，而狙击手的对决，拼的就是潜伏和反潜伏，我敢用脑袋打赌，孤狼最大的‘撒手锏’，就在她的眼力训练上。”

到了第三天晚上，郭嵩然和赵志刚再次一起联袂来访，这次他们看到燕破岳正在强行记忆数字。他每次将一组写着数字的小纸片随机排列后，读上一遍，再将它们打乱，然后凭借记忆，将长达十六位的数字重新复述出来。

看到这一幕，郭嵩然和赵志刚对视了一眼，他们两个人二话不说，掉头就走。

燕破岳反复记忆随机组合的数字，看起来只是在练习记忆力，实际上，这就是一种最独特的眼力训练。郭嵩然和赵志刚也都有过耳闻，但是他们却从来没有考虑过将这种方法列入狙击手训练教材。原因很简单，这是一种只适合高智商，尤其是记忆力超群的人才能使用的战术手段。

狙击手在战场上的天敌就是狙击手，所以一名狙击手在选择狙击位时，一定会先观察周围的地形，并对周围可能对自己产生威胁的地形进行记录。这样一旦有敌方狙击手潜伏渗透，哪怕只是在几百米外的小山坡上多了一个篮球大小的物体，都会被狙击手迅速发现。

所以狙击手占据主场，就等于占据了绝对优势。孤狼教给燕破岳的技巧，就是对周围环境进行快速数字化记忆的眼力训练。这种训练还有一个相当响亮的名字，叫作“数字沙盘”。

做一个简单的沙盘数字化模拟……

有一个小山坡，它的垂直海拔是两百米，坡长四百五十米，坡面斜角34度，在它的右翼，有一条羊肠小路，在它的后方，是一道普通人无法攀越的悬崖。

按照这个顺序，就可以推出一个多位数字。

首先，先对小山坡进行数字量分。

数字1，为平地；数字2，为山丘；数字3，为丛林；数字4，为沙漠；数字5，为沼泽；数字6，为江河湖泊；数字7，为其他特殊地形。

由于目标是一个小山坡，所以这个多位数字组合的第一个数字是23，山丘+丛林。

它的海拔是两百米，坡长是四百五十米，坡度34，所以这串数字的后几位是……200，450，34。

数字1，代表左侧；数字2，代表右侧；数字3，代表中间；数字4，代表后方。

数字1，铁路；数字2，公路；数字3，索道；数字4，羊肠小路；数字5，雷区；数字6，无障碍隔离带；数字7，蛇形铁丝网；数字8，机枪防御阵地；数字9，其他特殊地形。

综合上面的两组数字，在这个山坡右翼，有一条羊肠小路，所对应的数字是……2，4。

在它的后方，有一道普通人无法攀越的悬崖，所对应数字是……4，9。

最终，这座小山坡的所有信息综合在一起，就是23，200，450，34，24，49。

只要燕破岳能将这一组十四位数字死死记住，他就会对这座小山坡上的地形了如指掌，如果他想反狙击，那么只需要再加上大约六个数字，就能将可能潜伏狙击手的火力点全部纳入自己的记忆范围。

这种把所有特殊地形都数字化的记忆方法，比起狙击手最常用的画图标数字记忆，更迅速，更便捷，也更精确。如果谁能一下子记住几百组数字，他连地图都不需要，就能在战场上横着走。无论在哪里和敌人遭遇，只需要把脑子里的数据调出来，在他脑海中数字就会根据各自对应的地形特征进行组装，形成一个虚拟作战沙盘。

到了这份上，根本不需要太过敏锐的眼力，去将潜伏中的敌方狙击手揪出来，只需要对比那些最有可能潜伏敌方狙击手的位置，发现哪个位置出现异状，直接举枪瞄准等着对方自己暴露，或者用无线电通知队友，调用迫击炮进行反复炮击，把对方轰出来再一枪击毙就是了。

能把这套东西玩转的狙击手，大脑内存容量，必须是银河机级别的，只可能天然产生，绝不可能批量化训练，也难怪郭嵩然和赵志刚一看，掉头就走。

“孤狼沉默寡言，对绝大多数东西都毫不在意，几乎将所有精力和智力都投入到狙击技术上，她能使用这种数字沙盘我信，但是让燕破岳学习，我怎么看都觉得成功的希望相当渺茫。”

听着自家指导员的判断，郭嵩然沉默了半晌，才沉声道：“学不会是道理，学会了是奇迹。燕破岳这小子绝不适合成为狙击手，但是如果真的能把这套东西吃透了，那就是胸藏天地之秀丽，山河之险峻，假以时日，必然会成为一名比你我更优秀的战地指挥官！”

赵志刚用看似不经意的动作，将眼皮轻轻垂下，把眼睛里正在闪动着的狡猾诡诈悄悄隐藏起来：“前提是，燕破岳、萧云杰还有孤狼，能吃光我为他们精心准备的小灶。否则的话，他们就只能吃不了兜着走了。”

第十九章 - **以战练兵**

（上）

七十二小时禁闭结束之后……

燕破岳、萧云杰还有孤狼，被赵志刚喊到了办公室。

“还有八十九天，始皇特战小队就会进行第一次内部淘汰，有三个成绩最差的会被淘汰下去，同时也会从夜鹰突击队挑选出三名训练成绩最好的补充进来。”

赵志刚的语气很温和：“有句话说得好，失败是成功之母。只要你们永不松懈，用积极的心态面对失败，知耻而后勇，保持更加旺盛的斗志努力训练，将自身缺点弥补后，凭你们的天分，迟早能够重新回到始皇特战小队。”

面对赵志刚的劝导与叮嘱，孤狼沉默着没有吭声，但是燕破岳和萧云杰的脸上却一起露出了不甘的神色。听指导员的意思，这淘汰赛还有将近三个月呢，第一届淘汰人员的名单，就已经锁定到他们身上，而且已经是板上钉钉的事情了。

“我知道，和你们说这些，你们肯定心里不是滋味，甚至觉得我这个指导员是门缝里瞧人，把人给看扁了。我也承认，你们都很优秀，就算是放在始皇特战小队，你们的优点都是出类拔萃的。”

“燕破岳、萧云杰你们两个体力不错，意志也不错，头脑更是不俗，但是你们的枪法实在是个大问题，别说是和始皇特战小队的其他人相比，就算是基层连队的老兵，都比你们强得多。一个特种兵在战场上连枪都用不好，怎么作战，怎么去完成任务？！至于孤狼，你和他们正好相反，你是我见过的最优秀射手，但你是一个女兵，从你的体能训练成绩来看，一旦在战场上要背负超过二十五公斤的负重，进行中距离急行军，最多只需要十公里，你就会掉队。一个会拖累整支队伍行军速度的狙击手，就算是枪法再好，又有什么用？！”

开始赵志刚的声音还很温和，说着说着，却开始渐渐严肃，说到最后更已经是声色俱厉。

办公室内气氛一片压抑，他们刚刚进入始皇特战小队，尤其是燕破岳和孤狼，他们还没有和始皇特战队的队友接受过哪怕一次训练，就一起被赵志刚打上了“淘汰者”标签，他们又怎么能甘心？

可是听着赵志刚点评自己的缺点，他们却无话可说，如果在这个时候有战斗，把他们拉到战场上，他们真的会成为队伍的累赘。

“你们三个人，加入始皇特战队小队，一开始就是个错误。”

赵志刚在这个时候，当真是语出如刀：“燕破岳和萧云杰，你们两个都是好苗子，尤其是燕破岳，你为了救人在二次雪崩时，主动留在原地，任由积雪冲下来把你埋住，最终带着救出的人在积雪下生生挖出一条生存通道，这份无畏无惧的勇敢和坚持让人动容，也就是因为这样，大队长才会亲自出马，邀请你们加入夜鹰突击队。按照大队长的计划，你们应该先进入夜鹰突击队，用一年时间接受基础训练，再来获得进入始皇特战小队资格。可是你们却利用演习和实战之间的差异，不断用小伎俩取得胜利，甚至获得了夜鹰勋章，在你们获得了这份勋荣的同时，也让这场‘我要成为特种兵’的游戏，难度增加了十倍！”

燕破岳和萧云杰对视了一眼，他们真的没有想到，事情竟然是这样。就像赵志刚说的，如果他们一开始只是进入夜鹰突击队普通部队，可以从头接受特种兵基础训练，一步一个脚印地前进，他们的路会好走得多。可以说，他们是自己把自己架到了火堆上。

“至于你，孤狼，你最大的‘错误’，就在于你是一个女兵！在大部分男人的眼里，女人就是弱者的代名词。身为一名指挥官，我不排斥女兵，但是我会强力排斥一个无法融入团队的士兵！尤其是……这个士兵还曾经说过，她不需要队友！”

赵志刚盯着孤狼的双眼：“你在狙击步枪上加挂榴弹发射器，可以身兼数职，从一开始就没有观察员协同作战。告诉我，你是不需要队友，还是根本找不到队友，一个也找不到，所以只能孤军作战？！”

孤狼咬住了嘴唇，没有回答赵志刚的问题，但是她的表情，已经说明了一切。身为一个如此优秀的狙击手，竟然连一个观察员都找不到，最后竟然混出“孤狼”的绰号，这其中固然有她不善言辞的原因，但是更多的理由，大概还集中在“女兵”这个身份上。想想看也是，能进入侦察部队的，已经可以称之为兵王，谁不是心高气傲，大老爷们可以输阵但绝不能输了气势，又有谁愿意给一个女兵去打下手，说出去，那不是丢脸丢到姥姥家了！

“我在读小学时，班里有个同学，家里很穷，他长得也很丑，大家都叫他二赖子。没有人愿意和二赖子当朋友，几乎所有人都看不起他。后来二赖子连初中都没有读完，就跑出去学着别人卖水果，当时我们都以嘲笑的眼光看着这位中途辍学的家伙，看到他就会故意大声说几句什么‘学好数理化，走遍天下都不怕’之类的话来刺激他，在我们眼里，个体户就是没出息的代名词。”

就算是以燕破岳和萧云杰的机智，也不明白赵志刚，赵指导员，刚刚把他们说得垂头丧气，怎么突然就开始讲起了故事。

“后来二赖子开了一个水果店，大家都在猜他应该赚了些钱，又过了两年，二赖子成了一个万元户，还受到表彰，大家依然看不起他。同学聚会时提起二赖子，就会有人说，不就是个个体户嘛，就算是万元户，依然掩盖不了他身为一个土包子的气息。”

说到这里，赵志刚轻轻嘘出一口长气：“我参军入伍，又过了七八年，回家探亲和同学们小聚时，同学们一张口就提到了二赖子。二赖子开了我们那里第一间超市，几年下来连锁店已经开到了省城，据说身家已经过千万，看样子再过几年，就会成为一个亿万富翁。到了这个时候，同学们再提起二赖子，已经没有人再轻视他，甚至没有人再喊他的绰号，就算是在背后议论，都是用半开玩笑半认真的态度，称他为‘张总’，同学们当场就一起怂恿我，给二赖子打个电话，约他出来和同学们聚聚，顺便给老同学们传授一下经商发财的绝招。理由就是……小时候我和二赖子的关系最好，至少从来没有欺负过他。”

这个平常得不能再平常的故事讲完了。

赵志刚看着若有所悟的孤狼，沉声道：“一个人是否成功，需要有对比，二赖子原本是我们中条件最差、最受歧视的，在承认他成功的同时，就要承认自己的失败，所以在他成为万元户的时候，所有同学都下意识地一起排斥他、贬低他，私下称他为‘土老帽’‘暴发户’，用不屑的态度来掩饰自己的羡慕。可是当他成为千万富翁，用不了多久就会成为亿万富翁时，所有人都发现，自己和二赖子之间，已经出现了一条也许终生都无法缩短的巨大差距，这种差距已经不是用酸溜溜的讽刺就能弥补，当终于开始用仰视的角度去看对方时，自然而然开始以有‘张总’这样一位同学为荣！”

孤狼的眼睛猛然亮了。

她终于听懂了赵志刚的话，一个女兵想要在强者为尊的军营中，尤其是在集结了最精英兵王的特种部队当中，获得尊敬与认可，她不但要证明自己不比男兵差，更需要证明自己比男兵强，而且要强得多，强到让那些男兵要为之仰视，否则的话，她根本不可能扭转其他人的眼光！

孤狼现在充其量也就达到了“万元户”标准，没有人愿意承认她的成功，所以她身边的男兵，就像那些对待二赖子的同学一样，下意识地联合起来排斥她，让她连一个观察员都找不到；如果她能突破这个层次，进入“千万富翁”行列，只要她为人处世没有过分张扬放肆，弄到神憎鬼厌的程度，让她最困扰的人际关系问题就会迎刃而解！

在心中盘绕了多少年的问题，竟然找到了解决的方向，孤狼的声音都在轻轻发颤，可见这一刻她的心情之激动：“我……我应该怎么做，才能成为千万富翁？”

“意志、体能、爆发、速度，近身格斗、枪法……你必须在各个环节都强到登峰造极无懈可击，让男兵们就算在心里想贬低你，都找不到半点理由，必须承认你的强大，在走上战场时，把你当成最值得信赖的战斗力，你就成功了。”

孤狼将赵志刚说的每一个字，都在嘴里重新念了一遍又一遍，她的眼睛渐渐亮了，当她将赵志刚的话重复到第三遍后，突然对着赵志刚诚心诚意地深深弯下了腰。

“你不必谢我，我是指导员，帮助你提高成绩，克服心理障碍，迅速融入团队，这就是我的职责。”

赵志刚望着孤狼，脸上露出一丝淡淡的同情，可是在孤狼发现之前，他脸上的表情，就恢复了惯有的平静：“作为女子特种兵先驱，要在没有先例的地方冲出一条路，你受到的压力，注定要比后来者多得多，你的委屈和迷茫，也会多得多。你回去吧，好好想一想，如果你坚持留下，在这片只属于男人的世界中，你就要抱着拼命的决心，让自己成为始皇特战小队最强的兵王，只有这样，你才能扬名立万闯出自己的一片天地；如果你想离开，我举手欢迎，队长已经帮你联系过，你可以加入八一射击队，如果能代表中国队参加奥运会比赛，拿到奖牌，这也是一种成功！”

想了一想，赵志刚继续道：“你和燕破岳已经是搭档，按规定来说，你们两个无论什么时候，距离都不能超过十米。但事实是，你们必须分开训练，直到足够强大，才能重新走到一起，否则只有一起被淘汰！”

孤狼抿紧嘴唇、挺直身体，对着赵志刚敬了一个军礼，默默地走出了办公室。

办公室的房门被孤狼带上了，赵志刚的目光在燕破岳和萧云杰的身上来回打转，燕破岳和萧云杰不由自主地挺直了身体。

“看你们如临大敌的模样，”赵志刚脸上突然露出了灿烂的笑容，语气也轻松随意起来，“放轻松点。难道我这个指导员，看起来像是把你们卖了，还要让你们帮忙数钱的坏人吗？”

看看这位刚才面对孤狼时还严肃认真，面对他们就彻底变了模样，当真是把见人说人话、见鬼说鬼话这套功夫玩得炉火纯青，更是毫不羞涩的指导员，燕破岳和萧云杰齐齐在心中回应了一声：“像！”

“我原本在想，应该让你们两个退出始皇特战小队，按原计划先到普通小队去接受基础训练，一年后再通过层层考核回来，这样的话就能避开三个月后的考核，自然也不算是被淘汰出局。但是后来一想，这样不行啊，你们已经进入始皇特战小队，面对困难不去迎难而上，而是选择消极逃避，这更折了你们身为一名特种兵必须具备的百折不挠、坚毅果敢的精神，如果真是这样，你们说不定这一退，就再也回不来了。我这个指导员，不就把你们给害了嘛！”

看着赵志刚脸上那怎么看都称得上和蔼可亲的笑容，听着他这温和而贴心的话，燕破岳和萧云杰全身的汗毛在一瞬间都一起倒竖而起，在心中齐齐涌起一种黄鼠狼给鸡拜年的极度不安的感觉。

“这几天我和郭队为了你们这两个浑小子，可谓绞尽脑汁，就连头发都白了两根，甚至是豁出两张老脸不要，四处求爷爷告奶奶地寻招问计。”

赵志刚猛地一伸手，在桌子上重重一拍，发出“啪”的一声震响，他整个人也霍然站起，就连他的声音也高昂起来：“天道酬勤，我和郭队还真帮你们找到了一个剑走偏锋，走非常路的特训方法！”

虽然心中都有着大事不好房子要倒的感觉，但是听到这里，燕破岳和萧云杰还是精神齐齐一振。

“我们先打个比方，比如你和萧云杰都出生在二十世纪三十年代，本来就是两个不务正业，天天遛鸟斗狗调戏小媳妇的纨绔子弟，结果日本鬼子打进了家门，杀了你们全家，你们两兄弟为了报仇，一起报名参军，成了两个新兵蛋子。”

赵志刚说得是眉飞色舞："你们两个在新兵训练营，领到了中正式步枪，每人打了十发子弹，其中五发不计入成绩，剩下的五发，打一百米外的固定枪靶，其中一个打了四十三环，一个打了四十四环。"

燕破岳和萧云杰听得一起咧嘴，他们现在严重怀疑，赵指导员刚才给孤狼讲的"二赖子卖水果发家记"，也是他顺口胡咧咧的产物。

"经过一周的训练，打完十发子弹后，每人又领到了五十发步枪子弹、五枚手榴弹，你们这两个新兵蛋子中的新兵蛋子，就被直接送上了战场。而你们的敌人，全部都是在军营中受过两年最严格训练的，平均每三个人就有两名A级射手的日军甲级师团，而且他们在重武器方面还占据绝对火力优势。"

赵志刚伸出了一个巴掌，在燕破岳和萧云杰面前晃啊晃的："你们一个班，合计十人，和日军打了一场，人家又是大炮轰，又是飞机炸，又是A级射手狙击，又是轻重机枪扫射，又是小钢炮曲线射击的，啪唧……第一仗你们一个班，就先死了一半。"

燕破岳和萧云杰听得是一阵牙疼。

"打完第一仗，你们的部队根本来不及撤下战场休整，敌人的攻击就再次席卷而至。"

赵志刚亮出来的手掌上，只剩下两根手指："啪唧，你们班又死了一半，只剩下燕破岳你和萧云杰两个了。"

"不对啊，"萧云杰隐隐感到这个故事再发展下去，情况就会相当不妙，立刻提出异议，"指导员，这五除二是二点五，以数学的四舍五入惯例，应该还剩三个人才对。"

"另外一个受重伤，失去战斗力，只能抬下战场行不行？"

赵志刚中指往回一缩，只剩下一根孤零零的食指还举在空中："在你们的部队即将撤出战场，调到后方重新休整前，日军又打了一场夜袭，你们这支被打残的部队被迫夜间迎战，在这场激战中，啪唧，你们班又死了一半，至于活下来的人，究竟是燕破岳还是萧云杰，你们自己决定！"

燕破岳和萧云杰一齐倒翻起了白眼，难道在战场上，死神拎着大镰刀到战场上收割人命的时候，就是看到他们哥两个长得够英俊潇洒，所以暗中开了后门，允许他们两兄弟礼让三先，看谁更有活下去的理由，就留谁一命不成？！

“好吧，看在燕破岳又会国术又会忍术的份儿上，这场你们两兄弟必死一人的战斗，就让燕破岳挂了吧。”

虽然真到了战场上，绝不希望看到兄弟死在自己面前，但是听到赵志刚两张嘴皮子上下一翻，就这么给自己定了烈士身份，燕破岳仍然感到极度不爽：“凭啥啊？！”

“就凭你在战场上太活跃，又是拿着雨伞当防弹盾，又是自制烟幕弹装死尸的，引起了日军士兵高度注意，十七八个A级射手，五六挺班用轻机枪，三四门掷弹筒，一两挺重机枪一起瞄准了你，当场就把你打了个稀巴烂。萧云杰就在一边发出一声悲伤到极点的狂号，然后是群山在怒吼，黄河在咆哮，中国人民从此站起来了，燕破岳同志永垂不朽，这下行了吧？”

燕破岳不由哑然，摊开双手耸耸肩，接受了自己已经“光荣”这一“现实”。

“从常规角度来看，一支部队就算是训练有素，在战场上战损率超过三成，部队就会丧失斗志，如果战损超过一半，就会彻底失去战斗力；如果战损超过七成，就算是被成建制歼灭。所以萧云杰你们的部队撤出战场后，就和其他部队重新组合休整，而萧云杰，你就成了班长。”

赵志刚解释道：“当时的中国部队，除了老蒋的嫡系德械师，其他部队都装备奇差，而且训练严重不足，士兵大都是临时征招进来的新兵蛋子，像你这种和日本人在战场上死磕了几场血战还能活下来的人，都算是真正的老兵了。连续打了三场战斗，你已经见了太多的鲜血与死亡，尤其是燕破岳的阵亡，让你失去了最后一个朋友，你对死亡已经没有那么恐惧。再次上战场的话，你不但能教手下的新兵如何生存，在战场上加起来也射出几十上百发子弹的你，已经学会了躲在尸体堆中用冷静的心态瞄准日本士兵。”

听到这里，萧云杰轻轻点头，如果他真的全家死绝，又在战场上失去了最后一个朋友，他真的会生无可恋，只剩下复仇的欲望。一个人连死都不怕了，又习惯了战场的硝烟与弹如雨下，在胶着状态的战场上冷静下来，成功击毙日军，也就理所当然起来。

“萧云杰你带着自己的班走上战场，和日军交战，有你这个老兵为班长，在你的带领下，士兵们伤亡率有所降低，啪唧，你的班死掉三分之一。然后又打了一场，啪唧，剩下的人又死掉三分之一。这样萧云杰你带部队撤出战场休整时，你们班还有四个人，而且都成了老兵。部队再次休整重组，你这个在战场上击毙了四五名日军士兵的老班长，要是运气够好，就有可能被提成了副排长，要是运气不好，那就继续当班长。”

赵志刚说到这里，声音中透出了认真：“几场血战下来，萧云杰你在战场射出的子弹，撑死就是三四百发，和日军受过两年严格训练的老兵相比，也就是人家一个零头，但是你的枪法，已经达到甚至超越了日军士兵平均水准。原因很简单，他们的枪法，是在训练场上打靶子练出来的，而你的枪法，是在战场上顶着敌人射出的子弹和炮击，用敌人的脑袋练出来的！”

把未经严格训练，甚至可以说没有受过训练的新兵送上战场，新兵的阵亡率必然会高得惊人，但是经过数场血战生存下来的士兵，就会迅速成长为老兵。在战场上，新兵转变为老兵的速度，是训练场上的几倍，甚至是几十倍，这是最残酷，也是最有效的“以战练兵”。

第二十章 - **以战练兵**

（中）

“我和郭队专门研究过‘以战练兵’能够让老兵速成的要诀，我们尤其关注为什么在战场上，新兵的枪法能够以训练场上十倍，甚至是百倍的速度成长，后来我们得出一个结论。”

赵志刚站起来，走到办公室墙壁上挂的黑板前，抓起粉笔，在上面写了大大的两个字——死亡！

“在第二次世界大战的亚洲战场上，士兵们使用的武器，还是打一发子弹，就必须拉一次枪栓的老式步枪，想要有效消灭敌人，就必须瞄准后再扣动扳机，实施精度射击。谁也不知道自己能够活着向敌人射出几发子弹，所以士兵每次瞄准敌人扣动扳机时，都是抱着必死的觉悟。”

日本这个国家，明治维新后经过几十年发展，已经完成从农业国度到工业国度的转变，而二十世纪三十年代的中国，工业发展才刚刚萌芽，中国与日本的战争，就是一场工业化国家侵略农业国家的非对称战争。

也就是因为这样，日军才会骄横不可一世，喊出了“三个月灭亡中国”的口号。在战争伊始，日军也的确是气势汹汹，打得数倍于己的中国军队溃不成军，短短几个月，就攻陷了中国半壁江山。

山河破碎，外敌入侵，在那个战火连天，就连地球都快要被打红的疯狂年代，无数热血男儿唱着心中无悔的战歌，前赴后继地走上战场。他们在战火中不断牺牲，他们在战火中不断成长，在八年时间里，整个中华民族付出了上千万军民伤亡的惨痛代价，整片华夏大地都散发着鲜血的味道，风中都会传来悲伤的哭泣，但是就在这一片悲伤的土地上，无数平民“以战练兵”成了身经百战的精锐老兵！

八年浴血抗战，曾经被日本人称之为“东亚病夫”的中国，硬是打出了一个全民皆兵的情景，把日本侵略者拉入了战争泥沼，再也无法挣扎出去，直到第二次世界大战结束，日本以战败国身份签下了无条件投降书。

“人在面临死亡时，由于精神高度集中，在感觉上时间会十倍甚至百倍地变慢，在死亡来临前的区区几秒钟时间内，很多人甚至会将自己的整个人生重新回忆一遍。在死亡的压力下，一个人的心脏骤然收缩，又猛地舒张，在这个瞬间，精神绝对专注，无论学习什么都能达到事半功倍，甚至是十倍的效果！”

赵志刚盯着燕破岳和萧云杰的眼睛，沉声道：“这种训练，就像是在火山口上走钢丝，危险而精彩。如果你们只是抱着‘当兵后悔三年，不当兵后悔一辈子’这种可有可无的心态进入部队，又觉得当特种兵很牛、很拉风，有过这样的经历回家后可以向身边的同伴吹嘘，而挤进了始皇特战小队，那你们最好现在就选择放弃。”

燕破岳和萧云杰当然都明白，这个世界是公平的，“以战练兵”的训练方式，固然让他们可以在短时间内获得别人需要几年时间才能积累下来的能力，但是同时必然有着高致残、高死亡率的风险。如果没有足够强大的信念支撑，他们就算是再勇敢，再胆大妄为，也不可能长时间坚持下去。

在无过便是功的体制内，赵志刚为他们设计这种高风险训练，本身就已经承担了巨大风险。赵志刚必须要评估，他们两个人，有没有资格接受这种风险过于巨大的训练。或者说，他们有没有在危险与逆境中崛起，硬生生冲出一片天空的潜力。

萧云杰率先开口了，他洒脱说道：“我从小就爹死娘嫁人，只能死皮赖脸地在一堆所谓的亲戚家里看着白眼混日子。被他们像踢皮球一样踢来踢去，就这么吃着‘亲戚’牌百家饭长大，能读完高中，已经是意外之喜。”

萧云杰双手在空中比画出一个瓶子的形状：“我在十五岁时，住在二叔家里，后来又寄宿到学校，每周才回去一次，每次回去我都带回去这么大一个瓶子。婶子给我的生活费，就算是只吃馒头，都吃不饱。所以我每周回家，都要从咸菜缸里捞一瓶子咸菜。而婶子在这个时候，总会在我身后，不阴不阳地说上一句——吃货，咸菜疙瘩都咸不死你！部队对我来说，就是天堂啊。”

萧云杰脸上的表情很认真，他真的没有开玩笑：“不用再吃那难吃得要命的咸菜疙瘩，每顿都是好几菜一汤，有荤有素，管饱管够，每个月还有津贴拿，我享受了这么多原来根本不敢奢望的事情。别说是拼上命训练，就算是战争真的爆发，要我萧云杰扛着炸药包上战场去炸碉堡，又有什么不可以的？”

赵志刚沉沉地点了点头，像萧云杰这种人，从小就尝尽人间冷暖，在他看似玩世不恭的洒脱笑容背后，隐藏着的，分明就是一颗感恩的心。无论是谁对他好，他都会深深地记在心里，就是因为听多了类似于“二婶子”的冷嘲热讽，他对于获得力量有着一种近乎疯狂的渴望。

赵志刚没有掩饰他对萧云杰的欣赏，温声道：“不怨天，不尤人，屡经挫折，依然坚强得像石头一样，而且心怀希望。我相信不出十年，你就会让那些曾经对你冷眼相看的亲戚们后悔，让他们睁大眼睛看清楚，原来你萧云杰才是英雄！”

萧云杰眼睛里猛然扬起了一缕近乎疯狂的火焰，他霍然挺直身体，用尽全力放声喝道：“是！”

赵志刚的目光落到了燕破岳的身上，坦率说，在三个问题士兵当中，他最喜欢、最有所期待的还是燕破岳：“那你呢？”

“我进了部队，就没想着当三年大头兵，再灰溜溜地离开。我既然当了兵，就要努力在最牛的部队当最牛的兵，将来还要成为最牛的军官。”

燕破岳挺起了胸膛，挑起大拇指对自己指了指：“想做最牛的，自然要接受最牛的训练，只要不是再让我回炊事班去放羊，指导员您有什么花的绝的狠的，只管使出来就是，我爸常告诉我一句话……命硬克死牛魔王！”

赵志刚开始鼓掌了：“‘命硬克死牛魔王’，好霸气，好威武，这样我就真的放心了。”

萧云杰在一边无言地摇头，心里发出一声长长的叹息。

“嗒嗒嗒……”

八一式班用轻机枪在有节奏地不间断点射，子弹一波波地打在距离燕破岳和萧云杰头顶不足半尺的山坡上，子弹在山坡上钻出一个又一个拳头大小的弹孔，大把大把的泥土混合着小石子什么的东西，就那么纷纷扬扬地向燕破岳和萧云杰的身上挥洒个不停。

没有经历过这种实弹扫射的人，绝对无法想象，子弹“嗖嗖”地从距离头顶半尺多的位置飞过带来的那种心惊肉跳，更不会明白全身一万三千六百六十六根汗毛一齐倒竖而起狂跳霹雳舞，就连心脏都为之欢呼的刺激。

“燕破岳，你就是一个二杆子，一个不知道‘死’字怎么写的瘪犊子！”

萧云杰真的要气疯了，他们两兄弟在一条大概有两尺宽、一尺半深的土壕内，顶着机枪扫射拼命向前爬，现在赵指导员还只是在用八一式班用轻机枪向他们扫射，但是如果他们没有在规定时间内爬完这条弯弯曲曲、最起码也有五百米长的土壕，达到指定地点……在赵志刚身边，可是还架着一门货真价实的八二迫击炮！

谁敢保证以赵指导员的疯狂，不会真的向他们开上几炮，再让他们体验一下特种兵在战场上被敌军炮击的滋味？！

这种用工兵锹临时挖出来的战壕，底部肯定不可能像水泥槽子般平整，会略有高低起伏，有时候还有几块石子突出那么一厘米半厘米的，平时这些根本不会引人注意，可是现在子弹在头顶半尺高的位置“嗖嗖”乱飞，燕破岳和萧云杰恨不得把身体嵌到山里，像蚯蚓一样在土里钻行，别说是高出一厘米，就算是高出一毫米，他们都会吓得心惊肉跳。

萧云杰一边爬，一边用嘶声吼叫来发泄心中的不满与愤怒：“被人拿着机关枪在脑袋上不停地突突，现在你高兴了吧，还什么命硬克死牛魔王，人家牛魔王有七十二变，能刀枪不入，绰号‘平天大圣’，你一个肉体凡胎的伪特种兵，凭什么向战力值比孙悟空只高不低的牛魔王叫板？！”

在萧云杰前面，把整个身体都趴在地面上，就连屁股都不敢撅起来，只能用手肘和膝盖发力，扭动着腰肢，就像是一条蛇般在土壕里向前“游动”的燕破岳，回应道：“牛魔王除了七十二变和刀枪不入，还有更强大的一个优点。”

“什么？”

“牛魔王先娶了一个铁扇公主，又整了一个绝对风骚又温柔似水的狐狸精。又是公主又是狐狸精的，左拥右抱享尽齐人之福，这才是我等色狼同志必将效仿崇拜的楷模啊！”

“楷模你个死人头啊！！！”

“啪！”

机枪子弹打中了他们头顶一块足有拳头大的石头，花生米大小的碎石屑四处飞溅，砸到两个人暴露在空气中的皮肤上，划出了一道道细细的血痕，这种最直接的死亡压迫感，让两个人一齐闭上了嘴巴。

两个人闷声不响地紧贴在地面，沿着土壕手脚并用地奋力向前爬，爬着爬着，燕破岳突然停止了前进，一直紧跟在燕破岳身后的萧云杰猝不及防之下，脑袋狠狠撞到了燕破岳那双穿着高腰陆战靴的大脚丫子上。

几十点金星同时从萧云杰的眼前炸起，不明不白挨了这么一下，萧云杰再次愤怒地吼了起来："你抽什么疯呢，快爬啊！"

燕破岳侧起身体："你自己看。"

顺着燕破岳让开的缝隙望过去，萧云杰看到在前方三四米的位置，横着一块比篮球还要大上四五圈的石块。这块石头估摸下来怎么也得有一百多斤，静静地躺在只有两尺宽的土壕内，就像是铁锁横江般封住了他们的前进之路。

"必须想办法把它挪走。"一想到那门架在地上，就连炮弹都准备好的迫击炮，萧云杰就是一阵心惊肉跳，"我敢用脑袋和你打赌，指导员把迫击炮摆在那儿，绝不是单单用来吓唬我们那么简单，如果你我两兄弟一直赖在这里停止前进，估计用不了多久，炮弹就会砸过来了。"

燕破岳也急眼了，他倒是想把这块石头挪走，可是这块比篮球还大四五圈的石头，一百多斤重，就那么铁锁横江地拦在他面前，子弹在头顶不停地"嗖嗖"乱飞，身体稍稍抬高，就可能被子弹打中。在这种情况下，他手中连个铲子都没有，又怎么处理这块石头？

"老萧，就凭咱们两兄弟的聪明才智，怎么可能被一块石头给难住？"

燕破岳面对困境，在这一刻当真是气冲斗牛："咱们的绰号是狼狈为奸，如果有敌人敢拦在面前，兄弟我这条狼二话不说就冲上去，暴打狠踹让他知道马王爷有几只眼，但是这种不能力敌、必须要动脑袋瓜子的情况，就要由你这条狈来负责了！"

爬在后面的萧云杰不由得瞠目结舌，燕破岳还不忘给他这位智囊兄弟打气助威："咱们两兄弟又没有泡指导员的妹子，也没有刨他祖坟，他肯定不会弄一个无解的难题来把咱们往死里坑。兄弟，现在就是考验你临危不乱、急中生智的时候了！"

萧云杰无言地对着燕破岳倒竖起一根大拇指，但在同时，他的大脑已经开始像硬盘一样高速转起来。

就像燕破岳这个浑小子说的，他们和赵指导员无冤无仇，指导员不会弄个无法破解的死题来难为他们。只要他们能够找到破“关键点”的钥匙，自然就能破局而出。

顶着机枪扫射，跳过这块石头，那纯粹是找死。他们两兄弟手中连个手榴弹都没有，就是赤手空拳前进，也没有办法用爆破手段将石头炸开。现在可是冬天，地面冻得比石头还硬，想要用双手做工具，在地上刨出一个西瓜大小的坑，把石头推进去填平，这条路也根本行不通。

似乎唯一的办法，就是顶着机枪扫射，把石头丢出去。

当萧云杰把解题目标锁定到这一块时，他突然发现了一个关键点：“老燕你听，指导员用轻机枪射击时，有一套固定的节奏。你小子从小在军队大院中长大，又吃了那么多小灶，在这方面理论知识比我丰富。你给我好好听听，这种节奏代表了什么意思！”

燕破岳侧耳倾听，没错，赵志刚的射击枪声，听起来就像是鼓点，是一种简单的韵律与节奏，燕破岳一边仔细聆听，一边在嘴里重复着枪声：“嗒嗒嗒、嗒嗒、嗒；嗒嗒嗒、嗒嗒、嗒；嗒嗒嗒、嗒嗒、嗒……”

枪声形成的节奏并不复杂，赵志刚是在用三发，两发，一发，三次短点射为一个周期，每一个周期会稳定地射出七发子弹，如此周而复始。

“我明白了！”

燕破岳打了一个响亮的响指，放声叫道：“我曾经听师父说过，只有在电视剧中，才会出现机枪手搂住轻机枪扳机不停地扫射的画面。真正的老兵在使用轻机枪时，都会采用长、短点射结合的方式射击，这样既能保证射击精确度，又能保证火力压制强度。在空旷地带，没有战友提供火力掩护，被一名老兵级机枪手锁定，用这种短点射进行组合射击，不管你是新兵、老兵还是特种兵，最终的结果都是中弹倒地，所以才会有新兵怕炮、老兵怕机枪的说法！”

“那你快想想，你那个师父有没有教你，被这样一名够牛的机枪手火力压制住，又必须在最短时间内摆脱压制撤出战场，有什么招数可使！”

“第一，呼叫战友提供火力支援，如果有迫击炮之类的重武器最好；第二，投掷烟幕弹，影响对方的视线，实在不行用手榴弹也勉强；第三，趴着别动，直至确定那名机枪手又锁定了其他目标；第四，想办法把机枪手一枪干掉！”

萧云杰瞪圆了眼睛，嘶声叫道：“扯什么犊子呢！你自己说说看，这四条有哪一条能用，快点想想有什么我们能够实际操作，保住小命的方法，再拖一会儿，看到我们一直趴在这里不作为，炮弹就真要砸过来了！”

在三百米外，手中拿着一把加装了光学瞄准镜，可以打得更准、更精确的八一式班用轻机枪，亲自进行射击的赵志刚，迅速更换了一个新的弹鼓，在拉起枪栓重新射击前，他拿起放在手边的秒表，按下了计时装置：“看在你们是新兵蛋子，头一次被实弹射击的分儿上，我给你们一点特殊待遇，三分钟。”

秒表上设置了两分钟倒计时，在液晶显示器上，代表时间的数字在飞快地跳动。在赵志刚旁边，两名守在迫击炮旁边的老兵面面相觑，其中一个壮着胆子问道：“指导员，如果他们三分钟内无法突破障碍，我们真的要开炮？”

赵志刚没有回答，他只是一拉枪栓，再次扣动了扳机。

“嗒嗒嗒、嗒嗒、嗒，嗒嗒嗒、嗒嗒、嗒……”

有节奏的轻机枪点射声，再次在训练场的上空扬起。

“对了，对了，我师父还说过，班用轻机枪使用弹匣或者弹鼓，子弹容量有限，不能像重机枪一样通过拼接子弹链保证子弹不间断供应，为了防止敌军老兵趁着自己没子弹更换弹匣时突然跳出来射击，够牛的专业机枪手，在使用长短点射组合时，会不断计算弹匣内的子弹数量，在弹匣内子弹射空之前，就会突然更换弹匣，让对方无法捕捉自己的火力断点。”

燕破岳正说着，机枪射击声戛然而止，赵志刚又从身边的弹药箱中取出一个填满子弹的新弹鼓。而他从机枪上拆下来随手甩到另外一个空弹药箱中的弹鼓，在它的供弹位置，还能看到三发绿色弹壳的子弹。

“八一式班用轻机枪，理论射速一分钟七百发，实际射速是一百二十发左右，指导员用的是七十五发容量的弹鼓，再加上他使用的是短点射组合进攻，一个弹鼓大概会打上一分钟，如果他是用七发一个周期不间断组合点射，那么他在射击到第十个周期，或者第九个周期后，就会迅速更换弹匣，以避免被敌人捕捉到战机……”

分析到这里，萧云杰旋即用力摇头，不对，他们两个虽然挤进了最牛的始皇特战小队，成为两名人人羡慕的特种兵，但是从本质上来说，他们还是新兵蛋子两枚，赵志刚就是因为知道他们的情况，才会对他们展开这种实弹训练。在这种前提下，赵志刚不会一开始就把训练难度提高到专家级难度，换句话来说，赵志刚会固定使用十组短点射，然后更换弹匣，故意给他们留下可以捕捉的机会。

“等指导员再打两个弹鼓，我就可以确定规律了……”

萧云杰的话还没有说完，趴在前面的燕破岳就突然跳了起来。看到这一幕，萧云杰都差一点失声惊呼。直到这个时候他才发现，赵志刚新换了弹匣后，已经打出七十发子弹了！

“嗒嗒嗒……”

在燕破岳跳起的瞬间，枪声再次传来，在这个时候，时间仿佛停滞了。

看着已经站立起来，再无任何保护措施的燕破岳，在这一刻萧云杰的心脏都几乎停滞了，一股酸酸涩涩的滋味猛地涌上心头，他的双眼瞬间就被泪水模糊了，嘴唇更是不由自主地狠狠抖吧了一下，猛地发出一声绝望的惨叫：“老燕！”

曾经有人说，一个人快要死的时候，因为精神极度专注，时间会在他的意识中，变得比平时缓慢十倍甚至是百倍，那些坠楼身亡的人，在身体飞坠的这区区几秒或者十几秒钟时间里，甚至会在眼前浮现出自己整个人生经历，而这种临死前才会出现，走马观灯般重新浏览自己人生的画面，就叫作“走马灯”。

萧云杰对这种“走马灯”理论，一向不屑一顾，认为这纯属扯淡，可是现在他信了。

没有过这种极度悲伤与绝望，希望时间从此永远停滞的经历，就绝对无法理解萧云杰这一刻的感受。时间仿佛被百倍地放慢，在他的眼中看到的、在他的耳朵中听到的，都是被拉长了百倍不止的画面与声音。

被子弹掀起的尘土，在慢慢向四周飞溅，萧云杰可以清楚地看到它们在空中飞行的轨迹，他甚至可以在瞬间判断出，这些尘土最终的落点。枪声依然在耳边回响，枪声与枪声之间的空隙，长得仿佛根本连不成一线，萧云杰在这些枪声中，似乎可以清楚地分辨出，赵志刚在射击时，每次扣动扳机那最细微的差距。

萧云杰在和燕破岳一起接受准军事训练时，曾经听燕破岳的老爹燕实祥说过，一个士兵没有在战场上亲自经历子弹从耳边“嗖嗖”飞过，心脏骤然收缩又猛地舒张的刺激，那就永远不可能真正成为一名老兵，更不可能磨砺出在死亡逼近时，能够迅速做出反应的第六本能！

萧云杰一直不懂这些话的含意，现在，他终于明白了！这种感觉只能意会，不可言传，这就好像隔着一层玻璃看外面的世界，什么都能看到，什么都能听到，缺了什么自己也说不出来。

但是当死亡擦肩而过时，心脏在骤然收缩，整个人的专注力在死亡的压迫和极度悲伤下超越了极限时，那层把自己和世界隔绝起来的玻璃随之轰然炸碎。经历过这一切后，似乎什么也没有改变，但是萧云杰却清楚地明白，自己和几秒钟前的自己，已经不同了。

有什么不同，萧云杰自己也说不出来。也许，这就是赵志刚想让他们通过训练，真正懂得的东西。也许，这就是“以战练兵”的真谛。

但是，如果需要用自己唯一的朋友，唯一一个彼此真心对待，没有血脉关系，却比血缘更亲密的兄弟的命来换这种顿悟，萧云杰宁可自己永远不会懂。

炸起的尘土飞溅到燕破岳的身上，溅到了萧云杰的脸上，燕破岳双手一伸，抱住那颗比篮球大四五圈、怎么也得有一百多斤重的石头，猛然发出一声声震全场的狂号：“你给我起来吧！”

燕破岳脚下的泥土猛然龟裂，直到这个时候萧云杰才知道，原来这块石头，并不止表面上看起来那么简单，在他们脚下的泥土中，竟然还暗藏洞天。燕破岳瞪圆了眼睛，他受过十年变态磨砺，已经堪称人形机器的身体，全身肌肉一起绷紧，一股只能用禽兽来形容的爆发力，猛然从他身体中爆破而出，在萧云杰目瞪口呆的注视中，燕破岳狠狠一拉，硬生生将石块埋藏在泥土中的部分像拔萝卜一样狠拽出来，然后双手一抛，就将这块长条形，等于两个篮球拼在一起、重量已经突破两百斤大关的石头，狠狠飞甩出六七米远，石头落到地上后，依然余势未消，又连翻了四五个滚儿。

眼睁睁地看着这一幕，萧云杰的大脑足足死机了两三秒钟，直到燕破岳又用一记饿狗抢屎，狠狠扑倒在地上，他才如梦初醒。抬起手来对着自己的脸蛋就是“啪”的一记狠狠的耳光，然后再手臂回钩，用衣袖擦掉了眼角渗出的眼泪。

丢人，丢人，忒他娘的丢人了！

到这个时候，用屁股想也知道，燕破岳这小子并没有中弹。

八一式班用轻机枪使用的是中国制造的7.62毫米口径五六式步枪弹，它的飞行速度每秒钟是七百三十五米，是声速的两倍多，赵志刚在三百米外射击，子弹飞行时间不到半秒钟，而声音飞行时间大概有一秒钟，有这样一个时间差，子弹打中他们身边的土坡大概半秒钟后，枪声才会姗姗而来。

而燕破岳就是在最后一组子弹打中土坡，枪声还没有传来的时候，猛地跳了起来。在成功将石块甩开的同时，也将萧云杰吓了一大跳。

看着那块还在不断滚动的长条形石头，手里拿起一个新弹鼓的赵志刚瞄了一眼正在倒计时的秒表，一分钟，时间仅仅过去了一分钟。

在他的心里，能在三分钟内通过射击节奏，找到他故意留下的漏洞，并成功突破封锁的人，就已经是智勇兼备、敢于冒险的优秀军人。赵志刚真的没有想过燕破岳能将那么大一块石头丢出来，按照他的计划，他是想让燕破岳和萧云杰冒着被子弹打中的生命危险，在他更换弹匣的空隙，用最快的速度从石头上爬过去。这种必须要将自己身体暴露在子弹有效射击范围之内的压迫感，会让燕破岳和萧云杰全身专注度高度集中，他们的眼睛和耳朵，都会变得比平时更敏锐，甚至会因此学会通过子弹打在身边溅起的泥土，判断他下一批子弹的着弹点。

可是燕破岳和萧云杰只用了一分钟，就已经联手突破封锁，萧云杰的头脑和判断力固然让人惊艳，但是赵志刚更关注的还是燕破岳。

他在军营这么多年，各种精英兵王什么的也见多了，但他还真没有见过像燕破岳这种面对死亡依然咄咄逼人，逮到机会也不管是真是假还是坑，就敢小卒过河勇往直前，硬生生冲出一个山穷水复、柳暗花明的货色！

“嗒嗒嗒……”

八一式班用轻机枪有节奏的短点射声，再次响了起来。

“老萧，你刚才是不是以为我挂了，都掉出悲伤的眼泪了？”燕破岳在前面奋力爬动，他的嘴角上挑，露出一个大大的笑容，“听你刚才的声音，那个撕心裂肺，那个肝肠寸断，那个绝望悲伤，就连兄弟我，都在心中为你暗掬了一把眼泪，感动得不得了啊。”

萧云杰什么也没有说，只是一伸手从地上拾起一块鸡蛋大小的土坷垃，从背后痛下杀手，对着燕破岳的后脑勺狠抛过去。

燕破岳发出一声惨叫，他不甘示弱，从地上抓起一把土，看也不看就往身后一扬：“男儿有泪不轻弹，只因未到伤心处。反正你也会告诉我，风太大吹得沙子迷了眼睛，那哥们儿就好人做到底，帮你一把。”

两个人的距离实在太近，又趴在一条土壕里，避无可避闪无可闪，沙子真迷进了萧云杰的眼睛里，好不容易擦干净的眼泪，就这么不争气地又被呛了出来，萧云杰咬着嘴唇瞪大眼睛，又拾起更大的一块土坷垃。

正在不断射击的赵志刚，猛地瞪大了双眼。为了防止真的造成误伤，他特意在轻机枪上面加装了光学瞄准镜，这样他能看得更清楚，让子弹始终在燕破岳和萧云杰的头顶打转，却不会真的打到那两个新兵蛋子。透过瞄准镜，赵志刚清楚地看到，在土壕上空，时不时飞起一块拳头大小的土坷垃，旋即又向后抛起一捧洋洋洒洒的尘土，如此你来我往，忙得不亦乐乎。

“嘿！”

赵志刚真的被气乐了，他扭头对着同样看得目瞪口呆的两名老兵下令道：“给他们来上两炮助助兴。瞄准的时候，着弹点偏差大一点，以震慑为主。”

迫击炮炮弹飞出炮膛，在空中拉出一道刺耳的尖锐哨音。在土壕旁，你一把土，我一块土坷垃，展开有限度对抗的燕破岳和萧云杰，动作都猛地一顿，旋即两个人一齐发出了惨叫：“噢，我的妈啊！”

“轰！”

第二十一章 - 以战练兵

（下）

长度将近一千米的土壕终于爬完了，在爬行过程中，燕破岳和萧云杰经历了石头拦路、蹚泥坑、钻汽油桶、爬火圈等一系列考验。

当两个人终于从土壕另一端走出来时，他们已经被折腾得灰头土脸、狼狈不堪了。

赵志刚上下打量着他们，突然厉声喝道：“燕破岳！”

燕破岳身体猛地一震，放声回应：“到！”

“躺下！”

“呃？”

燕破岳瞪大了双眼，指导员这是要闹哪出？

“立刻躺下，这是命令！”

“是！”

燕破岳立刻仰躺在地上，双手摊开，摆出了一个“大”字形。

“知道为什么要让你躺在地上吗？”

燕破岳仰躺于地，目不斜视直望蓝天：“报告指导员，不知道！”

“你很英勇，比我想象的更英勇，像你这样顶着机关枪扫射都敢往上硬冲的人，最容易成为两种人，英雄和死人。”

赵志刚淡然道：“一百个像你这样的人，会有一个成为英雄，九十九个变成死人。趁着今天我心情还不错，我就提前帮你把追悼会开了吧。”

燕破岳不由得哑然，追悼会这玩意儿，也能提前开？！

两个老兵搓着手站在一边，脸上泛着浓浓的兴奋。他们左边那个，不知道什么时候，提了一只白铁皮水桶，看他用力的模样，桶里应该盛满了清水；另外一个手里则拎了一个粉刷房子时常见的那种长柄刷子。看到赵志刚向他们略一点头，两个老兵立刻快步走过来，他们把水桶往地上一摆，拿长刷子的老兵从口袋里翻出一瓶画水粉宣传画时经常用到的红色颜料，扭开瓶盖把整瓶颜料都倒进了水里，然后抓起刷子一阵猛搅。

搅完之后，老兵还用刷子在桶沿上"叮叮当当"地敲了两下："指导员您看，红不红？像不像是刚刚流出来的鲜血？！"

赵志刚走过去瞄了一眼，点了点头："还行，倒上去吧。"

老兵乐呵呵地拎着水桶走到燕破岳面前："放心，这东西很好洗，衣服先放在水里泡上半个小时，再用肥皂搓巴搓巴，保证一点颜色也留不下。"

另外一个老兵好心地将燕破岳的军帽扣到他脸上："小心一点，别让水溅到眼睛里，否则会好几天红肿得像个桃子。"

如果到了这个时候，燕破岳还不知道这桶水是干什么用的，他就是笨蛋蠢材猪小弟。燕破岳下意识地就想跳起来，但是看着赵志刚那张似笑非笑的脸，一股绝对寒意却在瞬间涌上了心头，第六本能更在燕破岳的耳边不停地放声狂吼，提醒他如果不想在以后的时光里生活在第十九重地狱，就最好老老实实地躺在这里装死尸！

老兵手一翻，整桶"鲜血"劈头盖脸地倒了下来，将燕破岳淋得全身通透通透，彻底变成了一个血人，猛地看上去当真是惨不忍睹，百分之百死透了。

看着躺在血泊当中几乎没有了人样的燕破岳，赵志刚摘下了军帽，他深深地吸了几口气，似乎在酝酿着什么。当他的脸色肃穆下来，甚至扬起了几分沉痛的悲切时，赵志刚猛地放声喝道："向烈士敬礼！"

"啪！"

以赵志刚为首，包括萧云杰在内的四名共和国守卫者，他们的右手狠狠地在空中划出一道有力的轨迹，最终一起落到他们的额角，对着燕破岳这位倒在血泊当中，注定必死无疑的烈士，敬上了一名职业军人最真挚的军礼。

赵志刚在这一刻，脸上的表情认真而严肃，他微微昂起头，仿佛要用这种方法，努力控制着不让自己的眼泪掉下来，他的声音是那样地低沉而沙哑："燕破岳，我会亲自带着你的骨灰去拜访你的父亲，告诉他，你是一个英雄。"

在这一刻，躺在"血泊"当中的燕破岳，有点想哭。

在战场上光荣壮烈后，还能躺在地上，亲耳听到其他战友对自己的评价，看到包括指导员在内的军人一起向自己敬礼，这还真是一种诡异到极点的经历啊！

赵志刚面对烈士，那份积蓄在内心的热情一旦喷发，当真是一发不可收拾："我知道，你的父亲已经离异，现在又中年丧子，注定将来会一个人孤苦终老，但是没有关系，共和国的丰碑上，有他儿子血染的风采，也会有他眼泪留下的印痕。将来你的父亲老了，他无妻无子无女，但至少还能住进老干部疗养所，终归是饿不着、冻不坏。无聊了，想念亲人时，偷偷拿出燕破岳你用命换到的军功章，用他那干枯而微微颤抖的手，在上面轻轻抚摸几下，也许在他的眼前，就会出现儿子的音容，这样就算是再孤独，再悲伤，他的心里也会得到一丝安慰了……"

"扯淡！"

燕破岳猛地跳了起来，他老爹可是燕实祥，手下有好几百号兄弟，登高一呼就能应者如云，纵然是过了十年二十年，兄弟们之间的感情，依然犹如烈酒般香醇浓厚，无论人在何方，那份牵绊都绝不会断裂的燕实祥！

燕破岳绝对不会接受，自家老爹会像个失败者那样，一个人孤苦终老，最终只能对着一枚军功章发呆。

"我怎么扯淡了，你是想告诉我，你父亲身边有一百多号过命的兄弟，无论如何都不会孤单是吗？可是你想过没有，等你父亲老了再也动不了的时候，他那群兄弟是不是一样老得动不了了？就算退一万步讲，再亲密的兄弟，就真的能替代延续了他一半血脉的儿子，也就是你燕破岳吗？在他老了，不再那么坚强，开始变得软弱，对家人、对血脉越来越重视，也越来越渴望有家人陪伴时，又有什么能够替代在床前尽孝的儿子、儿媳，还有能甜甜地叫他爷爷的孙子或孙女？！"

冷汗在不知不觉间渗透了燕破岳的全身，和那些掺了红色颜料的冷水混合在一起，再加上北风一吹，冻得燕破岳的身体都开始轻轻颤抖起来。在他的眼里，父亲燕实祥就像是一座大山般巍峨不可撼动，他虽然没有说过，但他真的一直以有这样的父亲为荣。他从来都没有想过，他的父亲在渐渐变老后，也会有变得软弱，渴望被儿孙环绕的那一天。

“区区一公里战壕的匍匐前进，你就有两次暴露在我的枪口下，如果这不是一场训练，而是货真价实的战斗，你早就被我一枪爆头。燕破岳，恭喜你，你已经成为一名烈士了！”

赵志刚望着脸上满是“鲜血”，额头上冷汗直冒，却咬住嘴唇一语不发的燕破岳，放声喝道：“在进始皇特战队的第一天，队长就在全力向你们灌输特种兵不是消耗品，你们在战场上就算是面对绝对强敌，也要拼尽全力让自己一次次活下来，成为身经百战的老兵，再将你们从战场上学习到的知识与经验，一代代地薪火相传，这才是我们期待的始皇特战队！

“可是你呢，你贪功冒进，为了展现自己的勇敢，不断在实弹射击训练场上冒险突进，一次次做出看似骁勇实则愚蠢的选择，像你这样的人，最适合当的，是背着炸弹顶着机枪扫射向前冲的敢死队！”

说到这里，赵志刚的话更加锋利无情：“难怪在新兵营时，你获得了训练标兵称号，最终却被送进了炊事班放羊。我告诉你，把你踢进炊事班的人，不是在坑你，而是在救你，像你这样的人，在战场上会死得比谁都快！而萧云杰，他原本不需要去放羊的，他去放羊的唯一理由就是被你这位好兄弟给连累了！”

说完这些话，不再理会燕破岳，赵志刚径自指挥两名老兵，将训练场上的班用轻机枪和迫击炮都抬上汽车，然后开车走掉了，任由全身“鲜血淋漓”的燕破岳像只落汤鸡般站在那里一动不动。

已经开出几百米外的越野车突然倒了回来，在驾驶席上的赵志刚一伸手，将一条军绿色毛毯丢给了萧云杰，然后一踩油门，汽车又开走了。

萧云杰将毛毯裹到了燕破岳的身上，殷红的“血水”顺着燕破岳那张低垂的脸缓缓流淌，在下巴部位聚成了血珠，一滴滴地落在地面上，发出“噗噗”的轻响。

自从燕破岳克服了对花生的恐惧后，萧云杰还是第一次在燕破岳的身上看到这种失魂落魄的样子，萧云杰脸上露出一丝担忧，低声劝道：“想当年还未上梁山的好汉豹子头林冲，可是八十万禁军教头，被发配充军，要不是提前上下使了银子，不是一样会被打得屁股开花？这叫杀威棍，专门针对够强的角色设置，一般的小喽啰，就算是想挨整，还轮不到他呢。”

燕破岳轻轻摇头，初春的寒风吹在身上，很冷，但是真正让他身体不胜寒意为之微颤的，还是赵志刚刚才在“追悼会”上说的那些话。

不顾身上已经被水浇透，燕破岳裹着毛毯坐到了山坡上，他在自我反思。

“我进入军营，就是想当一个比老爸更优秀的军人。而想在强者为尊的军营中闯出自己的名号，打出一片天空，就必须要不惧危险勇往直前，就算是身陷绝境看不到任何希望，也要能在黑暗中，把自己变成希望的灯塔，带着所有人一起破釜沉舟打他一个山重水复，搏出一个柳暗花明。”

也就是因为对自己这段理念坚信不疑，燕破岳才会在军营中，以悍不畏死的姿态创造出一个个奇迹，可是在这一刻，他迷茫了：“如果我死了，我爸就会孤独寂寞地一个人走向死亡。老萧，你告诉我，我应该怎么办？面对危险依然勇往直前，争取一直变强变强变强，强到让老爹以我为荣，还是要畏缩惜命，就算是被踢出夜鹰突击队也无所谓，最终一事无成，却可以活着回家侍奉老爹？！”

萧云杰呆住了，他从小就爹死娘嫁人，为了生存看尽了那些所谓亲戚的白眼，他根本不知道真正的亲情为何物，面对这道难解的题，又要他如何去帮助燕破岳选择？

看着坐在山坡上一动不动陷入沉思的燕破岳，萧云杰试图开导：“你担心你老爹无亲人送终是吗，那还不简单，反正我们还要在夜鹰突击队训练一年多时间才算一个合格的特种兵，也就是说，在这之前，我们是没有资格去执行任务的。”

燕破岳没有多大反应，就算是还要训练一年多时间，除非选择被淘汰，他们终究会走出训练营，成为一名特种兵，终究会肩负着保家卫国的重任，去执行各种鲜为人知却绝对危险的任务。

“咱们现在都十八岁半了，如果再过一年半，那就是二十岁。按照国家规定，想要结婚，男的不能早于二十二岁，虽然说是上级号召军人响应晚婚晚育国策，不要过早恋爱结婚，但是也并不强行禁止。士兵是不得在服役期内结婚，但是超出服役期的士兵或者志愿兵却能在享受探亲假的时候回原籍结婚。咱们虽然进入军营时间不长，但既然已经转到夜鹰突击队，怎么着也能享受点特殊待遇吧！”

萧云杰越说眼睛越亮，越说那是越来劲，他猛地一拍巴掌，放声叫道：“虽然部队原则上不允许士兵在部队内部和驻军周边地区寻找对象，但是有特殊情况，提出在部队内寻找对象申请，而且双方都属自愿的，也可以向上级申请得到特批！老燕，你现在就要开始努力寻找你的另一半，争取在二十二岁生日那天就举行婚礼，争取在二十三岁之前就成为孩子的爹，解除后顾之忧，你自然就可以放心大胆地往前冲，能搏出一个平步青云那自然是上上大吉，就算是万一有个三长两短，至少也给自家老爹留了个孙子或孙女相伴！”

看着说得眉飞色舞的萧云杰，燕破岳的眼睛越瞪越大，脸上狐疑的表情越来越浓，他忍不住猛地站起，上上下下左左右右前前后后打量着萧云杰：“喂喂喂，平时咱们两兄弟相处，都是我扮演军事专家角色，怎么我对士兵结婚方面的规定一点都不了解，你却能背得滚瓜烂熟？！”

迎着燕破岳审视的目光，萧云杰开口想要解释什么，可是他的嘴皮子上下翻了好几下，愣是一个字也没有说出来。虽然在心里不断告诫自己，在这个时候一定要淡定从容，千万不要犯什么做贼者心虚、放屁者脸红之类的低级错误，但是在燕破岳越来越专注的凝视下，萧云杰仍然可耻地脸红了。

噢噢！

燕破岳在这一刻，就像是哥伦布发现新大陆般，所有的郁闷都在瞬间被新奇与惊讶驱散得干干净净：“我明白了，你个狗小子还没有走出新兵营，就看中了那位表面上犹如小白莲，嫩得仿佛风一吹就要折了腰，实际上却凶悍到惨无人道的女上尉艾千……”

燕破岳的话还没有说完，萧云杰就疾冲上来，两手一起探出，将燕破岳后面的话全部按了回去：“燕大爷，您还嫌咱哥俩身上背的麻烦太少？咱们小声点成不？！”

燕破岳嘴里“霍霍”有声，伸手猛指自己的脖子。萧云杰这才发现，他一时情急之下两只手下意识地一起探出，竟然用尽全力狠狠掐住自家兄弟的脖子，而且还不停地摇晃，已经把燕破岳掐得脖子发细，几乎无法呼吸。

萧云杰像触电一样松开手，并下意识地退后一步，可就在他退后的过程中，燕破岳的脸上突然露出一丝奸计得逞的笑意，萧云杰只觉得手腕猛然一紧，紧接着就是脚下一虚，只来得及在心中狂喊了一句“这小子耍诈”，就被燕破岳玩出一记漂亮到极点的过肩摔。

萧云杰被燕破岳重重地摔到地上，燕破岳顺势整个人扑倒在地上，对着萧云杰的胸口又是一记绝对称不上温柔的肘击，撞得萧云杰直翻白眼。

燕破岳用手肘压住萧云杰的脖子，在占据绝对上风后，他居高临下正式开始逼问：“老实交代，你和那位集柔弱强悍、美丽凶残于一体的女上尉，究竟有多少背着我发生的故事。我在一个师父那里，可是学过专业级刑讯逼供技巧，除非你能把谎言编造得天衣无缝，而且能连续重复十次都不会出现一点差错，否则的话，我建议你最好不要尝试用假话蒙混过关！”

萧云杰伸手连连指着自己的脖子，似乎不胜负荷想要坦白从宽。

燕破岳脸上露出一丝得胜的笑意，他顶在萧云杰喉咙上的手肘稍稍收力，给了萧云杰说话的空间，萧云杰狠狠地喘了几口粗气，在终于调匀呼吸后，低声道：“实话告诉你吧，在咱们两兄弟即将来夜鹰突击队的那天晚上，我就叩开了雪雪的宿舍房门，向她表白了！”

燕破岳瞪大了眼睛，这小子真的表白了，还“雪雪”，叫得可真是够亲密的，难道真的让萧云杰表白成功，再一次证明了好白菜都让猪拱了的这个真理？

“雪雪当时对我说……”

也许是因为有些不好意思，萧云杰讲到最关键的部分，声音却是越来越小，燕破岳不由自主地把耳朵向萧云杰的嘴巴越凑越近：“你大声点好不，说话声音就像蚊子哼哼似的……”

话音未落，萧云杰右手突然一扬，一把不知道他什么时候抓在手中的泥土被他扬手撒到了燕破岳的脸上，同时萧云杰的腰肢猛然一挺，就是借助这份力量，他的两条腿一起交叉抬起，一左一右包夹狠狠锁住燕破岳的脖子，用一记相当精彩的“剪刀脚”将燕破岳狠狠倒甩出去。

燕破岳在猝不及防之下，中了萧云杰的黑手。眼看着燕破岳被自己飞甩出去，一个奸计得逞的微笑刚刚在萧云杰脸上绽放，就看到燕破岳双手一伸钳住自己的肩膀，萧云杰在这一刻真的怀疑，燕破岳是不是做过截肢手术，换上了一对机械手臂，否则的话怎么会这么疼！

燕破岳被飞甩出去，但是萧云杰也没有落好，两个人互相撕扯顺着山坡一路向下翻滚，他们一边翻滚一边用自己的手肘、膝盖甚至是脑袋向对方不断发起攻击，虽然他们都克制地没有向对方诸如喉咙、小腹之类致命要害部位痛下黑手，但是也拼了一个手肘与膝盖齐飞，痛哼与低吼并存，当真是拳拳到肉，打得“砰砰”有声。

一路从山坡上翻滚下来，少说滚了三四十米。当他们终于滚到山坡最下方，还是从小就接受非常规训练，体力已经达到禽兽级别的燕破岳占了上风，他再次压到萧云杰身上，这一次为了不重蹈覆辙，燕破岳一边喘着粗气，一边再次用手肘压住萧云杰的脖子，再直接全身压上，用自己的体重压制住萧云杰所有反击的可能。

萧云杰几次三番的努力都无法再做出有效反击，只能认命地仰躺在地上不停地喘着粗气，喘着喘着，一个灿烂的笑容，却突然从他的脸上扬起。看到这一幕，燕破岳立刻高度紧张起来，他可是清楚地知道，只要萧云杰脸上露出这种诡诈与幸灾乐祸并存的恶魔式微笑，就必然会有人倒大霉。而现在就他们两个人在，倒霉的那个人是谁，不用多说就已经知道了！

“讨厌！”萧云杰开口了，他的声音，突然间变得柔腻起来，不对，这摆明了就是柔媚入骨，他不但声音变得诡异万分，甚至还向上抛出一个让燕破岳全身汗毛都在瞬间倒竖而起的媚眼儿，“轻一点嘛，人家又不是不同意，干吗这么粗鲁？”

“呃？！”

燕破岳在这一刻，只觉得全身汗毛都在狂跳霹雳舞，他突然若有所悟猛地回头，果然，在他们的身后，孤狼就静静地站在那里，脸色木然，谁也不知道在这一刻，这位狩猎者级别的狙击手心里，正在想着些什么。

“我们……没什么的！”

面对燕破岳冲口而出的解释，孤狼点了点头，认真地回答道：“放心，我懂的。”

没有身临其境，有谁能理解燕破岳这一刻的欲哭无泪、欲语还休？！

没有身临其境，有谁能明白，“放心，我懂的”这句话对燕破岳的冲击与刺激？！

放心个屁，她懂什么啊!

现在还被燕破岳用最暧昧的动作压在身下，同时也遮挡住孤狼目光的萧云杰，在无声地大笑着，他笑得上气不接下气，全身都在颤抖着，而这样一个动作，让他们两个男人之间的相处，更加显得诡异和富有诱导性。

还有那张赵志刚去而复返丢给萧云杰的毛毯，满是无辜地落在两个人不远的位置，更让两个大男人之间，多了某种说不清道不明的诡异。至于燕破岳身上，那能说明一定问题的“鲜血”，抱歉，两个人在山坡上一路滚下来，早就沾满了灰尘，现在什么都看不到了。

“其实，这样也挺好的。”

一向不合群从来不理会别人想法的孤狼，在这一刻，声音中竟然透着一丝小心翼翼，她在试图开导燕破岳，让燕破岳明白，她真的懂。“咱们两个编成一组，按照规定，平时距离不得超过十米，我本来还想着，男女有别相处很不方便，原来你是这样的……人，那我，也就……放心了，以后相处，也会……自然得多！”

萧云杰一边无声地大笑，一边用力捶着地面。他真的要笑疯了，别看孤狼这丫头平时沉默寡言的，原来她竟然还天生具有“唇枪”和“舌剑”的天赋。看看，看看，看看现在燕破岳脸上的表情吧，那分明已经超越了欲哭无泪、欲语还休的境界，再让她刺激几句，只怕真的要买块豆腐直接撞死了！

“你们……那个啥……继续，我先走了。”

孤狼转身就走，走着走着，她脚下突然一绊，险些摔倒在地，可见看到的画面，还有萧云杰那妩媚的动作、柔腻的声音，对她的刺激与震撼有多么强烈。

“喂……”

燕破岳想要喊住孤狼，可是却欲言又止。事情演变到这个份儿上，只要萧云杰继续在背后下绊子，他纵然人有百口，口有百舌，孤狼“眼见为实”，他还能解释出朵花儿来不成？

“你惨啦！”

和燕破岳的郁闷难舒形成鲜明对比的，就是萧云杰的从容淡定，萧云杰用最舒服的动作往地上一躺，悠然道：“你想要在二十二岁时就带着新娘走进洞房，必须从现在开始，就努力追求另一半。不要说是始皇特战小队，就算是放眼整个夜鹰突击队，可以挑选的对象都屈指可数，如果没有兄弟我帮忙，孤狼就会一直把你当成同性兄弟，想要和她发展什么，那是事倍功半！”

燕破岳咬牙切齿地对着萧云杰挥起了拳头，说实话他对孤狼真的没有啥别的想法，但是这萧云杰做的事，也太不地道了吧？

“你要是想打就打吧，反正我也打不过你，但是你考虑清楚了，只要你今天拳头打下来，哪怕只是在我脸上擦了一点皮，我就会和你亲密到底。”

萧云杰摆出死猪不怕开水烫的姿态，悍不畏死地继续挑拨燕破岳已经濒临爆炸的情绪：“实在不行的话，您老人家就多跑跑医务室，看看能不能和那位芳龄已经过三十五，却依然乏人问津，绰号‘灭绝师太’的李医师发展出点什么？”

“你个浑球！”

燕破岳扬起拳头，对着萧云杰那张怎么看都可恶到极点的脸蛋狠狠凿下去，可是他的拳头在距离萧云杰脸庞只剩下一厘米时，却顿住了。

已经下意识地闭上眼睛的萧云杰，等了好半晌，都等不到拳头，他又悄悄地小心翼翼地睁开了一只眼睛，然后他就看到了燕破岳脸上的笑容，听到了燕破岳的一声低语：“谢了，兄弟。”

萧云杰瞪起了眼睛：“既然知道感激，还不快点滚开，有你这样骑在恩人身上道谢的吗？”

燕破岳真的身子一斜，抱着脑袋滚出两三米远，然后他学着萧云杰的样子，张开双臂和萧云杰并排躺在了地上。

两兄弟一起仰面朝天，看着头顶的天空。

在这个远离城市喧嚣鲜为人知的世界，没有重工业污染，他们头顶的天空，是一片令人心醉的蔚蓝。在这片蓝得纯粹，蓝得深沉，仿佛可以包容一切的天空中，几片白云带着超脱凡尘的洒脱静静飘过，蓝与白的搭配，形成了让人赏心悦目却最容易被忽略的美丽画面。

就在这一刻，一段在小学课本上读到，并在老师的要求下反复背诵的课文，就那样突然，又是那样鲜明地从两个人的心底一起扬起：世界上最浩瀚的是海洋，比海洋更浩瀚的是星空，比星空更浩瀚的是人的心灵！

“老燕，我觉得指导员做得没有错。”

在玩笑过、闹过后，萧云杰再次开口了，这一次他的语气很随意，却透着发自内心的认真：“你有十几个师父，接受过十年训练，在很多项目上，你甚至比那些侦察兵更优秀，在新兵营你没有对手，就像是一头没有天敌的猎豹，可以活得潇洒而放肆。可是现在我们进了始皇特战小队，这不但是荣誉，更代表我们将来要面对的敌人会随之强大十倍甚至是百倍，你不再是食物链顶端的绝对强者，你绝不能再像以前那样，单纯以力取胜，如果你不去改变，也许真的会在第一场实战中就战死沙场！”

燕破岳静静地听着，坦率地说，萧云杰的话听起来有些刺耳，但也只有对他有足够了解，又亲密得不分彼此的萧云杰，才会向他讲这些话。

“我读过一本书，书的作者认为，一名最优秀的军人，应该同时具备虎之威，豹之捷，狼之坚，狐之诈。”

萧云杰用手肘撑起身体，他望着燕破岳，认真地道：“我在你身上，已经看到了虎之威，豹之捷，就连狼之坚都具备了一半，可是在狐之诈方面，你却相差太远。如果我们将来真的要走上战场，要面对的必然是同样精锐的特种兵，大家都训练有素、装备精良，都拥有手起枪落将目标一击毙命的技术，想要在这种稍有疏忽就会阵亡的最残酷的战场上生存下来，你就必须对死亡心存敬畏，把自己变成一个既骁勇善战又诡诈多变，以活着完成任务为目标，绝不轻言牺牲，更不会随意拿自己的生命去冒险的真正老兵！”

发现燕破岳目光惊讶地望着自己，萧云杰一甩脑袋，摆出一个自认为够潇洒的造型：“是不是有点对我刮目相看了？知道要进军营，我可是提前半年就四处收集资料不断学习，做足了准备工作，纵然做不到其智若妖，谋定而后动、决胜于千里之外，最起码也要知己知彼。否则的话，岂不是太对不起‘狼狈为奸’这个绰号？”

燕破岳站起来，狠狠地甩了甩头上的水珠，连翻了几个跟头，他回首望着萧云杰，放声道：“好，那我以后，就要努力做一只够狡猾，绝不会头脑发热就顶着机枪扫射往上冲的狼！”

萧云杰微笑着连连点头，做出抚须状：“不错，朕心甚慰！”

“还有，我一定会努力去找对象。”燕破岳扬起了右拳，似乎是在给自己打气，更似乎在做着宣誓，“二十二岁生日那天，我一定要娶上老婆，二十三岁生日之前，一定要成为孩子的爹。”

萧云杰这下真的傻眼了，他能不能告诉燕破岳，什么二十二岁结婚、二十三岁当爹的话，只是他为了鼓励燕破岳，让燕破岳不再低沉失落，随口胡说八道的产物。

孤狼已经把燕破岳当成了“同志”，想要和她发展点什么，注定会路漫漫其修远兮，难道燕破岳还真想和医务室的“灭绝师太”发展出一段老牛吃嫩草式的诡异恋情？

一想到燕破岳和灭绝师太手挽手、心连心，带着灿烂的笑容一起走向洞房，甚至是夫妻恩爱举案齐眉，“灭绝师太”给燕破岳煮饭，燕破岳给“灭绝师太”描眉的场景，萧云杰就不由自主地狠狠打了一个寒战。

如果真的发展到这一步，那他萧云杰可就是坑害了自家兄弟一辈子的千古罪人了！

第二十二章 - 对手

郭嵩然刚推开军官宿舍房门就皱起了眉头。在军官单身宿舍的空气里飘散着浓浓的酒味，宿舍里没有开灯，但是借着窗外透进来的丝丝光线，郭嵩然仍然可以看到，脸色嫣红的赵志刚半倚半躺坐在地上，他手中捏着的那只酒瓶，赫然已经空了大半。

看到赵志刚抬起手，又将酒瓶送到嘴边，郭嵩然大踏步走过去，劈手抢过赵志刚手中的酒瓶，怒喝道："老赵，你现在还敢喝酒，不要命了？！"

赵志刚已经喝得醉醺醺的，闻言打了一个响亮的酒嗝，身体再往下一滑溜，让自己在地上躺得更加舒服，他伸手指着自己的脑袋："这里藏着大大的一颗瘤子，就算是不喝酒，我就能长命百岁吗？如果不能的话，请你把酒瓶还给我。"

郭嵩然沉默了片刻，将酒瓶还到了赵志刚手中。

赵志刚随手晃动，瓶子里的酒发出"沙沙"的声响，隔着酒瓶去看四周，就连郭嵩然的脸，都随着酒汁的轻晃而不断变形。赵志刚一仰脖子，又狠狠灌了一口烈酒，喝得太快太急，他猛地咳嗽起来，郭嵩然上前一步，在赵志刚的背部轻轻拍打着。

直到赵志刚不再咳嗽，看着赵志刚脸上泛起的病态嫣红，郭嵩然低声道："老赵，你要有什么不开心的事，可以和我说。"

"你以为我是借酒浇愁啊？"

赵志刚不满地翻着眼珠子："我十年磨一剑，结果还没有大展宏图，就来了个身患绝症，这么狗血的剧情都能发生在我身上，那是天要下雨娘要嫁人，随它去吧。但是我这一身绝世神功，不找到衣钵传人发扬光大，就算是死了也不甘心，现在我终于找到了一个合适的人选，一时高兴喝上几口，难道不行吗？”

看着眼前这个一身慵懒靠墙而坐，脸上还挂着玩世不恭笑容的男人，郭嵩然在精神略略恍惚中，仿佛又看到十年前，那个刚刚从军校毕业，带着年少轻狂的张扬，嘴里不知道还嚼着什么的年轻军官。

……

一个大大的白色泡泡出现在赵志刚嘴边，吹到足有香瓜大小后，又“啪”的一声爆炸，变成了一片粘在赵志刚唇角的白色薄膜。

郭嵩然沉下了脸，声音中透出一丝压抑不住的怒意：“你在吃什么？”

“唐老鸭泡泡糖。”赵志刚从口袋里摸出六分钱一块的泡泡糖，把它送到郭嵩然面前，“连长你要不要来上一块，我就喜欢这个牌子的泡泡糖，又软又甜还有几种口味可以选，吹的泡泡也大。”

郭嵩然一挥手，将赵志刚送到他面前的泡泡糖抽出三四米远：“你是军校毕业生，是一个中尉排长，就你这个样子，怎么能给士兵做良好表率？！”

热脸贴上了冷屁股，赵志刚却并不是很在意，他甩了甩被郭嵩然抽痛的手，嘴角一挑，发出一声喃喃低语：“真没劲，又是一个扑克脸式的老古板。”

这一年，郭嵩然三十二岁，是师直属侦察连的连长；而赵志刚，二十二岁，是某陆军学院毕业的本科生，据说他的综合成绩在全校都名列前茅，但是任何一位教师，都绝不会将“品学兼优”这个词放在赵志刚的身上。

一个初来乍到的军校毕业生，和一个从普通士兵做起，一步步走到今时今日的侦察连连长，两个人彼此看对方不顺眼，几次三番地对磕下来，初来乍到、人生地不熟的赵志刚自然是连连败北。

有人劝赵志刚识时务一点，向郭嵩然道个歉，低低头，以后在部队的日子也好过点。赵志刚却不以为然，但是他却突然对学习产生了巨大兴趣，每个月的工资几乎全部拿来买了复习资料和各种书籍，一有时间就捧着书看个不停。

赵志刚这一沉寂就是两年，就在大家都以为他已经认输服软时，某一天，扛着摄像机的采访组，进了他们这支部队。直到这个时候大家才知道，赵志刚在两年时间里，用“倒郭先生”这个笔名，在军事杂志文献以及内部刊物上，已经累计发表了超过十五篇文章。他以一名军校生的知识积累为平台，从宏观角度分析中国的军队现状，以及大裁军后发展现代化武器装备，提高职业军人素质，尤其是要组建职业军官团的重要性。

赵志刚用两年时间不断磨砺笔锋和思想，又一直在侦察连带兵，既有宏观眼光，又没有脱离实际，面对中国军队在现代发展中暴露出来的种种问题和弊端，往往可以一针见血，更兼年少轻狂思想激进，反而在学术界注入了一股新风，就连那些老研究员都要为他这个气势汹汹，而且能言之有物的后辈赞赏不已。

送走采访小组后，面对侦察连专门为他而举办的庆功会，赵志刚终于一扫阴霾，端着酒杯得意扬扬地宣称：“采访的时候，我已经说过了，我现在最感谢的人，那肯定是郭连长啊。如果不是郭连长一巴掌抽飞了我双手奉送到他面前的泡泡糖，让我知耻而后勇，我哪能沉下心思去博览群书，用最饥渴的姿态去吸收知识？！”

赵志刚的话一出口，庆功会上气氛瞬间变冷，赵志刚却毫不在意：“郭连长，我记得您的宿舍里，就放着一本名为‘论人海战术与建立职业化军官团体系’的内部文献，那就是不才小弟鄙人兄弟我写的，如果您需要的话，我可以回宿舍拿笔帮您签名。”

郭嵩然站起来，一脸平静地举起酒杯和赵志刚碰杯：“好啊。”

两个人将酒杯中的酒一饮而尽，郭嵩然淡然提醒：“回宿舍拿笔的时候，记得把你房间里那份‘特种训练体力与意志磨砺’内部文献一起拿过来，你在‘论人海战术与建立职业化军官团体系’论文中，曾经引用过我那篇文章的一部分，我们可以交换签名。”

望着一脸平静的郭嵩，赵志刚怔住了。

当着所有人的面，赵志刚沉默不语地从口袋里摸出一块水果味的泡泡糖，撕开糖纸，把它丢进了嘴里。

在其后的三年，赵志刚自修了行为心理学、西方战争伦理理论、西方社会学理论以及现代西方宗教心理学等课程，不断用知识武装大脑，等到他认为积累到可以一战的程度，赵志刚开始奋笔疾书，这一次他已经不是宏观论述，而是站到了大战略层次，通过东西方文化理念的不同，结合现实当中各个国家的现状，推测未来世界格局，以及军事发展走向。

几篇重量级的稿子出笼，就连国防大学都向赵志刚伸出了橄榄枝，只要他愿意，就可以进入国防大学深造，甚至还能进修成为一名研究生。从此脱离基层部队，过上坐在办公桌，写点东西，喝点小茶的神仙日子。

但是赵志刚没有去，在他看来，在职业军人生涯中，他最大的幸福和成就，不是肩膀上多上几个星星，或者胸前多挂几个军功章，而是他一步步追在郭嵩然身后，直至追上郭嵩然，再超越郭嵩然，等到他成为郭嵩然上级的那一天，会命令郭嵩然，当场吃上二十个泡泡糖，而且必须把泡泡吹得够大够圆才行，否则的话，就罚他一直吹!

赵志刚终于挂上了上尉军阶，他被调到了军直属侦察营，担任尖刀连连长。

拿着参谋长亲自签发的调令，赵志刚喜滋滋地去军直属侦察营报到，一边走一边想象着自己成为军直属侦察营营长，再去看师直属侦察连连长郭嵩然时的场景，赵志刚的脸上忍不住露出了一缕只能用“小人得志”来形容的笑容。侦察连最大的官就是连长，他郭嵩然再牛，还能在侦察连当营长不成？！

但是赵志刚还没有笑几天，一个熟悉的身影就走进了侦察营办公室。

他的死对头郭嵩然，竟然也升官了！他已经是两杠一星少校军阶，最让赵志刚欲哭无泪的是，这个家伙，竟然成为军直属侦察营的副营长!

不可能像赵志刚那样疯狂地学习知识，但是郭嵩然这几年也没有白过，他训练的侦察连已经成为一支铁军，在大军区比武中，硬是抢到了团体第一名的锦旗。立下大功，给军里长了脸，被破格提拔，从师侦察连跳入军侦察营，从连长成为副营长，也理所当然起来。

参谋长就在身边，两位久别重逢的战友，在参谋长的面前，还来了一个热情洋溢的握手，最后还彼此拥抱了一下。但是当参谋长离开后，赵志刚做的第一件事情，就是从口袋里摸出一块泡泡糖，送进嘴里狠嚼了几下，然后“啪”的一声吹出一个硕大的泡泡。

郭嵩然摇头，脸上露出失望的神色：“你还是这个样子，和我刚见你那天一样，一点儿也没有成长。”

已经在侦察部队待了几年时间，算是扎稳脚跟的赵志刚，已经具备了和郭嵩然正面对峙的底气：“郭营长，郭大哥，郭前辈，您与其担心别人，还不如担心自己吧。依我看，除非发生奇迹，否则您这辈子在军营的最高成就，大概也就止步于营长了。而我，‘书山有路勤为径，学海无涯苦作舟’。一旦被我冲开束缚，在我面前就有无限的可能。我已经可以看到，将来你主动向我立正敬礼的画面了。”

郭嵩然神色不变：“好，我等着。”

赵志刚这一次也是发了狠，四处托人买书，成摞成摞地搬进宿舍。每天除了必要的训练带兵工作时间，他几乎把自己埋进了书堆里，在充斥着雄性荷尔蒙与汗酸味的侦察营军营中，出现这样一个学霸级的角色，足以让赵志刚成为最另类的一道风景。

一年后，赵志刚得到国防大学邀请，跟着考察团出国，参与了中国和周边国家间的友好军事交流访问。在一片友好氛围中，一个个心高气傲的年轻军官，在电子沙盘上展开了没有硝烟却绝对认真的战略推演，赵志刚力挫群雄，最强悍的一次，自己一人对上五名作战参谋组成的参谋班，都丝毫不落下风，被人们惊呼为“人形电脑”。

身为侦察营尖刀连连长，赵志刚在沙盘模拟对抗中，对小股精锐部队的使用，尤其是斩首行动，应用得炉火纯青，他分心二用，一边进行大战略统筹布置，一边指挥小股精锐部队在局部战场上纵横穿插，为了完整地表达出赵志刚的战略战术思想，一个电子沙盘已经不够使，往往需要两个甚至三个电子沙盘来展现宏观战略和局部战场。

这样的赵志刚，可谓是拉风到了极点，给中国年轻一代军官赚足了面子。

赵志刚没有告诉任何人，他之所以在沙盘对抗上指挥着区区一个营的特种部队纵横穿插，是因为他在模拟对抗时，不由自主地将郭嵩然代入进去，他坚信，无论面对什么样的逆境绝境，郭嵩然都能带领侦察营杀出生天，完成看似绝不可能完成的任务。也就是因为有这样的底气，他才敢在大战略舞台上，分心二用，把区区一个营的特种部队变成了致命尖刀。

带着军人的骄傲与荣誉，赵志刚返回中国，他得到了总参领导的亲自接见，直到这个时候，赵志刚才知道，老部队在积极筹备西部地区第一支山地特种大队。

“对我们来说，组建可以在非常规战场上成功完成各种任务的特种部队，这不但是一种积极尝试，更是建设现代化国防事业，完成以科技强军必须走的路！而想要完成这个任务，就必须海纳百川，而你，就是夜鹰突击队现在最迫切需要的人才。”

这是赵志刚第一次听到“夜鹰突击队”这个名字，夜间在高空飞翔的猎鹰，听起来不错，很有点天黑杀人夜，风高放火天的江湖韵味。

在夜鹰突击队还在筹建时，就有一个提议被列入计划。在夜鹰突击队内部挑选最精英的成员，组建一级教导小队。这支教导小队，就是夜鹰突击队最锋利的尖刀，从身份上来说，有资格进入这里面的人，就是特种兵中的特种兵！

拿着这样的调令，在一个漂亮军中之花的带领下，走向教导小队队部办公室时，赵志刚的眼前又浮现出郭嵩然的模样，有资格担任教导小队队长的人，当然必须是整个军区最牛的人物。

在推开房门走进去的时候，一向以严肃认真而著称的郭嵩然站起来大踏步迎过来，在这一刻郭嵩然脸上的笑容，灿烂得犹如娶上媳妇的猪八戒，一塌糊涂：“你曾经说过，如果没有发生奇迹，我一辈子都只能止步于侦察营营长了，可是现在，好像真的发生奇迹了。”

那位有着中尉官职的军中之花微微一笑，不动声色地离开了，走时还非常细心地帮两位长官拉上了办公室的房门。

以一名普通士兵身份进入军营，不断包揽军事大比武冠军奖项，一步步走得坚实而稳定，走到今天的郭嵩然；以军校毕业生身份进入军营，和郭嵩然死磕到底，在部队时，包揽了各项军事大比武亚军奖项，和郭嵩然相比只是差那么一点点，却能另辟蹊径，硬生生读出一个满腹经纶的赵志刚。

他们两个人的故事，在全军已经成为激励每一个人积极上进，改变自己人生的传奇故事。要不然，那个主动带赵志刚来办公室的军中之花，会笑靥如花，身上甚至还若有若无地飘散着一股淡淡的幽香？！

赵志刚叹着气，可是嘴角微微上翘的小动作，却暴露了主人这一刻的心情：“我和你上辈子不是死敌，就是一起殉情而死的情人。不过这样也好，我可是走出国门，扬我国威的英雄，又在一线作战部队，肯定是火箭式蹿升，明年我就会和你平级，到了后年，谁是教导小队的队长，可就两说了。”

“你的目标太低了。”

郭嵩然微笑着道：“高学历的知识分子，缺乏对基层部队的了解，却又偏偏喜欢扮专家，站在高处指手画脚，这种人成事不足败事有余；像我这种从基层一步步走出来的军官，是能把自己这一亩三分地处理妥当，但是受到自身学识限制格局太小，想要模仿外军组建特种部队，总是觉得有所欠缺……”

说到这里，郭嵩然的声音中透出没有半丝虚假的真诚：“欢迎你回来，有你当指导员，我是既高兴又安心。当然了，说嘴里没有泛起一点点酸味，不担心你后来者居上成为我的上级，那百分之百是骗人的。”

“咦？！”

赵志刚就像发现新大陆般上上下下打量着郭嵩然，不知不觉间，郭嵩然似乎变了很多，不再像原来那么古板教条了。

“我是不喜欢你身上的吊儿郎当，觉得你这样的军官，只会把士兵给带歪了。可是你却在和我禀性极端不合、大冲突没有小矛盾不断的情况下，没有自暴自弃，而是用属于自己的方式，劈开荆棘不断前冲，说句实话，看着你每天抱着书本苦读，我甚至在做梦时，都能听到你在背后越追越近的脚步声。”

郭嵩然望着赵志刚，沉声道：“如果你想听赞美的话，那么请你听好了。早在三四年前，我就已经对你刮目相看，而在一年前，你就获得了我的尊敬，那时候我已经知道，你将来一定会比我强。而向比我更优秀的人学习，不丢人！”

噢，买糕的！万年扑克脸，来自史前文明时代的老古董，竟然在夸他了？！

在这种时候，一般人总要客气几下以表示自己的谦逊，赵志刚却是一拍大腿，脱口叫道：“爽，还有没有？！”

郭嵩然轻耸一下肩膀，那动作竟然透着一股赵志刚式的洒脱与不驯，赵志刚还没有回过味来，郭嵩然又对他眨了眨眼睛，一个四十多岁的大叔级老男人了，还是一名中国解放军特种部队中校指挥官，在这一刻眼睛竟然还真眨出了几分萌态：“就是因为有你在我背后紧追不舍，逼得我根本不敢松懈，只能不停地向前跑，所以我才会从师侦察连进入军侦察营，又从侦察营进入夜鹰突击队，有你这样的同事和对头，是我的幸运。”

望着坦率而认真的郭嵩然，听着他发自肺腑的话，突然间，赵志刚有点想哭。

扪心自问，他明明每天累得像死一样，为什么还要强撑着不断学习，翻完了一本又一本书，写了整整三十多本笔记心得？！

他和郭嵩然这些年来从彼此看不顺眼，到把彼此当成最强的竞争对手，在不知不觉中，他们已经彼此相互影响。也许，他从一开始就是想要用属于自己的方式获得郭嵩然的认可，所以他才会追得这么拼命。

后面的拼命追赶，前面的拼命向前冲，他们两个就这样一追一冲，彼此影响、彼此激励，所以他们用了近十年时间，创造出在别人眼中只能是奇迹的成绩。

赵志刚轻笑起来，他耸着肩膀，不知道为什么，大家都在轻耸肩膀，他的动作看起来就是比郭嵩然帅气。赵志刚轻叹道：“时间，真是一碗没加盐的猪油拌饭啊！”

郭嵩然有些不解了：“怎么说？”

“猪油吃多了，自然就会蒙住心。”

赵志刚的下巴轻轻一抬，鼻子一抽，嘴角一挑，小骄傲、小嘚瑟、小张扬混合在一起，让人看了却不会心生厌烦的韵味就那么油然而生：“要不然的话，我咋对你是越看越顺眼呢？”

面对赵志刚影帝级表演，郭嵩然相当配合，他微微弯下腰，脸上露出谄媚的表情，竖起一根大拇指，将《地道战》电影中那个站在鬼子指挥官面前的伪军军官，只能用经典来形容的汉奸嘴脸表现得淋漓尽致："高，高，实在是高。"

对视了一眼，赵志刚和郭嵩然一起放声大笑，就在这样开怀的笑声中，多年来的隔阂真的已经烟消云散。

两个人一起张开了双臂，可就在他们彼此拥抱在一起，用这种方式来表达这一刻的开怀前，赵志刚却突然一头重重栽倒在郭嵩然面前，旋即他就沉入到无边的黑暗当中。

恶性脑瘤！

中医认为，脑瘤出现，是因为长期饮食结构不合理，生活习惯加环境因素造成体质酸化，人体免疫力降低，引起肝脏器官病变，进而引起上焦代谢循环变慢，阻塞脑动脉血气凝滞。到了这个时候，脑部寄生虫和病毒就会大量繁殖，造成脑部严重损伤……

实际上，到现在科学家们都还没有完全确定，人类恶性脑瘤的真正病理。

颅内出现肿瘤，而且还是恶性肿瘤，赵志刚这个能在近十年时间，一路冲刺，一路过关斩将，硬生生冲出一片仕途坦荡，将来绝不会是池中之物的家伙，人生的风帆刚刚扬起，就已经注定要折戟沉沙。

…………

回忆着自己拼上一切时间与精力度过的那充实忙碌而又疲惫的十年，赵志刚脸上满是自嘲，他拼上了十年青春，把自己最后的时间都用在了学习与训练上，人们不是常说天道酬勤，不是常说机会只会留给有准备的人吗？他准备了这么久，努力了这么久，就在他应该收获，应该享受成功的喜悦，应该站在世界屋脊的巅峰时，他却突然被人告知，自己脑袋里长了一个恶性肿瘤！如果他像猪一样放宽心，吃了睡，睡了吃，不劳累、不操心、不想事，不做不爱做的事，不抽烟不喝酒，不生气也不过度开怀或激动，还能活上两年……换成你是赵志刚，又是否真的能无怨无悔，真的能用云淡风轻的心态看待在自己身上发生的一切呢？！

“老郭，我不甘心。”

听着赵志刚的低语，郭嵩然的身体轻轻一颤，在拿到CT报告后，赵志刚什么也没有说，在他的脸上甚至看不到半点悲伤和绝望，直到这一刻，郭嵩然才听到了赵志刚的心里话。

赵志刚嘶声道：“我突然发现，我就是一个傻子，一个浪费了十年青春，早就被老天玩弄于股掌之间，却还自以为是的大傻子！最好笑的是，我现在明明难受得想要放声大叫，再将手中的酒瓶狠狠砸到墙上，可是我却只能这样小声地嘀咕，老郭啊老郭，你知道为什么吗？”

“因为你是始皇特战小队的指导员。”

郭嵩然轻声道：“我们和士兵住在同一个楼层，你躲在房间里喝酒没有人能看到，但是你一旦放声大叫，或者把酒瓶砸到墙上，大家就会听到，就会认为我们两个之间产生了矛盾，这样会折损士气，也会影响明天的训练。”

“呵呵呵……”

赵志刚笑了起来：“难怪大家都说，最了解你的人，就是你的敌人。此言诚不欺我！心里难受，都不敢大声吼叫，手里捏着酒瓶子，心里想了十七八次，最终还是没有把它砸出去，一个人活到这份儿上，是不是太傻了？！”

郭嵩然接过赵志刚手中的酒瓶，他仰起脖子刚想灌上一口，酒瓶子又被赵志刚夺了回去。赵志刚瞪着眼睛：“你晚上还要查岗，不能让那帮浑小子闻到你身上有酒味！”

郭嵩然无言地摇着头，沉默了好半晌，才伸出手在赵志刚的肩膀上用力拍了拍。

“今天我原本想给燕破岳和萧云杰那两个浑小子上一堂震撼教育课，结果我反而被燕破岳给震撼了。”

赵志刚终于向郭嵩然讲起了他一个人躲在暗处喝闷酒的原因：“燕破岳百分之百是第一次被人用机关枪在脑袋上面不停地扫射，可是他在土壕中遇到我埋的石块后，竟然只用了一分钟就突破了封锁。”

郭嵩然悚然动容：“一分钟？！”

“对，一分钟。”

提起今天的训练过程，赵志刚几乎是在咬牙切齿了：“我在射击时，故意留下火力空当，他们只要能冷静下来，仔细聆听并从其中寻找规律，就能安全过关，为此我专门给他们留了三分钟时间。可是那小子只听了一遍，就敢在我换弹鼓时猛冲而起，如果我当时继续扣动扳机射击，就会直接打爆他的脑袋！”

“这并不算是缺点啊。”

郭嵩然有些不解地提出异议：“在特种兵战场上，敌我双方都是训练有素、攻防兼备的高手，战机往往只有一次，而且稍纵即逝，能在瞬间抓住对方规律或失误，积极展开行动打破僵局，这样的人在世界各国特种部队都被尊称为‘KEY’，怎么到了老赵你这里，反而就成了不可原谅的错……”

说着说着，郭嵩然的声音戛然而止，他瞪着赵志刚，嘴唇动了一下，却什么也没有说出来。

“年轻，精力充沛，猎豹般优美而爆发力充足的身体，拥有一点小聪明，但是到了关键的时候，却敢毫不犹豫地扑上去拼命！”

赵志刚举起酒瓶，隔着轻轻晃动的酒汁，赵志刚眼前的世界随之变得扭曲缥缈起来：“我在燕破岳身上看到太多优点，但就是因为这样，我反而开始疑惑。我拼命学习训练十年，最终却落了个脑中长瘤、命不长久的下场，在这个时候，贼老天又把燕破岳送到我面前，它究竟想干什么？”

郭嵩然无法回答，除非是没心没肺，否则的话，没有人会在这个时候回答赵志刚的问题。

“没有功成名就，也没有战死沙场马革裹尸，如果说我所有努力的意义，都是为了训练一名士兵而存在，那我的人生，未免也太好笑了一点点吧。我赵志刚在全军军事大比武中，虽然一直都被你稳压一头，却也是亚军的不二人选，凭什么我是龙套，他燕破岳才是主角？！”

郭嵩然依然无法回答，他看向赵志刚的目光中，透出了一丝淡淡的同情，虽然这丝情绪只是一闪而逝，却并没有逃过赵志刚的双眼。

“其实你应该为我高兴才对，在今天之前，我就算想这样抱怨，都做不到。与人嫁衣是很不爽，但是最起码，我这十年积累，找到了用武之地。如果真能教出一个够牛的徒弟，我至少还能雁过留声，人过留名。”

赵志刚一仰脖子，将酒瓶子里剩下的烈酒全部灌进了胃里。他站了起来，瞪着郭嵩然，放声叫道：“我一定会在自己完蛋之前，把燕破岳往死里折腾！真把他折腾死了，那就说明，他并不是主角，根本没资格踩着我的肩膀往上爬；如果没有折腾死，一年半后，我给你一个最好的兵！”

第二十三章 - **做个弹弓，打你家玻璃**

（上）

燕破岳和萧云杰手持九五步枪，两个人快步在训练场上穿行，一个枪靶突然从他们右后方视线死角弹起，两个人反应迅速，一起掉头射击，枪声不断响起，加起来连打了二十几发子弹，才终于有一发子弹用瞎猫碰见死耗子的姿态命中枪靶。

当燕破岳和萧云杰转身时，才看到不知道什么时候，在他们背后另外一个枪靶已经弹起，枪靶上那张画得有着几分狰狞的脸凝望着他们，似乎正在嘲笑两名特种兵的笨拙和奇烂无比的枪法。

赵志刚阴沉着脸走过来，放声厉斥：“你们两个整整打了二十七发子弹才勉强命中目标，就算是小孩子用弹弓，也能比你们打得更准。看你们这副㞞样，还当什么特种兵，趁早脱下军装滚蛋回家，省得在这里浪费子弹，将来死了还得浪费一个骨灰盒！”

也许是有感而发，赵志刚又加了一句：“烈士，这是对战场上阵亡英雄的尊称！”

萧云杰还能闭着嘴巴，燕破岳却放声回应：“报告指导员，我不服！”

赵志刚眉角一挑，脸上露出一丝阴沉的微笑：“噢，说说看。”

“你明知道我们两个进入部队并没有接受过枪械方面专业训练，就给我们布置这种高难度训练，我认为，你这种行为和不教而战谓之杀如出一辙！新兵入营，要先去其骄气傲气，再塑其呆气，这一套东西，我懂！”

“嘿嘿，没看出来，敢情你燕破岳还是个文化人啊。这说起话来，就像是瓦窑里出产的瓦罐似的，还一套一套的。”

赵志刚指着燕破岳和萧云杰的衣领：“你们衣领上别的，可是始皇特战小队的飞鹰勋章，它可不是一枚让你们走出军营骗漂亮妹妹注意的装饰品，它代表着你们每一个人都是夜鹰突击队的骄傲。一旦战争惨烈到军官全部战死，剩下的士兵就会自然而然聚集到衣领上别着飞鹰勋章的士兵身边，并以这名士兵为核心，重新组成一支作战小队。如果到了那个时候，你们让聚集到身边的部下发现，原来这两个始皇特战小队出来的兵，连一百米外的目标都打不中，他们的士气连带生存下去的希望，就会在瞬间全部崩溃！”

燕破岳直到这个时候，才真正明白了这枚飞鹰勋章的重量。它不但是进入始皇特战小队的凭证，是一名士兵的最高荣誉，它更代表着一种重逾千钧的责任！

“报告指导员，我承认现在的我还不是一名合格的特种兵，我愿意接受最严格的训练，去弥补这方面的缺陷。”燕破岳放声喝道，“但是，我依然不信，有人能用弹弓打中我们打了二十多枪才命中的目标！”

萧云杰突然咳嗽起来，而且咳的声音相当夸张。

“萧云杰，别给他打掩护了，你尽管放心，我赵志刚就喜欢燕破岳这种敢爱敢恨的男人。性子软如棉花糖，只会人云亦云的家伙，就算是跪在我面前唱《征服》，又怎么比得上驯服了一匹张扬放肆、性烈如火的千里马来得痛快？！”

赵志刚走到燕破岳面前，紧盯着燕破岳的眼睛，燕破岳毫不退缩地回瞪过去，谁也不肯退让，就这样彼此针锋相对，直至他们之间的冲突气氛越来越浓烈。站在一边的萧云杰下意识地揉着眼睛，肯定是错觉，他刚才竟然看到在燕破岳和赵志刚的目光中，硬生生撞出几点火花！

足足对视了小一分钟，赵志刚终于开口了，他的声音就像是朗诵诗歌，带着一种奇特的韵味：“你/有一双/很迷人的/眼睛。”

呃……

面对赵志刚的步步压迫，气势已经激发到极限，就算是牛魔王他老人家携着铁扇公主加红孩儿一起站在敌对面，都敢先拎起自动步枪干他一梭子，看看能不能灭魔屠神的燕破岳，竟然被赵志刚这轻描淡写的一句话，给吓得硬生生打了一个冷战。

赵志刚再次踏前一步，就算是面对雪崩铺天盖地而来，为了救人都敢留在原地的燕破岳，在这场气势的对决中，竟然可耻地后退了。因为，他发现，赵志刚的目光，已经落到了他的嘴唇上。

“你/还有/一双/很，迷人的……嘴唇。”

赵志刚那犹如吟游诗人般抑扬顿挫中，透着浓浓磁性的声音，再次在耳边响起，燕破岳不由得再次打了一个寒战，冷，冷，真太冷了。这位指导员，该不会是位兔爷吧？

一道微冷光芒突然在赵志刚与燕破岳之间闪现，瞬间就刺痛了燕破岳的双眼，气势被对方压制到最低谷，甚至就连反应能力都随之下降的燕破岳，只来得及在心中狂叫了一声不妙，一把锋利而冰冷，背部还带着锯齿的多功能格斗军刀就落到了燕破岳的脖子上。

“枪法不行，格斗可是你的强项吧。”

赵志刚微微一抬手腕，燕破岳的喉咙部位，就传过来一股让人灵魂都要为之震慑的颤怵，就算是再坚强的人，面对这种直逼而上的死亡压迫，也会不由自主地抬起头避让。

“看到了吗，你并没有自己想象的那么勇敢。”

赵志刚手腕再次微微一挪，逼得燕破岳必须将头抬得更高：“我的体力一般，格斗能力只能说是中等偏上，但是在全军军事大比武中，除了郭嵩然，擂台上谁都不是我的对手，你知道为什么吗？或者说，除了郭嵩然那个熊娃，我放眼全军都可以说是没有敌手。”

就算是心中满是被对手欺骗后直接秒杀的郁闷，这个时候，燕破岳仍然被勾起了好奇心。以弱胜强，听起来是很带劲，但是能做到这一点的人，绝对是屈指可数。

“面对比我弱的人，我就狮子扑兔用尽全力，直接把对方打得满地找牙举手认输；面对和我实力相当的人，我就想办法激怒他们，或者是麻痹他们。总之，用水磨功夫，一点点编织陷阱，直至把胜利一点点抓过来。至于面对比我强的人，尤其是比我强得多的人……”

说到这里，赵志刚突然顿住了，他收回了手中的刀子，对着燕破岳突然抛出一个“媚眼儿”，那种媚骨天成，那种沉鱼落雁，当真是千回百转、韵味十足，只可惜这么风流妩媚的动作，却出自一个大老爷们儿，让人恶心得差点把隔夜饭都吐了出来。最要命的是，赵志刚左手一伸，就是一个标准到登峰造极的“兰花指”，在这一刻就连他，不，就连他的声音，都突然柔情似水：“看你那死相，讨厌！”

燕破岳的心中瞬间一千万头马轰轰烈烈以集团军冲锋的姿态碾压而过，让他只觉得胃袋上下翻涌，就在他全力抑制呕吐冲动的时候，淡淡的金属光芒再次在空中闪现。

脖子上再次一凉一痛，那把沾着燕破岳几缕鲜血的格斗军刀，再次落到了他的脖子上。

“你在家时，跟着一群身经百战的老兵师父，又是学忍术，又是学国术，海吃胡喝地练了一大堆乱七八糟的玩意儿，我想你大概认为，在徒手格斗领域，就连那些师父都不是你的对手了吧。”

燕破岳没有反驳，在国术界有句话叫作“拳怕少壮，棍怕老狼”，意思就是说，徒手格斗时只要体力够强，抗击打能力足够，就可以乱拳打死老师父，但是一旦使用器械，情况就会反过来，经验丰富又年老成精的老师父会占尽上风。

他在离开家时，十八岁，正处于一个男人体力巅峰。最直接的证明，就是他每天早晨起床，身体某个从来没有“实战”过的部位，都会迎着朝阳昂然屹立，那种昂首挺胸，那种坚韧勇敢威武不屈，让人只觉得，小小燕同学就是一条铁打的好汉！

以处于巅峰的身体，和已经年过四十的师父们交手，纵然一开始会吃亏，最后的胜利，也是一定会属于他燕破岳。

“呵呵呵……”

赵志刚怪笑起来：“你还真以为自己是那群师父的对手？他们教你功夫，不过就是希望你能艺高人胆大，战胜对花生的恐惧罢了。我敢断言，真要动手生死相搏，他们当中任何一个人，都能在三十秒钟内，直接徒手将你击毙！”

燕破岳的喉咙上顶着一把刀子，让他根本不能开口说话，但是他脸上的表情，明明白白写着“不相信”几个字。

“看来你现在还不明白，身经百战的老兵，和只知道练功夫，与切磋必须点到止那些功夫家之间的真正差别。”

赵志刚退后两步，随手把玩着格斗军刀：“我已经两次把刀架在你脖子上了，不过没关系，我还可以给你最后一次机会。如果你仍然输了，就给我收起你那一钱不值的骄傲，老老实实地接受训练！”

“老燕，不要动手！”

站在一旁的萧云杰发出一声示警，但是已经晚了，两次被一个比自己弱的人制伏，这种屈辱，已经刺激得燕破岳双眼发红，燕破岳喉咙中猛然发出一声野兽般的嘶吼，对着赵志刚猛扑过去。

燕破岳只冲出半步，接受了十年最严格的技击训练，平衡能力已经掌握得炉火纯青，甚至能在平衡木上蹦高的身体，竟然就那么莫名其妙地重心一偏，整个人用狗啃屎般的姿态重重扑向地面。

赵志刚猛地踏前一步，将刀子抛到左手，他握紧空出来的右拳，居高临下对着身体横空，再无任何反抗能力的燕破岳脑袋上全力狠砸下去。燕破岳受到重击的身体，就像是一只麻袋般，横着直砸向地面。

全身骨骼都发出痛苦的哀鸣，眼前更在瞬间炸出几百颗金星，在燕破岳的眼前四处飞窜，一声痛苦的呻吟还没来得及从喉咙中逸出，腰部又传来一阵剧痛，赫然是赵志刚一脚踏到了他的脊椎骨上。

赵志刚踩在燕破岳背部，望着整张脸都埋在土中的燕破岳，冷然道：“你又输了。”

燕破岳没有再挣扎，他们都知道，被一台只能用杀人机器来形容的老兵踏到背部，而且是直接踏到了脊椎骨第十四个关节位置，这代表什么。

如果他们真是战场上生死相搏的死敌，赵志刚这一脚就会直接踏断他的脊椎，纵然燕破岳没有死，他这一辈子也休想再像个正常人般重新用自己的力量站起来。

“格斗家输了，没有什么，擦擦脸上的血，知耻而后勇回家继续苦练，将来总有打回来的那一天。但是对士兵来说，尤其是对特种兵来说，输，就代表了死亡。你冲动好战，遇到危机擅长以力破局，这固然是你的优点，但是……”

赵志刚弯下腰，从燕破岳的腰带上，解下了一根透明丝线，刚才他就是用这根丝线，破坏了燕破岳的身体平衡：“遇到更强的对手，你越是勇往直前，死得就越快！”

燕破岳依然趴在地上没有动，连续三次输在同一个人手中，而且次次被人秒杀，这种打击对于进入军营、一向顺风顺水的燕破岳来说尤其惨痛。

“记住，在战场上，面对比你强的敌人，只要你内心战意未息，隐忍代表着积蓄力量，迂回是在寻找战机，示弱是为了战术欺骗，无耻是为了活着赢得胜利！”

赵志刚又踢了燕破岳一脚：“现在你明白，在徒手格斗比赛中，我怎么去战胜那些比自己强得多的对手了吧？”

燕破岳的脸埋在地上，他的声音听起来瓮声瓮气的：“因为你够狡猾无耻！”

赵志刚扬扬得意：“说对了。”

“那你为什么总会输给郭队长？”

赵志刚的脸微微有点下塌，他下意识地伸手抚了抚自己曾经饱尝郭嵩然铁拳的下巴：“郭队长在这方面挺随我的，遇到比他弱的对手，不由分说就先冲上去把对方揍趴下再说。要不然，你以为我喜欢当万年老二？”

燕破岳趴在地上的身体开始轻轻耸动起来。赵志刚悠然道：“你想笑，就使劲笑吧，顺便提醒你一句，你要是想学郭嵩然那套来对付我，最起码还需要三年苦练。要不，我让你看看，咱们之间的差距究竟有多大？”

不等燕破岳回应，赵志刚命令道：“萧云杰！”

萧云杰猛然立正：“到！”

“跑步前进，去车上拿三瓶可乐，再把那只黑色的木盒子拿过来。”

“是！”

萧云杰跑向停在不远处的汽车，没过多久，他就捧着三只罐装可口可乐，外加一只黑色的木盒跑了过来。看萧云杰的样子，那只大概有二十厘米见方的木盒，里面装的东西分量并不轻。

“可乐，它的甜味来自甘糖，它的颜色来自焦糖，它是我们在市面上可以买到的含热量最高的饮料。”

赵志刚将两罐可口可乐丢给萧云杰和燕破岳，自己随手打开一罐，用手指按住罐口，然后用力摇晃再松开手指，将可乐晃出的气体放掉，几次三番后，可乐里面的碳酸气体，已经被他放得干干净净：“经常喝可乐，会加重心脏负担，但是如果在战前，条件允许，喝这么一罐放掉气的可乐，能够提高你们的身体抗疲劳能力，让你们拥有更多的力气可以去挥霍。”

在赵志刚的带领下，三个人一起将可乐喝得干干净净。

“萧云杰！”

“到！”

赵志刚指着燕破岳他们打了二十多枪，才终于命中目标的那个枪靶：“把罐子放到枪靶旁边的石头上。”

“是！”

萧云杰捧着三只已经喝空的可乐罐跑过去，将罐子小心翼翼地摆到了枪靶旁的巨大石块上，参差不齐地勉强排成了“一”字形。

赵志刚慢条斯理地打开了那只二十厘米见方的木盒子，竟然真的从里面取出一只弹弓。

这只弹弓大约有十八厘米长，它使用了医院里常见的那种消毒后可重复使用的胶皮输液管为弹筋，只要小时候玩过弹弓的人都知道，这种没有从中间剖开，而是整根绑上去的输液管，拉力和弹性有多惊人。在两根输液管中间，是一块从老式皮鞋上剪下来的黄牛皮，它剪得并不漂亮美观，但是它足够坚韧宽大，用来当弹兜，那是绰绰有余。为了增加这只弹弓弓体的稳定性，在铁丝钳成的弹弓手柄位置，还细细密密整整齐齐地缠裹了几十圈细铜丝。

赵志刚伸手从木盒中取出一颗玻璃球大小的钢珠，把它放进了兜皮里，深深吸了一口气，赵志刚慢慢将弹弓拉开，当他判断出胶管提供的弹力已经足够，手臂停止拉拽保持着这样一个动作时，赵志刚将肺叶中的空气吐了出去，然后屏住了呼吸，他的双手随之犹如钢锻铁铸般，稳定得无懈可击。

就在这一刻，燕破岳突然信了，他开始相信，赵志刚真的能用弹弓打中一百二十米外的汽水罐。

赵志刚一松手，空气中响起钢珠破风的声响，那颗亮晶晶的钢珠，在空中划出一道优美到极点的弧线，旋即就飞出了燕破岳和萧云杰的视力捕捉范围。两个人都睁大了眼睛，等待着这第一发钢珠的结果，赵志刚却已经举起右手双指，做出一个胜利的手势。

“哨！”

远方传来了汽水罐遭到硬物撞击的声响，在燕破岳和萧云杰的注视下，排在第一位的汽水罐，被钢珠打得凌空倒飞出四五米远。

“我小时候最喜欢的游戏，就是拿着弹弓四处去找树上的小鸟，就这么点小爱好，就算现在已经是三四十岁的老男人了，依然没有改变。”

赵志刚这一刻的口气，谦虚得让人有想要揍他的冲动：“爱好使然，打得多了，自然就打得准了。《卖油翁》那篇课文不就说过嘛，手熟而已。”

赵志刚说得是轻描淡写，一拉皮筋一松手，远方又传来“哨”的一声脆响，第二只汽水罐被钢珠直接打飞。如果说第一次射击，还能用凑巧来形容，这第二次射击，就已经足够证明，这其中绝无侥幸，这位指导员大人，真的是能在一百二十米距离，拿着个弹弓指哪儿打哪儿。

看看赵志刚手中那只大号弹弓，再看看手中的新式突击步枪，燕破岳和萧云杰都沉默着。

“啪！”

第三只汽水罐被赵志刚打飞，三颗钢珠，三只汽水罐，赵志刚竟然是弹无虚发、回回命中。就汽水罐的体积而言，他每次射击的钢珠，都打出了十环的成绩，和古时候那些弓马娴熟、动不动就能百步穿杨的名将相比，也不遑多让。

赵志刚笑吟吟地望着燕破岳，燕破岳老老实实地道：“指导员，我服了，以后您说怎么练，我就怎么练。”

“那就好。”

赵志刚接过两个人手中的自动步枪，又将两只弹弓塞到了他们手里：“你们今天的任务就是一百米外用弹弓打汽水罐。每人命中汽水罐二十次，就可以收工。”

掂掂手中这只用料考究、手艺不错的大号弹弓，燕破岳和萧云杰面面相觑，赵志刚仿佛又想起了什么：“对了，我这只箱子里一共有一百颗钢珠，它们可都是我的心肝宝贝。我不管你们怎么打，总之，一开始这箱子里有几颗钢珠，你们训练完后，就要还给我几颗，少一颗也不行！”

赵志刚跳上汽车，看到燕破岳和萧云杰还呆呆地站在那里，他把汽车开到他们面前，善意地提醒了一句：“还愣着干什么，快点开吧，要拖到晚上，打出去的钢珠就更难找了。”

看着赵志刚驾车扬长而去，燕破岳和萧云杰面面相觑。一想到他们两兄弟用弹弓把剩下的九十七颗钢珠打得满天飞舞，然后又趴在地上，像大海捞针似的将钢珠一颗颗找回来，少一颗都不行，他们就觉得头皮发麻。这绝对是比在大米上刻花更阴险狠辣百倍不止的训练伎俩！

整整一个小时之后，已经商量出对策，并做好准备工作，摆明是信奉磨刀不误砍柴工的两兄弟，开始行动了。

燕破岳手持弹弓，马步张开，深吸一口长气，他左臂不动如山紧握弹弓，右臂回拉如拽满月，两根胶皮管被他拉到了近乎极限，随着燕破岳手指一松，通体包裹着红色布料，后面还挂着一条两三寸长小尾巴的钢珠，在空中拉出了一条淡红色的流线，猛地看上去，就像是一把裹着红色刀衣的小飞刀，正在空中飞刺向目标。

至于萧云杰，他就站在汽水罐附近，瞪大了眼珠子，死死盯着天空，当那发带着红色小尾巴的钢珠从萧云杰的头顶掠过，萧云杰的眼珠子立刻就像是雷达波般，锁定了钢珠，并死死盯着它落向地面。

“啪！”

钢珠砸到地面上，溅起一朵小小的泥浪。

萧云杰飞跑过去，将钢珠顺利回收，双手拢成喇叭状，扬声向燕破岳报告：“用力太大，飞过了！还有，偏左了四五米，要注意调整方向。”

燕破岳点点头，又掂起了第二颗带着小尾巴的钢珠。

“这次劲小了，再大点，打得挺直，角度继续保持！”

“喂，你怎么瞄准的，你要打的是汽水罐，不是我的脑袋！”

“等等，这次钢珠落点我没有看清楚，让我先把它找出来！”

…………

在训练场上每当有一发带着小尾巴的钢珠飞出，就会响起萧云杰中气十足的吼叫，还有他跑来跑去发出的脚步声。当燕破岳隔着一百二十米距离，终于用弹弓打中一个汽水罐，有了零的突破时，两兄弟一齐放声欢呼。

燕破岳连续打完箱子里的钢珠后，两兄弟更换角色，由萧云杰拉弓射击，燕破岳瞪大眼珠子保证射出的每一颗钢珠都不会逃出他的视线。

每人一百发，如此周而复始，三圈下来，两个人都累积射出了三百颗钢珠，成绩是燕破岳打中四个汽水罐，萧云杰打中三个。

想要像赵志刚一样弹无虚发，显然是绝不可能，但是连打了三百发钢珠，他们两兄弟已经渐渐找到手感，他们一边打一边修正，甚至总结出一套诸如弹弓仰角多少、橡皮筋拉的长度多少更容易命中目标之类的数据，到了后来他们再打出钢珠，纵然没有命中目标，也绝不可能再出现钢珠直接落到几十米外的尴尬画面。

就在燕破岳和萧云杰看不到的一个小山坡上，赵志刚用最舒服的姿势躺在一张从汽车上拿出来的折叠躺椅上晒着太阳。在他面前还用三脚架撑着一只高倍数军用望远镜，赵志刚只需要从躺椅上坐起来，连手都不用动，就可以通过望远镜将燕破岳他们的行为，甚至包括这哥俩脸上的表情都看得一清二楚。

赵志刚的身边，一只单兵便携汽油炉“哧哧”冒着蓝色火焰，在它上面架着一只同样便携的小水壶，里面的水已经烧开了，水蒸气不断冒出，壶里发出一连串“咕噜咕噜”的声响。赵志刚坐起来，信手拎起小水壶，将开水注入水杯，吹开水面上漂浮的茶叶，轻轻浅啜了一口，让茶水在嘴里打了一个转儿，才将它咽进胃里，赵志刚随之发出一声舒服的叹息：“这日子，真是腐败。”

透过望远镜，看到燕破岳和萧云杰再次换班，两兄弟在擦肩而过时，一起伸出手在空中对拍了一下，显得斗志昂扬、信心十足。赵志刚轻轻眯起眼睛，抬头望着天空，低声道：“呀，看来我布置的训练任务，被人轻视了呢，这可真是让人有点头疼了。不过没关系，时间还有很多。”

第二十四章 - **做个弹弓，打你家玻璃**

（下）

赵志刚杯子里的水添到第三次的时候，起风了。

春节刚过不久，还未春河解冻、万物复苏，来自西伯利亚的寒风掠过群山，发出一连串“呜呜”的轻鸣。当寒风扑面而至，随之而来的就是透骨的寒意。

燕破岳射击的钢珠，在空中仿佛是被一只无形的手推到般，拉出一道诡异的弧度，最后落到了距离汽水罐足足八九米远的位置。

看到这一幕，燕破岳和萧云杰齐声叫道：“shit！”

钢珠不是子弹，它虽然是钢制的，分量并不比子弹轻，但是用弹弓打出来，飞行速度要慢得多，被风力影响造成的作用自然也大得多。刚才好不容易总结出来的规律和数据，现在加上“风速”这个变量，立刻变成了一道更加复杂难解的综合应用数学题。

在燕破岳的指挥下，萧云杰拿着一根布条站在那里，把手臂伸得笔直，任由那根布条在北风吹拂下扬起一个角度。

燕破岳面带难色，嘀咕着："手臂与布条的夹角为三十五度，这……好像是四级风？"

"什么叫好像？"

萧云杰真的怒了："差之毫厘，谬之千里，你现在可是要测准风速，再去计算弹道公式，你这个好像，怎么让我听得心里有点发毛？"

"你以为我是孤狼，天天抱着把狙击步枪，在那里算风速、测湿度，脑袋瓜子里塞满了各种计算公式啊？"燕破岳被萧云杰揭短，却脸不红气不喘，吼得理直气壮，"这套计算公式我是曾经听老爹讲过，但是时间过了这么久，又不能学以致用，到现在还能勉强记得四五分，已经是我记忆力超群的结果了！"

"那你还让我站这里吹西北风，像个木偶似的摆造型，被冻得鼻涕都流出来了，真的很爽吗？"

面对指责，燕破岳也有自己的理由："我这不是想要触景生情，看看能不能用曾经经历过的画面，刺激记忆力，把遗失的那部分知识重新寻找回来嘛。"

萧云杰有点怀疑，又抱着几分期待地问道："结果呢？"

燕破岳两手一摊，"嘿嘿"干笑："原本是已经快想起来了，但是被你一打岔，更迷糊了。"

看着燕破岳那无耻的嘴脸，萧云杰一翻白眼。

有了忽强忽弱的西北风照顾，燕破岳和萧云杰想要命中一百二十米外的汽水罐，难度增加了何止十倍！燕破岳整整打了一百颗钢珠，打得是一会儿近一会儿远，愣是一发也没有命中目标，看得萧云杰在一边直咧嘴，时不时还冷嘲热讽几句。但是当换到萧云杰时，他也没有逃脱鸭蛋的命运，燕破岳在一边过分夸张的笑声，更是让他心烦意乱。

顶着西伯利亚吹来的寒风，连续打了几组鸭蛋后，天空中竟然洋洋洒洒地飘起了雪花，燕破岳伸手接住了一片雪花。他们身处远离繁华都市的群山当中，也远离了工业化建设带来的污染，这片六棱形的雪花，犹如天鹅毛般白得让人心醉，落到燕破岳的掌心，带来一阵微微的沁凉，旋即就化成了一滴晶莹的水珠。

放眼望去，天与地之间到处都是漫天飞舞的雪花，它们在北风的吹拂下，在空中欢快地挪动着，跳跃着。而那山风掠过群山丛林发出的“呜呜”声响，就像是给它们在奏乐，让这群雪之精灵，显得愈发地活泼开怀起来。

站在这片风与雪的世界里，燕破岳仰起头张开双臂昂然屹立，那个动作像极了泰坦尼克号中站在船头迎风而立的露丝与杰克，看着雪花像有了生命般围着燕破岳打转，就连站在一边的萧云杰，心中突然都涌起了一种可以称之为惊艳的感觉。但是燕破岳仰面朝天，吼出来的话，却在瞬间打破了这一刻的宁静与美丽：“贼老天，有你这么坑爹的不？！”

有了风速这个变量，想要用弹弓精确命中一百二十米外的汽水罐，已经变成了相当困难的任务，他们两兄弟现在还没有适应，这又下起雪来，空气湿度产生剧烈变化自不必多说，这视线受影响程度更是到了登峰造极，燕破岳这个时候已经明白，今天想要准时完成任务，到餐厅去吃热气腾腾的可口饭菜的可能性，已经是微乎其微了！

在上千米外的小山坡上，赵志刚从车里拿出一张太阳伞，把它支撑起来。

一伞，一椅，一炉，一壶，一茶杯，一人，在群山环绕下，在漫天风雪中，他老人家独自一人，悠然自得地品着小茶，身上自然而然有了一种“千山鸟飞绝，万径人踪灭。孤舟蓑笠翁，独钓寒江雪”的洒脱韵味。通过望远镜，勉强看到在一片风雪中仰天狂吼的燕破岳，赵志刚舔舔嘴唇，脸上露出了绝对不怀好意的微笑，他从口袋里摸出一个小工作笔记本，从上面抽出别在本上的圆珠笔，一边写着什么，一边在嘴里念叨着：“弹弓训练，适应度，良；预计七日后，再次进行实弹射击训练；十四日后，进行单人运动突击战训练；二十一日后……”

燕破岳和萧云杰两个人回到军营时，已经是第二天凌晨两点钟，两个人冻得活像是两根冰棍，而赵志刚就站在军营大门前，静静地看着他们。

燕破岳上前一步，放声喝道：“报告指导员，任务完成，一百粒钢珠全部回收，一颗也没有少，请指示！”

折腾了一天时间，这两个新兵早已经是又累又饿又冷，就算是身体强健如牛的燕破岳，报告的声音都在轻轻发颤。

为了在夜间能够命中目标，他们在汽水罐旁边点了一堆篝火，为了保证篝火不断燃烧，他们几乎清空了周围所有的杂草枯枝，他们也不止一次把钢珠打进了火堆里，又冲过去用木棍将钢珠从火堆里扒拉出来。

在夜间已经不可能看到在空中飞行的钢珠轨迹，为了不弄丢钢珠，负责回收的人，不仅是眼珠子瞪得滚瓜溜圆，就连耳朵都像兔子一样竖了起来。只要钢珠落地，燕破岳或者萧云杰，就会像发现目标的猎犬般猛扑上去……

赵志刚在侦察连和侦察营时，曾经不止一次用这种方法去训练士兵，他还是第一次见到，有人能在第一天完成任务。这两个小子身上的缺点是挺多，但是不可否认，他们发起狠来，绝对是韧性十足。

但是赵志刚一开口，就是训斥：“怎么用了这么久，就算是我八十岁的外婆，拿起弹弓都能比你们完成得好！”

燕破岳和萧云杰都没有吭声，饥饿、寒冷和疲惫，已经削磨掉了他们几乎所有的斗志，让他们惯有的年少轻狂，都连带被磨去了不少。

“你们为了给自己提劲，往汽水罐上贴了纸条，上面应该写的是我这个指导员的名字吧。”

两个新兵蛋子真是太累了，累得连否认的力量都没有，他们还是沉默地站着，算是默认了赵志刚的指控。

“你们虽然很渣，但是看在你们今天第一次接受弹弓训练，又勉强完成的份儿上，我可以奖励你们一次机会。”

赵志刚把燕破岳和萧云杰带回到始皇特战小队独立的院落前方，指着小楼第二层的某一扇窗户：“那是我的单身宿舍，你们可以拿起手中的弹弓，去打碎玻璃。每人有三次机会，只要打中一发，我今晚就只能在寒风中缩在被子里发抖。”

赵志刚的话音未落，燕破岳和萧云杰的眼珠子就变绿了，他们看向赵志刚那扇窗户的目光，分明就是两头快要饿死前，终于看到一块新鲜小牛排的狼!

赵志刚让开一步，淡然道：“动手吧，记住，你们每人只有三次机会。”

萧云杰突然低声道：“老燕，分我两颗。”

燕破岳点点头，从口袋里取出一只小铁盒，从里面取出几粒桃核大小的褐色丸状物体，递给了萧云杰。萧云杰看都不看，就把它丢进嘴里，狠狠嚼了半晌，将它咽进了胃里。在一边的燕破岳，也同样将盒子里的东西吃掉几粒。

赵志刚忍不住问道：“你们吃的是什么？”

“兵粮丸！”

赵志刚伸出了手：“给我一粒！”

所谓的兵粮丸，就是用胡萝卜、荞麦、山芋、甘草、糯米粉等食物碾磨成粉，浸泡在酒中三年后，等到酒汁自然蒸发，再把它们捞出来揉捏成桃核大小的圆球。这种东西拥有很高的蛋白质，从某种意义上说，就是现代压缩饼干的替代品，而从给人体提供的热量角度来看，比压缩饼干甚至是有过之而无不及。据说受过特殊训练的忍者，一天只需要服用三粒这种兵粮丸，就能支撑下来。

赵志刚身为一名职业军人，之所以知道兵粮丸，是因为在第二次世界大战期间，只在忍者中间流传的兵粮丸，甚至成了日本军队的标配野战食品。不过这种动不动就给几万甚至是几十万部队提供的食品，当然不可能像忍者那样精心调制，大规模工业化生产的东西，那味道烂到了姥姥家，所以人们戏称，那是只有日本人才能吃的专属食物。

桃核大小的兵粮丸，在赵志刚的手中滚来滚去，他看了半晌，将兵粮丸丢进嘴里。为了便于保存，兵粮丸都是风干的，很硬，要用很大的劲儿才能把它咬碎，但是当口水和咬碎的兵粮丸混为一体，赵志刚的舌尖上，尝到了酸甜的味道。燕破岳调制的兵粮丸，很可能里面加了磨碎的杨梅，让这玩意儿既能为人体提供必要的热量和蛋白质，吃得也相当顺口。

燕破岳从地上抓起一把今天刚刚堆起的积雪，送进嘴里把它含化，再慢慢咽进胃里，在一边的萧云杰是有样学样。

燕破岳再从口袋中取出一根一寸多长的蜡烛，在地上刨出一个小小的雪坑后，把它点燃放了进去，然后招呼萧云杰一起围在这个小小的“火坑”旁，把它放到上面，用蜡烛燃烧形成的热量，慢慢烘烤着他们被冻僵的双手。

烛光透过手指的缝隙落到两个人脸上，映得他们脸上的表情忽明忽暗。在这个过程中，警卫排的哨兵巡逻队曾经走到附近，看到赵志刚又悄无声息地退走了。

赵志刚在一边，既好笑又好气地看着这两兄弟烤火取暖，不用问他也知道，这两个混账小子，要将准备工作做得最好，把身体状态弄到最佳，才会拿着弹弓，对着指导员的单身宿舍展开袭击。

由此可见，今天的弹弓打汽水罐训练，让这两个小子心中积压的怨气有多重。

吃饱，喝足，烤暖手，这一系列的准备工作做完后，燕破岳挺身而起，萧云杰自然而然和他并肩而立。

燕破岳目视前方，突然开口：“第七套广播体操第一节，伸展运动，预备齐！”

“一二三四；二二三四；三二三四……”

随着燕破岳的口号，两兄弟一起认认真真做起了小学生都会做的第七套广播体操，他们做得一丝不苟，随着广播体操的韵律，将自己身体的每一个关节，都活动开来。

燕破岳从木盒中取出弹弓，小心翼翼地用两只手反复揉搓弹弓上的胶皮管，看来他们两个已经开始懂得保养武器，尤其是在低温环境中，保养武器的重要性。要知道，在体温环境中，胶皮管会变脆，它被拉直后能够提供的弹力，和常温状态下能够提供的弹力，肯定有所不同。

萧云杰找到一根小木棍，把它插到地上，又将一根布条绑在了上面，很快就报出数据：“风速，两巴掌。”

萧云杰再竖起大拇指放到右眼前，他左手中赫然还举起了一张十元的钞票，似乎正在用它为参照物来测量目标距离：“距离，五十三块两毛。”

绝对见多识广的赵志刚，在这个时候都听得有点发蒙了。这都是什么乱七八糟的计量单位啊？！

但是燕破岳和萧云杰，显然已经用一天多时间总结出了属于自己的“狙击”技术。燕破岳展目远望，他的目光瞬间跨越了这长达五十三块两毛钱的漫长距离，落到了指导员大人的宿舍玻璃窗上。

深深吸气，再慢慢吐出，几次三番，在自己的血液中，含氧量达到最佳状态时，燕破岳慢慢扬起了双手，当他左手握弓，右手食指与拇指夹着弹弓兜皮一点点向后拽开，摆出一个射雕英雄传式的最经典形象，他整个人竟然再无破绽。

看着燕破岳为了打碎自家玻璃，精神如此专注，甚至隐隐透出几分宗师风范的模样，赵志刚真的是不知道该哭还是该笑。

弹弓角度微扬到了两巴掌高度，胶皮输液管拉到了五十三块两毛距离，燕破岳深深地吸了一口气，又将它慢慢吐了出去，就在肺叶中所有空气都被吐光，整个人也随之进入人体最稳定的空肺状态时，燕破岳右手食指和拇指一松，随之猛地发出一声低喝：“中！”

钢珠破风声在空中一闪而逝，旋即在远方传来了玻璃碎裂的脆响，充满自信意味的右臂才刚刚举起，胜利的笑容还没有来得及在燕破岳的脸上绽放，远方就传来了郭嵩然愤怒地低吼：“谁干的，大半夜的不睡觉，在这偷偷砸队长玻璃？！”

燕破岳和萧云杰对视了一眼，不知道是他们两个人当中谁先低叫了一声“快跑啊”，两个闯了祸的新兵蛋子，在郭嵩然发现他们是谁之前，就在夜幕掩护下抱头鼠窜了。

在燕破岳挽弓射玻璃之前，就已经不动声色地走到一片松柏树下，将自己彻底隐藏起来的赵志刚，小心翼翼地探出脑袋，看了一眼五十三块两毛外，那扇被燕破岳一弹弓敲碎的玻璃窗，微笑道：“嘿，打得挺准的嘛。两个小子，有点天分。”

说完这话，赵志刚背着双手，施施然地走了，走到木盒旁边时，他还不忘伸手将木盒抄走，来了个毁尸灭迹。

在离开这片是非之地时，赵志刚清楚地听到了急促的紧集集合哨声，还有郭嵩然愤怒的吼叫："看来我实在是太小瞧你们了，到了半夜还有体力来砸队长的玻璃，从今天开始，每天夜间增加十五公里负重越野训练，如果不把你们全练趴下了，我'郭嵩然'三个字倒过来写！"

始皇特战队的队员们，一个个睡眼惺忪，在郭嵩然队长的怒吼声中，勉强打起了精神。

当郭嵩然带着一群在训练场上被他折腾得疲惫不堪的特种兵，背着三十公斤负重，开始围着军营疯跑时，赵志刚带着燕破岳和萧云杰，施施然地返回营地。看到燕破岳和萧云杰的脸上露出歉然的表情，赵志刚轻轻一耸肩膀，脸上满是幸灾乐祸的微笑："平时多流汗，战时少流血，这是在帮他们。你们大概不知道吧，我还有一个绰号，叫'一个好人'。"

第二十五章 - **双贱客**

两个多月时间，一转眼就快过去了。

夜鹰突击队上千双眼睛，都盯到了始皇特战小队身上，再过一周，三个月一期的首轮淘汰赛就要开始了。在淘汰赛之后，会有三名高高在上的兵王，老老实实交出他们衣领上的夜鹰勋章，被踢下神坛，而夜鹰突击队里，成绩最好的三个人，则会接过那三枚勋章，进入始皇特战小队。

始皇特战小队，被誉为特种部队中的特种部队，他们拿最新式的武器，接受最严格的训练，享受最好的福利待遇，将来中国特种部队要是走出国门，去参加世界特种兵大赛，或者有什么国际联合反恐行动，代表中国特种部队出战的成员，很可能就会出自始皇特战小队！

在大家的眼里，始皇特战小队成员，代表着荣誉，代表着骄傲，更代表着他们是最强的！

可是在这样的认知当中，始皇特战小队却有两个格格不入的家伙，带着种种荒诞出现在所有人面前，大大破坏了他们对始皇特战小队可以称之为“憧憬”的情绪。这种感觉，就好像是面对一群狂热的粉丝，告诉他们，自己喜欢的明星是个垃圾一样，不仅仅会让人反感，更会让人愤怒。

让人最反感、最痛恨的，当属燕破岳和萧云杰。

这两个入伍加起来还不到一年，据说从新兵营出来，就因为太过刺头被踢到炊事班放羊的家伙，进入部队之后，满打满算只打过十发子弹。

这对于在训练场上，打出的子弹数以万计，不知道流了多少汗水甚至是鲜血，终于一步一个脚印走进夜鹰突击队，想要走得更高看得更远，却被始皇特战小队拒之门外的特种兵们来说，简直就是天大的讽刺。面对这样一个冷笑话，再有幽默感的人，也无法笑得出来。

这两个嫩得发青的新兵蛋子，不知道走了什么狗屎运进入始皇特战小队，要是知耻而后勇，利用这三个月时间，天天泡在打靶场，每天打上几百发子弹，去磨炼枪杆，纵然是无法和真正的特种兵相提并论，最起码枪法也能突飞猛进，先不说他们能不能通过淘汰赛，最起码也让大家看到了他们钢铁一样的意志和追求强大自强不息的决心。

这样大家也不是不能接受他们的好运气。

结果呢？！

两个多月时间，这两个家伙似乎就连射击场都没有进过，他们每天最常做的事，就是拿个弹弓在那里打汽水罐，打酒瓶，打水桶。平心静气地讲，能站在一百二十米外，用钢珠轻而易举打中小小的汽水罐，也称得上是一手绝活，如果他们是在夜鹰突击队组织的联欢晚会上表演出来，保不准还能获得全场掌声，但前提是，他们得先能证明自己有资格当一名特种兵！

特种兵在战场上，主武器是自动步枪，副武器是手枪，也会装备手雷、手榴弹和地雷，有些人还会使用十字狙击弩、飞刀、绳子、捕兽夹之类的偏门武器，还真没有听说过，谁能拿着弹弓上战场！

两个除了运气够好，大概背景够硬，除此之外一无是处的家伙，竟然进了自己最憧憬的始皇特战小队，还是那么吊儿郎当浪费生命……当大家在燕破岳和萧云杰的身上，找不到任何优点来安慰自己之后，他们自然就爆发了。

在燕破岳和萧云杰并肩走出军营，走向赵志刚专门为他们开辟出来的训练场时，他们的身边传来了几乎不加掩饰地“窃窃私语”。

“快看哪，这就是始皇特战小队的‘弓神’。”

“什么弓神，猛地听起来还以为他们真是百步穿杨的神箭手似的，依我说还是直接叫他们‘弹弓天王’最好，既喊起来顺口，也不容易产生歧义。”

“你说他们脑子里究竟灌的是什么糨糊啊，好不容易走狗屎运挤进始皇特战小队，却不知道珍惜，天天在那里拿着弹弓打着玩儿。难道他们不知道，从始皇特战小队被淘汰出来，是多么丢人的事吗？”

就连燕破岳和萧云杰都不知道，类似于此的声音，是从什么时候开始的。

但他们两兄弟是谁啊，他们两兄弟可是在新兵训练营时就搬着一块铁木板，走遍整个军营都能面不改色，站在人家信息自动化大楼前，什么“这个女军官真不赖，前凸后翘屁股圆”之类的话，都敢一说就是两百遍的超级猛人啊！这“狼狈为奸”的绰号，难道是白叫的不成？

在众目睽睽之下，燕破岳咧开嘴，对着周围的人，露出了一个将“没皮没脸”这个词解释到极限的灿烂微笑，然后拿出了那只制作精良，能轻易勾起无数二十世纪七十年代出生的兄弟童年最美好回忆的弹弓，轻轻一拉，摆出黄日华版电视剧《神雕英雄传》中，郭靖大侠弯弓射大雕的造型。

作为燕破岳最好的兄弟兼最亲密的死党，萧云杰在一边立刻加以配音：“看什么看，指什么指，点什么点的，小心半夜拿着弹弓打你家玻璃！”

看着这两位活宝那死猪不怕开水烫的姿态，别说是一开始就对他们指指点点的士兵对他们的官感更加厌恶，就连一些本性老成持重的人，都为之皱起了眉头。

两兄弟却根本不管这些，就那么举手投足之间，军事动作标准，但是怎么看都透着一股小人得志的气息，张狂地走出了军营。

赵志刚已经驾着汽车等在军营门前，没有不相干的人在旁边，燕破岳坐在汽车副驾驶席上，萧云杰坐在后座，他们两个人支撑起来的脸色一起塌了下来。赵志刚却一脸兴高采烈：“告诉你们一个好消息，今天早晨我一起来就发现门缝下面又多了两封匿名信，上面写的内容，从头到尾都和你们有关噢，等会儿我给你们读一读。”

两兄弟一起翻起了白眼，他们现在已经是过街老鼠人人喊打了。亲爱的指导员同志，拜托您脸上那幸灾乐祸的笑容，能不能不要这么灿烂?

汽车最终停在了一个相当简陋，但是占地面积惊人的靶场前。燕破岳和萧云杰从汽车里拎出两只沉重的军用背包。

这个靶场距离军营有二十多公里远，平时只有两名老兵驻守在这里，也只有部队进行每周两次的长途负重拉练时才可能从这里经过。但就是这么一个简陋的靶场，却有一个响亮的名字，叫作“利剑合同战术训练基地”。

这个基地的原身和夜鹰突击队总部一样，是一个已经被荒废的军工厂。

登高远眺，这个被荒废的军工厂掩映在群山丛林之间，丘陵、平原、水库、河沟、坚固的军工建筑、十几幢三层高的居民楼、荒废的厂房，以及被爆炸物袭击后形成的废墟，组成了整个训练基地的主体。

在训练场上，到处可以看到大量埋设好的金属支架，它们星罗棋布架设在训练场各个角落，等到大量摄像头安装上去，就会形成一个覆盖全局的监控网络，将训练场上发生的所有事情，同步拍摄记录，并传送到指挥中心电脑上面。

这个远离夜鹰突击队军营，最大化将战场复杂地形展现出来的靶场，并不是普通的步枪靶场，而是一个可以练习坦克、装甲车、迫击炮等重型武器实弹射击的炮兵靶场。等到半年后，这里所有设施，尤其是电子监控录像网络铺设完成，火炮轰鸣、大地震动，就会成为整个训练场和附近山区最常见也是标志性的画面。

许阳跑了过来，这几个月时间，他几乎一直留在这个训练基地负责进行信息网络搭建，鲜少回到军营，看到跟在赵志刚身后的燕破岳和萧云杰的脸色黑如锅底，他不由得笑了起来：“又挨批了？”

燕破岳低声回应：“被人写匿名信了。”

许阳脸上露出几分同情："几封？"

"两封。"

许阳点点头，安慰般地拍拍燕破岳和萧云杰的肩膀，旋即对着里面扯开嗓子喊了一声："老杨，给他们加料了，萧云杰两公斤，燕破岳四公斤。"

一个脸上带着长长伤痕的老兵，从简陋的营房中探出脑袋，看了一眼燕破岳和萧云杰，笑呵呵地回应了一句："又被人写匿名信了？"

两个老兵带着六只一公斤装的模拟负重沙袋跑了过来，将它分别放进两只背包后，老杨还专门伸手拎了拎属于燕破岳的那只沙包："以二十公斤为起步，每次被投上一封匿名信，萧云杰多背一公斤，燕破岳你就要多背两公斤，还好淘汰赛就快开始了，否则的话，我看最多只需要再过十天，这模拟负重就能把你压趴下。"

许阳走过来，也拎了拎燕破岳那只背包，点点头，认真地道："嗯，是很沉。"

另外一个老兵笑呵呵地接口："如果再多下去，我就得想办法帮燕破岳加固背包带了。不过放心，免费。"

丢下这些气得燕破岳牙根痒痒的话，许阳和两个老兵却没有离开，而是乐呵呵地站到了一边，摆出了洗耳恭听的姿态，因为他们都知道，每天一次的"快乐大本营"时光到了。

赵志刚拿出了一封匿名信，他嘴里啧啧有声："双贱客，这个称呼还真不咋地，哪有你们两兄弟原来的'狼狈为奸'叫得顺口、喊得响亮？不过你们看看，这里面有一段，倒是写得声情并茂、文采非凡……敬爱的指导员同志，我知道始皇特战小队的宗旨是不放弃每一个战友，让我们成为一群没有血缘关系，却比有血缘关系更亲密牵绊的生死兄弟。但是我认为，燕破岳和萧云杰吊儿郎当的玩世不恭态度，就像是一颗毒瘤，正在慢慢侵蚀损害着始皇特战小队内部积极向上努力训练的态度，他们继续留在始皇特战小队，只会有害无益。"

赵志刚读得眉飞色舞，丝毫不理会面前负手而立的燕破岳和萧云杰已经听得面色铁青。赵志刚读得带劲，许阳和另外两个老兵也是听得兴高采烈，看他们的模样，好像真是把赵志刚当成了茶馆里的评书先生，而赵志刚读匿名信，自然就成了评书先生在茶馆内说得口沫飞溅，大讲古今中外传奇故事。

最让燕破岳和萧云杰恨得肝疼的是，许阳这几个浑球，赖着不走欣赏他们两兄弟出糗的模样也就算了，听到写得精彩犀利处，竟然还会笑上两声，就差没有当场喝彩、击节赞叹。

真真是三个直娘贼！

将整封匿名信从头到尾读完一遍，赵志刚意犹未尽地咂着嘴，许阳见缝插针，快步走上前，将一只保温杯递到赵志刚手中："指导员，来一口润润嗓子，菊花茶，清火又清肺，好东西。"

赵志刚接过来喝了两口，脸上露出一丝满意的笑容："不错，还加了枸杞子啊。"

"那是。"许阳嘚瑟着，"这都是老杨他们自己在山上采的，都是地地道道的山货，比那些人工种植的要强得多。"

赵志刚点点头，有加了山菊花和枸杞子的茶水润喉，挥霍掉的口水短时内补充完毕，在许阳和两个老兵眼巴巴地注视下，他不负众望地又拿出了第二封匿名信。

"尊敬的始皇教导小队指导员同志，您好。我并不是始皇教导小队的成员，但是我憧憬这里，尊敬在这里的每一个人，并把进入始皇教导小队当成了我在夜鹰突击队的最重要人生目标之一，希望在将来的某一天，我可以在队长和指导员的带领下，成为始皇教导小队的一员，并在这里，留下自己无悔的青春符号。"

读到这里，赵志刚停下了阅读，感叹道："这封信写得好啊，我几乎都以为自己在读一首抒情诗了。读到这里，身为始皇教导小队的指导员，一种主人翁责任感和光荣感，那是油然而生……啊……"

赵志刚最后说出口的那个"啊"字，被拉成了长长的咏叹音节。许阳和两个老兵，都不动声色地退后了两步，以标准军姿站在指导员面前的燕破岳和萧云杰不敢稍有动作，但是他们脸上的肌肉都在不停地轻跳。

果然……指导员同志，他的诗兴大发了。

啊！

啊！

啊！

共和国的守护者

这是

一个

多么光荣/而又/神圣的称呼……啊！

吟完这一段好诗，指导员大人有了片刻的沉默，他一脸醺醺然、陶陶醉地踱起了小方步，踱完一圈后，又张开嘴，用抑扬顿挫的声音低吟起来：

啊！

啊！

啊！

始皇教导小队成员

这是

一个

多么光荣/而又/神圣的称呼……啊！

抛出这么一段换汤不换药的词儿，指导员同志又开始摇头晃脑地踱起了小方步，再次踱完一圈，他老人家立定脚步：

啊！

啊！

啊！

身为他们的指导员

这是

一个

多么骄傲/而又沉重的称呼……啊！

四周一片沉默。

许阳和两个老兵张大了嘴巴，无言以对。燕破岳的脑海中，却猛地闪现出“辫子朝”某位喜欢吟诗的皇帝，某一天带着满朝文武大臣游览御花园时，看到满地落叶触景生情，想要吟诗一首，却卡了壳儿，在众目睽睽之下，只能死撑着吟下去的场景：一片两片三四片，五片六片七八片，九片十片十一片……如果不是某位臣子接了一句“飞入草丛去无踪”，估计这位好舞文弄墨的皇帝大人，最后一句就是十二十三十四片了。

“啪！啪！啪……”

清脆的掌声突然从身边响起，萧云杰在这个时候，挺立如松，一脸真诚，目视前方，眼神坚定，他用力鼓掌，以军人特有的方式，高声叫道：“好诗！”

燕破岳如梦初醒，立刻加入鼓掌喝彩的行列：“好诗，指导员，再来一首吧！”

许阳和两个老兵面面相觑，他们也知道在这个时候鼓掌喝彩，解赵志刚困境，绝对能暴增亲密度，但是面对这场可以刷好感亲密度的副本，他们自认没有燕破岳和萧云杰的厚颜无耻，更缺乏这两个小子影帝级的表演天分。

赵志刚对着两个用力鼓掌的新兵蛋子侧目而视，脸上的表情似笑非笑，但是观察力敏锐又狡猾如萧云杰者，依然看到了指导员同志那暗暗松了一口小气的模样。

“都严肃点。”

随着赵志刚一声令下，燕破岳和萧云杰立刻昂首挺胸，挺立如松不动如山，将一名中国特种兵的精神面貌展现得淋漓尽致。

赵志刚略一点头，在许阳等三人眼巴巴的注视下，将手中那封只读了一个开头，但是后面绝对精彩的匿名信折起，放回了口袋。看到这一幕，许阳等三人脸上露出了失望的表情，相携转身离开，燕破岳和萧云杰这俩小子刷亲密副本成功，看来今天的好戏是到此为止了。

许阳和两个老兵返回房间，他们背着线圈，拿着工具箱和几个摄像头走向了那些光秃秃的金属杆。把梯子架起来，许阳手脚麻利地爬上去，将一只摄像头装了上去，两个老兵则开始将电缆布上去。

许阳一边拿着工具安装摄像头，一边撇着嘴："萧云杰还好点，这个燕破岳，就是属牲口的啊。"

两个负责布线的老兵，一起点头。

站在梯子上居高临下，许阳可以看到赵志刚已经登上汽车驶离了训练场，每天赵志刚就是开车将燕破岳和萧云杰送到这里，再布置完训练任务，就会自己驾车离开。

没有人监督，但是燕破岳和萧云杰绝不会偷懒。

每天走在军营中百分之百会被人指指点点，每天都有队友因为看他们不顺眼写匿名信塞到指导员的门缝下面，到处都是轻视的眼光，那根本不加掩饰的冷嘲热讽，"二贱客"这绝对称不上亲昵的绰号，这一切的一切，早已经在燕破岳和萧云杰的内心深处点起了两团火焰，烧得他们在训练场上直接变成了两台人形机器。

看着燕破岳和萧云杰训练时，脸上那股只能用狰狞来形容的表情，就连许阳有时候都会感到一种心惊肉跳……虽然说响鼓也要重锤敲，但是指导员同志这锤子，敲得也太狠了吧？！

到了中午，训练科目完成一半的燕破岳和萧云杰，带着满脸的硝烟走回房间，在一张方桌上，已经摆满了热气腾腾的菜肴。千万别小看这个现在还没有正式开放，所以显得分外荒凉的综合训练基地。无论是许阳还是两个老兵，他们都是设置陷阱的高手，连一枪都不用放，每天只要抽点时间到他们布置的陷阱边转一圈，就会拎回或多或少的猎物。

再加上采摘的野菜、山菇之类的东西辅助，他们这边的伙食标准，竟然比始皇特战小队都高得多。

"都饿坏了吧？"

许阳将筷子递给了燕破岳和萧云杰，看着这两兄弟狼吞虎咽，随口问了一句："还有一周就要参加淘汰赛了，怎么样，有信心不？"

嘴里塞满野鸡肉的燕破岳和萧云杰对视了一眼，一起摇头。

许阳皱起了眉头："没信心？！"

燕破岳和萧云杰继续摇头。

毕竟是相处两个多月了，许阳很快又找出一个答案：“你们是心里没底，自己也不清楚能不能过关？”

这一次两兄弟一起点头。

“指导员玩的这一手，绝对是剑走偏锋，也难怪你们两个心里没底。”许阳轻叹了一声，“指导员是怎么给你们说的？”

将嘴里的食物狠狠咽进胃里，燕破岳拿起一碗汤，也不管它烫不烫就先倒进嘴里，把喉咙清理干净，他终于可以开口说话了：“指导员对我们说，不需要考虑去做始皇特战小队枪法最好的人，只需要努力让自己变成始皇特战小队不可或缺的角色，这就足够了。”

这几句话说得是相当有水平，当时听得燕破岳和萧云杰是心悦诚服，但是许阳听到后却狠狠一拍桌子，另外两个老兵则是在一边捂嘴偷笑。

许阳之所以会心甘情愿来到这个鸟不拉屎的地方，天天架设摄像头和电缆，就是被赵志刚用几乎相同的话给忽悠过来的！

“你不需要考虑自己的军事技术不如队长，智商学历不如我，你要是想在夜鹰突击队干出点成绩，获得大家认可，你只需要把自己变成一个夜鹰突击队不可或缺的重要角色，到时候你想不仕途通达都不行！”

也就是因为赵大忽悠的这一番话，许阳来到了这个还没有完全建成的综合训练场，每天带着两个老兵，在训练场上跑来跑去，用他们的知识和理解建造各种设施。一旦他们把这里打造成中国山地特种部队综合训练基地，将来其他军区的特种部队也慕名而来，他这位了解特种作战，更对整个训练基地了如指掌的军官，自然就会成为训练基地最重要的人物之一，也算是在他的职业军人生涯中，开创了浓墨重彩的一笔。

虽然到了那个时候，他就不再是特种部队的军官，转而成为后勤类型的文职，但是……想到这里，许阳自嘲地一笑，他没有郭嵩然的军事技术，也没有赵志刚的高学历、高智商，在特种部队的道路上，他不过就是占着先发制人的优势。可是随着时间的推移，他这个长江前浪迟早会被后浪推到沙滩上活活晒死，提前转型离开，找到更适合自己的位置去发展，似乎还真是一个不错的选择。

再次看了一眼开怀大嚼、吃得欢畅的燕破岳和萧云杰，许阳也许永远都不会告诉任何人，真正让他选择离开特种部队道路的因素，赵志刚只占一半，剩下的一半，就是面前的燕破岳！

一顿午饭吃完，几杯热气腾腾的菊花枸杞子茶放到了桌子上，燕破岳和萧云杰却并没有去端起杯子品尝。两个人对视了一眼，一起站起来走到了门外，他们用水打湿泥土，和出一堆稀泥，两个人互相用稀泥把对方抹得全身都是，就连他们的脸蛋都没有放过。

等到全身都抹成一个泥人，只剩下两只眼睛、两个鼻孔还露在外面，燕破岳开口说话了："我说老萧，在体力对抗方面，你哪次赢过我，怎么就不死心呢？"

萧云杰嘴角一挑，这个动作原本应该帅气而洒脱，但是现在脸上涂满了烂泥，嘴角一抽，看上去就像是面部的烂泥突然迸出个泡泡似的，透着一股让人恶心反胃的感觉："昨天如果不是有只黄蜂在我眼皮子前面乱飞，谁输谁赢还两说呢？再说了，这是抗曝晒体形训练，更看重的是意志力。"

燕破岳淡然道："这么说，你认为意志力方面，我不如你了？"

萧云杰的眼眸深处，涌起了一缕锋利的光芒："是骡子是马，拉出来遛遛。"

"好！"

两个人说到这里，一起闭紧了嘴巴。他们身体挺直如剑，隔着一点五米距离彼此眼睛眨也不眨地狠狠对视，他们的对抗规则很简单，谁先受不了身上的烂泥和阳光，体力不足，直接输掉；如果抵抗不住对方的视线威逼，忍不住眨了眼皮，扣一分，每人有三分，扣光同样是输。

现在已经是四月底，春暖花开冰河解冻，空气中散发着淡淡的野花幽香，虽然到了夜晚，依然需要拥被而睡，但是到了正午时分，阳光也有了几分炽热。抹到身上的烂泥，它们是最好的隔热材料，捂得全身汗毛都透不过气，没过多久，两个人的汗水就开始慢慢流淌出来。

但是两个人依然站得挺立如山，他们瞪大眼珠子，就像是看到杀父仇人一样，死死盯住对方瞳孔里属于自己的那抹影子不放，为了增加自己的眼神“杀伤力”，他们在赵志刚“无意中”的提醒下，尽在脑海中想着一些杀气腾腾的事情：

燕破岳的脑海思维：日本鬼子在1937年打进国民政府首都南京，面对手无寸铁的平民，带着狰狞笑容的日本士兵，拉开了枪栓……然后是枪声阵阵，血流成河，风中传来了人们绝望的哭泣，土壤中透着血腥的气息，长江在怒吼，黄河在咆哮。就算是这样，依然有人崇拜着“二战”时手上沾着无数鲜血的侵略者，动不动就有人去参拜靖国神社。

想着想着，燕破岳的目光中就腾起了一团愤怒的火焰，让他的眼神愈发杀气腾腾。

萧云杰的脑海思维：那个天天让他吃咸菜，还抱怨他一周就要吃掉一罐头瓶咸菜的婶子，抖着一脸横肉站在他面前，要他把偷的钱交出来。至于为什么确定是他偷了家里的钱，理由也很简单，看你就是一副有娘生没娘养的贼相，那钱不是你偷的是谁偷的？婶子的手，一次次重重地戳在他的额头上，萧云杰一动不动地站在那里，一声不吭，他的目光跳过凶神恶煞、满脸横肉的婶子，落到了表弟的身上，表弟的脸上满是奸计得逞的笑容，如果没有亲眼所见，你真的无法想象，一个还不到十岁大的孩子，笑容会那么奸诈，发现萧云杰的目光射过来，他立刻就收起了这份笑容，对着萧云杰投过来个天真无邪的表情。

想着想着，萧云杰就慢慢握紧了双拳，他的眼神却愈发地沉静，隐隐泛着一丝嘲讽一切的玩世不恭。

如果说燕破岳的目光是一团烧尽一切不公不正不平的火焰，那么萧云杰的目光就是一团可以冻结一切的寒冰。冰与火在空中对撞在一起，彼此角力，彼此抗衡，都想消灭对方，可是一时间却拼了个旗鼓相当。

坐在屋子里，看着站在正午的太阳下面，瞪大眼睛恨不得直接瞪死对方的燕破岳和萧云杰，许阳手捧茶杯，慢慢地啜了一口，他再看了看四周。其实，这个训练基地挺好的，有吃有喝又天高皇帝远的，只有他一个军官带着两个老兵待在这里，还能积累未来升官发财的资本，真的不算太委屈了。

第二十六章 - **冲突**

（上）

下午六点钟，太阳已经落到了大山的另一侧，整个天地间已经变得灰蒙蒙的一片，燕破岳和萧云杰拖着疲惫的身体从综合训练场里走了出来。

老杨已经打好了两盆洗脸水，每个脸盆的旁边，还专门放了一块刚刚从库房里拿出来，从中间切开的“青松”牌肥皂。如果说燕破岳和萧云杰来到这个训练场后，什么消耗的最快，大概就是肥皂了。

燕破岳和萧云杰洗过脸后，脸盆子里的水已经变成了灰黑色，直到再换上一盆清水洗过，才算勉强清洁干净，但是他们身上那股刺激的硝烟味道，却怎么也清理不掉了。

晚饭只有一个菜，但是更加丰盛，野兔肉炖野山菇，整整一大盆，洗脸盆大小的那种盆。隔着很远，肉香就直往鼻孔里钻，引得燕破岳和萧云杰在洗脸的时候不停地倒咽口水。

坐到桌子对面，两个人一齐把筷子伸向了盆中看起来最大、最肥的兔腿，筷子碰到了一起，两个人的目光再次彼此对撞，看到两个人中午爆发的“瞪眼大战”随时有延续到餐桌上的可能，许阳拿起筷子，给两个人碗里一人夹了一条兔腿：“有什么好争的，整整三只兔子，十二条兔腿，还塞不饱你们咋着？”

燕破岳直接伸手抓起了碗里的兔腿：“比比？”

“嘿，中午输了，想找回场子？”

终于在某一项军事“技能”比赛中，赢了燕破岳一局的萧云杰，在这一刻绝对属于自信爆棚状态，他也抓起了碗里的兔腿：“行，给你一次机会。但既然要比，就比得狠一点，咱们连骨头都不许留下！”

燕破岳从牙缝中挤出一声低语：“成！”

两个人突然一起低头，开始在手中的兔腿上连撕带扯地狠咬，中间还掺杂着一阵阵牙齿咬碎骨头时发出的脆响。

吃完一根兔腿，连骨头都嚼得干干净净，燕破岳一伸筷子，又从盆子里捞出一条兔腿，啃了几口突然像发现新大陆般叫了起来："咦，老萧你看，这根兔腿上沾的肉汁，又白又黄的，怎么看起来那么像你上次拉肚子排泄出来的产物呢？"

好不容易耳根子清静下来，端起饭碗夹起一块兔肉的许阳，动作猛然僵在了那儿。

萧云杰眼角一挑："知道为什么今天的兔肉这么香不？今天中午这盆兔肉就炖上了，我还专门去加了点佐料。你猜猜看，我加了些什么？"

不等餐桌上的人去思考，萧云杰就拿起第二只兔腿，伸出他的舌头，在兔腿上面舔了一遍，舔到最后，他老人家还用灵巧无比，天知道有没有和异性之间产生过不正当接触和某种生命话题探讨的舌尖，在兔腿上面打了几个充满无限联想与诱惑的小旋儿。

比许阳下筷子稍早一分，已经将兔肉送进嘴里的老杨，这一刻是看得目瞪口呆，他下意识地不断咀嚼了好半天，早就将可怜的兔肉嚼成了肉渣，却硬是忘了把它们咽进胃里。

彼此挑衅，又彼此受到挑衅，燕破岳和萧云杰同时立起，他们瞪大眼睛死死盯着对方，天知道是不是异性相吸、同性相斥这条物理定论出现了偏差，在彼此狠狠的瞪视中，他们两个人的脸越来越近，他们两个人的嘴唇也在不自然、不正常、不道德地噘了起来，摆出了男女恋人即将发生激烈拥吻前最诱人的姿态。

就在两个人的嘴唇即将在空中对碰在一起，即将发生天雷勾地火式的少儿不宜的画面时，两个人突然一齐伸手，把兔腿儿送进嘴里，一齐狠狠咬了一口，然后一齐倒退回去。

直到这一刻，许阳和两个老兵才心有余悸地吐出一口长长的闷气。

……

燕破岳和萧云杰这两位随着淘汰赛越来越近，火气也越来越重，就连他们之间对抗意识也越来越强的新兵蛋子，终于打着饱嗝放下筷子，摸着肚皮发出满足的叹息，一起走出房间去做低强度饭后运动。许阳突然咬牙切齿起来：“燕破岳，萧云杰，你们两个就是浑蛋！”

老杨开口劝道：“他们训练强度太大，压力也大。再说了，咱们都三十岁的人了，有什么事，让着他们点，别和两个二十岁的娃一般见识。”

许阳指着一片狼藉的桌子，叫道：“你现在还帮那两个浑球说话？看清楚，这两个小子，一边演戏一边恶心我们，趁机把一盆子兔肉都吃光了！”

两个老兵这才发现，别说是最好吃的十二根兔腿了，就连兔头都啃得干干净净，这两个小子前世一定是属狗的，一大盆兔肉炖山菇，竟然连片肉渣都没有给他们留下！

端着还没有吃上一口的整碗米饭，看着已经吃得一片狼藉的菜盆，许阳瞪了半天眼睛，却突然笑了，他用勺子将肉汁浇到米饭上，然后一阵狂嚼，用肉汁拌饭把自己的胃给糊弄饱后，他笑着叹息道：“我应该说这两个小子是无耻到登峰造极，还是应该说，他们真不愧是指导员的学生，已经把指导员那套当面大吹法螺装神弄鬼，背地里趁机暗度陈仓的那套战术，学了个十足？！”

两个老兵也笑了起来，他们也学着许阳的样子，用勺子将肉汁浇到了米饭上。

在四周完全暗了下来，训练场里电灯亮了起来时，已经在外面踱了一圈消食完毕的燕破岳和萧云杰走了回来，而许阳已经手持教鞭在等着他们了。在一块可以移动的木架式黑板上，画满了各种几何图形和弹道轨迹，以及一些数字标注。

燕破岳和萧云杰两个人都老老实实地坐在了两只小马扎上，拿出了自己的工作笔记本，做出记录状。

“昨天，我教会了你们走上战场前应该做的各种准备，今天我要教导你们的，是如何在战场上最大化创造生存概率。”

许阳沉声道：“作为山地特种兵，你们活跃在丛林遍地、丘陵、河道星罗棋布的区域，坦克之类的重型武器，对你们的威胁很小，除非是你们刚宰了对方的总统或者王子，否则的话，敌方也不会发狠用大量导弹，去远程覆盖攻击一支只有几人或者几十人的特种部队。所以，你们在战场上，会遇到的最大威胁来自两点，一为火炮轰击，二为空中追杀。

“陆军重型火炮，在西方国家一般分为三个口径，分别是105毫米、155毫米和203毫米。如果你们真在没有提前挖掘战壕或掩体的战场上，被这种大口径火炮群捕捉，并成功火力覆盖，我只能对你们说，‘兄弟，安息吧’。”

看到燕破岳和萧云杰脸上露出不认同的表情，许阳一挥手，对笑呵呵坐在一边的老杨道：“老杨，你自己就是一名炮兵，又挨过炮击、打过炮战，过来给这两个小子讲讲。”

老杨也没有客气，走到正中央，大家都是老熟人了，他一开口就露出了缺了两个大门牙的牙齿，他脸上的伤疤在灯光下油亮油亮的，看起来就像是趴在脸上的蜈蚣：“炮兵嘛，也没啥了不起的，当年我在炮兵部队服役时，有几句顺口溜，就是调侃咱们的……背黑锅戴绿帽，枪林弹雨全躲过，身在后方熬稀饭；打不响，瞎咋呼，天天在那倒炮弹。”

燕破岳和萧云杰都笑了。

这个背黑锅戴绿帽，枪林弹雨全躲过的主儿，就是在说燕破岳和萧云杰曾经当过的炊事兵的经历；至于这打不响，瞎咋呼，天天倒炮弹，大概就是指那个特定年代，中国军工厂出厂的炮弹质量太差，总是出现哑弹，在炮击时震得耳朵都快要失鸣的炮兵们，一遇到这种情况，就得大呼小叫地提醒周围的人，再冲上去把哑弹卸下来。

短短几句话，就将炊事兵和炮兵的特征描写得清清楚楚，也只有真正的老兵，才会深知这样不登大堂却能让人会心一笑的军营俗俚。

老杨打过招呼，开始正式上课，他的脸色严肃起来，指指自己的右耳：“它聋了，一发105口径炮弹落到十八米外的位置，我脸上留了一条伤疤，耳膜也被震破了，但是还好，我捡回来一条命。我现在还庆幸，砸到我们身边的，只是105口径小炮。”

105口径火炮，在抗日战争时期拿出来，可是绝对的重炮，但是在老杨的眼里，它真的就是小炮罢了：“如果是155口径砸过来，只需要一发，冲击波就能覆盖五十米；如果是203口径，一百米范围都会被覆盖，三十米内的人会被炸得粉身碎骨，就算是我趴在地上躲过冲击波和超声速弹片也没有用，因为爆炸形成的震荡波，会把我活活震死！”

说到这里，不再理会陷入深思的燕破岳和萧云杰，老杨突然转身离开了。过了两三分钟后，老杨去而复返，他伸出右手，在他的掌心里，有一支目测下来有四五厘米长，通体黝黑，看起来就像是一根普通的钢钉，但是在尾部却带着十字形定风翼的迷你钢箭。

这支迷你钢箭，袖珍得可爱，小孩子如果看到它，一定会把它收藏起来，当成最宝贝的玩具。但是看着它那锋利的箭头，还有微微发扁的箭身，一股淡淡的寒意，却渗上了燕破岳的心头。

“如果我是炮兵指挥官，知道要覆盖轰击的是一群特种兵，我会下令在普通炮弹中，掺杂这种‘集束箭形弹’。一发炮弹里面，就可以放上千枚这种钢箭，炮弹在空中爆炸，钢箭居高临下四处飞射，丛林无法保护你们，山岭无法保护你们，面对一发炮弹就能形成的三百米长、九十米宽扇锥形火力覆盖带网，你们受过最严格训练所形成的军事技术也保护不了你们！只需要打出十几发这种‘集束箭形弹’，就能让你们彻底失去战斗力！”

看着老杨手中那枚四厘米长的钢箭，想象着包含着上千甚至几千枚这种钢箭的炮弹，在头顶爆炸瞬间形成一片箭雨，就算是天不怕地不怕的燕破岳，都感到一阵心惊肉跳。这种钢箭也许一发两发并不会要了他们的命，但是在执行非常规任务、远离后勤基地和援军的战场上，挨这么几记钢箭，一旦失去最基本的行动能力，对他们来说也就代表了死亡。

燕破岳举手提问：“如果我们真的遭到这种‘集束箭形弹’攻击，应该怎么做？”

“只有一个办法。”老杨收起手中那枚钢箭，沉声道，“别被敌人的重型火炮捉到，永远不要！”

萧云杰也提出了一个问题："这种非常规特种炮弹，应该已经像达姆弹、白鳞弹一样，被《日内瓦公约》列入禁止使用武器名单了吧？"

"这种武器的确很残忍，尤其是在非对称战争中，使用它很容易对敌国平民造成大面积杀伤。"老杨的脸上露出一丝嘲讽，"只是很可惜，它并没有被列入禁止使用名单，就算它真的被列入禁止使用名单又能怎么样？"

萧云杰沉默地思索了十几秒钟，然后点了点头。

他们可是特种兵，将来要完成鲜为人知的最危险任务，面对最强大敌人，就算是敌人在战场上使用了被国际公约禁止使用的武器，让他们付出了血的代价，事后被国际社会谴责又能怎么样，他们死去的兄弟不会复活，他们已经失败的任务，不会再有第二次机会去完成。

"现代武器早已经脱离了自保的范畴，它就是人类为了争夺利益制造出来的杀人工具！"

也许是身为一个经历过战火考验的老兵有感而发，在这一刻老杨说的话，当真是掷地有声："抛开理想，抛开各种美化的名称，从本质上来说，你们就是一群为了杀人而磨炼技术的杀人机器。杀人机器在战场上，被另外一群杀人机器用杀人工具消灭，没什么好抱怨的！"

燕破岳和萧云杰一起俯首受教，在他们的心里，已经深深地记住了一个定律：特种部队被重型火炮群捕捉到，就等于全军覆没！

这么想也许有点偏激，但是纵然他们中有人能够在炮击后生存下来，也会或多或少地受伤，就算是运气好到逆天，毫发无伤，在一次次近距离爆炸形成的冲击波震荡下，也会头晕眼花，短时间内无法恢复战斗力，而他们的敌人，绝不会给他们重整旗鼓活着撤出战场的时间与机会。

更何况，按照国际惯例，一支部队伤亡超过百分之七十，就算是被歼灭。

老杨退出了，许阳再次接管了讲师位置："其实也不要太过担心，特种部队，尤其是山地特种部队，最基本的一点就是可以在丛林、山地中高速移动，再加上电子诱饵等战术，敌人想要用重型火炮群覆盖攻击，总会有那么点大象追老鼠——

有力无处使的感慨。只要在宿营时，没有暴露目标，大口径炮弹就很难砸到你们头上。”

许阳的话，让燕破岳和萧云杰都暗中松了一口长气，坦率地说，这种只能单方面挨打不能还击，而且一旦被盯上就必死无疑，无论怎么挣扎都没有任何作用的感觉，真的很不好，但是他们至少可以想办法避免它。

许阳用手中的教鞭轻轻拍了拍身后的黑板，在黑板上画着一门迫击炮。这门迫击炮架在火力视野极端不佳的山坡后方，但是通过山顶的观察员旗语指挥，他们发射出的炮弹，越过山峰划出一道弧线弹道，带着惊人的精准，落到了潜伏在丛林中的步兵身上。

粉笔画画得很粗糙，但是画风简洁，要表达的含意一目了然。

“迫击炮，步兵以单位就可以直接携带的武器，操作简便，曲线射击几乎没有射击死角，对付躲避在障碍物后面的目标，更是拿手好戏。只要稍稍受过训练，哪怕是一群从来没有上过战场的民兵，以四人为一组，每分钟都能打出二十发炮弹，一群民兵只要三四门迫击炮，硬轰上一分钟，砸过来上百发炮弹，就能让你们这些特种兵付出血的代价！”

说到这里，许阳的声音微冷：“你们别看迫击炮口径小，但是它也可以发射燃烧弹、照明弹甚至是毒气弹，如果你们遇到老杨这种把炮玩到登峰造极，能够自己制作炮弹的高手，就算是迫击炮弹凌空爆炸，飞出几百支钢箭，也不是不可能。”

房间传来笔尖在纸张上画动时的“沙沙”声响……

一个小时后，这堂关于特种兵在战场上如何防炮的理论课结束了。燕破岳和萧云杰捧着笔记本，连续阅读了几遍今天记录的内容，而老杨已经将一只里面烧得发黑的瓦盆放到了他们面前，再次狠狠扫了一眼笔记本上记的文字，燕破岳和萧云杰将纸张扯下来，放进盆里。随着老杨擦燃的一根火柴，纸盆里的七八页写满字的纸燃烧起来，火光映得燕破岳和萧云杰的脸上忽明忽暗。

可以在课堂上做笔记，但是在课程结束后，必须将记录的内容全部烧毁，这个如此诡异的命令，就是出自赵志刚之口。一开始燕破岳和萧云杰还不能理解，但是很快他们就懂了，“好记性不如烂笔头”这句话说得固然有理，但是有多少人在学习中做了笔记，就会把笔记丢在那里，再也不会去扫它一眼？

与其让知识变成笔记本中无人问津的文字，随着时间的推移和纸张一起慢慢变黄，还不如来个“书非借不能读也”，逼着燕破岳和萧云杰当场把它们全部记在心里，成为自己的知识，也只有这样，将来上了战场，他们才可能把听到的理论内容转变为真实的战斗能力。

赵志刚当然不可能再开车回来接燕破岳和萧云杰，在许阳等三人的目送下，燕破岳和萧云杰背着几十公斤负重走出了训练场。在夜间背着几十公斤负重徒步走回军营，这是每天赵志刚留给他们的压轴任务。

从口袋里取出一封赵志刚临走前交给他们的信，信纸上画着一张犹如小孩涂鸦般的草图，中间有一条虚线点出来的路线。

每天都要按照赵志刚的指令，走不同的路线返回军营，而且这份简陋得不能再简陋的地图，还只是其中一份，他们必须找到赵志刚设定的“中转站”，并从那里找到第二份地图，再继续行军。如此往复，直到获得最后一张地图，才有资格返回军营……如果燕破岳和萧云杰想要偷懒耍滑，对不起，赵志刚在智商谋略方面，绝对比他们两兄弟加起来还要高出几个等级，你只有一路按图行动，才能在最后一个中转站找到赵志刚留下的步话机，也只有通过步话机向指导员报告，指导员大人才会提前出现在军营大门前，接应两个背着几十公斤负重翻山越岭穿过草丛，早已经累得不成人样的新兵蛋子返回军营。

如果没有指导员的接应，选择翻墙而入，嘿嘿，别忘了夜鹰突击队可是特种兵大本营，那围墙看起来是好翻，但是天知道翻墙而入后，会遇到些什么。燕破岳和萧云杰都不傻，绝不会愿意尝尝被三四盏探照灯照着，十几支自动步枪顶在脑袋瓜子上，成为整个军营传奇级笑料的滋味。

在指导员的接应下回到军营，两兄弟都累得像死狗似的，但是他们还有一件任务必须完成，那就是在指导员的军官宿舍，换上一套干净的军装，再把自己身上那套沾满灰尘和硝烟味儿的军装洗干净，才会允许返回自己的宿舍。

而这个时候，手表上的时针，往往已经跳过凌晨一点钟，所有人都进入了沉睡。

为了不打扰别人，燕破岳和萧云杰还专门在宿舍大门的百合叶上涂了点机油，让门推开时，不会发出“吱啦吱啦”的声响。

也许是有人半夜迷迷糊糊出去上厕所的缘故，宿舍的房门并没有关死，还留着一条两三寸宽的门缝，萧云杰用尽可能轻柔的动作去推房门，也许是今天训练得太狠，体力支出过度的缘故，上了机油原本应该一推就开的房门，显得有些沉重。

已经疲惫不堪，眼皮子在不停地上下打架，只想着尽快躺进属于自己的那张床上，用睡眠来补充体力的萧云杰并没有在意，他抓住门把手略一施加力量，房门仿佛是突破了一层障碍似的先是一顿后就霍然轻松，被萧云杰推开大半。就在萧云杰的身体跟着推门而入时，他的头顶传来“哗啦”的水声，一只被人放在门框上的塑料水桶，在失去支撑点后，整个倒扣下来。

跟在萧云杰身后的燕破岳，右脚闪电般地弹起，在那只水桶扣在萧云杰头上之前，将它一脚踢飞，但是大半桶凉水已经劈头盖脸地浇下来，瞬间就将萧云杰浇成了一只落汤鸡。

现在已经是4月底，大山里早已经是花香遍野，但是在太阳晒不到的山沟里，依然可以看到没有融化的冰块和积雪，到了夜间春寒刺骨，还需要拥被而眠。

背着四十公斤负重，在大山里整整跑了五个小时，早已经筋疲力尽的萧云杰猛地被这么一桶水浇下来，冻得全身都打了一个寒战，就连他的牙齿都开始上下对撞，发出一连串“哒哒哒”的声响。

所有的困意被冰冷的水刺得一扫而空，水滴渗进嘴里，一股微微发苦又发涩的怪味在萧云杰的舌尖上化开，头发上仿佛还沾了些什么东西，萧云杰下意识地伸手在头上拨了拨，他的手中摸到了半根淡灰色的粗糙棉线。萧云杰记得，这种棉线在他们附近，只有一个地方有，那就是他们打扫卫生时，用来擦宿舍和走廊地板的棉线拖布。

那只半夜放在门框上，专门等着他们两兄弟进来时，送他们一份大礼的水桶，被燕破岳一脚踢裂，侧翻在地上，它本来就是大家清洗拖布时用的那只水桶。

宿舍里一片安静，他们这群受过最严格训练，在战场上就算是再累，哪怕有一只猫从身边走过都可能被惊醒的特种兵，似乎真的睡得太熟了，没有一个人醒过来。

燕破岳走进宿舍，抱起自己的被子，把它裹到萧云杰的身上，又转身将房门关紧了。

在这个过程中，整个宿舍依然一片安静，但就是这样的安静，让燕破岳知道，他和萧云杰被群体排斥了。或者说，他们犯了怒众，否则的话，宿舍里的四名班长，绝不会放任有人用这种方式对他们进行恶作剧。

燕破岳一抬脚，将那只已经被他踢裂的水桶生生踏碎，塑料水桶碎裂的声音，在一片安静中显得分外刺耳，但是并不会传出太远。

燕破岳目光慢慢从整个宿舍掠过，他的声音平沉中透着一股激流暗涌："谁干的？站出来！"

依然没有回应，大家依然静静地躺在床上熟睡着。

"夙了？"

燕破岳往地上吐了一口口水，他的声音中透出了浓浓的不屑："敢做不敢当，就这种夙样，还当什么特种兵？滚回家抱着奶瓶吃奶去吧，反正上了战场，你也就是一个逃兵！"

第二十七章 - 冲突

（下）

黑暗中有人的呼吸声突然变得急促起来，但是在燕破岳顺着声音找到目标时，三班长已经翻身而起："是我下令把水桶放在门框上的，有什么不满，找我。"

燕破岳迎着三班长直直地走了过去，看着燕破岳挺得笔直的背影，就算是萧云杰都忍不住低声喊了一句："老燕！"

感受到从燕破岳身上传来的压迫感，三班长也站了起来，在黑暗中和燕破岳彼此对视。

燕破岳凝视着三班长，“班长，保护手下的兵，是你的职责，但是你有没有想过，我们也是三班的兵？！”

三班长眼角微微一跳，旋即就平静下来，他的目光跳过站在前面的燕破岳，落到了萧云杰脸上：“用恶作剧来发泄不满，这种行为，是小家子气，有愧于‘始皇特战队’称号，我代表做这件事的部下向你们道歉。”

身为一名士兵，能让班长，尤其是一个拥有中尉军阶的班长向自己道歉，这简直是不可思议的事情，可是听着三班长的道歉，燕破岳和萧云杰却一起皱起了眉头。因为听三班长的话，三班长根本就没有把他们当成三班的兵，或者说，在三班长的眼里，他们根本就不算是始皇特战小队成员！

这样的认知，让燕破岳和萧云杰同时握住了双拳。

“我有几个问题一直想问，但是你们两个一大早离开军营，凌晨才回来，把宿舍当成了客栈，也从来没有参加过集体训练，一直也没有找到机会问。”

三班长望着燕破岳和萧云杰：“你们从新兵营出来后，就被分配到炊事班，一直放羊，直到进入夜鹰突击队？”

燕破岳坦然点头，他是很不喜欢在炊事班放羊的经历，但是这样的经历，并没有什么见不得人的。说句扯淡点儿的话，革命工作不分贵贱。

“你们从来没有接受过特殊训练，也没有进过侦察连之类的部队？”

燕破岳再次点头。

三班长呼吸有些急促了：“你们进部队后，只打过十发子弹，在新兵营的射击成绩，一个是四十四环，一个是四十五环？”

燕破岳有些惊异了，流言之所以是流言，就是因为信息的不准确性，但是他们哥两个的流言，怎么这么精确，就连他们新兵营的射击成绩都给挖出来了？！

看燕破岳脸上的表情，三班长就找到了答案，他深深地吸了一口气，让自己的情绪稳定下来后，问出了一个最重要的问题：“你们跟着指导员训练了这么多天，除了玩弹弓，在训练场上打了多少子弹，现在的射击成绩是多少？”

燕破岳伸出了一根手指。

三班长似乎松了一口气：“一万发？”

燕破岳轻轻摇头。

“一千发？”

燕破岳再次摇头。

三班长的脸色已经彻底沉了下来：“一百发？”

看到燕破岳竟然还敢摇头，三班长猛地踏前一步，如果不是现在已经是凌晨一点多钟，他必须压住嗓门，三班长现在大概已经是在放声咆哮了：“到底是多少发？”

“一发……也没有。”

宿舍里一片死一样的安静，听到这样一个答案，就算是再老成持重的人，看向燕破岳和萧云杰的目光中，都透出了浓浓的排斥甚至是厌恶。

特种兵想要在战场上生存下来，除了自身素质，还需要有精良的武器；睿智而富有经验的指挥官，更需要有足够强大，可以并肩作战的战友。如果是和新兵蛋子组队，那会给他们带来很多麻烦，更会让所有人的生存概率随之降低。

新兵蛋子在战场上，由于紧张拿着枪就会不停地扫射，把子弹挥霍得飞快，等他们打完了自己的子弹，就会向队伍中其他节约子弹的老兵讨要，除此之外，他们也更容易中弹负伤，需要老兵的照顾。

遇到的新兵多了，耐性被磨光，就会对新兵态度越来越坏，只要新兵稍稍做了什么不对的事情，张口就会一阵痛骂。但是不管怎么说，新兵都有变成老兵的一天，老兵们还是会按捺住性子去帮助新兵，让他们在战场上生存下来，变成真正的老兵。

但是像燕破岳他们这种前前后后只打过十发子弹，进入始皇之后，依然没有尝试弥补自身缺陷，天天拿着弹弓招摇过市的家伙，放在特种部队，也有资格称之为……兵？！

“我们这些天是没有练过步枪，但是我们一直在……”

燕破岳想要解释，可是三班长已经气得面色铁青，他再也不想和面前的两个家伙说话，转身就走，一直走到了被打通的宿舍最尾端才停下脚步。隔着很远很远，都能听到三班长粗重的喘气声，可见三班长这个时候的心情之激动。

一班长沉着脸走过来，看到燕破岳还想开口说话，他一挥手用最粗暴的态度打断了燕破岳：“你们主动提交申请，退出始皇特战小队吧，这样对大家都好。”

一班长将一份今天刚刚下发到他们这些班长手中的文件，甩给了燕破岳：“自己看吧。”

燕破岳走到窗边，借着窗外的夜色，飞快地浏览着手中的通知书，看完了上面的内容，他才终于明白，为什么今天晚上回来，他们两兄弟会受到“袭击”，他和萧云杰一发子弹也没有打的现状，又会把三班长气成那个样子。

为了在整个夜鹰突击队内部成功地将始皇教导小队变成真正人人敬仰，想要努力往里面钻的王牌部队，在赵志刚的建议下，第一届始皇教导小队淘汰赛，并不是在内部展开，而是定为始皇教导小队和夜鹰突击队之间的对抗战。

五十多人编制的始皇特战小队，将会在演习场上，面对整个夜鹰突击队一千二百名特种兵的围追堵截。他们必须一边和二十倍于己的敌军交战，一边完成作战任务，这个消息已经是够夺人眼球，就在同一天，始皇特战小队的指导员赵志刚，更是当众口放狂言：始皇特战小队，玩的就是以精锐胜平庸，打的就是以质量胜数量！

这两句话原本也没有错，特种部队用最严格的训练、最精良的武器，打造最卓越的战斗力，如果还不能以精锐胜平庸，以质量胜数量，那都统统买块豆腐撞死算了。但是，请问，大家都是特种兵，凭什么抬捧你们自己是精英，夜鹰突击队的人就成了平庸？你们是“质量”，夜鹰突击队一千多号特种兵就成了“数量”？

这样当众挑衅的结果，就是整个夜鹰突击队都炸窝了，各个中队的请战书，就像是下雪般铺天盖地地往队长手中送，据不完全统计，短短四五个小时的时间，各个中队的请战书，就已经超过了三百大关！

拜即将到来的对抗战，和赵大指导员达到MAX级别挑衅战术所赐，几乎所有夜鹰突击队作战序列成员，不管是士兵还是军官，看到始皇特战小队的人，眼睛里都冒着绿油油的光芒，就算是始皇特战小队几位班长，走到外面，在这样的目光包围下，都有了一种赤手空拳走进了狼窝里的感觉。

夜鹰突击队的人，全部都疯了！可以预见，一周后的淘汰战一旦开始，这些已经被赵志刚刺激得眼珠血红的特种兵，就会从四面八方一拥而上，对着始皇特战小队展开无所不用其极的最疯狂进攻。

始皇特战小队成员，都是兵王中的兵王，但是和同样精锐的夜鹰突击队成员相比，他们能强多少？他们再自信，也不敢狂妄地认为，自己可以以一敌十。更何况听说夜鹰突击队方面几个中队长已经向大队长建议，为了证明始皇特战小队不愧拥有“教导”之责，让始皇特战小队在淘汰赛时，可以绽放出百点热千分光，他们这些除了数量之外一无是处的平庸，应该再配备武装直升机在内的支援武器，而大队长在接到这份建议后，当场就大笔一挥，写下了“同意”两字。

一周之后的对抗战中，他们要以区区五十个人，被一千二百名特种兵围追堵截，而且对方可以组建同样精锐的小股突击部队，通过直升机，快速索降到演习战场任何一个位置，通过大型直升机，他们甚至可以将小型装甲车空运到战场……

始皇特战小队所有成员都清楚地感受到压力扑面而来，在这种必须拼上命去保卫始皇特战小队荣誉的时刻，燕破岳和萧云杰这两个异端级别的另类，就自然而然地成为所有人关注的核心。

燕破岳和萧云杰两个人，一大早就离开，到了大半夜才回来，总不会是天天跑出去打鸟玩吧？虽然一天到晚都见不着人，也没有什么沟通，大家对指导员也并不太了解，但是被郭嵩然训练了两个多月，被郭嵩然收拾得服服帖帖，队长都这么牛的，这指导员怎么也不会是两脚猫吧？！

一群因为即将到来的“殊死”对抗终于紧张起来的特种兵们，决定晚上和燕破岳他们好好谈一谈，几位班长更需要弄清楚，这两个天天神龙见首不见尾的士兵的真正实力，以便于他们在对抗赛时合理调配。

有士兵在门框上放了那只水桶，在几个班长眼里看来，一个真正的特种兵，无论何时何地都会保持警惕，一旦踏入陷阱，更会立刻做出反应。更何况水桶的重量都压在门上，房门推起来明显比平时要沉重得多，再迟钝的人，也应该发现不对。

这只能算是一个无伤大雅，甚至能拉近彼此关系的玩笑。就算是水桶砸不到那两个臭小子，让他们身上溅上一点水花，也算是报了大家因为他们而被人指指点点的仇，还有助于大家在短时间内接受燕破岳和萧云杰，让他们增强临阵磨枪不快也光的团队配合意识。

几个班长的设想相当不错，但是他们真的不知道，燕破岳和萧云杰每天在外面会接受什么样的训练，萧云杰刚刚背着几十公斤负重，前前后后跑了三十多公里山路，又在指导员的监督下洗了二十分钟衣服，他早已经累得走路都快要睡着了，在他最疲惫也最松懈的时候，那只水桶就那么扣了下来，把他淋成了一只落汤鸡。

之所以整个宿舍都是一片安静，不是大家㞞了在装睡，而是所有人都被这一幕给震惊了，震惊到了无话可说的程度……这种呆若木鸡、反应迟钝，被半桶水一浇都会冷得全身发抖的人物也是特种兵，也是他们始皇特战小队的兵？！

有这样的“战友”，怎么去并肩战斗二十倍于己，已经被指导员刺激得变成一群嗷嗷乱叫如野狼的夜鹰突击队士兵？两位爷自己被淘汰了不打紧，在对抗战时被人家打得满地找牙、洋相出尽的话，就算是再不把他们两个当回事，始皇特战小队的士气也必然会下落，而他们的对手，士气却会在已经近乎爆满的情况下再次暴增。

“可是我们……”

燕破岳还想要解释，但是一班长再次一挥手，将他的话中途截断：“闭嘴！我不想听你说任何话，你们现在要做的，是立刻找个有亮的地方写退队申请书，等到天亮，我会看着你们把申请书交到队长那里，别想着耍花样，否则你们一定会后悔自己为什么要削尖了脑袋钻进始皇小队！”

燕破岳望着一班长，他的嘴角慢慢向上挑起，一个大大的笑容，随之在他的脸上绽放。站在燕破岳后面的萧云杰，看到这一幕，不由得在心里狂叫了一声

“糟了”。

一班长想要用狮子扑兔亦尽全力的方式，快刀斩乱麻地解决问题，可是燕破岳还真不是一只兔子，有过花生恐惧症带来的童年后，他更不会让自己变成兔子。

“你肩膀上不过就扛了一毛二的牌牌，牛啥啊，还真把自己当成个人物了？”

一班长眼睛猛然危险地眯起，沉声厉喝道：“你说什么？！”

燕破岳一扬手，将手中的资料甩还给一班长：“如果在淘汰战中被刷出局，我们两兄弟自然会卷铺盖滚蛋，但是要我们主动申请离开，未战先逃，你一个一毛二还不够这资格！”

士兵敢于向军官挑衅，这种行为已经犯了军营大忌，就连二班长和四班长也一起走了过来，两个人有意无意地挡在了燕破岳和一班长之间，让他们两个人不会因为言语冲突升级为暴力冲突。二班长望着燕破岳，脸上满是不加掩饰的排斥与厌恶：“一群人走到一起，想要称之为团队，需要满足几个条件：第一，有相同目标，可以把力量凝聚在一起；第二，需要长时间相处，磨砺出默契与配合；第三，能力接近，可以形成优势互补关系和尊重。你们缺乏融入一个团队的基础，强行加入只会影响整个团队。我不是队长，也不是指导员，是不能强迫你们放弃七天后的对抗赛，但是我率领的二班，拒绝有你们这样的战友！”

四班长跟着开口了：“我们四班，也拒绝有你这样的战友！”

有两个班长替自己说话，一班长的怒气平息下来，他看着燕破岳和萧云杰，沉沉地跟了一句：“一班也是。”

三个班长相继表态之后，所有人的目光，都落到了站在宿舍尽端、望着窗外的三班长身上。燕破岳和萧云杰都是三班的兵，除了队长和指导员，三班长的态度分量会最重。

三班长慢慢走了回来，他望着燕破岳和萧云杰，也许是已经冷静下来，他的声音中已经没有了刚才的愤怒与焦急，反而透着一股平静：“我一开始，就认为你们会成为优秀的特种兵。”

三班长上面的两句话，绝对发自真心。他看过燕破岳和“笑面虎”对决时的录像，身为一名正直的军人，三班长从心底里反感“笑面虎”踏着同伴肩膀往上爬的行径，虽然燕破岳在演习中，使用了一些小伎俩去钻规则空子让人哭笑不得，但是三班长仍然喜欢上了燕破岳和萧云杰，当他看到燕破岳终于将“笑面虎”击倒，取得了进入始皇特战小队的入场券时，三班长甚至当场站起来，狂喝了一声“漂亮”！

虽然燕破岳和萧云杰没有接受过侦察兵训练，就直接跳入始皇，在某些技能上出现了断层，但是三班长依然认为，他们能成为好兵。

可是现在，看着站在面前的燕破岳和萧云杰，三班长却失望了，在他的心里，甚至有一股对指导员的怨念……如果指导员没有每天把燕破岳和萧云杰带出去，他这个班长，都会每天去帮助燕破岳和萧云杰，就算不能让他们成为百发百中的神枪手，至少也会有大幅度提高，总好过天天拿着弹弓打汽水罐！

“我现在依然认为，你们有机会成为优秀的特种兵。”

三班长讲心中所想，话语中自然有了一股让人相信的坦坦荡荡：“但就像一班长说的那样，一个团队，除了要有相同的目标，里面的成员能力还要接近，否则的话很难建立信任与默契。一周后的淘汰赛，我们将要面对十倍于己的强敌，稍有不慎，就会全军覆没，甚至是被一起淘汰。在这个时候，强迫你们退出比赛，是不公平，但是我真的不敢带着你们去参加比赛，更不敢和现在的你们走上战场。因为这样，是对全班其他人的不公平！所以，对不起了……三班，在淘汰赛中，拒绝你们成为队员！”

三班长的话说完了。

整个宿舍内一片寂静，燕破岳也没有再说话，他慢慢握紧了拳头。看着面前的四名班长，他们只有区区四个人，但是他们排成一排昂然而立，一股犹如巍峨群山般坚毅沉稳、不可撼动的气息却自然而然地绽放出来，让他们看起来再无破绽。也就在他们身上，燕破岳真正读懂了“团队”这个词的含意。

在这四名班长的带领下，始皇特战小队的四个班，无论是集体行动，还是分开单独作战，在他们中间，都有着一条无形却真实存在的线将他们紧紧地牵绊在一起，让他们可以彼此亲密配合，打出一场又一场最经典的战例。在这样的集体中，每一个人的力量，也能被最大化地发挥出来。

只可惜，从这一刻开始，燕破岳和萧云杰名义上虽然还是始皇特战小队成员，还是三班的兵，但是他们两个已经被集体排斥了。到了淘汰赛那一天，他们除了自己，再也没有战友，只能孤军作战。

当燕破岳陪着萧云杰在水房里把身上的脏水洗掉，返回宿舍时，燕破岳发现自己床上刚才那床拿去给萧云杰身体保温，已经被脏水打湿，随意丢在铺位上的被子，被人换走了。燕破岳伸手轻摸了一下，棉被上还带着体温，这床被子也许是三班长的，也许是一开始恶作剧，把水桶放在门框上家伙的。在一片黑暗和沉静中，燕破岳没有去寻找被子的主人，也没有开口询问，而是躺到床上直接拉开了被子。

第二十八章 － 87式

七天后的早晨，日历已经翻到了5月。

天空中下起了蒙蒙细雨，细细的雨丝轻扑在脸上，带来阵阵凉意，就连空气中都透着一股水意。在连绵的阴雨洗涤下，整片大山都变得鲜明而生动起来，连带周围的丛林，都透出醉人的青翠。偶尔从四周传来几声鸟儿欢快的轻鸣，更让这片大山与丛林多了一股生机勃勃。

一千二百多名夜鹰突击队士兵，以连为单位排成了十二个方阵，整整齐齐地站在雨中，这么多人聚集在一起，却没有发出半点声音。他们每一个人都全副武装，就连脸上都涂上了迷彩油漆，春雨打在他们的脸上，落在他们的军装上，但纵然如此，也浇不灭他们心中的火焰，因此他们站得越发挺拔如剑。

就算是再迟钝的人，站在这群特种兵面前，都会感到一股无形却真实存在的压迫感，犹如千钧巨石般迎面压来。这明明只是一场夜鹰突击队内部的淘汰战，明明演习还没有正式开始，这些特种兵的身上，已经绽放出了犹如噬血野兽般的杀气。

看着这群蓄势待发的特种兵，秦锋满意地点了点头。

这一场原本只应该局限于始皇教导小队的内部淘汰赛，到现在已经演变成夜鹰突击队全队大练兵，无论最后始皇教导小队是否能交出一份满意的答卷，在秦锋看来，这场大练兵都会满载而归。

几个扛着摄像机的人，站在夜鹰突击队士兵组成的方向周围不停打转，作为高度机密作战单位，这场内部大练兵当然不可能作为新闻发布出去，但是拍摄的资料，却可以成为中国组建山地特种部队的历史进程资料，成为其他军区组建特种部队时可以参考的重要素材。

这一场内部大练兵，注定会在中国特种战发展史上留下浓墨重彩的一笔。

扛着摄像机的人，突然一齐掉转了摄像机，除了静静地站在场地中心的夜鹰突击队方阵，几乎所有人都一起望向了同一个方向，能造成这种情况的原因，当然是号称特种部队中特种部队的始皇教导小队来了。

五十多名始皇教导小队士兵，他们并没有排成什么整齐的队形，而是以四名班长为核心，有意无意地组成了四个扩散型队伍。他们看起来杂乱无章，可是几十个人脚上的皮靴同时抬起又同时落下，如此周而复始，在杂乱中形成了一个犹如重鼓狂鸣的相同节奏。

和夜鹰突击队的严肃认真形成鲜明对比的是始皇特战小队队员，他们有些人嘴里嚼着口香糖，还有人索性叼着一根不知道从哪儿弄来的狗尾巴草，透着几分帅性和洒脱。

在他们身上，中国部队制式武器八一自动步枪，已经被九五式小口径突击步枪所替代，更加符合现代化枪械的造型，类似于M9多功能格斗军刀的九五步枪专用枪刺，足以让人眼前一亮。在射击时几乎不会发出枪声和火光的67式微声手枪，更是特种兵的标志性枪械。

有两名士兵身上除了自动武器，还背着相当拉风的复合军用十字弩，这把带着瞄准镜的军用十字弩，采购价格比一支新式九五突击步枪更高，和加装了消声器的枪械比，复合十字弩射击时更隐蔽，如果在箭头上涂抹氰化钾类剧毒，可以在瞬间杀伤目标，在煤气、油罐、面粉厂之类不能轻易使用枪械的场所，军用十字弩更能发挥出无可替代的作用。有资格携带这种狙击弩的人，必然都是特种部队中最擅长渗透侦察技巧的王牌斥候。

作为随时会脱离后勤补给，渗透进入敌占展开军事行动的特种部队，为了保证火力强度，每一个班都划分出一个火力支援小组，装备了一挺八一式班用轻机枪和一门火箭筒。为了保证火力支援小组的弹药供应，除了斥候人员依然是轻装前进之外，几乎所有队员都帮火力支援小组背了一个弹鼓和两发火箭弹。

防毒面具，夜视仪，防割背包，防割手套，防割喉钢片，指南针，军用水壶，单兵野战食品，战场急救包……各种各样的装备道具加起来，数量竟然有三四十种，始皇特战小队可谓从头武装到了牙齿。

再加上他们身上穿的数字化迷彩服，以及设计更加科学合理，每个空间都利用最大化的战术背心和携行具，当始皇特战小队走到夜鹰突击队正对面，在队长郭嵩然的命令下排出一个四列队形，和二十倍于己的夜鹰突击队彼此对视时，立刻就显现出始皇特战小队的“奢侈”与“豪华”。

就在彼此对视中，阵阵无形的火花在两个团队之间迸射绽放，对抗演习还没有开始，双方已经展开了气势上的对决。他们都挺直了身体，昂然屹立，更瞪大了眼睛，仔细观察对方的神情气度，试图在气势角逐中取得优势，为即将爆发的团队对抗赢得最宝贵胜利。

看着这样两支针锋相对，杀气已经渐渐流淌而出的部队，虽然明知道他们都是战友，以后很可能会并肩作战，可是一个词仍然如此清晰又如此鲜明地出现在旁观者的脑海中——天敌！

同样的精锐，同样的骄傲，同样的绝不认输，至于是夜鹰突击队将始皇教导小队全部歼灭，还是始皇教导小队突破重围完成任务，这就需要大家在对抗战中，是骡子是马拉出来遛遛了。

在队列之外，一名中队长突然开口了：“老郭，你们这也太狡猾了吧？”

郭嵩然有些不解地回问：“怎么？”

“你们始皇教导小队，除了两个队长和指导员，其他人不应该是全员参战吗？我怎么看着少了两个？”

另外一位中队长也凑近几步，帮腔道：“对啊，这检验始皇教导小队战斗力的对抗战，又不是小贩卖水果，个大好看的摆外面，中不溜的摆下面，烂的坏的就随手丢掉或者藏起来不见人。”

这几名中队长都是精通特种作战的老鸟，在知道要参加一场可能会将始皇教导小队掀下神坛的对抗战后，他们立刻进入战备状态，对始皇教导小队进行一次事无巨细的研究，试图从始皇教导小队找到弱点，再有针对性地加以进攻，力求达到点的突破，形成面的升华。

几位中队长向郭嵩然问起燕破岳和萧云杰，唯一的原因就是，他们已经不约而同，或者是通过暗地沟通，将始皇教导小队的突破点，锁定到燕破岳和萧云杰身上。

郭嵩然没有回答，只是伸手指了指远方一辆正在向他们这里飞驰的迷彩吉普车。

赵志刚一边把汽车开得飞快，一边扫了一眼汽车观后镜，突然问道：“天天被人在背后指指点点当成垃圾，感觉怎么样？”

燕破岳和萧云杰都没有吭声，这叫无言的抗议。

“军营中流传的谣言，包括你们只打过十发子弹的事情，都是我传出去的。”

面对这绝对意外的坦白，燕破岳和萧云杰不约而同地一起坐直了身体。

“大部分人都有一个劣根性，就是见不得别人过得比自己好，尤其是见不得原来还不如自己的人，可以后来者居上，过得比自己好。一个村子里的人，大家都在喝稀饭，突然身边有人通过努力吃到干饭了，其他人往往不是一起努力去吃上干饭，而是要群策群力，让吃上干饭的人失败，再回来陪着大家一起喝稀饭。”

赵志刚打着比方：“如果把夜鹰突击队比作一个村子，你们两个就是基础最差，连稀饭都喝不上，只能用玉米面糊糊来填肚子的家伙，可是却因为走了狗屎运，一下子跳过稀饭等级，吃到了干饭，甚至每顿还有红烧肉。”

说到这里，赵志刚还不忘伸手指了指自己，燕破岳不由得轻哼一声：“你就是每顿都有的红烧肉？”

赵志刚毫不羞涩地点头：“那是当然！”

燕破岳翻了翻白眼，在心底无言地对着这位脸皮比城墙还厚的指导员，倒竖起一根大拇指。

“不希望原本过得比自己还差的人后来者居上，这是人性劣根所在，不会因为进了军营，成为军人就能彻底消失。在这种情绪支配下，无论你们两个在始皇小队如何努力，都不会平息嫉妒者的声音，你们的成功，在他们眼里是应得的，没有什么了不起，可是一旦你们做错了什么，就会被他们抓住不放，成为不可饶恕的错误。”

赵志刚哂然道：“你们两个，连枪都玩不好，缺点太过明显，短时间内又无法弥补，与其坐等谣言四起，弄得你们心神不定，无法完成训练计划，还不如化被动为主动，把弱点彻底暴露出来，再把事情向有利方向引导。”

“丑女越看越美，因为大家对丑女没有任何期待，一旦在不经意中发现丑女的小优点，就会感到惊艳起来。”

赵志刚猛地一踩刹车，他驾驶的越野车，已经停到了广场的外围：“现在汽车外，有上千双眼睛看着你们，几乎所有人，都在等着看你们的笑话。你们在夜鹰突击队的名声已经降到了极点，现在你们已经差无可差，是应该反弹而起，把你们失去的尊严与骄傲，用自己的双手重新争夺回来了！”

燕破岳和萧云杰走下汽车，他们打开汽车后备箱，穿上由老杨为他们特制的战术背心，背上的背包带加厚加料，结实程度至少增加了百分之五十的硕大军用背包，扛起赵志刚精心为他们挑选准备的武器，戴上两只指导员自掏腰包为他们定购的雷朋墨镜，并排走向了特种兵们已经集结完毕的广场。

看到燕破岳和萧云杰的人，眼珠子都瞪圆了。

在燕破岳和萧云杰身上的特制战术背心上，整整齐齐插了四排比鸡蛋还粗，弹壳漆成了黝黑色，弹头部位用纯钢打造，保持了原色调，显得愈发杀气腾腾的35毫米口径榴弹。

燕破岳和萧云杰拎在手中的武器，通体发黑，是两门看起来结构简单，大约一百二十公分长的国产QLZ-87式自动榴弹发射器。那黑洞洞的炮口让人看了望而生畏，在榴弹发射器中段右翼，挂着一个硕大的弹鼓，在里面整整填装了十五发榴弹，只要燕破岳和萧云杰扣动发射扳机不松手，他们手中的自动榴弹发射器，就会像自动步枪一样，将弹鼓里的所有榴弹，一口气全部倾泻出去，在几十秒钟时间，就会对敌军形成一片弹雨覆盖。

至于这种35毫米口径的榴弹威力有多大，以燕破岳和萧云杰插在战术背心上的高爆榴弹为例，它们一发只有二百五十克重。从重量上来说，也不过就是一发手榴弹的标准，但是在爆炸后，却会形成三百块碎片，在冲击波的带动下，以亚声速对半径十米范围内的目标形成破片杀伤。这样的武器对步兵可以产生密集杀伤，也可以在近距离对机枪碉堡、装甲车之类目标展开攻击，在必要的时候，拿它击落天空的武装直升机也不是什么天方夜谭。

看着手持87榴弹自动发射器并肩而行的燕破岳和萧云杰，就算是以几位中队长的见多识广，都忍不住交谈起来。

“在部队中有榴弹班编制，一个班八人，才装备两门87式，他们两个人手一门，难道他们两个人，就想撑起一个榴弹班火力强度？”

“他们没有携带三脚架，这样的话87式净重十二公斤，如果体力够充沛，背足了弹鼓和散装榴弹，把射手和副射手合二为一，也不是不可以。”

一个中队长说到这里，忍不住又打量了燕破岳和萧云杰背的特制军用背包一眼：“他们的背包里究竟塞了多少个弹鼓和散装榴弹，看他们的脚步，我为什么感觉那个叫燕破岳的，至少背了两百发？！”

两百发榴弹，不算弹鼓的重量，也有五十公斤，加上87式，仅仅是这套武器的负重就会超过六十公斤大关。

带着“这不符合逻辑，肯定弄虚作假”的心态，三名中队长一齐仔细打量，他们这些军官可都是火眼金睛，谁要想在他们面前玩花活儿，无异于班门弄斧。越是仔细打量，几个中队长脸上的惊讶就越来越浓，他们为什么觉得，燕破岳身上背的榴弹，甚至比两百发还要多？！

如果他真背了二百发榴弹，在战场上操起这种被称之为“迷你步兵炮”的武器，扳机一扣一口气将十五发榴弹砸出去，再用最熟练的动作换上一个新弹鼓继续发射……想到这一幕，几名中队长的眼角就在不停地轻跳，这货究竟是一名步兵，还是一台人形自走炮台？

“咦，”一名中队长又发现了新大陆，“他们两个身上不要说是自动步枪或者冲锋枪，就连自卫手枪都没有带。”

另外两名中队长一起用鄙视的眼神望着这名和自己同级的军官。现在地球人都知道，燕破岳和萧云杰这两个新兵，枪法烂到了外婆桥，采用最稳定的卧姿射击，打一百米外的枪靶，五发子弹都能打出四十四环和四十五环的“好成绩”，就算是给他们自卫手枪，他们打得中吗？

与其带两支装备了也等于没有，在战场上就能听个响声的自卫手枪，还不如让他们多带两发榴弹。他们是没有办法用手枪打中五十米范围的目标，但是抬起手中的迷你步兵炮，对着五十米外的敌人就是一炮，直接有效覆盖二十米直径，这命中率是不是就大多了？！

提出燕破岳他们没有携带枪械的中队长，心有不甘继续挑刺：“就算是装备了87式又怎么样，如果榴弹准头差得要命，一下误差上百米，那还是在放大号炮仗，最多听个响……”

话还没有说完，这位中队长的声音就戛然而止，他可不是笨蛋，既然赵志刚并没有放弃这两个新兵，就不会让他们在军营中浪费时间。而燕破岳和萧云杰之所以在夜鹰突击队内的名声差到极点，就是因为他们在军营中走动时，还人手一只弹弓。

87式榴弹发射器和同类产品相比，有着重量轻、榴弹爆炸威力大等优点，但在同时，它也有一个巨大的缺点，那就是发射的榴弹，飞行速度太慢，一秒钟才一百多米。

猛地一听，一秒钟就能飞一百多米，似乎速度已经够快了，但是一发射出枪膛的子弹飞行速度，一秒钟就是八九百米，相比之下差了好几倍，87式榴弹发射器打出的榴弹，由于飞行速度太慢，个儿又够大，能被人用肉眼直接捕捉到。

这么说吧，用它曲线发射出去的榴弹，飞行速度不会比弹弓打出去的钢珠快多少！

燕破岳和萧云杰是枪法不行，但是他们在赵志刚的教导下，用钢珠打一百二十米外的汽水罐，纵然还没有达到赵志刚那种回回命中的程度，也有大概百分之四十的高精度命中率，有了打弹弓的基础，对钢珠落地的抛物线也就是弹道烂熟于胸，又被赵志刚丢到专门用来练习炮击的综合训练场，天天拿着87式实弹射击，他们两个怎么看都已经是合格的炮手了。

“就算他们能在三五百米内，把榴弹当成钢珠，可以指哪儿打哪儿，他们总不能用相同的方法，去攻击肉眼视线以外的目标吧。”

那位中队长，似乎要和燕破岳他们手中的87式死磕到底了：“你们别忘了，这种榴弹发射器，最远攻击距离能够达到一千七百五十米，如果只能打五百米以内目标，无法将87式的远程攻击优势发挥出来，那他们怎么也无法成为合格的炮手。”

这一点，得到了另外两名中队长的同意。

榴弹班常规编制为八人，也有缩减后的榴弹班为六人，其中正、副班长两名，一炮手两名，负责携带87式和射击，二炮手两名，负责携带榴弹和上弹，还会随身携带一支步枪和一百五十发子弹。当然了，如果能找到燕破岳这样能自己携带二百发榴弹的超级变态狂人，把一炮手和二炮手合二为一，也不是不可以。但是到了这种程度，就再也无法削减人员。

班长和副班长就是两个榴弹小组的组长，他们的任务，就是在作战开始时，用望远镜观测敌情，并向炮手下达射击指令，一旦射击精确度出现偏差，班长或者副班长会在第一时间用望远镜看到，并将调整后的射击诸元传达给一炮手。

燕破岳和萧云杰他们两个轮流打弹弓捡钢珠，这让他们在五百米以内，甚至连观察员的工作都能一力兼顾，但是想要有效攻击五百米以外，甚至是一千五百米以外的目标，他们就必须要有一个观察员，为他们不断提供射击数据。

“关于这一点，我倒是有一些小情报，可以拿出来共享。”

从一开始就持旁观态度的郭嵩然终于开口了：“我们始皇教导小队的指导员，已经给燕破岳和萧云杰找到了一个合适的观察员了。”

看到燕破岳和萧云杰走过来，孤狼自然而然地离队而出，站到了燕破岳的身边。

“一个用八五狙，可以精确命中一千零二十米外枪靶的狙击手，和他们混编成为一个拥有单独作战能力的火力小组，狙击手同时兼任观察员。”郭嵩然看着三个始皇特战小队绝对另类组成的作战小组，脸上满是可以称之为“嘚瑟”的微笑，“能一枪打死的，狙击手上；一枪打不死的，榴弹炮轰。各位觉得，这样够了不？”

孤狼打开背包，将几包散装狙击步枪子弹，两份单兵口粮，还有她喜欢用的遥控爆破装置和一枚反步兵地雷一起交给了燕破岳，这样燕破岳的负重又增加了十公斤。

身为一名女兵，体力绝对是孤狼的弱项，但是身为一名狩猎者级狙击手，为了能够在战场上持续作战，她往往会携带两个基数的狙击步枪子弹（在中国军队，狙击手一个基数的子弹为一百发）。其实如果不担心补给问题，单纯从实战角度来考虑，一名狙击手参加一场高强度作战，只携带半个基数的子弹就足够了。

作为孤狼的教官，郭嵩然并没有刻意训练孤狼的体力，而是非常不负责任，却是有些道理地给孤狼支出一记绝招：“所谓搭档，就是在战场上互相帮助的最好战友。你既然和燕破岳是搭档，就不要客气，自己身上留下半个基数弹药，其他东西，只要是一场战斗中用不到的，全部塞给燕破岳，这就叫优势互补，各有千秋！”

负重又增加了十公斤的燕破岳，背着那只已经能将普通步兵直接累死的特大号加固版军用背包，又重新站了起来。为了测试自己在这样的负重下，是否还能保持必要的机动性与灵活度，燕破岳还专门来回走了几步，又做了一个冲锋动作。看着他游刃有余的模样，几名中队长对视了一眼，心中同时做出一个评判：“真是牲口啊！”

第二十九章 - 强者对决

这一场已经演变成始皇教导小队与夜鹰突击队正面对决的淘汰赛，将会以何种方式展开，已经被军官和他们的高参们反复揣测，并做出种种有针对性的计划。

但是当对抗战规则临场公布，所有人都被惊呆了。

秦锋直接将演习主战场放到了夜鹰突击队大本营，演习双方，始皇教导小队为红军，夜鹰突击队为蓝军。红军的任务是无所不用其极，对蓝军大本营进行破坏。无论是摧毁夜鹰突击队指挥部、信息自动化中心、武器库等战略目标，还是成功刺杀高级军官，抑或是击毙一名普通的特种兵，都会按照演习规定记录分值。

一旦这个分值数量达到总值一半，蓝军大本营遭到重创，红军就算是完成任务。反过来说，如果蓝军坚守大本营成功，甚至是反过来将红军彻底歼灭，他们就赢得了胜利。

直接把战火烧到自己大本营，这样的演习对抗规则一经公布，就震撼得所有人目瞪口呆，但是又不得不佩服队长的胆大妄为、火中取栗。

始皇特战小队想要在对抗战中取得胜利，他们必然会绞尽脑汁寻找夜鹰突击队大本营防御漏洞，并加以利用；而夜鹰突击队则需要针锋相对，在始皇特战小队的突袭中，一边迅速调兵遣将修补漏洞，一边组织力量展开犀利反击。

始皇特战小队本身就是夜鹰突击队内部作战单位，敌军特种部队能找到的漏洞他们能找到，敌军特种部队找不到的漏洞，他们依然能够找到。经过这场对决，夜鹰突击队大本营的自我防卫能力，绝对会连上几个台阶，在这场剑与盾的对决中，无论谁胜谁负，秦锋都是最后的获利者。

在这场对抗战中，三个夜鹰突击队的中队长，还有始皇教导小队的队长郭嵩然和指导员赵志刚，都不会以指挥官的身份参与其中，而是和大队长秦锋以及参谋长一起，组成了评委小组。他们会根据交战双方的表现，以百分制数字形式做出评判。

“始皇教导小队，你们还有一个小时，去根据作战任务补充武器装备。一个小时后，还没有离开军营的人，一概以被俘论处；三个小时后，夜鹰突击队和教导小队的对抗就会正式展开。”

听着秦锋公布出来的最后规则，几名班长二话不说带着自己的队员掉头就冲向军火库。

看着依然站在广场上，随着始皇特战小队成员离开，已经微微透出一股焦躁，却依然严守军规不动如山的夜鹰突击队成员，秦锋不动声色地略一点头：“你们在三个小时内不允许主动出击，但是在这期间，可以在营地构建防线，也可以做各种准备工作，三个小时后，战斗正式开始！”

夜鹰突击队队员也迅速离开了。

当广场上恢复平静时，秦锋带着评委小组进入了夜鹰突击队指挥部。

特种作战，最大的特点就是突然性和不可预测性，为了真正考验部队的特种作战应对能力，秦锋将保密工作做到了极限。放眼整个大队，提前知道演习项目的人，只有担任评委的几名军官，就连指挥部的作战参谋们都是刚刚得到消息。

一推开指挥部隔音效果良好的大门，急促的脚步声，交谈声，翻阅纸张声，针式打印机的工作声……混合在一起形成的声浪就扑面而来。整个指挥室都显得忙碌而有序。

一走进指挥室，附近的人就一起向秦锋他们立正敬礼，秦锋一边回着军礼，一边走进指挥部，他的目光自然而然就落到了指挥室中心那个巨大的沙盘上。

那是一个五米长、三米宽的巨大作战沙盘，上面的夜鹰突击队大本营模型，以及周边的山陵、丛林，都是秦锋和参谋长带着作战参谋们，严格按照等比例制作的。不要说是那些醒目的目标，甚至就连十几年前军工厂家属上下山，为了图省事在群山中徒步走出来的羊肠小道，都被人用蓝色线条标注了出来。

几名作战参谋，他们分成两拨，各自代表蓝军和红军，已经在沙盘上展开对羿。

红军指挥官是一名上尉，他看起来三十出头，一百八十厘米的身高，宽厚的肩膀，粗大的手臂，都在向身边的人彰显着他的存在感。透着咄咄逼人气息的眼神，有力的声音，随时可能会用力挥动用来增加语言说服力的肢体动作，让任何一个人只要和他稍一相处，就会明白他是一个精力充沛而且力量十足，绝不会轻易认输妥协的男人。

而站在沙盘对面的蓝军指挥官，却恰好是一个完全相反的典型。他长得又瘦又矮，如果用现在女孩子们选择恋爱对象时的择偶条件，“低于一米七五等于三等残废”来判断，在身高领域，他完全可以保四冲五，但是最惨的还是他的眼睛，他的眼睛灵活得就像是毒蛇嘴里吐出的信子，灵活阴森得让人心里发毛。就算是再傻大粗的姑娘，面对这么一个主儿，也会立刻聪明得退避三舍，有多远躲多远。

这两位“指挥官”站在沙盘前模拟红、蓝双方，已经展开力量与智慧上的连番对决，在他们身边的参谋，也帮着他们一起出谋划策、拾遗补阙。在对决过程中，红军指挥官总是习惯性地在沙盘前走来走去，虽然略显急躁，但是在举手投足间，却自然有一股锋芒毕露的压迫。

至于蓝军指挥官，站在沙盘前一动不动，只是眼珠子总是习惯性地追着红军指挥官来回转动，显然是老谋深算，就喜欢暗中分析别人，找机会背后捅刀子。

在这两位性格迥异、行事作风更是大大不同的红、蓝指挥官命令下，手持推杆的作战参谋，不断地将沙盘上代表特种部队、轰炸机、武装直升机等作战单位的塑料模型进行推移。

作为一个热血坚毅、擅长以力破局的人物，红军指挥官调派部队，在成功摧毁蓝军一个战略部门后，迅速向丛林撤退，而蓝军指挥官则在调兵遣将紧追不舍。眼看着红军特种部队即将落入包围，红军指挥官当机立断，下令红军特种部队化整为零，以班为单位向三个方向同时突围，试图将损失降到最低；而蓝军指挥官看到这一幕，却脸色微微一变，迅速将关注焦点重新投注到大本营周边地区。要知道，始皇特战小队可是有四个班，在化整为零后，只有三个班分头突围，这说明红军指挥官从一开始，就将一个班隐藏起来，准备给他们发起一记最致命的渗透式刺杀！

看到蓝军指挥官非但没有上当，反而将武装直升机调派出来，在大本营上空盘旋，就连坦克和装甲车部队都集结待命，红军指挥官立刻就明白，他正在密谋的斩首行动已然失败。他现在要做的，就是让另外三个班跳出敌军优势兵力包围圈，在部队集结后再卷土重来。

蓝军指挥官怎么可能放弃到嘴的肉，他集结兵力对着其中一个班穷追猛打，眼看着始皇特战小队在沙盘推演中，即将付出四分之一的伤亡时，红军指挥官一声令下，第五支作战部队出现在沙盘上，利用地形优势掩护即将被包抄歼灭的始皇小队冲出生天。

蓝军指挥官停止了沙盘推演，他望向沙盘对面的敌人，沉沉地开口了：“你作弊！”

面对对手的指控，红军指挥官嘴一咧，露出一个大大的笑容，他伸手指着突然出现的第五支作战力量，笑着道：“一名王牌狙击手，两门弹药充足，火力强悍的87式自动榴弹发射器，又占据地利优势，出其不意发起袭击，就算你正在调动的是一个排，也会出现短时间的混乱吧？”

红军指挥官的话并没有说错，蓝军指挥官瞪着沙盘上代表燕破岳一行三人的塑料人偶，眼睛里喷出的无形火焰，几乎能将塑料人偶直接点燃。沉默了好半晌，他才狠狠一点头，转手就调派部队，准备将燕破岳他们这支火力小组歼灭在山峰上。

红、蓝两位指挥官，已经在沙盘上拼得刺刀见红，在下令消灭燕破岳三人小组时，蓝军指挥官更是因为到嘴的鸭子飞掉，声音中已经透出一股森然的杀气。

看到这一幕，秦锋微微点头，郭嵩然却在旁边低声嘀咕了一句：“这招弃车保帅战术是不错，但是我怎么看，都觉得燕破岳那小子，不会让人把他在战场上当成只能使用一次就必死无疑的炮灰。”

听到郭嵩然的话，红军指挥官霍然转头，虽然郭嵩然是中校，要比他高出两级，但是红军指挥官依然申辩道：“军人以服从命令为天职，在真正的战场上，他们如果敢于拒绝命令，我会当场枪决他们！”

红军指挥官的话说得掷地有声。在场的人都相信，如果在战场上真的遇到这种情况，红军指挥官真的会当场将抗命士兵枪决，以震慑全场。

郭嵩然轻耸了一下肩膀，不再说话。

在郭嵩然看来，这位红军指挥官锐气有余，谋略才情也不错，就是胸怀气度不足，如果他真的用那种简单粗暴的方式带领部队，只需要打上两场战斗，他就会尽失人心。这大概也是作战参谋们远离基层部队，不擅长和士兵沟通的通病。至于那个蓝军指挥官，阴谋气息太重，这样的角色会让人敬而远之，大概一辈子都只能在参谋领域发展，而无法成为一军之将。

至于他们两个迫不及待地在沙盘上展开对决，也和秦锋公布的演习规则有关……蓝军最高指挥官，已经在红军斩首行动中全军覆没，现在只剩下连一级基层军官，以及因为级别不够，没有参加高层军事会议，所以侥幸生存下来的作战参谋们。现在蓝军人数占据绝对优势，但是他们只剩下基层军官和作战参谋，他们必须在最短的时间内，重新组建指挥系统，应对红军随时可以展开的二次攻击。

人气最高的两个作战参谋，带着自己的拥护者，在沙盘上以红、蓝双方指挥官身份进行对决，谁能取得胜利，谁就是这场演习中的蓝军指挥官。

还有一些处于中间立场，选择两不相帮的作战参谋，已经开始以指挥部名义，发送出一些基础命令。

夜鹰突击队为团级编制特种侦察大队，下辖三个营一级编制的中队和一个教导小队；每个中队又下辖四个特战连；除了十二个特战连，夜鹰突击队还有能够独立支配的火力支援单位。这其中不但有坦克装甲车、重型火炮，还有四架米-8“河马”武装直升机。

用火炮连的大口径重型火炮，去追打进大山丛林中的始皇特战小队成员，和用高射炮打蚊子没有什么区别，暂时可以忽略不计；米-8“河马”武装直升机已经在军营中整装待发，一旦始皇特战小队敢于进攻军营，这四架武装直升机就会载满弹药和步兵起飞，对着始皇特战小队展开猛烈攻击，更随时可以通过索降的方式，将夜鹰突击队士兵投放到始皇特战小队撤退必经之路上。

五辆军用吉普车也已经在军营内部集结完毕，只要战斗警报一响，在三十秒钟内，司乘人员就会登车并进入作战状态。在到处都是丛林的山区，坦克和装甲车虽然能勉强移动，但是从机动性上来讲，却要比越野吉普车差了几个等级。这几辆越野吉普车，在后座部位都架设了82迫击炮，再加上手持班用轻机枪和自动步枪的步兵，就形成了一个可以高速移动的火力平台。它们虽然不能追入丛林，但是一旦始皇特战小队敢于突袭大本营，由越野吉普车组成的车队，就会在始皇特战小队退出丛林之前，对他们展开最凌厉的反击与追杀。

负责调派武装直升机的作战参谋走到沙盘边，看着红、蓝双方依然在沙盘上拼死角逐，他略一犹豫，还是开口道："我们应该在大本营准备一架医疗专用直升机，二十四小时待命。红军那批人是牛，但他们在野外生存，随时会遇到各种危险，一旦有人身负重伤或者中毒需要支援，我们必须要在最短时间内，调派直升机赶赴支援，让伤员得到及时救治。"

为了保障"敌军"成员在演习时的生命安全，将其中一架上的武器拆除，将各种急救医疗器械和药品，连带医生、护士一起搬上去，将其转变成医疗专用机，这样做固然是没有错，但是却将蓝军的空中打击力量，以及空中运输力量直接削弱四分之一，这对于失去统一指挥，战术调配时不可避免会出现混乱，必须用武装直升机压阵的蓝军来说，这样做无异于自找麻烦。

保护战友的信念和追求胜利的渴望，两种情绪在内心深处反复交织，也难怪这名作战参谋在向红、蓝指挥官报告时，脸上的表情会这么奇怪。

红军指挥官却没有任何犹豫："当然要准备！"

红军指挥官同意得这么干脆利落，作战参谋还没有回应，站在沙盘对面的蓝军指挥官也开口了，他的眼睛看起来像蛇，他的声音听起来更像是毒蛇在吐着信子，让人怎么听都觉得浑身发冷："别说这只是一场演习，就算是真正的战争，敌军士兵遇到生命危险，向我军发送求救信号，出于人道立场，我们也应该伸出援助之手。"

红军指挥官嘴角一撇，不以为然："孙宁，知道我为什么讨厌你吗，我就是看不惯你这种明明另有所图，却偏偏要用'道德'这块招牌给自己脸上贴金的小人行径！”

“战争，是政治需要的延伸，它存在的唯一原因，就是要为政治服务。没有任何理由，动不动就发起战争的国家或民族，恐怕早就消失在历史长河中了。”

被称为孙宁的蓝军指挥官，淡然回应：“身为作战参谋，我主要负责战时舆论宣传和对敌心理战，虽然战争的本质就是赤裸裸的利益纷争，但是如果能合情合理地披上一件道德的外衣，把自己放在道德制高点上，更容易获得民众认同。上千年前古人都说出过‘得道者多助，失道者寡助’这样的话，余耀臣你身为一名作战参谋，怎么还会这么幼稚？！”

余耀臣再次嘴角一撇，却不再和孙宁争辩，而是转过头，对刚才提出建议的作战参谋道：“立刻通过公共频道向始皇特战队指挥官发送信息，告诉他们，我们在大本营准备了医疗专用直升机，一旦他们有成员遇到生命危险，只需要打出二红一绿三发信号弹，医疗直升机就会在十五分钟内赶到信号弹发送地点。”

作为对这些和自己平级，却能在第一时间找对位置，协同作战的同僚汇报，一向大大咧咧却思维敏捷的余耀臣，耐心地向所有人做出了解释：“特种对抗战，打的就是信息与决策，如果能从对方部队中捕获一个俘虏，就会得到最直观的第一手情报，但大家都是特种兵，想做到这一点，十分困难。可是如果始皇特战小队有成员遇到生命危险，被迫向我们发送求救信号，这固然会让成员生存下来，但在同时，也会将俘虏连同他们最重要的情报，一起双手奉送到我们面前。”

孙宁也接口道：“就算这位俘虏威武不能屈，拒不向我们透露敌军内部情报，我们也可以从他鞋子上沾的泥土、身上披的植物伪装等细节，判断他们的行踪，甚至可能因此锁定他们的临时大本营。如果有必要，我们直接把伤员送进军区医院，脱离战场环境，身体里那股热血自然要降温，到时候再找人告诉他，演习已经结束，他是一位英雄，军区那边会派人来慰问，同时还要把他的事迹拍摄下来，做成纪录片全军通传。面对摄像机，在精神松懈之下，根本不需要多少专业技巧，这位不知道自己依然是俘虏的俘虏，就会主动把我们需要的情报竹筒倒豆子般全倒出来。”

余耀臣冷哂道：“你似乎还少说了一点。蓝军获得情报后，对红军实施军事行动，如果将他们一举全歼，那自然是上上大吉；如果只是重创，你这位心理战参谋就会再次跳出来，通过宣传让剩下的人知道，他们之所以受到重创，就是因为他们中间出现了叛徒。这对于心高气傲，自以为老子天下第一的红军来说，中间出现叛徒，比军事失败更加难以接受，他们被打得原本就不够高涨的士气，更会随之一落千丈！”

孙宁笑了，他原本长得就一副不招人待见的模样，这一笑，更加显得阴险诡诈，他双手做了一个包抄合围的动作：“没有队长和指导员坐镇，红军的四个中尉班长再牛，在统率力和个人威望上，也会稍有不足。平时还好说，当红军士气降到冰点，需要一个强而有力的声音，将他们统率起来的时候，这方面的缺点就会彻底暴露，成为红军的致命要害！”

看着站在沙盘两侧彼此对峙的余耀臣和孙宁，听着他们两个唱双簧般的对话，指挥部内的其他工作人员不由得都打了一个寒战。

原本只是最平常、最简单的人道主义援助，在红、蓝两位指挥官的步步推动之下，竟然就变成了战场上可以让一支最精锐特种部队分崩离析的“阳谋”。

秦锋对着参谋长竖起了一根大拇指，参谋长得意地一笑，毫不谦逊地接受了自家大队长的赞美。能将余耀臣和孙宁挖进夜鹰，他这位参谋长可是没少下工夫。

可是转眼间，参谋长脸上的笑容就凝滞了。

他望着指挥部大门方向，一个脸色苍白却依然身躯挺拔如剑，嘴角却还隐隐带着一缕玩世不恭微笑的身影，在他的注视下，慢慢地走了进来。

今年三十三岁的赵志刚和余耀臣、孙宁相比，几乎算是同龄。从军校毕业后，十年疯狂苦读，又能融会贯通，在知识上的积累已经足够让他面对任何同龄军官一骑绝尘；在侦察部队五年带兵经历，让他拥有着职业军人的阳刚，但是他偏偏却能用玩世不恭的态度，偶尔出格地恶作剧，把人气得牙根痒痒，却无法真正厌恶他，将自己的锋锐转化得云淡风轻；在书海中几度浮沉，让他的眼睛里，时不时会闪烁出用无数前人智慧与知识凝聚出的世事洞达，更成功地将他内心深处的狡猾诡诈转化为令人心醉的儒者风度。

严肃活泼，紧张潇洒，拥有军人天性却偏偏还玩世不恭，在赵志刚的身上，矛盾地集结了两种截然不同的处世态度与风格，却偏偏能让他化腐朽为神奇般地融会贯通，变得不可捉摸。

团一级编制的特种大队，就算是再特殊，它的最高指挥官是一名大校就已经顶天。也许是两年，最多不会超过五年，等到夜鹰突击队进入正轨之后，秦锋和参谋长就会一起离开。他们从筹建特战队的那一天，就开始为自己寻找接班人，秦锋的位置，会从郭嵩然和另外四名中队长中挑选，而参谋长的位置，在赵志刚还在学校的时候，他们就已经锁定了这个名字，并且运用自己的影响力，将赵志刚又“请”了回来。

赵志刚也的确没有让他们失望，只可惜，这位才华横溢、智谋非凡的指导员，在冲击特种世界的巅峰时，注定会中途陨落折戟沉沙。

现在秦锋最想知道的是，赵志刚用了那么多时间去训练的燕破岳和萧云杰，在他们身上投入了太多的关注与时间。燕破岳和萧云杰能不能继承赵志刚哪怕只是一小部分心愿，让他可以走得再无牵挂?

第三十章 - 暗箭无声

一个小时后，雨依然淅淅沥沥地下个不停。

在夜鹰突击队士兵沉默的注视下，始皇特战小队五十多名士兵，带着他们重新整理的装备，走出了军营。雨并不大，但是连续下了几天，大山的地面早已经松软不堪，他们背着几十公斤负重踩上去，皮靴立刻会深深陷下去，再拔出来的时候就会带起一脚烂泥。

站在丛林中，四位班长回头看着他们一路留下的脚印，彼此对视了一眼。身为特种兵，他们有的是办法消除这些脚印，但是仓促之间，一定会留下蛛丝马迹，骗过普通的士兵容易，却根本逃不出同样精通山地作战的蓝军追杀，更何况蓝军还有十几条受过最严格军事训练的军犬!

就在四名班长用专业眼光打量四周地形，思索能不能设置伏击圈，给蓝军追兵当头一棒时，他们突然发现，燕破岳在将沉重到极点的背包放下后，竟然又扛着87式，大模大样地返身走了回去。

看到这一幕，几名班长当真是又惊又怒，三班长下意识地张开嘴就想呵斥，但是最终却什么也没有说出来。他们已经把燕破岳和萧云杰给排斥出局，摆明不把人家当成战友了，在这种情况下，燕破岳就算是转身“投诚”，加入蓝军阵营，也没有什么好稀奇的。

慢悠悠地走回到夜鹰突击队大门前，燕破岳对着守在大门前的几名蓝军士兵，露出一个灿烂的笑容：“哈喽，你们好啊。”

负责站岗的两名蓝军士兵和带队的班长，三个人一起对燕破岳侧目而视，没有一个理会，燕破岳讪讪地一揉鼻子，当着几名蓝军士兵的面，从背包中取出一罐自喷漆，在夜鹰突击队大门前，横喷出一条足足有近二十米长的白线，燕破岳晃了晃手中的自喷漆罐子，在心中预估了一下里面的存货量，又写下了几个大大的白字：不许过线！

看着燕破岳的行为，坐在一张小桌子后面的蓝军班长，嘴角抽动，忍了又忍才终于控制住自己，任由燕破岳继续在那里耍宝。

燕破岳就站在白线外面，将手表表盘对着蓝军班长：“看好了，按照演习规定，还有一小时三十五分钟，你们才许踏过这条白线，否则的话就是无耻耍赖二皮狗。”

蓝军班长终于走了过来：“你究竟想干什么？”

“没什么，就是提醒你们，要做一个遵守纪律的军人，更要做一个诚实守信的好人。为了夜鹰突击队的尊严与名誉，一旦有人试图违反演习规定，时间没到就想冲出军营，这位班长大哥，你一定要坚守岗位出面制止，绝不能放一个坏分子踏过这条白线！”

蓝军班长嘴角一撇：“管好你自己吧，你这个演习中专门靠钻空子蒙混过关的bug大王，这次就没那么好运气了。”

“呀，连个小小的看门班长，都知道我的光辉经历了。”

燕破岳再次讪讪而笑："那你们肯定不会违规，提前跨过这条白线追击？！"

班长斩钉截铁："肯定！"

燕破岳松了一口长气："那我就放心了。"

蓝军班长对燕破岳以小人之心度君子之腹行径，回以一声不屑的冷哼。

燕破岳退后几步，捡起一根小树枝，在地上画了一幅夜鹰突击队大本营草图，他扬起灿烂的笑脸："班长大哥，我在军营待的时间短，而且每天都早出晚归的，现在对军营都是一知半解的，你帮我掌掌眼，我画得对不对？"

蓝军班长随意扫了一眼，这张草图还真是够潦草的，就算是小孩子的涂鸦都比它强上几分。但是不管怎么说，大致上也画得差不离了。蓝军班长抬起下巴，从鼻子里发出了一个音节："嗯。"

"那就是，还行？"

燕破岳笑得更灿烂了，他用手中的树枝，轻点着地图上某个位置："这里就是我们始皇教导小队的地盘，这里是食堂，这里是指挥部，这里是信息自动化中心，这里是通讯站，这里是弹药库，这里是机库。对了，咱们夜鹰突击队的四架'河马'已经拉出来，准备参战了吧？"

被燕破岳叽叽歪歪半天，不耐烦已经写到脸上，只想让眼前这小子快点滚蛋的蓝军班长，下意识地一点头，旋即他就发现不对："你要干什么，快走，你们现在是红军，我们是蓝军，我们是敌人！"

燕破岳觍着脸赔着笑："嘿嘿，临阵磨枪不快也光嘛，要是在演习的时候，我好不容易摸进军营，直冲指挥部想来个斩首行动，结果最后发现冲进了食堂，这可就太冤枉了，您说是吧。"

军营大门前装的摄像头，忠实地将发生的这一幕，包括声音都传送到夜鹰突击队指挥部，一开始还没有当回事，但是燕破岳死赖着不走，还在门前画白线的行为太过诡异，终于引起了作战参谋们注意，并把画面放到了大屏幕上。

看到蓝军班长踏入陷阱，一直静静负手而立的赵志刚嘴角扬起了一缕微笑，而郭嵩然反应只稍稍慢了几秒钟，他就猛然醒悟，以手抚额，发出无言的低叹：

“坏了！”

燕破岳抄起手中的87式自动榴弹发射器，看到这一幕，门前的两名哨兵一起用自动步枪对准了他。

“喂喂喂，虽然我们是红军，你们是蓝军，但是搞清楚，咱们都是兄弟，都是战友。我这榴弹发射器里装的都是演习弹，你们那枪膛里填装的，可是货真价实、一打一个洞的子弹。你们真要开枪了，这就是谋杀，是要上军事法庭审判，是要枪毙的。再说了，现在演习不是还没正式开始嘛！”

燕破岳将87式榴弹自动发射器掉转炮口，扣动扳机向军营大门外无人区域发射一枚榴弹。榴弹落到地面后并没有爆炸，而是迅速冒起了一股红烟。这种“烟雾炸弹”，可是老杨为了让燕破岳和萧云杰在演习对抗中，真正发挥出榴弹发射器的作用而调制的模拟弹。只要一发这样的榴弹砸下来，半径十米内的敌方士兵都要被判定阵亡或者负伤出局。

燕破岳回首望着蓝军班长：“看到没，假的，不会爆炸，我身上背的所有榴弹，都是这玩意儿。”

蓝军班长略一迟疑，还是对两名哨兵下令，让他们将填装着实弹的自动步枪收了起来。

通过指挥部的大屏幕，看着这令人啼笑皆非的一幕，余耀臣和孙宁突然脸色一起剧变，齐声低喝道：“不好！”

余耀臣甚至来不及向其他人下令，他飞冲到电话机旁，抓起了和门卫直通的电话机。

“丁零零……”

值哨班长专用的小木桌上那只电话机响了起来，就在蓝军班长和两名哨兵下意识地一起转头的同时，燕破岳掉转87式榴弹发射器，嘴里还嘀咕着：“风速零点四巴掌，距离，三百七十五块两毛……”

“嘭！”

一声沉闷的轰响突然从身后响起，蓝军班长的身体不由得猛然一滞，他可是夜鹰突击队警卫排的班长，他又怎么可能听不出来，那是榴弹发射器发射的声响？

一枚榴弹在空中划出一道优美的弧线，在空中拉出三百多米的距离，带着用弹弓打汽水罐般的惊人精准，一头砸到了夜鹰突击队已经整装待发的四架武装直升机旁边。

红色的烟雾从榴弹里飘散出来，显得分外诡异和醒目。

就算是演习，也要按照规定给武装直升机填装作战弹药。正在机库前一片忙碌的工作人员，看到一边在水泥地面上滚动，一边冒着红烟的榴弹，他们眼珠子在瞬间缩成了最危险的针芒状。这里可全是武器弹药和燃料，如果这真是一枚会爆炸的榴弹，光是殉爆，就会把他们所有人连带着这四架武装直升机都轰上天！

蓝军班长霍然转头，两名士兵也再次用枪口对准了燕破岳，蓝军班长大踏步走到燕破岳面前，燕破岳一指脚下的白线："别过线！"

蓝军班长愤怒至极之下，与其说是在走，不如说是在冲，在跑。还没有冲到燕破岳面前，就已经展现出一名老特种兵面对敌人时的气势汹汹，但是听到燕破岳的话，看到地上那条再明显不过的白线，他再愤怒，在职业军人遵守纪律天性的束缚下，还是猛然来了个急刹车。

隔着一条白线，蓝军班长狠狠瞪着燕破岳。

"我这可是为班长大哥您好啊，您这时候要是一时生气冲出白线，失去了参加一个半小时后就会正式开始的演习，那多亏啊。"

电话铃依然在响着，左侧那名哨兵看局势已经被他们控制，似乎想要转身过去帮班长去接电话，燕破岳猛地发出一声震天动地的凄厉惨叫："啊……别开枪，我交代！"

这一嗓子当真是吼得声震全场闻者动容，那名刚刚转身走了两步的士兵吓得全身都一哆嗦，立刻就是霍然转身，双臂抬枪，瞄准了面前的燕破岳。

"别开枪，小心走火，你们装的可是实弹！"

燕破岳将手中那支依然白烟袅袅的87式自动榴弹发射器高高举起，作举枪投降状，一脸小白莲般的无辜："我使用的真是演习弹，要真爆炸了，距离这么近，你们怎么也会听个响，对吧？再说了，哪个能进特种部队的人，不是身家清白根正苗红，七大姑八大姨都被筛查了通透，保证不会叛国叛家叛人民的好孩子？我也许不是一个好兵，但绝对是一个合格的中国人！”

燕破岳最后两句话，当真是说得掷地有声，他突然转身，背对蓝军班长和两名哨兵，这个动作逼得蓝军班长和两名哨兵又是一阵紧张。燕破岳掉转榴弹发射器，对着军营外的空旷场地，一扣扳机又打出两发榴弹，远方腾起了两股红色烟雾：“你们看，你们看，只有烟，保证不会爆炸，除非是砸到了人，否则的话，肯定不会有任何实质性伤害。”

蓝军班长还在思索，他身后的一名哨兵就忍不住开口了：“班长，你别听他胡咧咧，他肯定是自己提前数好数的，不信你再让他打两颗试试。”

这名哨兵自以为聪明的建议一出口，在指挥部内已经想明白是怎么回事的高参们就一阵哗然。

这次别说是郭嵩然了，就连秦锋和参谋长脸上都露出了不忍卒睹的表情。丢人，丢人，真是丢人！虽然说出这话的人只是一名普通的哨兵，但他也是夜鹰突击队的兵，这放哨三人组的智商，真是硬伤啊！

手里握着电话机，试图和值勤班长通话，可是对方就是不接电话，自己也不可能瞬间移动的余耀臣，在这个时候真的有了拔出手枪将值哨班长和那个说话哨兵一枪当场枪决的冲动，已经让人家把一发榴弹打到武装直升机旁边了，你们还要人家再打两发试试看，还试什么试？！

还有那条该死的白线……呃，这个叫燕破岳的混账小子，哪来这么多花花肠子？！

在指挥室角落里，传来了小声低语：“余耀臣和孙宁这是怎么了，燕破岳不就是打了一颗不会爆炸的榴弹，又没有砸中人，至于这么生气吗？”

手里握着现在都没有打通的电话机，愤怒值已经狂升到MAX级别，就像是个炸药桶般危险的余耀臣，终于被这个火星子给点燃了，他霍然转头，盯着声音传来的方向，也不管究竟是谁说的，冲着那个方向就是一通狂吼：“按演习规定，红军有一个小时时间在军营中重新整理装备，一个小时后必须离营，对他们来说，这个时候演习已经正式开始，他们必须为了生存和胜利而努力了；而蓝军，还需要再等两个小时才能出营追杀，燕破岳就是利用了这个时间差，不，他就是钻了演习规定的bug，才敢大模大样地站在蓝军大本营前方，靠着一根白线当护身符，在那里大模大样地用榴弹轰击我们的武装直升机，搞不好刚才那一发榴弹，已经在演习战场上把我们的四架武装直升机，连带上百人的后勤团和飞行小组全部端掉了！现在明白我为什么这么生气了吗？！嗯？”

无论余耀臣如何愤怒狂吼，在夜鹰突击队大门位置的故事还在继续上演着，燕破岳在蓝军班长和两名哨兵的监督下，掉转炮口，又对着无人的空旷处连打了三发榴弹，榴弹落地后扬起的当然是红色的烟雾而不会真正爆炸。燕破岳一脸坦然，就连蓝军班长的脸色也放缓了下来。

郭嵩然轻咳了一声，不管怎么说，燕破岳也是他始皇教导小队的兵，现在燕破岳在那儿耍流氓，他这个队长怎么也得站出来说几句了：“其实也不能完全怪看门的班长和那两个兵，他们身为哨兵，主要有八项职责，第六项是‘正确处理并及时报告执勤情况’。现在班长和哨兵正在判断燕破岳的行为危险等级，并实施处理，然后才会向上级报告，这是正确的流程，如果要处罚他们，我个人认为，并不合适，而且不够公平。老赵啊，事儿都是你惹出来的，那两个浑小子又是你一手训练的，就差给你倒拜师茶了，你也说两句吧。”

被自家队长拖下水的指导员，赵志刚并不怎么局促，他淡然道：“这几个月，燕破岳和萧云杰的大名，在整个夜鹰突击队都是如雷贯耳，简单地说，他们已经是夜鹰突击队的‘名人’了。”

这几句话说得没头没尾，但是在场的人，最起码都是作战参谋，那都是心开九窍的人物，他们只是略一思索就明白了其中的道理。

虽然名声都是负的，但是既然知道燕破岳是谁，班长和两名哨兵的警惕心就会放下大半，这也就是所谓的“名人效应”。既然不可能把燕破岳真正当成敌人，除非燕破岳真的用榴弹轰炸军营，否则的话班长和哨兵都不会在第一时间采用最极端的方式去武力制服，这样自然就给了燕破岳胡扯乱侃大忽悠的机会。

还有一点相当重要，这两个小子出现在军营时，经常手拿弹弓，别人问他们是不是真的枪法太烂，他们就会当场表演一回弹弓打汽水罐的绝活，那位班长和两位哨兵嘴上不说，心里却在怀疑，燕破岳是不是知道自己根本不可能通过考核，所以索性破罐子破摔地在他们面前耍活宝。

赵志刚轻耸一下肩膀，做出最后总结："军营中的名人、擅长耍流氓扮小丑装孙子，再加上燕破岳本身就是一个钻规则空子的bug大师，班长和两名哨兵根本没有意识到，在他们眼里看来根本不会爆炸，所以也没有任何危险的榴弹，对于演习双方来说，就是货真价实的榴弹轰击。所以，事情就变成这个样子了。"

绝大多数人，其中包括余耀臣和孙宁，他们看向赵志刚的目光中，已经透出了浓浓的忌惮。

燕破岳用耍流氓钻空子的方法，真的站在"敌军"大门口，将榴弹轰到了武装直升机上，这看似闹剧的一幕，背后又隐藏了多少用智慧磨砺出的暗箭？

燕破岳的表演，还有用自动榴弹发射器，隔着军营大门，连目标具体位置都无法看到，就能精确命中目标的曲线射击，这固然是精彩绝伦，但是，他能做到这一点，真正的原因，是因为在三个月前，他的教官，始皇教导小队的指导员，就开始为燕破岳量身订制了这样一个机会！

没有对人性的绝对了解，没有走一步看十步甚至是二十三十步的高瞻远瞩，没有翻手为云覆手为雨的神奇手段，就绝对不可能做到这一步。

电话响了，孙宁走过去抓起电话，果然，是机库那边打过来的。

孙宁沉沉地听着，最后做出了命令："停止整备，机组人员，地勤人员，全部解散，这场演习你们不用参加了。"

孙宁略一思索，又补充了一句："医疗机飞行小组和地勤人员继续待命，随时做好营救重伤员准备。多带燃料做好长途飞行准备，一旦伤员情况过重，直接往军区医院送！"

通话完毕，孙宁放下了电话，他望着指挥部的人，沉声道："燕破岳射出的那发榴弹，着弹点右翼不到两米位置，就是弹药补给车。负责人告诉我，他们在那枚会发烟的榴弹弹头上看到了‘燃烧弹’三个字，如果这是一场真正的战争，我们的武装直升机，已经因为弹药殉爆，全军覆没了。”

全场一片死一样的寂静。有些作战参谋脸上扬起了浓浓的不甘和不服，他们嘴唇嚅动，似乎想要抗议，就在他们真正发声之前，余耀臣也开口了：“没错，这只是一场演习，燕破岳也的确利用了演习时间差的空子。但是这也恰恰说明，我们这群特种兵的大本营，防御有漏洞！未来战争本来就有突发性、高效性、伪装性等综合特质，我们的敌人，也许会是女人，甚至会是孩子，他们只要有足够的智慧和伪装，就同样能打消哨兵警惕，让我们的部队付出难以承受的致命重创！”

一向彼此看不顺眼的余耀臣和孙宁在这个时候，竟然在这件事情上站到了同一战线上。

余耀臣大踏步走到秦锋面前，立正，放声吼道：“敌军在实施斩首行动后，又对我军军营展开炮击，蓝军指挥官请求组委会批准，立刻对敌军发起追击！”

如果这是一场真正的战争，红军特种部队渗透进入蓝军大本营，他们使用微声冲锋枪和手枪，再加上弓弩和刀子，的确可能悄无声息地完成任务，再悄无声息地撤出战场，但是一旦他们在战场上使用榴弹轰击，就算是聋子也会被惊醒。

余耀臣提出立刻展开军事行动的要求，符合军事常识！

几秒钟后，凄厉的警报声在整个军营上空响彻云霄，而在这个时候，燕破岳正在向蓝军班长和两个哨兵挥手道别。

警卫排排长在警报拉起的第一时间，就带领部下冲向军营大门，看着现在还一脸迷茫的班长，他一脚就将班长踢得在地上连滚了三四个跟头：“你为什么不接电话？！”

班长一声不吭地从地上爬起来，排长又一脚踹了过去：“你知道不知道，我们整个警卫排都因为你出名了，出大名了！”

班长再次站了起来，排长冲过去扬起了手掌，但是他的手掌在抽到班长脸上前，看到依然一声不吭但是委屈的泪光已经在班长的眼眶里迅速聚集，他直到现在还知道自己究竟错在了哪里。排长这一巴掌最终还是没有落下去，而是在空中打了圈儿，狠狠抽到了自己的脸上。

警卫排，他们的职责是保护军营重要战略部门和领导，平时干得最多的工作就是站岗，所以对他们成员的要求是吃苦耐劳，责任心强，军事技术过硬，一旦危机来临，更要勇于奉献，把这么多基本素质综合在一起，很难再要求对方再像燕破岳一样，长了个心开九窍的玲珑心，能够审时度势当机立断。如果真有这样的人才，每天在首长面前打转，也绝不会当了几年兵还是一个班长。

还是一个哨兵稍稍机灵点，他指着燕破岳离开的方向，放声叫道："排长，燕破岳刚离开不久，他还没有走远哪！"

警卫排排长猛地一拉枪栓，指着门前那条白线，嘶声叫道："兄弟们，今天咱们警卫排的脸，被人在这儿给踩瘪了。一个敌兵，一个进军营满打满算才半年多的敌兵，就那么大模大样地站在我们的军营前，当着我们警卫排士兵的面，将一发榴弹轰进军营，如果我们还让他跑掉了，那咱们所有人就一起买块豆腐撞死算了！"

在警卫排排长的嘶吼声中，警卫排几十号人一起冲出了军营。

那名值哨的班长，用手背狠狠擦掉眼角的泪痕，又回到了他的岗位，在他的榜样作用下，跟着班长都冲出十几步远的两名哨兵，对视了一眼，又转身回到了哨位上。通过大屏幕，看到这一幕，秦锋和参谋长都在轻轻点头，这个班长虽然头脑是木讷了一些，但是就算再委屈再愤怒，也会以自身责任为优先，从忠于职守这点上来看，他的确是一个好兵！

秦锋看了一眼手表，距离队伍解散只过了一小时三十八分钟，燕破岳的行为，不但摧毁了蓝军最重要的空中打击力量和机动力量，更让这场团级特种部队规模的演习对抗，整整提早了一个小时十二分钟，硬是将红军和蓝军一起拉进了属于他自己的节奏当中。

一颗铁钉，扎坏了一匹马的腿，一匹马的腿受伤，让一名骑士来不及参加一场战争，输了这场战争，最终输了整个战役，输了这场战役，最后输了整个帝国……这个铁钉的故事，几乎人人皆知。

秦锋再次看了赵志刚一眼，在已经可以看到尽头的生命中，他对燕破岳投入那么大的精力，就是因为他已经看到了燕破岳身上这股属于“铁钉”的特质吗？

第三十一章 - **铁钉**

“排长，小心他们在前面布置陷阱！”

副排长的吼声让冲在最前面的警卫排排长脚步微微一顿，离开已经年久失修，早已经是坑坑洼洼的水泥公路后，可以清晰地看到，始皇特战小队几十号人留下的脚印向一个方向不断延伸，一直进入了正对面的密林，而燕破岳留下的脚印，却向右翼不断延伸。

一看燕破岳他们就是被群体排斥，只能几个人脱离队伍独自作战。

最重要的是……

警卫排排长狠狠一咬牙，嘶声吼叫道：“我们还有选择吗？追！”

在追着脚印即将冲进丛林时，突然爆炸声在附近响起，这可是货真价实的爆炸，震得地面都猛然一颤，警卫排排长放声狂吼：“卧倒！”

几乎是在同时，二十几个绿色罐头盒模样的东西，突然从他们四周各个角落弹起，在飞起几米高后，又在地心引力的作用下，重新跌落到地面上。

趴在地上的警卫排排长，看着散落在四周地面上的那些罐头般的绿色圆筒，他的心脏，在瞬间就沉到了再不可能看到任何光线的谷底。

这些绿色圆筒，是国产72式反步兵跳雷。它们使用了中国独创的塑料雷壳包裹杀伤钢珠设计，爆炸后几百枚钢珠就会在空中对十四米范围形成无差别杀伤覆盖。

二十几枚这种反步兵地雷组合在一起，是如何让它们同时弹起，警卫排长不知道，但是身为一名老兵，他清楚地明白，如果这是在真正的战场上，他带领的警卫排，已经踏进敌人为他们精心布置的陷阱全军覆没了。

或者说，他们绝大多数人都还活着，但是却身负重伤，非但不能再参战，还会成为部队的累赘。

慢慢地从地上爬起来，没有理会身上沾满了泥泞，警卫排排长站在原地，没有人知道他心里在想着什么，雨水不断地纷纷而落，打湿了他的衣服，在他的脸上汇聚成了一条条小溪慢慢淌落，这一刻的警卫排排长，再也没有了惯有的意气风发和带人追杀上来的杀气腾腾。

看着排长低垂的脸，一群同样“阵亡”的警卫排官兵面面相觑，谁也不知道在这个时候，应该说什么，还能说什么。

副排长走了过来，将一只巴掌大小的老鼠夹子递给了排长。

排长下意识地接过了老鼠夹子，他毕竟是一名职业军人，心情再低落，只看了一眼这种用铁丝特制，体积更小，重量更轻，更便于携带的老鼠夹子，他便快速反应过来：“这是自制的跳雷起爆器？！”

“对。”副排长低声道，“我刚刚检查过了，二十多颗跳雷，旁边都有这种老鼠夹子。”

这种用铁丝手工制成的老鼠夹子，很轻巧，而且目测下来，它的触发机关，比市场上专门用来捕鼠的老鼠夹子更敏感，但是想用这种老鼠夹子对付受过最严格训练的特种兵，还不够！哪怕这群特种兵和他们的领袖已经被愤怒冲昏了头脑，也依然不够，远远不够！

“这些老鼠夹子旁边还有这个。”

副排长又将一只乒乓球递了过来，这只乒乓球最大的与众不同之处，在于它被人染成了绿色，上面还画着一些乱七八糟的东西，形成了最好的伪装色，在它上面还被人钻出一个小眼，穿了一根同样被染成绿色又弹性十足的橡皮筋。

跳雷、捕鼠夹和乒乓球这三样东西，看起来似乎是风马牛不相及，但是当排长终于冷静下来，丢掉对燕破岳所有的不屑，用新的眼光来打量眼前的这一切时，他看懂了。

乒乓球最大的特点在于它很轻，对力量的反应也特别敏捷，哪怕只是把它放在桌子上轻轻一拍，都可能把它震得弹跳起来。而刚才那场货真价实的爆炸，其实只用了极少量的火药，它的爆炸威力，也就是相当于过年时放的礼花水准，在近距离使用都不会对人造成致命杀伤。但是这样一场小爆炸，用了定向爆破技术，将爆炸产生的动能绝大部分都注入地面，通过遥控引爆，形成一场局部区域地面小幅度震动。

这样的震动当然不可能伤害到警卫排的官兵，但是它已经足够带动隐藏在四周的乒乓球，让它们一起跳动，而乒乓球跳动再加上橡皮筋的弹力，将对施加力量绝对敏感的捕鼠夹一起带动，最终造成了二十多枚跳雷一起被引爆，在瞬间就形成了一道让警卫排全军覆没的钢珠风暴！

回想着在短短十分钟内发生的一切，排长的双手都轻颤起来，他用异样的声音，低声道："燕破岳和萧云杰，不是两个不学无术烂泥扶不上墙的蠢材吗，谁能告诉我，什么样的蠢材才能做出这样的诡雷，能一步步把我们引进陷阱？如果他这样的人都是蠢材，那我们这些一步步被他引进陷阱，一口气就被吞掉的家伙，又是什么？！"

带着刚才还气腾腾转眼间就犹如斗败的公鸡般死气沉沉的警卫排返回军营在通过大门时，排长望着被他连踢了两脚，在这一刻身体站得笔直的班长，走过去拍了拍班长身上沾的泥土，带着队伍沉默地走了。

72式反步兵跳雷、自制的老鼠夹子、染得花花绿绿犹如穿上一层迷彩服的乒乓球，这些东西看起来风马牛不相及，但就凭这些东西，就将特种大队的警卫排给全歼了！

秦锋回首望着赵志刚："我现在才知道，我们的指导员，竟然还是布置诡雷的超级高手！"

"我虽然很喜欢听到赞美，但是这套东西，还真不是我教的。而且我觉得，燕破岳这种新兵蛋子能布置出这套东西，其技术原理，并不是诡雷设计。"

赵志刚的话成功地吸引了所有人的注意："大家别忘了，他除了是一个不合格的特种兵，还是一个三流的街头魔术师。"

直到这个时候，大家才想起来，那个让他们头疼不已，想着法儿要踢出大门的"笑面虎"，就是在淘汰战中被燕破岳用小伎俩欺骗，最终不负众望地被淘汰出局的。

就像赵志刚说的这样，摆在他们面前的这套东西，与其说是诡雷，更不如说是八九流街头魔术师为了更加不入流的魔术表演而准备的道具。

但就是因为这样，指挥室里的人们，反而更加嗅到了不寻常的味道。一个还没有真正接触过诡雷特种战课程，仅凭不入流魔术道具，就能布置出这种陷阱的人，他拥有远超常人的开放性思维，又有一双擅长制作小道具，并把它们灵活应用的巧手。最要命的是，他似乎身披诅咒光环，挑衅激怒对手的命中率，要比其他人至少高出五个段位，像这样的人，一旦让他成长起来，在战场上绝对能成为走到哪儿炸到哪儿，谁追杀他谁倒血霉，反过来谁被他惦记上，只怕做梦都会吓醒的炸弹狂人！

所有人看向赵志刚的眼神都变了，怪不得这位指导员会收燕破岳为徒，这摆明了就是王八看绿豆，流氓对无赖，貌似同类嘛！

在同一时间，丛林深处，燕破岳和萧云杰、孤狼，正在开一个简单却别开生面的作战总结会议。

燕破岳对着萧云杰竖起了一根大拇指："老萧，你集卑鄙、无耻、下流、龌龊、龌龊、沤朽于大成的战术实施成功，不错不错，记得继续保持。"

萧云杰也对着燕破岳竖起一根大拇指："你布置的那些玩意儿，竟然奇迹般地全部弹起来了，狗屎运不错不错，只要你继续狗屎运加身，外加诅咒光环效果不减，咱们就能逢凶化吉，再创新高！"

孤狼抱着狙击步枪，坐在一边瞪大了双眼，看着这两兄弟狗咬狗两嘴毛，可是旋即这两兄弟就一起对她竖起了大拇指。

燕破岳说："我们一开始想着用绊线网来引发跳雷，是你告诉我们，对那些受过最严格训练的老兵来说，如果地上有绊索，哪怕他们闭着眼睛都能感应到，就是因为得到你的提醒和指导，我才弄出这套上天入地唯我独尊的乒乓球震动飞雷网。我老爹常对我说，业精于专方显卓越，你这位无论走到哪儿，身上都背九颗遥控炸弹，远了放冷枪，近了埋地雷的职业杀人机器，果然是够专业、够卓越！"

"喂喂喂，怎么说话呢？会不会说话？你这是夸人，还是在骂人？"

萧云杰不满地瞪了燕破岳一眼，然后望着孤狼，声音中透着温和的鼓励和赞赏："特种兵会埋地雷，这没什么了不起的，真正让我佩服的，还是你遥控引爆的时机！他们刚刚冲进陷阱，你手指那么一按，爆炸声一响，吓得他们全部往地上一趴，这就叫铁锁横江，让他们上不得下不得，只能老老实实趴在那里，被跳雷炸得鸡飞狗跳。这种阴死人不偿命的老谋深算，佩服佩服，直到今天我才真正相信，'咬人的狗不叫'这句话是真有道理！"

孤狼的眼睛越睁越大，脸上透出了一丝天然呆式的萌萌状，她在认真地思考着，眼前这两位同伴，应该是在夸奖她吧？

在距离燕破岳他们一千多米外的山峰上，几十名始皇特战小队的队员，身上披着伪装网，静静地潜伏在丛林中，蓝军提前一个多小时冲出军营大门，这种违反演习既定规则的事情发生，唯一的原因就是，燕破岳向军营中打出的那发榴弹，一定命中了重要目标，而且被组委会认同产生效果，才会发生这样的事情。

对他们威胁最大的武装直升机已经被成建制歼灭，再也不必担心在潜伏的时候，被武装直升机上的红外扫描器给逮出来，更不必再担心武装直升机突然出现在头顶，对着他们展开火力倾泻，就因为这样，始皇特战小队的成员们，他们的态度很从容。

四名班长聚集在一起，演习刚刚开始，就直接脱离了原定轨道，他们当然需要商议对策。

"燕破岳和萧云杰这两个小子，弄了二十多颗反步兵跳雷，刚刚追杀上去，就被他们用地雷大阵给全部摆平的，是警卫排那批人。"

一班长简单地对现状做了一个介绍："除了极少数几个轮值在其他位置站岗的哨兵，包括他们的排长和副排长在内，警卫排算是成建制被歼灭了。"

对于一支拥有一千两百名特种兵的敌军来说，仅仅被歼灭了一个排几十号人，看起来是无关大局，但是"警卫排"这三个字，却让另外几个班长的眼睛都亮了。

等到他们消化完这个消息，一班长直接点将："老四，你是我们中的气象专家，你来给大家说说最近的天气情况。"

作为气象专家，四班长出口不凡："现在之所以阴雨连绵，是因为热湿和冷干两个大陆气团在群山中相遇，它们之间就会出现交界面，也就是气象工作者常说的'锋面'。现在时值5月，是较暖的气团代替较冷的气团，这个锋面就是暖锋。暖锋向前运动时，暖空气会随着前方冷空气的坡度向上运动，当达到一定高度后遇冷凝结，就会形成云雨层。而一旦形成雨水，在经过下方的冷干型气团时，就会让冷干型气团变得湿润……"

几个班长都没有打断四班长学术演讲式的絮絮叨叨，因为他们都明白，四班长在说这些东西的时候，大脑正在高速运转，将各种数据进行罗列分析，最终转化为他们作战时可以直接使用的情报甚至是战术。"从我们现在所处的海拔高度、空气湿度、坡度等数据上分析，阴雨天气还会持续三到五天，到了夜间，由于地表温度下降，一旦停止下雨，短时间内就会产生大量浓雾。"

另外几个班长的眼睛都亮了："浓雾？"

四班长点头："纵然称不上伸手不见五指，在没有强烈灯光辅助的情况下，能见度不会超过十米。"

……

夜鹰突击队指挥部。

孙宁走到了余耀臣面前："我不喜欢你，从第一次见到你时，就不喜欢，很不喜欢。"

面对孙宁突然向自己开炮，余耀臣有些措手不及。孙宁继续说下去："我不喜欢你那种自以为是的模样，但是我必须承认，在面对危机，必须有人挺身而出时，你比我更适合当力挽狂澜的角色。"

余耀臣望着孙宁认真的脸，得到面前这个死对头的赞扬和认可，余耀臣却没有半点喜意，他沉声道："你认为红军今天就会发起决战？"

"对！"

孙宁点头："理由有三：首先，阴雨连绵，敌我双方对周围环境又太过熟悉，现在依然干燥，可以避雨的位置，他们根本不敢去，更不敢在夜间扎营。他们就算是最优秀的特种兵，擅长野外生存，在这种恶劣环境中，体力也会不断流失，而我们蓝军却依托大本营驻扎，根本不受影响，如果我是红军指挥官，绝不会放任这种我消敌涨的不良状态出现！”

余耀臣也在点头：“红军每一个成员，都是从我们中间走出去的优胜者，单兵作战能力比我军要强，但是在这种环境中，最多只需要五天，红军在这方面的优势就会被抹平。七天之后，我们就可以反超！”

“其次，警卫排是最了解军营的单位，有他们存在，夜鹰突击队大本营，才能守得无懈可击，现在他们被红军成建制歼灭，我们的内部防御就会出现漏洞。最重要的是，红军四名班长，彼此之间亲如兄弟，他们靠协商就能团结统一起来，而你和我，却是死对头，没有相当长的时间，很难分出个高低胜负，如果我是红军指挥官，一定会在最短时间内发起决战，不给我们两个磨合完毕联手合作的机会！”

“最后，无论是我们，还是红军那边的四个班长，都被始皇小队的指导员给骗了。指导员不停地向整个军营灌输燕破岳和萧云杰就是两个不学无术、浪荡公子之类的信息，这固然让我们心生轻视，同时更让红军内部对燕破岳和萧云杰开始排斥，只要看今天燕破岳、萧云杰和孤狼三人编成一组的情况就知道，他们之间已经发生了至少一次激烈冲突，并且因此而处于半决裂状态。”

孙宁说到这里，眼睛习惯性地轻轻眯起，看起来就像是一条发现目标正在准备发起致命攻击的蛇：“两个被公认是垃圾，已经被群体排斥，本来应该直接掉进谷底，一辈子也休想再爬出来的家伙，却在这场演习中成为最夺目的明星，更甫一出手，就打出最漂亮的一击，用零伤亡为代价，成建制消灭了一个排。这种矛盾式的违和感，我们感到难以接受。但是比我们更难以接受的，是那些曾经排斥过燕破岳和萧云杰的人！他们会想办法在短时间内，实施更大规模的行动，用更大的胜利，来证明自己没有错！”

随着孙宁的步步剖析，在场的作战参谋们，已经隐隐嗅到了决战的硝烟气息。

“首战即决战，真是好气魄！”

余耀臣身躯一挺，站得更加笔直傲挺，他的声音厚重而有力，透着一股发自内心的坚强与自信，更带着让人愿意去仔细聆听的磁性：“红军一旦发起进攻，必然是化整为零，以四名班长为核心，用狼群战术攻进军营，制造四面开花的交战场面，只要我们稍一犹豫，或者我和孙宁还想着争夺主导权，彼此在背后给对方下绊子，他们就能趁机对军营造成绝对重创，到了那个时候，就算他们全军覆没，也依然完成了任务，成为这场对抗战的胜利者。但是我们既然已经有了准备，他们这种狼群战术就并不难破！”

说到这里，余耀臣的目光从每一个作战参谋的脸上掠过，他的声音渐渐高昂起来：“别忘了，我们手中可是有高于敌方二十二倍的绝对优势兵力。只要我们没有自乱阵脚、互相掣肘，和他们针锋相对、寸步不让，就能让这群自称为‘以质量胜数量’、‘以精锐胜平庸’的红军，尝到他们自组建以来第一场大败仗！真到了那个时候，能在夜鹰突击队史册最醒目位置留下名字的人，就不再是他们，而是我们！”

所有作战参谋的呼吸都变得粗重了，谁不是肉体凡胎，谁不想功成名就，谁不想在中国特种作战发展史上留下属于自己那浓墨重彩的一笔，纵然过上百年，甚至千年之后，依然可以在文献甚至是书籍上找到自己的名字？！

在老对头临阵投诚，再无任何竞争者的情况下，余耀臣终于爆发出统率型指挥官的灿烂光芒，站在一边的孙宁，脸上露出了淡淡的羡慕。他这种擅长阴谋诡计，平时说话都有点阴嗖嗖的人，注定永远也不可能像余耀臣这样用个人魅力获得大众认可，直至登高一呼应者如云。

余耀臣的目光，又落到了孙宁这个让他在最短时间内，统率全局的功臣身上：“作为我最大的竞争对手，这本身就说明你的能力是和我对等的。如果你平时说话不是那么阴沉沉的，脸上还能时不时露出点笑容，我相信你身边的朋友会多很多。”

余耀臣这几句调侃，看似率性而为，实际上却别有深意。

他已经在孙宁的帮助下，获得了实质指挥权，他就是夜鹰突击队的临时大队长，那他自然还需要一个临时参谋长，而孙宁就是毫无争议的最佳人选。他们真想在最短时间内，把整个参谋部捏成一个团队，就必须在所有作战参谋面前，展现出他们尽释前嫌、亲密无间的一面，最起码，也要展现向这个方向发展的趋势。

孙宁是谁，他可是专门负责心理战和舆论战的高参，说他是职业军官中的特务，那都不为过。余耀臣已经递过一张梯子，他当然是立刻顺着梯子往上爬。

“你以为我愿意一张口就阴气森森，一笑就能吓哭小孩？”

孙宁脸上露出一丝苦笑：“我每次回家探亲，家里人都张罗着帮我相亲，怎么说我也是个在部队捧铁饭碗的，说出去也挺容易让对方心动。但是一见面，九成九是‘见光死’，我老妈心有不甘，找人去问过了，她们都说我面相刻薄阴狠，一看就不像个好人。”

沉默了大约几秒钟后，指挥室里猛然爆发出一阵哄笑，别说是那些年轻的作战参谋，就连秦锋和参谋长都忍不住嘴角上扬。

被大家笑得满脸尴尬，孙宁还试图解释：“如果她们肯给我时间相处，就会发现，我看起来是很丑，但是我很温柔。”

哄笑声更大了，余耀臣走过来，在孙宁的肩膀上用力一拍：“你不是长得太丑，也不是不够温柔，而是官儿还不够大。等将来我真正成为夜鹰突击队队长，你真正成为参谋长，那些看见你见光死的姑娘，看到一个三十多岁的特种部队上校参谋长，她们一定会恨自己有眼不识泰山！”

在这样欢快的气氛中，红军即将在今天对军营展开无所不用其极的狼群式进攻，所带来的压力竟然被化解得七七八八。看到这一幕，就连心高气傲的赵志刚，都不动声色地点了点头。

燕破岳做梦都没有想到，就因为他这根搅屎棍式“铁钉”的存在，竟然促使两个势均力敌的死对头，在最短的时间内结成了攻守同盟，并将一盘散沙的指挥系统凝聚到了一起。

第三十二章 － **决死攻击**

夜的阴沉，早已经笼罩了群山大地，只剩下细细密密的雨丝依然在天与地之间飘舞，无声无息地侵袭着大地。

经过一天的准备，蓝军作战参谋们已经针对晚上可能爆发的激战，做好了所有准备。他们都集中在指挥部，一群人坐在一起，静静地等待着。

当电子挂表上显示的时间跳到了凌晨两点钟时，指挥部内的作战参谋们，呼吸声突然都变重了。这是一个正常人最容易陷入沉睡、对外界警觉能力最弱的时候，所以特种部队总是喜欢挑这个时间对目标发起进攻。

“吱呀……”

指挥室的大门被人推开，面对这突如其来的声音，有几个作战参谋下意识地猛然站起，当他们看清推门而入的是临时参谋长孙宁时，又慢慢地坐了回去。

在孙宁的身后，跟着几个炊事班成员，他们手中拎着十几只军用饭盒。当他们在孙宁的指挥下，将饭盒放到桌子上并打开时，一股浓郁的菜香随之在指挥室的空气中飘散。

土豆烧牛肉、炒香干、尖椒鸡蛋、猪皮炒黄豆，外加紫菜汤，四菜一汤，绝对说不上奢侈，但是胜在量大。到了凌晨两点钟，每个人胃里的食物都被消化干净时，它们的吸引力就分外强烈起来。

饭菜已经摆好，却没有一个人过来，孙宁看着指挥室里包括余耀臣在内的一群作战参谋，笑了：“开饭了，我怎么觉得，自己正在面对一群不会说话、不会笑，也不会肚子饿的木头人？！”

依然没有回应，大家在这一刻，仿佛已经失去了“幽默”这种细胞。

在指挥室内，流动着一股无法看到却真实存在的紧张。

别看他们手握二十倍于敌的绝对优势兵力，但是面对始皇特战小队，这支特种部队中的特种部队，倾尽全力发起的狼群式决死攻击，即将发起的决死攻击，这些平时都站在背后出谋划策的作战参谋，只要把他们的设想说出来，自然有参谋长去评判其中的可行性，再由指挥官将计划变为战场上真正可以实施的战术，可是今天他们却必须自己站在最前线，用自己的双手战胜绝对强敌，将计划转变为胜利，他们又怎么可能不紧张？！

“我曾经看过一个童话故事，讲的是兔子们为了预防狼时不时对他们发起的突袭，想办法在狼窝里安装了一个它们捡回来的窃听器。这样第一次狼在商量来兔窝捕猎时，兔子们及时撤退，让狼群四爪空空地败兴而归。结果第二次，狼群再商量去兔窝时，决定一周后再去，兔子们都急眼了。”

听孙宁说到这里，余耀臣已经猛然警觉，看到临时大队长反应过来，孙宁这位心理战的专家，对着余耀臣做了一个“请”的手势，余耀臣略一点头，自然而然地接过了话头：“兔子们太胆小了，它们知道狼群要来，就会一直紧张地等待，直到避开狼群后，它们才会放松下来去寻找食物，然后再继续窃听，继续紧张地等待。对它们来说，狼群一开始三天来一趟还可以接受，这一周才来一趟，时间太长了，等得太煎熬了。”

有些作战参谋也醒悟过来，但是也有作战参谋没有看过这篇童话故事，有人按捺不住好奇，追问了一句：“然后呢？”

余耀臣走到临时餐桌前，掂起了筷子：“每次都四爪空空败兴而归的狼群，对兔窝的兴趣越来越低，最后一次，它们决定一个月后再去兔窝看看。结果一个月后，狼群到兔窝时，它们惊讶地发现，兔子们都死了，全部都是活活饿死的。狼们真的不明白，这群兔子是怎么回事，明明有手有脚，也没有谁堵在洞门前，为什么会把自己全饿死了，而且还是围在一台窃听器接收装置周围全部饿死了。”

孙宁也坐到临时餐桌前，拿起筷子敲了敲饭盒：“快来吃饭，如果现在谁告诉我，他现在没胃口不想吃，那他就是一只非要等到狼群光顾过，才敢出洞啃几口干草的兔子！”

一群作战参谋面面相觑，不知道是谁起的头，大家都笑了。一群作战参谋一拥而上，临时餐桌周围的凳子不够，一群人索性就站着，开始享受他们这场别有特色的战前聚餐。

“你们可别化焦虑为食量，五分饱就好。”

余耀臣一边在嘴里嚼着一块炖得美味而多汁而且带筋的牛肉，一边含含糊糊地叮嘱着：“不是我这个大队长小气，现在已经是半夜，吃得太饱，不出一个小时，你们就得犯迷糊打瞌睡，等赢得这场胜利，我自掏腰包，请大家一起吃烤全羊，肉管饱，酒管够！到时候，你们谁看我和孙参谋长不顺眼，只管端酒排队来战，不把你们全灌下，我‘余耀臣’三个字倒过来写！”

一顿别开生面的消夜吃完，虽然最后每个人都只吃了五分饱，但是当大家捧着热气腾腾的茶杯回到自己的位置上时，在他们每个人的脸上，已经没有了一开始的紧张与焦虑。

只有兔子才会因为知道狼群要来的时间而焦虑不安，甚至因为狼群长时间不来而把自己活活饿死。他们非但不是兔子，今天晚上，他们还要做将狼群全部围歼在这个牢笼中的猎人！

以评委身份，看到这一幕的秦锋，脸上露出了开怀的笑容，他看中的余耀臣和孙宁，在这场对决中表现出来的素质，比他预期的还要好。

甚至就连始皇教导小队的郭嵩然，都感受到了压力。郭嵩然走到赵志刚身边，低声道：“我知道，在比赛前一天，你悄悄给四个班长塞了一封信，你那锦囊妙计里，究竟卖的什么药？”

赵志刚回答得云淡风轻：“一部微型小说的开头。”

面对这个绝对意外的答案，郭嵩然猛地一呆。

“小说的开篇，我已经给他们了，至于后面的故事怎么发展，就要由他们自己去书写。”

如果是别人在弄什么锦囊妙计，郭嵩然一定会认为对方是在扯淡！

战争，尤其是现代战争，敌我双方态势瞬息万变，指挥官的每一个决定，包括战场上小概率出现的偶然，都可能让战争状态发生天翻地覆式的变化。到了这个时候，双方指挥官就必须根据战场现状调兵遣将。

无数的必然与偶然，加在一起，形成了就算是人类现在最先进巨型计算机都无法计算出来的亿亿亿次方综合数学题，而那些古人，除非真的能穿越时空隧道，以上帝角度看完了敌我双方对决过程，并将指令写成纸条放进锦囊里，否则的话，又凭什么让千里之外的指挥官，能够凭他没有任何情报佐证的一纸白话，战胜强敌杀出生天？！

但是赵志刚给的锦囊妙计，哪怕据说只是一部微型小说的开头，郭嵩然也绝不敢稍有大意。事实上，别说是郭嵩然，放眼整个指挥室，又有谁敢不在乎？！

郭嵩然现在最想知道的，就是那部“微型小说开篇”上面究竟写的是什么。

在距离军营三公里外的一片密林中，一班长慢慢地背出了赵志刚给他们的信。一班长从来不认为自己的记忆力是强项，但是赵志刚写的内容实在太过惊悚，硬是让他只看了两遍就记得一字不漏。

这是一班长第一次将信上的内容传达给面前的五十多名始皇特战小队士兵。虽然在黑暗中，他根本不可能看清楚信上写的字，他仍然取出了信，放到了面前，一个字、一个字地慢慢背着：“三年前，敌军悍然入侵，我国军民一心众志成城，和侵略者展开激战，交战多年双方都拼得筋疲力尽，谁也无法轻易撤出战争的泥沼。有情报说，敌军高层已经下定决心，要动用一切手段，迅速解决战争。可是在国际社会的监督下，又不能使用被明文禁止的非常规武器，于是敌军在我国境内深山中，建立生化武器研究中心，试图制造出没有被公约禁止的新型武器，来对我国军民造成致命重创。一旦他们成功了，无数的家庭将会破碎，孩子痛苦的呻吟声、母亲绝望的哭泣声将会在整个大地上回荡，而我们，将会成为亡国之奴！”

如果郭嵩然能听到一班长口述出来的内容，他就会承认，这玩意儿就是小说，一部生化危机类型的小说开篇！

但是如果郭嵩然真的能听到这段内容，他的心里一定会激起惊涛骇浪。

职业军人的使命就是保家卫国，虽然赵志刚写的只是一段假设，但是刚刚经历过半个世纪前那段最黑暗年代的中国人，余痛未消，中国军人更不敢忘记用上千万抗战军民的热血与生命去抵挡侵略者钢铁洪流时发出的吼声。

“在这种情况下，我们派出了最精锐的特种部队，也就是你们，对敌军拥有五百名特种兵和重型武器防守的生化武器研发制造基地展开无所不用其极的破坏行动。只有将蓝方生化武器基地摧毁超过百分之五十，让他们在短时间内，根本不可能将生化武器研发基地重新恢复运作，我们才能有一线生机！我亲爱的兄弟们，为了我们民族的希望，为了我们的孩子和家园，握紧你们手中的武器，去努力奋战，用军人不屈的热血与无悔的青春，打破这黎明前最后的黑暗吧！胜利属于你们，荣誉属于你们，未来属于……我们的孩子！”

没有哪一场演习，主办方敢给部队下发这样的文章，因为这已经不是为了让演习更逼真而编写的宣传资料，它就是一份动员令，一份用民族未来与希望，激发出每一名士兵内心深处最疯狂斗志与火焰的极限动员令！

这份动员令的内容太深、太重，哪怕明知道这只是一场演习，也重得让始皇特战小队的人再没有退路，只能拼死去取得胜利！

因为……如果他们连一场演习都不能赢，那当真的强敌入侵，他们必须肩负起一场关系到民族未来的行动时，他们的锐气已经在演习中折断，他们的骄傲不复，他们又怎么能扛得起，又怎么敢扛得起？！

信“读”完了，一班长将信又小心地叠好，放回了口袋：“对我们来说，这已经不是演习，这就是战争。一场我们哪怕是不择手段，把天捅出一个窟窿，也必须赢的战争！我对你们的要求很简单，用尽你们的手段，哪怕抱着炸弹包像恐怖分子一样冲进去和他们同归于尽，也要把敌军军营打废、打残、打烂，在这一刻，我们不是特种兵，而是为了让我们的国家、我们的民族，永远不再重复几十年前的历史，让我们的母亲姐妹女儿，永远不必再往脸上涂抹烟灰来保护自己的男人，一群拿着枪，至少还有机会和敌人拼一个你死我活的爷们儿！”

说到最后，一班长已经声色俱厉：“经常有人说，中国那段黑暗的历史已经一去不复返，那就让我们来证明，这句话是对的，是真理，是常识，是永远也不会再被打破的预言！！！”

……

“嗖！”

“嗖！”

“嗖！”

“嗖！”

“嗖！”

“嗖！”

六枚一点五米长、八厘米粗的自制火箭弹带着尾焰从竹筒中飞起，直刺苍穹，它们飞到半空的云层中轰然炸响。

在连续爆炸声中，夜鹰突击队军营中凄厉的警报声响彻云霄，十几盏大功率探照灯被一齐打开，在周围不断地巡视扫荡，在探照灯旁的那些十二点七毫米口径重机枪，更是摘掉了炮衣，露出黑洞洞的枪口。

在指挥部内，所有作战参谋一齐猛然站起，余耀臣却安然而坐，沉声喝道：“不要乱，立刻打电话询问，究竟发生了什么事情！”

在爆炸响起的时候，就走出指挥部站到了军营当中的赵志刚昂首望天，在他视线可及的范围内，他可以看到，一直压在夜鹰突击队大本营上空的云雨层，竟然被生生炸开了六个大洞，而且这些大洞在夜风的吹动下，竟然在不断扩大。赵志刚站在军营中，已经可以透过云层，看到头顶的月亮。

“小子们够牛，竟然把驱云防雹火箭都搬出来了！”

皎洁的月光倾洒下来，给赵志刚整个人身上都笼罩了一层银色的光晕，他昂着头，轻声道：“甫一出手，就敢向老天叫板，硬是把天捅了六个大窟窿，总算是有点我心目中始皇特战小队的样子。但是仅凭这一点，就想五十对一千，还不够，远远不够，现在就连我，都开始期待你们的下一步行动了。”

这六枚驱云防雹火箭，显然是有精通气象的人进行发射，无论是角度还是高度都拿捏得恰到好处，其他位置还在阴雨绵绵，可是以夜鹰突击队军营为圆心，方圆五公里内却变成了一片晴空。

“嗖！”

“嗖！”

“嗖！”

“嗖！”

“嗖！”

火箭在空中高速飞行的破风声再次传来，又有五枚火箭飞到了夜鹰突击队大本营的上空。和前面那六发驱云防雹火箭不同的是，这五枚火箭，几乎就是贴在夜鹰突击队的头顶炸开。在皎洁的月光下，站在哨塔上的士兵，清楚地看到，随着爆炸仿佛有什么东西飞溅开来，形成了一道将整个夜鹰突击队大本营都笼罩在其中的巨网，可是当他们再凝神去看时，却什么也看不到了，仿佛刚才发生的一切，只是他们眼睛的幻觉似的。

在连续发射了十一枚火箭弹，让整个蓝军都如临大敌，做好面对最激烈的战斗准备后，红军却彻底消失了。似乎他们今天夜里的任务，就是打出十一枚火箭弹，帮蓝军驱驱雨云，让他们可以在远方观察得更清楚，顺便再骚扰一下蓝军，让蓝军无法安心休息似的。

看着全副武装的蓝军特种兵，在班长、排长的带领下，一队队杀气腾腾地从身边跑过，看着装着迫击炮和重机枪的军用吉普车已经被发动，再看看那些用探照灯时不时射向天空的哨塔，赵志刚的脸，缓缓露出了一丝笑容。

闭上眼睛，呼吸着军营中潮湿而阴冷的空气，慢慢压制住自己身体里几乎要跟着一起沸起来的血液，赵志刚这一次只说了两个字：“漂亮！”

在指挥部，余耀臣望向挂在墙上的电子计时钟，距离红军发射十一枚火箭弹到现在，已经过了整整一个小时了，整个军营都已经处于战争状态，每一个人的精神都绷到了最紧张的程度，可是红军竟然消失了，他们究竟想要干什么？！

余耀臣又将询问的目光投向了孙宁，孙宁也在思索着，他同样百思不得其解，但就是因为这样，余耀臣和孙宁反而更加紧张，更加小心翼翼，也许是身为顶尖作战参谋的天分，也许是身为职业军人的本能，他们两个人能感受到，一群隐藏在黑暗中，因为某种原因不明的刺激而彻底疯狂沸腾起来的杀人机器，已经露出他们最锋利的獠牙，即将杀进来了！

背后传来“沙沙”的脚步声，赵志刚没有回头，他只是淡然道：“你也下来了。”

“我再不下来，只怕等一会儿整个军营陷入大乱，大队长和参谋长会压抑不住愤怒，一起冲上来联手把我掐死。”

郭嵩然也学赵志刚的样子昂首望向天空，一个小时过去了，头顶天空的云雨层依然没有合拢，但是他们却再也看不到头顶的月光，渐渐腾起的大雾，已经让他们的能见度降到了十米之下，如果不是有灯光，能见度会更低。

郭嵩然苦笑道：“队长和参谋长为了给夜鹰弄一个合适的军营，可是没少四处奔波，这里不知道凝聚了他们多少心血，说是他们两个人共同的孩子也不为过，那群小子敢这么做，不死也得掉层皮不说，就连你我也得吃不了兜着走。”

“反正我是脑瘤患者，也活不了几年了，队长和参谋长再生气，也不会把气发到我身上，甚至连对我大声呵斥都不会。”

赵志刚伸手拍拍郭嵩然的肩膀，脸上露出一丝同情：“辛苦你了。”

郭嵩然忍不住再次苦笑起来，他望着军营四周，喃喃地道：“这么一轮下来，估计至少得收拾一个月。”

“刺啦……”

在距离两人不远处的哨塔上，正在工作的大功率探照灯里突然传出电流特有的“刺啦”声，旋即探照灯上自带的变压器上就冒起一根半尺多长的电弧，旋即就冒着浓烟陷入了黑暗。

这盏探照灯熄灭，仿佛就是赛跑时打响了发令枪，整个军营所有的灯光，甚至包括那些军用吉普车上的车灯，都在短时间内成片成片地熄灭，在不到三分钟时间里，整个军营中竟然再也看不到电灯的灯光。

在断电的过程中，军营中的备用柴油发电机自动启动，可是柴油发电机只工作了不到一分钟，发电机组就猛然跳出几点蓝色电弧，在几名技术人员目瞪口呆的注视下，这种能为整个军营提供电源的舰载发电机组，最昂贵也是最精密的仪表盘和仪器舱就一起冒出了白烟，那时不时微微扬起的顽皮火苗，更在欢快地告诉着所有人，不花费相当长的时间、精力与钞票，就休想再让这套舰载发电机组重新开始工作。

电力全部中断，内部通信网络中断，无线电步话机一打开就全是“刺啦刺啦”的声音，令人听了就心烦意乱，恨不得把它丢到地上再狠踩几脚。在一片黑暗中，余耀臣和孙宁同时猛然站起，他们都明白，已经营造出最好的出击机会，始皇特战小队最疯狂的进攻就要开始了！

一名作战参谋捏着手电匆匆跑过来，他放声叫道：“那些王八蛋对着军营使用了石墨弹，整个军营的电力系统，包括我们的装甲车、坦克和吉普车的电力系统都烧掉了！”

话刚说完，作战参谋手中的手电灯光突然变得刺眼起来，作战参谋还没有来得及关闭手电筒，手电筒里的小灯泡就“啪”的一声，被过高的电压给烧炸了。作战参谋捏着这只必须更换新灯泡才能重新工作，但是估计最多也就能亮上两三秒钟的手电筒，发出了一声愤怒的诅咒：“这是演习啊，又不是杀父仇人，有这么一动手就刺刀见红往死里整的吗？”

这名作战参谋只是在愤怒地发泄情绪，但是他的话却让余耀臣和孙宁都为之悚然动容。

不管是什么原因，让始皇特战小队的人变得如此疯狂咄咄逼人，甫一出手就是不管一切后果地破釜沉舟，他们来了，他们在用了所有能用的手段，为自己创造了最好的战机与环境后，他们就要杀进来了！

“我在进夜鹰之前就听人说，始皇教导小队四个班长号称‘四合板’，如果把他们单独拆开，在人才济济的夜鹰突击队也不算什么，但是他们一班长擅攻，二班长擅防，三班长擅谋，四班长擅识天文地理，把他们四个绑在一起，就足以面对任何危险，更可以向任何强者叫板。”

余耀臣沉沉地道：“我一直以为，这只是始皇教导小队的人为自己脸上贴金吹嘘出来的把戏，可是今天我必须说，我小看了他们。用驱云防雹火箭驱散云层，再用火箭发射石墨丝，原本这种石墨丝会在空中悬浮几个小时甚至几十个小时才会落下，但是他们通过精密计算，在整个军营中雾气腾起、能见度最低的时候，受到雾气影响加速坠落的石墨丝和雾气相互配合地将军营中的所有电路烧毁，营造出了一个能见度最低、最适合打混战的场景，这种手段、心计、对自然环境与气候环境的利用，当真是让人叹为观止！”

孙宁扫了一眼士气明显低落的同僚，微笑道：“他们的手段，的确称得上是出类拔萃，但是想用这些方法就把我们这些专门靠出主意吃饭的家伙逼上绝路，这怎么看，似乎都有一点点关公面前耍大刀的感觉。”

孙宁的话，成功地将所有作战参谋的希望都凝聚到了余耀臣的身上。而余耀臣这个从来不会认输，只会遇强则强的作战参谋，在这一刻脸上扬起的，分明就是狭路相逢勇者胜的沸腾战意：“不就是会玩炸药，玩天气，想要浑水摸鱼嘛，那我就把所有水都清空，我倒要看看，池子里连水都没有了，‘四合板’们还怎么摸鱼！”

第三十三章 - **夜战八方**

燕破岳和萧云杰还有孤狼，躲在一片山坡后面，远远看着已经陷入一片黑暗的夜鹰突击队军营。

“你别说，我以前还真没发现，原来这四个班长，发起狠来竟然这么绝。”

萧云杰咋舌不已：“直接往军营里投石墨丝，现在我们是红军，负责进攻蓝军大本营，手段狠点无所谓，但别看他们现在跳得欢，回去肯定拉清单。把电线、电路全烧掉了，这军营的损失少说也得往七位数奔，要把大队长真惹急眼了，下令用他们的工资加岗位津贴来赔，就算五十多号人均摊下来，到每个人头上，这钱也不少啊。”

燕破岳一撇嘴：“那不正好，我们三个躲在外面喝西北风，这破坏公物加倍赔偿的事，和我们半毛钱关系都没有，他们爱出风头出去，我们这叫作壁上观，又叫坐山观猫斗。”

说到这里，燕破岳取出一包单兵口粮，撕开包装从里面拿出一小包酱牛肉，送进嘴里狠狠嚼着：“反正我们已经干掉整整一个排，肯定不会被淘汰出局。现在他们在下面打得鸡飞狗跳，一个个累得跟条死狗似的，我们却是有吃有喝，这就叫境界上的差距！”

萧云杰像条哈巴狗似的不停地耸着鼻子，一路凑到燕破岳面前，又在燕破岳身上来回嗅了几遍，直到把燕破岳嗅得有点发毛，他才退回去，轻叹着：“哎哟哟，我说怎么空气中突然多了一股山西老陈醋的味儿，原来是老燕你这儿醋坛子被打破了啊。”

“我呸！”

燕破岳瞪大了双眼：“什么叫醋坛子被打破了，我燕破岳至于吃他们的醋吗？要不是我们哥俩成功地把警卫排一举全歼，让蓝军那边防守肯定出现了什么漏洞，就那四个班长，敢这么单刀直入，一口气硬砸进去不？我们哥两个是前人种树，他们是后人乘凉，此山虽然不是我开，但此树是我栽，没有向他们收取乘凉费，已经是哥哥我慷慨大方的结果了。”

听着如此卑鄙无耻脸皮厚的宣言，不要说是萧云杰，就连在一边警戒的孤狼都撇了撇嘴角。

就在这个时候，远方的夜鹰突击队军营中，突然传来犹如爆豆般的自动步枪射击声，始皇特战小队终于在四名班长的带领下，同时从四个方向对蓝军大本营展开了攻击。

燕破岳和萧云杰立刻一起闭嘴，虽然有浓雾笼罩，军营里又没有灯光，两个人还是瞪大了眼睛，居高临下往军营方向望去，想要看出一点战事发展。

到处都是枪声，到处都是爆炸声，转眼间整个军营就打成了一团。

萧云杰道：“看来蓝军遇到大麻烦了。”

这个时候燕破岳已经没有了和萧云杰拌嘴的心情，也没有了吃飞醋的兴致，他瞪大了眼睛，他的耳朵更拼命竖得比德国黑贝还要直。

赵志刚说的始皇特战小队就是以质量胜数量，以精锐胜平庸，虽然有故意挑衅的成分在，但绝不是随口胡说。从一千多名夜鹰突击队特种兵中选拔出来的始皇特战小队成员，他们的战斗力绝对比夜鹰突击队单兵战斗力要高。在这一片混乱中，始皇特战小队以班为单位，在军营中不断穿插，不断破坏，遇到比他们弱的敌军就狮子扑兔，遇到人数太多不能力敌的，就打一枪换一个地方。在能见度连十米都没有的环境中，始皇特战小队不但将单兵素质更胜对方一筹的优点发挥得淋漓尽致，更将他们最擅长的小组作战团队配合应用到了极限。

在枪声中，不时有爆炸声传来，每一次爆炸都代表着始皇特战小队他们成功炸毁了蓝军某一个军事单位，对蓝军大本营造成了实质性破坏。

“搞不好他们真的在一次冲锋中，对蓝军大本营造成百分之五十以上的重创。”

这个念头同时从燕破岳和萧云杰的心底涌起，可是他们这三个始皇特战小队编制内成员，却只能远远地躲在一边，成为看客式的人物。

他们既想始皇特战小队赢，又不想他们赢得这么轻松，这种矛盾的感觉，也只有当事人才会清楚明白。

“轰！轰！轰！轰！”

四声明显比刚才的爆炸更加声势浩大的爆炸声传来，燕破岳和萧云杰猛地一起挺直了身体，嘴里发出一声惊异。

他们居高临下，可以清楚地看到，刚才还被大雾和黑暗笼罩，什么也看不到的夜鹰突击队大本营，空气中的浓雾，就像是被四只看不到的无形大手推动般，被爆炸形成的气浪狠狠推送出去，转眼间就在夜鹰突击队军营内部清出一大片朗朗乾坤。

蓝军指挥官竟然在始皇特战小队已经发起进攻，全员冲进军营，和蓝军展开混战的时候，在军营中布置定向爆破装置，用爆炸形成的冲击波，硬生生将覆盖在军营上空的浓雾吹散了大半。

“嗖！嗖！嗖！嗖！嗖！嗖……”

火箭弹划破空气的呼哨声几乎连成一线，在燕破岳的位置看过去，十六枚驱云防雹火箭弹在空中拉出了一道道优美到极点的火焰，以不同的仰角射上天空，在一次次的爆炸中，一团团浓雾被驱散，当十六枚驱云防雹火箭弹全部在空中爆炸时，天空中那皎洁的月光竟然再次投到了夜鹰突击队大本营军营当中。

和始皇特战小队四名班长使用的驱云防雹火箭弹不同的是，蓝军这边发射火箭弹的人，明显更专业，手法更高超，他用十六枚火箭弹在不同高度爆炸，硬生生用阶梯式爆破，将覆盖在军营上空的厚厚雾层，连带似乎又要合拢的云雨层全部驱散，让方圆五公里内，变成了视野良好，就算是没有灯光，肉眼能见度也达到相当水准，对特种兵而言，几乎已经构不成障碍的夜间战场！

到了这个时候，始皇特战小队四名班长倾尽所能，终于创造出来的战术优势已经被对方用绝对人力、物力优势，直接碾压得干干净净，而始皇特战小队四名班长各自带队，冲进蓝军军营展开的袭击，到这个时候，已经变成了飞蛾扑火式的自投罗网。

用最快的速度冲到军营各个角落的作战参谋们，手中的步话机里，清楚地传来了余耀臣的声音："我是余耀臣，能听到的回答。完毕！"

"一号已经到达指定位置，并和一中队二连会合，完毕！"

"二号已经到达指定位置，并和一中队三连会合，完毕！"

"四号已经到达指定位置，并和三中队四连会合，完毕！"

……

余耀臣手中的步话机里，传来了一个又一个作战参谋们的报告，余耀臣每听到一个报告，就轻轻点头"嗯"上一声，当所有的作战参谋都到达指定位置，几枚照明弹打上天空，将整个军营照得纤毫毕现。

刚才在军营中引发的定向爆破，不但吹散了雾气，更吹散了空气中飘浮的石墨丝，虽然电力系统无法恢复，但是步话机无线通信，却已经再次构架起来，形成了余耀臣和各个作战参谋之间的指挥桥梁。

到了这个时候，占据绝对数量优势又有重型武器和地利的蓝军，已经立于不败之地。

余耀臣站了起来，他看着空空荡荡只剩下自己和孙宁的指挥室，听着外面越来越密集的枪声，他慢慢嘘出一口长气："以步兵团编制来说，一个团参谋可以有很多，作战参谋往往只有五个人，而我们夜鹰突击队虽然是团级编制，作战参谋就有十一个。"

孙宁表情很平淡："你是觉得，我们胜之不武？"

"不，"余耀臣摇头，"我是在庆幸，幸亏我们能够放弃前嫌联手合作，否则的话，我们今天晚上面对的，就会是另外一个结局。虽然这一场对战，我们已经取得了最后胜利，但是我必须要说，真不愧是始皇教导小队，真不愧是合则无懈可击的'四合板'。"

能让心高气傲的余耀臣，在迎来他人生中也许最重要的胜利后，做出这样的评判，是因为在这个时候，已经身陷重围再无取胜机会的始皇教导小队，所有人都疯了！

他们就像是一群疯虎，在敌人的军营中横冲直撞，面对数倍于己甚至十倍于己的蓝军，他们没有人撤退，没有人停步，反而主动发起了必死无疑的反冲锋。在弹壳飞跳中，疯狂的吼叫和呐喊，混合着他们身上绽放出来的最犀利杀气，一波波地向对面的蓝军发起突击。

没有人敢质疑，这群在演习场上打疯了的中国特种兵，在真实战场上身陷重围，会不会依然如此勇敢，如此悍不畏死。

照明弹一颗接着一颗地打上天空，把整个军营照得亮如白昼，这场数量绝对悬殊，但是在气势上却硬是打出了一个旗鼓相当的战斗，整整持续了四十分钟，才终于以红军全军覆没画上了一个句号。

望着脸上满是汗水与硝烟，静静站在一起沉默不语的始皇特战小队军人，四周的夜鹰突击队官兵们，脸上的表情，除了尊敬还是尊敬。

一千两百人对五十人，激战四十分钟，扣除了一开始被始皇特战小队利用夜色和大雾"击毙"的数量，在将这区区五十人歼灭前，夜鹰突击队也付出了一百二十人"阵亡"的可怕代价，其中还包括一名作战参谋。

在占据绝对优势的情况下，始皇特战小队，竟然硬生生拼出了1 ：2.4的战损比！

这样的一支部队，当然有资格号称是特种部队中的特种部队，他们当然有资格骄傲！不要说是余耀臣没有破解他们的迷雾会怎么样，单单是想到，想要在大山与丛林间，将这支只能用疯子狂人来形容的部队歼灭，在场的夜鹰突击队官兵们，就觉得心跳加速。

如果他们在战场上，真的要面对这样一批敌人，而且双方是不死不休，在不能复制今晚这场战例的前提下，他们又要付出多少时间、精力与鲜血为代价，才能做到？！

“走吧，去见见他们。”

余耀臣站了起来，他整理了一下身上的军装：“我们应该重新认识一下始皇小队这批人了。”

在余耀臣离开的时候，孙宁自然而然地跟在了他的身边，孙宁一边走，一边道：“下次，轮到我做指挥官，你做参谋长了。”

余耀臣微笑起来：“好啊。”

两个人就这么相伴而行，他们走出了指挥室，走出了大楼。在他们并肩而行的路上，只要是看到他们的人，无论是士兵还是军官，都会立刻立正，向他们诚心诚意地敬上一个军礼，这其中包括和他们同级的作战参谋。

余耀臣抬起了自己的右手，在这一刻，他的手正在轻轻颤抖着，不是恐惧，不是愤怒，而是兴奋，一种用尽全力，终于战胜绝对强敌取得胜利的兴奋和快乐。他相信自己这一辈子，都不会忘记这一刻品尝着胜利这杯美酒带来的心神皆醉。他更不会忘记，军营里那一双双对着他流露出尊敬甚至是崇拜的眼神，他这位作战参谋，直到今天开始，才算真正踏进了“将”的世界，才算终于开始懂得，那些身经百战的名将，为什么就算是身处绝对逆局，都可以登高一呼应者如云！

余耀臣侧眼望去，一向阴沉冰冷的孙宁，脸上也洋溢着一股兴奋的嫣红，他应该也和自己一样，品尝着“胜利”的美酒，所以心神皆醉了吧？“孙宁，我们赢了。”

“嗯！”

战争是地狱，因为战争会让无数家庭遭到破坏，会让无数的人为之血洒疆土，更会滋生出无数最阴暗、最疯狂、最灭绝人性的行为；战争是天堂，因为战争会推动人类的科技发展，会打破因为种种偏见形成的历史壁垒，会让今天毫无名气的小卒，明天就成为名震九天的英雄！所以，战争就是英雄与魔鬼并舞，光明与黑暗对撞，用硝烟与火焰，绝望与哭泣，涂写而出的今日地狱、明日天堂！

当人们为了今日之利益发起战争时，他们获得的只能是地狱，所以，我希望，永远不要有战争！

至于我们的子孙，就让他们自己去决定未来的人生是天堂还是地狱吧！

第三十四章 - **如临大敌**

在余耀臣和孙宁并肩走到广场上时，围在一起的人群自动为他们的指挥官和参谋长让开了一条通道。

五十名始皇特战小队的官兵，静静地站在那里，他们沉默得犹如一座山峰，距离这些人还有几十米远，余耀臣和孙宁就感到了一股重剑无锋式的杀气扑面而来，吓得两个人同时汗毛倒竖而起。属于顶级作战参谋的本能，更在向两个人不停地发出警告，小心，离他们远一些！

就算是在心里，已经给了始皇特战小队成员很高的评价，可是当他们真的站到始皇特战小队成员面前时，余耀臣和孙宁仍然悚然动容。

战斗已经结束，胜负已分，可是这些失败者聚集在一起时，仅仅是他们心中还未完全消散的杀气，就已经如此犀利，那么他们在战场上陷入死的绝境，爆发出最后的疯狂，舍生忘死的冲锋搏杀时，夜鹰突击队的士兵们，面对的又是何等可怕的冲击？！

余耀臣走到绰号“四合板”的四名班长面前，对着他们认真地敬上了一个军礼：“这场交锋，你们并没有输。”

余耀臣的意思大家都懂，始皇特战小队虽然全军覆没，输掉了这场演习，但是他们却用自己的实力与勇敢，赢得了夜鹰突击队所有人的尊敬，这是一场双赢的战争。

三班长回望着余耀臣：“我们当然没有输。”

三班长的态度太过理所当然，引得周围夜鹰突击队的人一阵皱眉，他们承认这些家伙都是好样的，可是他们身上的傲气实在太重了，不管怎么说，他们也全军覆没，这可是铁一样不容否认的事实。

“我们真的没有输，”三班长一脸的认真，“不信的话，你们数数现在的‘尸体’数量。”

经三班长一提醒，大家才发现，在始皇特战小队的“尸体”中间，还少了三个人，他们当然就是燕破岳、萧云杰和孤狼。

余耀臣微笑起来：“根据演习规定，你们红军必须对蓝军造成百分之五十以上的重创才能取得胜利，现在粗略估计一下，就算是把你们违规使用石墨弹造成的电力系统崩溃都算上，最多也就是百分之三十。就剩下三个连你们都不喜欢，不允许一起行动的小兵小卒，三班长你不会天真地告诉我，就凭他们三个虾兵蟹将，能对我们再打出超过百分之二十的伤害吧？”

三班长提醒道：“别忘了昨天早晨刚刚被他们三个虾兵蟹将成编制全歼的警卫排。”

“好。”面对战意不熄的三班长，余耀臣也被激起了火气，“我就算一个警卫排，顶百分之五的伤害值，不低了吧，那三班长请您告诉我，就三个虾兵蟹将，他们凭什么对我们造成百分之十五的伤害！”

三班长脸上露出了犹豫的表情：“如果我不告诉你原因，看起来摆明就是我在吹牛；可是我告诉你了，好像又是在违反演习规定。要不这样吧，你和参谋长一起过来，我悄悄告诉你们两个人，再由你们两个人一起做出判断，看看那三个虾兵蟹将，是不是真的能对你们造成百分之十五的重创。”

余耀臣和孙宁对视了一眼，他们真的不相信三班长的话，可是三班长一脸认真的表情，除非是三班长疯了，否则又怎么可能当众说出这种随时可能被揭穿自打耳光的话？！

略一思索，余耀臣和孙宁还是一起走向了三班长，看着三班长嘴角向上一挑，眼睛里露出一丝只能用快意恩仇来形容的疯狂，一直站在三班长正对面的余耀臣，全身猛地一个激灵，他拼命全力狠狠一推身边的孙宁，猛然发出一声狂吼：“小心！”

孙宁和余耀臣在身体素质方面，本来就不在同一个档次上，在猝不及防之下，被余耀臣推得竟然一下摔倒，就算这样还余势未消，又在地上连翻了三四个滚儿才勉强停住。孙宁撑起身体，做的第一件事情，就是望向了余耀臣和三班长的方向。

绝不正常的红烟，正在从四位班长还有四名老兵身上腾起。

三班长从身上取出了一个正在不断冒着红烟的遥控炸弹，他望着已经站在自己面前不足三米位置的余耀臣：“我们八个人身上，都有这种炸弹，如果是真家伙，它里面填装了八十克用TNT和黑索金混合成的高爆炸药，再加上预制破锻片，有效杀伤半径，超过十米，我相信你这位蓝军最高指挥官，应该不会反对吧？”

蓝军最高指挥官余耀臣，阵亡！

如果这是真实的战场，三班长是不可能说话，更不可能让余耀臣和孙宁一起走得更近些，但是就因为心怀尊敬，面对死尸，余耀臣和孙宁反而有更大概率站到几位班长的面前，真到了那个时候，他们这两位蓝军一、二号指挥官，反而更容易一起阵亡！

看着三班长托在手上，依然冒着袅袅红烟的炸弹，孙宁猛地跳了起来，他狠狠一挥被余耀臣全力推出，在地面上擦破了皮，正在不断渗出血丝的右手，放声嘶吼：“现在空气中还有石墨丝，遥控距离受到限制，他们肯定就躲在军营里，就在我们附近，立刻把他们给我找出来！”

余耀臣看着三班长手上托的炸弹，脸上却露出了奇怪到极点的表情。什么惜英雄重英雄这一套，果然只适合待在评书演义当中，他只是惜了一下，就给了对方机会，把他这位蓝军指挥官都给一起捎带上了。

没有任何理由，余耀臣就是知道，能让四个班长加四个老兵，一起身上背遥控炸弹的主儿，就是那个敢在军营大门前，当着哨兵面往军营里打榴弹炮的燕破岳。“你们不是很排斥燕破岳吗，怎么会心甘情愿成了他手中的棋子？”

回想着在对蓝军大本营发起突袭前，燕破岳和萧云杰一起拦在他们面前说的话，几位班长的心里，同时涌起了哭笑不得的感觉。

“为什么恐怖分子牛，不就是因为他们全身都背着炸弹，打不赢的话，也可以一拉导火索，炸得惊天动地，让最精锐的特种兵看到他们，都会小心脏‘怦怦’乱跳吗？几位班长你们想想看，如果是特种兵级别的自爆恐怖分子，那威力得有多大啊？！最重要的是，这种自背炸弹，可是要比将最后一颗光荣弹留给自己，要牛出一百倍不止！”

燕破岳这叫画大饼，叫彻底地煽动加忽悠死人不偿命。

萧云杰就显得要理智得多：“各位班长、各位大哥，我知道你们这一去，是不成功就成仁，如果能赢，那自然是上上大吉，就算是被列入经典战例载入中国特种作战史史册，也不是不可能。但是如果，我只是说如果，敌人指挥官可以针锋相对处惊不乱，各位大哥就会陷入以寡敌众的逆境，你们选八个人，背上这种遥控炸弹，我保证，一定会在最合适的时候引爆它们，让你们在‘阵亡’后，可以用自己的尸体为诱饵，对敌人造成最后的重创！”

燕破岳在旁边又追加了几句，而他这几句，让四名班长接受了这八枚遥控炸弹：“如果蓝军自以为得胜，对各位大哥的‘尸体’态度嚣张，那我就会让他们知道，在战场上，千万要对始皇特战小队的兵保持敬畏，因为始皇特战小队的兵，哪怕变成了尸体，也会咬人的！”

成功了，反正是有石墨丝阻隔，遥控引爆根本没有效果，而且燕破岳也不会傻到去做被始皇特战小队所有人追杀到死的事儿；失败了，临死再咬对方一口，也不枉为人生一大快事。

就是抱着这样的想法，四名班长带头，在身上装了孤狼单枪匹马作战时为了保护自己，总是喜欢随身携带的遥控炸弹。

一开始班长们还是抱着不以为然的态度接过了炸弹，但是现在，看着站在他们面前脸上透着郁闷的余耀臣，他们心中却是一阵犹如夏天吃着冰激凌般的暗爽。

让你嘚瑟，让你赢了还想要摆出一副英雄惜英雄的谱儿，才被我们有机会拉着一起完蛋。现在你傻眼了吧，白痴了吧，知道什么叫作莫装逼，装逼被雷劈了吧？！

扭头看着愤怒起来的孙宁，三班长幽幽叹息了一声，一句话就让四周的夜鹰突击队士兵们，有了一种冲上去对他暴打一顿，打倒在地之后，再对着他的小腹继续狠踹几脚，让他永世不得超生的冲动："唉，真是可惜了，到嘴的鸭子，咋就让他又飞了呢？！"

两发照明弹打上天空，当整片军营再次被照得亮如白昼时，一个撒腿狂奔的身影，立刻就暴露在所有人视野当中。

望着比受惊的兔子跑得还快的燕破岳，孙宁身上再也没有了原来的阴冷，他劈手从身边的作战参谋那里抢过步话机，嘶声狂叫："哨塔上的卫兵，立刻用重机枪给我干掉他！"

已经用无线通信设备再次和指挥系统连接起来的哨塔，上面的卫兵却并没有掉转重机枪将燕破岳击毙，机枪手听着步话机里孙宁的嘶吼，看着自己身上正在冒的红烟，脸上露出一丝苦笑。

不愧是以女儿身闯进始皇特战小队，据说还得到队长郭嵩然另眼相看的孤狼，他们在中枪时，没有听到枪声也就算了，他们甚至没有看到枪口的火光，就被一个女兵毙于枪下。

孙宁一把把手中的步话机狠狠砸到地上，整只军用步话机在水泥地板上被砸得支离破碎，各种零件和电子元件四处飞溅，在这一刻孙宁瞪着血红的眼睛，当真是势如疯虎："给我追，如果让一个敌人混进军营，把指挥官干掉又成功逃掉，那你们还当什么特种兵，全回家卖地瓜算了！"

余耀臣微微一皱眉头，他刚想说话，在人群中突然传来了一个依稀有些熟悉的声音："不能追！"

"谁？谁说的不能追？站出来！"

孙宁霍然转头，在这一刻，这个身高连一百七十公分都不到，更像一只猴子般消瘦的男人，看起来分明就是一头已经暴怒如狂、几欲择人而噬的虎："滚出来！"

所有人的目光，都望向了声音传来的方向，站在这个位置的人们，下意识地闪避开来，只剩下一个孤独的身影，带着绝不算聪明的倔强与坚持，继续站在那里。

这个人的肩章，只是一个小小的班长，就算对于孙宁的上尉身份，都只是一个无名小卒，但是在孙宁那双发红的双眼瞪视下，他明明紧张得双腿都在发颤，却死死咬住牙一步未退。

孙宁认得这张脸，昨天早晨，就是他在值哨时，让燕破岳用榴弹发射器往军营里打了一发榴弹，也就是因为他的行为，逼得警卫排排长率队追出军营，最终全军覆没。

在众目睽睽之下，这位班长因为紧张，声音都在打着结巴："今今今，不，昨昨昨天，我们排排排，我们排长，就是就是，这样追了，出去……一定，一定，一，有，一定有，有，陷阱，不，不能冲动！"

已经愤怒到极点的孙宁，猛然怔住了。他走了过去，在近距离打量着那个班长因为紧张和结巴更加紧张所以涨红了的脸，看着他神情中的坚持，孙宁放缓了声调："你叫什么名字？"

"报，报告，我叫，叫林钢蛋！"

纵然是形势再紧张，四周的人群中，还是隐隐传出了几丝笑声。

"我爹叫林铁蛋，是一名护林员，他在森林火灾中，冲锋在最前线，他死在了火场上，我当时还在我娘肚子里，在出生后，我娘要我当一个比我爹更坚强、更勇敢的人！"

林钢蛋涨红了脸，他的声音在这个时候当真是气贯全场："钢蛋比铁蛋更硬，所以我就叫林钢蛋！我是有点笨，脑袋不太好使，但是，只要一声令下，哪怕前面是一座山，我也敢用自己的脑袋撞上去，把山撞烂、撞碎为止！"

笑声，消失了。

孙宁打量着林钢蛋，看着他因为自己的名字被人取笑而激动起来，讲心中所想，言心中所言，战胜了紧张不再颤抖，坦坦荡荡中，竟然透出一股不动如山的大气概，孙宁不动声色地点了点头："接受过什么训练？"

"我曾经进入184团侦察排，接受过一年侦察兵训练……"说到这里，林钢蛋的声音微微低落，"但是排长嫌我太笨，说我这样的不适合当侦察兵，后来我就被调到警卫排了。"

"侦察兵需要优秀的判断力，在必要的时候，还需要和当地土著打交道，需要懂得在最短的时间内，打消对方顾虑，取得一手情报。你，的确不适合当侦察兵。”

林钢蛋的脸上露出黯然，估计他在侦察排时，类似于孙宁说的话，已经不知道听过了多少遍。而这些话，也许会陪伴着他走到人生尽头，一生都不会忘记。

“你觉得，燕破岳这个人怎么样？”

没有人知道，孙宁为什么突然问出这个问题。林钢蛋想了一下，认真地回答道：“他很聪明。”

“对，他很聪明，比我们中间绝大多数人更聪明。他很擅长用种种方法，把对手激怒，再把对手引诱进必杀陷阱当中。没有定法，没有规则，总是喜欢用逆向思维来寻找目标破绽，就算是再严密的规则，他都能硬在里面找出空子，再趁机占便宜揩油。对他这种人来说，枪，只是武器中的一种，刀子可以是武器，流言可以是武器，甚至就连别人对他的轻视或者愤怒，也能变成武器。想要追杀这样一个对手，很危险，也很困难。”

孙宁凝望着林钢蛋，沉声道：“但是，你能对付他！”

……

所有人的脸上，都流露出浓浓的惊讶。

但是在孙宁的话里，听到了认真与肯定的林钢蛋，却下意识地将身体挺得更直，就连他稍显木讷的眼睛里都发出了光芒。

“你的确不聪明，但是你能正视自己的缺点，这说明你笨，但绝不蠢。同时，就因为你不够聪明，我在你身上看到了一股我所没有的坚持、坚韧，就凭这两点，燕破岳很难让你再上第二次当！”

听着孙宁的表扬，林钢蛋脸上露出了渴望，他渴望获得更多的赞美，这个曾经进入侦察兵部队，明明军事技术一流，却因为太笨被淘汰出局的士兵，就像是一个快要渴死的人对水的需求一样，对赞美和夸奖有着最本能的渴望！

“除了你和那两个一起执哨的哨兵，警卫排还有七个人在其他岗位执勤，没有踏进陷阱，现在我把他们全部调给你，再给你补充两名狙击手，一个三人编制的火力小组，组成一个十五人的行动小队。”

孙宁盯着林钢蛋的眼睛："记住，你接受过侦察兵训练，你的单兵综合实力比燕破岳强；你带领的小队，实力比燕破岳他们三人强，不必理会燕破岳的挑衅，也不要理会他的种种花招，无论遇到什么，以优势力量，稳扎稳打，一步步从正面碾压，不冒险，不贪功，不气馁，你就会把燕破岳的生存空间一点点压小，直至让他变成笼中之鼠，听明白了吗？！"

林钢蛋用力点头。

"整个大队的人都在看着你，如果你能在这次任务中表现优异，我会向大队长建议，把你从警卫排调到夜鹰突击队作战连队，成为一名特种兵！"

林钢蛋的身体突然僵硬了，他死死盯着孙宁的脸，过了足足半分钟，他的身体才慢慢放松，他轻轻吸着气，对着孙宁重新敬了一个军礼，猛地转身离开了。

看着这个原本太过平凡的班长背影，不知道为什么，旁观的人突然觉得，在这一刻，他们看着的是一台刚刚注满燃料，已经预热完成，即将用横冲直撞的方式，野莽碾压一切障碍的钢铁战车！

"杨自在连长，张然连长，你们挑选自己连队里最优秀的精兵强将，同样组成两支十五人编制的作战小队，由林钢蛋率队正面碾压追击，你们两支队伍左右两翼包抄迂回，逼得燕破岳疲于奔命，我倒想看看，身上背了超过七十公斤负重的人，他能在这种高强度作战环境中坚持多久！"

被孙宁点名的两名连长，杨自在擅长丛林快速突袭，他训练出来的兵，全部都是打运动突击战，尤其是山地丛林运动突击战的高手；张然连长，则喜欢渗透作战，他带领的连队，在渗透潜行、情报收集抓捕舌头方面，就算是放眼全国，也能进入三甲。

林钢蛋的正面碾压，杨自在的快速突袭，张连的渗透潜伏，把这三者的优点融合在一起，已经隐隐编织成了一张无懈可击的大网。

但是到了这个时候，孙宁的命令还没有结束："老许，老辛，你们两个和杨连长、张连长平日就交好，你们收拾一下，跟着两位连长组建的小队一起行动。你们的任务，不是参战，也不是站在一边指手画脚，而是把战场上燕破岳他们的所有举动事无巨细地全部记录下来，写成书面材料，每天向我报告一次！”

被孙宁点名的是参谋部的两名作战参谋。孙宁之所以下达这种命令，这就说明，他正在用面对最危险、最强大敌人的方法布置作战。

如果在短时间内，三支作战小队就将燕破岳一行三人逼近绝路取得胜利，那自然是上上大吉，但是如果燕破岳狡猾似鬼，能一次次逃出生天，到了那个时候，由两名作战参谋每天事无巨细地记录情报，孙宁就能从中推敲出燕破岳种种行事习性手段，并有针对性地加以反制。

看到这一幕，已经“战死”的余耀臣，原本还因为燕破岳绝对无耻的陷阱满腔怒气，现在都忍不住轻声嘀咕了一句：“这整得也太如临大敌了吧。”

“于海！”

“到！”

孙宁竟然又点了一名中尉排长的将：“从你带的徒弟里，挑出十个狙击技术最好的，组成一个狙击班，我不管你们用什么方法，压制住燕破岳身边的狙击手孤狼，让她再无法轻易射击！”

于海轻轻点头，他和身边的士兵，沉默得就像是一片礁石，他们每一个人身上背的武器都是狙击步枪。于海在刚进部队时，就展现出出类拔萃的射击技术，他在中俄两国军事交流中，进入俄罗斯狙击学校学习，以优秀的成绩回国后，被提拔为中尉。

整个夜鹰突击队，拥有狙击才能的军官，并不止于海一个。孙宁之所以点于海的将，最大的原因在于，在第二次世界大战期间，为了抵抗德国侵略者的钢铁洪流，据专家分析，有近八十万苏联女性走上战场成为职业军人。从1941年到1943年，两年时间里，大约有两千人成为狙击手，最终只有五百人活到了战争结束。这些女性狙击手当中，最优秀、最出色的，莫过于在世界狙击手排名榜上，留下了自己名字的传奇女英雄帕夫利琴科。

这位传奇级女英雄，在战场上仅仅用了十个月时间，就击毙了三百零九名德军，其中包括三十六名德军狙击手。这样一位传奇女性狙击手，在1942年6月的一场战斗中，被迫击炮炸伤，当时的苏联最高领袖斯大林亲自下令，安排她搭乘潜艇撤离战场。身负重伤，再也不能拿着步枪走上战场上的帕夫利琴科，代表苏联出访美国，用一场场精彩的演讲，获得了美国大众支持，她还受邀进入白宫，成为苏联第一个获得美国总统接见的公民。回到苏联后，她在狙击手训练学校训练和培养狙击手，一直到战争结束。

1974年，帕夫利琴科病逝，享年58岁。为了纪念这位传奇英雄，在1976年，苏联以帕夫利琴科为主题，发行了一套纪念邮票。

抛开帕夫利琴科这个传奇英雄，苏联在第二次世界大战期间，其他富有传奇色彩的女性狙击手，在1945年曾经有过一张合影，仅仅十二个人，在战场上一共击毙了775名德军。

女性的体力是不能和男兵相比，但是她们耐心、细致，拥有比男兵更优秀的隐蔽能力。据不完全记载，在苏联卫国战争中，两千名女性狙击手在战场上消灭了一万两千多名侵略者，纳粹德国将这些女性狙击手视为洪水猛兽，在宣传中称她们是“拥有美貌外表，但内心冷酷，躲在战场暗处，一枪一个地射杀我军士兵”！

也许在俄罗斯特种部队中，也会因为大男子主义，对女性特种兵有着或多或少的排斥，但是俄罗斯特种兵，绝不敢小看任何一个拿起了狙击步枪的女兵！在很多狙击手训练学校，展列室里常悬挂着帕夫利琴科的相片，又有谁敢保证，自己不会在战场上，遇到一个传奇级的女性狙击手？！

接受过正规狙击训练，训练出近一个排的狙击手，而且绝不会小看女兵，有这样一名军官带领的狙击班，会从质量和数量上死死压住孤狼，让她无法发挥狙击手的作用。

看着孙宁调兵遣将，始皇特战小队的几名班长，眼角都在不停地轻跳。

这个叫孙宁的家伙，出手狠辣果决，如果成为他的猎物，几位班长真的没有信心一定能逃出生天。一个孙宁已经够强悍，那么在短短几个小时的时间里，就拿到“一号首长”位置，让孙宁都屈居第二的余耀臣又有多强？

其实何止是四位班长眼角轻跳，就连自认为对孙宁了如指掌的余耀臣，都瞪大了眼睛。这种狮子扑兔亦尽全力的作风，这种杀气腾腾，甫一出手就要逼得敌人和自己立判生死，应该是他余耀臣的拿手好戏，什么时候，一直喜欢背后阴人的孙宁，也能这么狂野凶悍、横冲直撞了？！

布置完作战任务，孙宁将目光落到了余耀臣的脸上：“余耀臣，如果这是真正的战场，你可能被当场炸死，也可能身负重伤，打了止疼吗啡后，还能勉强说上几句遗言。”

余耀臣苦笑：“是。”

“我有话想私下问你，你跟我来。”

孙宁丢下这句话，转身就走，余耀臣耸着肩膀，一脸的不解：“我才是大队长啊，怎么被炸弹一炸，我不但丢了命，连官职也要连降三级了？”

话虽然是这么说，余耀臣还是跟在孙宁身后，两个人一前一后走到了军营无人的空旷地带。除了孙宁这位现任队长的卫兵，四周再也没有他人。

孙宁回过头，他盯着余耀臣的脸：“为什么？！”

余耀臣被问得莫名其妙：“什么？”

“我们不是死对头吗？”孙宁依然死死盯着余耀臣的脸，“在你发现危险的时候，为什么做的第一个反应，是把我推开，而不是想办法保护自己？如果你认为已经来不及逃走，为什么不一把把我抓到前方，用我的身体当盾牌？！”

他们两个可是死敌，这种死敌身份，除了他们禀性不合彼此看不顺眼之外，最大的原因在于，他们都有相同的野心。可是更高更好的位置就那么多，他们两个人无论谁想上位，都必须踏着对方的肩膀爬上去，所以他们两个，注定不会成为朋友。

三班长诱骗他们靠得更近，试图将他们两个指挥官一起“炸死”，就是在那个瞬间，从三班长身上迸发而出的杀气扑面而来，让孙宁忘记了这只是一场演习，他甚至真正感受到了死亡降临的黑暗。孙宁相信，就是在那个瞬间，余耀臣一定是感同身受。

可就是在面对死亡的时候，余耀臣却用尽力量把孙宁推了出去，同时也把生还的希望留给了孙宁。这是一个人在死亡的压迫下做出的最本能反应，不会有半点虚假，也掺不得半点虚假。

“我……什么也没有想。”

余耀臣看着自己的双手，他刚才也在问自己，为什么会把孙宁推了出去。“我当时头脑一片空白，只是隐隐觉得，我们不能一起死，能活一个是一个。”

“你是蓝军最高指挥官，再加上其他站在炸弹有效杀伤半径范围内的士官，我们又付出了百分之五的损伤率。现在，我们的损伤，已经到了百分之四十。”

面对孙宁的指责，余耀臣苦恼地拍着脑袋：“我知道按照演习规定，我这个蓝军指挥官的脑袋，就能顶百分之三损伤率。我身为主角，一台大戏唱得满堂喝彩，眼看就要完美收官，能在自己的履历中留下漂亮的一笔，最后却马失前蹄当场摔了个四仰八叉，甚至会成为夜鹰突击队列入档案的反面教材，将来就算是提拔任用都会受到影响，这已经是够郁闷了，你就别在一边煽风点火加深刺激了好不好？”

“好。”

孙宁掉头就走，他永远不会告诉余耀臣，在他被余耀臣推出十几米远重新支撑起身体时，他差一点就哭了。

对一个专门从事编织谎言、美化战争的人来说，他从来不相信英雄的存在，更不相信舍生取义那一套，他认为那都是前辈们的工作结果。可就在几分钟前，余耀臣用那一推，让他明白，原来，这个世界上真的有英雄，真的有舍生取义，真的有那么一种人，在危险来临的时候，会忘记自己而保护他人。

哪怕这样的人，他一生只能遇到一个，就已经足够了！

“余耀臣，你放心。”

孙宁一边走，一边在心里暗暗说着：“我会把胜利拿到手中，这是我对你表达谢意最好的方式。”

中国特种兵之特别有种

CHINA
SPECIAL FORCES